谁解麦浪

高国镜　著

天津出版传媒集团

百花文艺出版社

图书在版编目（CIP）数据

谁解麦浪 / 高国镜著 . -- 天津 ： 百花文艺出版社，
2024. 10. -- ISBN 978-7-5306-8906-6

Ⅰ . I247

中国国家版本馆 CIP 数据核字第 202441X6D2 号

谁解麦浪
SHUI JIE MAI LANG

高国镜　著

出 版 人 : 薛印胜
责任编辑 : 张　雪
装帧设计 : 吴梦涵
出版发行 : 百花文艺出版社
地址 : 天津市和平区西康路 35 号　　邮编 : 300051
电话传真 : +86-22-23332651（发行部）
　　　　　+86-22-23332656（总编室）
　　　　　+86-22-23332478（邮购部）
网址 : http://www.baihuawenyi.com
印刷 : 三河市华东印刷有限公司
开本 : 880 毫米×1230 毫米　1/16
字数 : 357 千字
印张 : 22
版次 : 2024 年 10 月第 1 版
印次 : 2024 年 10 月第 1 次印刷
定价 : 72.00 元

目 录
CONTENTS

1

白雪地，红芍药

眼前飘过的穿红上衣、蓝牛仔裤的姑娘似乎都像她，但又都不是她；她在哪里？也许她还在桑干河畔，望着我？这世界上有着太多的烂白菜帮子一般的一夜情，可对于我，那样的晚上、那样的一朵芍药花，几十年、甚至一生也只能遇到一次，就不用再等下一次了……

——题记

1

论买牲口，我不内行，她爸内行。她爸是几百里有名的牲口贩子。几十年前我欲和她爸合伙当一回牲口贩子。正因了她爸与我爸的交情，我才决定和她爸搭伙买一拨儿牲口，也好赚上一把票子，以便早日出版我的诗集。

在那个三月的雨夹雪的早上，我登上了开往塞外的列车。事先定好了的，她爸在官厅火车站接我。下了火车，我很迷茫地寻觅着她爸的身影。此时，空中依然飘着零零星星的雪花与雨丝。我望望周围的山峦，那山峰上的山桃花在零零星星的雪花中稀稀拉拉地开放了。那山头好像是一群移动的白象。

忽然，一个女孩子一边望着我，一边冲我走来。我似乎预感到了什么，站下来，两眼不时地向她张望。

她那一头微黄的头发，梳了一根不长的辫子，扎了一个黄色的蝴蝶结，红扑扑的笑脸，似一朵芍药花；她那细高挑儿的身上，穿了红上衣、蓝色牛仔裤、白球鞋。望见她的刹那，我的眼一亮，顿感那塞外的火车站上，有一枝春花红艳艳地绽放。

"大哥！"我正在发愣，那姑娘走上前来，叫了我一声，又试探地问道，"大哥，你贵姓啊？"

我分明已晓得了什么，却又一本正经地回答了她。

"高远？你就是高远？"她含着几分羞，惊喜地望着我，"早就听我爹说过你，我还看过你的诗哩。"她又自我介绍说，"高大哥，你是来找夏马头的吧？我是他的老闺女。我叫夏雪。夏天的夏，雪花的雪。"

我说："啊，你好，你的名字挺有意思。不怪我见到你就下雪。"

夏雪笑了："高大哥说话挺有意思哩。"她又说，"今儿个是这码子事，原来说好，我爹来车站接你，可他出了点事，来不了啦，他叫我来接你……"

"太感谢你了。"我激动地说。

"百不咋呀，谢啥哩！快跟我走吧，小心淋感冒喽。"夏雪又埋怨道，"破天气才坑人哩，下个啥劲儿啊，雨不雨雪不雪的……北京闹天没有？"

夏雪似乎已成了我的老朋友。夏雪的口音很怪，但很好听。她说话又快又脆生，一开口就露出雪白的牙齿。

在这个地方，我举目无亲，我是冲夏雪她爸来的。她爸没来，我也只好投靠她了。她说让我跟她走，我自然得跟她走，不走，这牲口就买不成。

夏雪带着我，在官厅镇的街头上走着。我有点儿不好意思。走了一段，她让我等一下，跑进一家商店，很快又跑了出来，撑着一把花雨伞。她直接把雨伞举到我头上，一个劲儿说让我打上。我一再推让，可她不肯。

我只好接了雨伞。本想与夏雪合打一把伞，可我有几分难为情，又怕夏雪不愿接受。最好的办法是雨雪立刻停下。雨雪扑打她，我不忍心。

夏雪的话很多，她什么都问。她说，她没有去过北京，可她知道，北京暖和，并断定，北京的杏花一定开了；她问我官厅好不好，可不等我回答，她就说："官厅可好哩，毛主席当年还来过官厅水库哩……"

夏雪正说着，一辆大拖拉机从后边开来。她见了，大喜，直摆手，示意停车。

车果然停住了。

"这是我们村的大拖拉机，咱俩坐上吧。"夏雪很高兴，颠儿颠儿地跑到车跟前。

司机与夏雪开玩笑说："从哪儿领来一个俊女婿呀！"

"瞎说咧！"夏雪的脸红扑扑的，她看看我，就扒着车帮，翻了上去，然后伸出手，要拽我上车。我把伞递给她，自己扒了上去。她冲我笑笑："才赶的巧哩。这回，省咱俩走啦。"尔后又问我，"听说北京人出门就上汽车，是不哩？"

我说是，并说让她今后多去北京。她说："北京是那么轻易去的地方哩？"

我站在拖拉机上，夏雪说不行，让我坐下，说前边有好多树还有山崖，站着会碰头的。于是，我蹲下，扒着车栏杆；她也蹲下，一手举着雨伞，罩在我头上……

拖拉机"嗒嗒"地走着，走向一条坑坑洼洼的山涧道。车厢东晃西摇，颠得我与她晃晃悠悠。我提醒她扶好。她依旧笑吟吟说："我倒百不咋。你可得注意哩。"

我也学着她的腔调说："我也百不咋。"

"哎哟……"夏雪笑了，"高大哥还学我们说话哩，北京话多好听哩。"

雨丝全部化作了雪花。山中雪更大了。举目四望，一片洁白。这时，我很迷茫，一时竟不知我到底干什么来了。她似乎看出了我的心思，问："高大哥，想家了吧？"

"不，想你爸了……"

我的话音未落，只觉忽悠一下，"咣当"一声，车翻了。

"我的娘哟！"夏雪惊叫了一声。

上天保佑。那车厢没有口冲下把我们扣起来，只一个侧歪，斜躺在路边，把我与她抖到一侧。那时，我和她抱作了一团。

两个司机大惊。

我挣扎着站了起来，本能地自我"检查"一番，"零件"不短，也没坏。我惊慌地向夏雪张望，问她伤着没有。

夏雪打了一个滚儿，很利索地爬了起来，转着圈儿，拍打着身上的泥土、雪花，似乎觉得很好玩儿似的说着："百不咋嘛，百不咋嘛！真是菩萨保佑哩。"

她发出一串银铃似的笑。

此刻，我把什么都忘了，只觉两山挤窄了的山沟路很宽广。这时，夏雪穿着白网鞋的脚踩着鹅卵石的路面说："嘿，坑坑洼洼的，这叫啥路哩！"

2

傍晚时分，我才到达了夏雪家。

她们村叫孙庄，是一个群山环抱着的山村。村里人口并不多，稀稀拉拉一片瓦房与土房，坐落在陡峭光秃的山根下。她们家的院子更独特，在一个孤零零的黄土台上。要到她家去，需翻上那道一米多高、直上直下、土壁上挂了几个脚窝的"黄土高坡"。

我被夏雪拉了一把，才登上她家的小院。她埋怨了几句："这道破坎坎哟，啥时能把它踩平哩！高大哥可别笑话这里呀，听说北京人上下楼都有电梯哩，哪上过这坡坡坎坎的……"

我对这坡呀坎的倒无所谓。让我大为扫兴的是——她爸又不在家。当时，我的心都凉了半截儿。我干什么来了？买牲口，可我的那位伙计，却又"躲"了我，是不是真躲，很难说。

买牲口，是我先和夏雪她爸提出来的，但我自知干不了什么。我一无资金，二又外行。我的作用便是，与她爸在河北省买上牲口，赶到北京地区去卖。她爸熟一头，我熟一头，且两边的牲口行情不一样，赚的就是那点地区差价。可是，见不到夏雪她爸的影子，这买卖怎么做呢？

夏雪的热情仍似一团火。她一点也没为她爸的不在而惊讶，只安慰了我几句。

夏雪把地炉火捅开，那火口似一轮太阳。她把小方桌放到热炕头上，摆满了茶点、糖果，这一切像是几年前都预备好了的。可夏雪忽然又说："哎哟，我还忘了捡鸭梨哩！我这就下地窖捡去。"

我也便跟着夏雪到院子里。她弯腰揭开一块好大的石板，那就是地窖了。我凑上前向地窖里望去，那里面堆放着一堆土豆、一堆白萝卜、一堆胡萝卜，还有一堆黄色的，那就是她说的鸭梨了。我说："我下地窖吧？"她说："别蹭你一身泥，我下去吧。"这时我忽然发现，那地窖里有一只金黄色的蛤蟆，蹦跶了两下，又瞪着小眼儿向上边张望。我便不敢下地窖了。

夏雪咻地一下，很快就下到地窖里去了。我把小篮子递给她，她就扒拉着捡开了鸭梨。捡了半篮子鸭梨，她把篮子递给我。我要把她拉上来，她却说不用，很悠然地从地窖里蹿出来了。那一刻我望着她穿红毛衣的上身，真有一种清水出芙蓉的感觉。她将地窖盖盖好，拍打了几下手，却并不洗手，就拿起一块抹布来，擦洗着一个个金黄色的鸭梨。我说："是不是得洗洗？"她说："洗啥哩？不脏哩，这鸭梨可脆可甜哩，高大哥你插（吃）梨吧。"

那方桌上就多了一盘金黄色的鸭梨。是那种还没有鸡蛋大的鸭梨。我真想把鸭梨洗洗再吃，可看来这样做不合适。我就拿起一个鸭梨，欲咬一口，却又和她说："咱俩吃一个吧？"

"哎呀，哪有俩人吃一个梨的哩？"夏雪反问我，"你们北京人不懂这个规矩？"

我就有点不好意思了。

她把我让上炕，拉过一个枕头，让我坐；我不坐，只规规矩矩地盘腿儿坐了。她冲我一笑，说："北京人还会盘腿儿坐哩。"

我天生话少，见了姑娘就更没话，何况是在这么一种境遇下。夏雪的大人不在，她是个鲜灵灵的女孩儿，我又是个不小的男子。一切都很别扭，甚至莫名其妙。好在，她那一句"百不咋呀"，把空气调和得让人宽松了许多。

"进了门，就是家，高大哥可别外道哩。我们家没你们北京的家好，可你也别挑，更别拘束哩。该插插（吃吃），该哈哈（喝喝），该睡还得睡觉哩……"她又冲我甜甜地一笑说，"你们北京人，哪就走到这地方来了。"她夹了一块绿豆糕，连同筷子递给我，说，"插（吃）呀，自个儿夹，客气啥哩。"

我确有家的感觉。可这又毕竟不是家。再说了，我是来买牲口，不是来作客呀。她爸迟迟不归，我怎么不心急火燎的呀！喝了一杯茶，我再也坐不住了，于是下了炕，打算出去转转。这时，我感到腿上有一股隐隐的痛，偷偷拉上裤筒一看，哎呀，原来那次翻车事故并没轻易饶了我，我的腿上青一块紫一块，且有一片被严重擦伤，伤处血迹斑斑，把秋裤都粘上了，染红了。我偷偷发出一声叹息，又似乎觉出了几分委屈。我正要把裤筒放下去，却不料她已盯上了我的伤处。她好像是吐了一下鲜红的舌头，惊叹道："我的娘哎，你咋伤得这么严重哩！哎呀呀，你可也太皮实了，咋不吭声哩？"

"没关系，蹭破点皮。"我无所谓地说，又问了一句似乎不该问的话，"你的腿怕也伤了吧？"

她直把细长而有力的腿晃了两下，说："我百不咋嘛！我不像北京人，那么娇嫩，真的哩……"

天已麻麻黑，雪也停了。我拿着扫帚，"唰唰"地扫着院中的雪，两眼又不时向远处张望。我愈发着急，恨不得盼夏雪她爸一下子出现在我面前。我拿了一把方锨，要把雪铲走，又不知到底放在哪儿。这时，她从门里走出来，弯下腰，揭开了院中的又一个石板盖儿。原来，那是一口"旱井"。这个村庄缺水，全村就那么一口几丈深的水井，几乎日夜都有一个人蹲在井里，没完没了地刮水，但依旧满足不了人们的需求。所以，家家都打一眼旱井，留待备水用。我把那一锨锨雪，填进了井里，她笑吟吟又偷偷望着我，说一句："北京人还会干活哩！"

"这地方，"我叹息一句，"这么缺水？"

"你以为这是北京哩，"她说，"听我爹说，家家自来水一开，哗哗流……"

天都黑了，也没把她爹盼回来——我的心悬得更厉害了。我简直不知该如何是好。我怪她爸不够意思，为什么把我给"晒"了呢？又怎么能让我单独与他闺女相处呢？我急了："你爸他怎么还不回来？他干什么去了呢？"

她一边包羊肉馅饺子，一边很耐心地有时也不耐烦地回答着我："哎呀，高大哥，你才性急哩！我爹他不回来，这就不是家了？我爹他闺女不让你插（吃）饭？不让你睡觉？……"

我无言以对，但我怕的似乎就是这一切。她爸不回来，吃饭还可以，睡觉怕是真成问题。我已经"侦查"好了，这院里除了三间房，就是几间牲口棚了。三间房一条大炕，我与她同睡一炕，恐怕绝对荒唐。让我睡一宿马圈，我又绝对不干！但我又必须考虑住的问题。

"咱们这个庄，"我试探地问，"有旅店吗？"

"打听店干啥哩？就是有店，我能忍心让你住店去？"她又埋怨上我了，"我的高大哥呀，看你老老实实的，想事还不少哩！谁出门也不背锅，也不搬炕，买卖不成仁义在。你跟我爹好，跟他搭伙买牲口，到了我家，我亏了你，我爹也不饶我哩！高大哥，你就老实待着嘛！"

这个比我小八岁的姑娘像个老大姐一样训了我一顿。我只好又变得老实了许多。我洗了手，帮她包开了饺子。她直夸我："高大哥的扁食（饺子）捏得俊乎乎儿的，真中看哩……"

包完了饺子，夏雪又开始鼓捣菜。我插不上手，她也不让我插手，只好坐在炕头上，瞧着她。后来她便拿出一头蒜来，且把蒜臼子搬到炕上，让我剥蒜、砸蒜。于是我就剥蒜，用石头锤子在蒜臼子里嘎嘎地砸蒜。她时不时看我一眼。我与她也是低头不见抬头见的。

夏雪脱去红色的上衣，露出红毛衣，配了牛仔裤，愈发显出少女那分明的曲线、蓬勃的生机。她在我面前似一只飞来晃去的红蝴蝶。我在焦急地等待她爸来的同时，又似乎怕有人打破这春日的宁静……

3

天黑了。电灯亮了。刚亮了，又黑了。夏雪点燃了煤油灯，她问："北京不停电吧？这里常停电哩……"

夏雪的话依然很多，且每一个话题里，几乎都离不开"北京"二字。她开始在炉火上炒菜，很快把四盘菜摆到了饭桌上。一盘土豆丝，一盘摊鸡蛋，一盘葱花炒羊肉，一盘猪肉炖粉条。她给我倒了满满一杯酒，说："高大哥，先哈（喝）吧，哈（喝）完就插（吃）……"

我说等会儿她爸，她连连说："你先插（吃）吧，先插（吃）吧……"

我不好意思，我的拘束病又犯了。这没有办法，我提醒自己：你得放点儿，别连咳嗽也不敢使劲，怕把人吓着；别听到一阵风声也打一个激灵，似乎是在与姑娘干什么难为情的事情。

那酒很香。鼓鼓劲儿，干它两杯！也壮壮胆，提提神儿，也与夏雪大大方方说上几句话。我说："你也吃吧，咱们一块儿吃吧。"

"你先插（吃）吧，"夏雪说，"等煮出扁食来，咱们一块堆儿插（吃）……"

这个时候，有人在门外叫夏雪，叫她去村委会接电话……

夏雪飞一样去了。屋里一片空荡荡，我的心也一阵空荡，怕她回来，又盼她回来；她回来我该怎么办，她不回来我又该怎么办？

夏雪很快便回来了，回来后对我说："我爹他今儿黑夜不回来了。"

"不回来了？"

我的心似乎凉了，眼前一片茫然。这位夏大爷呀，他不是把我给甩了吗？唉，真应验了那句话，买卖好做，伙计难搭呀！

夏雪发现了我的为难情绪，又不高兴了。我又向她询问住店的事，她更加生气了，说："外道，你也太外道了嘛！进了家，住啥店哩！我爹到你们家去过多少回？啥时让他住店来？真是的哩，有我住的地方，就没你住的地方？"

别惹她不高兴了，就任她安排吧。今夜，我也豁出去了。

吃完饭，收拾完一切，电依旧没来。我的精神却不错，夏雪更加兴奋。她伸出手，让我给她看手相，我推辞不想给她看，我怕摸她红润又白净绵软的小手，又怕发现她的一条"什么线"不顺利。可她不干，直说："给我看看呀，求求你哩……"

我只好看了，并说了"结果"。夏雪只红涨着脸，用忽闪闪的大眼望着我；她盘腿儿坐在我面前，虔诚得令人可爱可亲。

"哟哎，我的命真这么好？"夏雪极为坦诚地说，"高大哥，我爹告诉过你吧？我是属羊的，听说属羊的女的，命不好哩？"

我说："咋不好哩？你的命挺好哩。"

"命好敢情好哩。高大哥，你说我的名字好不好哩？"

"你的名字挺好啊，夏雪。"

"夏天下雪还好哩？不是冤屈，就是雪落在地上就化了。我娘生我的时候，天上下着大雪，就给我起名夏雪了。"

"夏雪这名字很有诗意。"

"大哥，你可别骗我呀！"

"我不会骗你的。"我装腔作势却又是真诚地说，"你一定会有好运气的，瑞雪兆丰年。"

"哎……"夏雪笑了，小脸儿笑成了一朵芍药花，尔后又转了话题，说，"北京人说话真好听哩，高大哥教教我说北京话吧……"

"你连吃都不会！"我幽默地说，"哪会学北京话呀！"

她一时没明白我话的意思，说："谁说我不会插（吃）哩！"

"插哩！"我开心地笑了，又一本正经似地说，"好，今天晚上咱们就学一个字——'吃'——行吗？来，我说一声，你说一声，开始，'吃'……"

她真认真地学开了，说："插……"

"别说'插'，说'吃'，'吃'……"

"插，插……"

学不会，她那红嘴儿白牙硬是不会说"吃"，总把吃说成插。

我开心地笑了。她也笑了，笑出了眼泪，又擂了我一拳头，说："不学了，

———————— 谁解麦浪

口外人比北京人嘴笨哩……你笑话我哩……"

4

气氛是活跃了一阵子，可很快我的心又"僵化"了。因为我总觉得我是处在一个极其尴尬的境地。黑更半夜，与一个大姑娘在一屋，总是觉得别扭，尽管那别扭当中，也确有一种淡淡的乃至是浓浓的幸福感，一种从来没有过的幸福感。

早就听她爸说过她，说她是一个很俊很有出息的闺女哩！

夏雪她爸养了三个闺女。大姐出嫁了，出嫁后三年就死了，大姐夫想得死去活来，成天到老丈人家里哭。谁料，把个二姐给哭软了，二姐又跟了大姐夫。从此，夏雪便与她爸相依为命。夏雪她爸成天东跑西颠，走南闯北，十天半月甩下她不管是常事。同时，她爸如带来天南海北的客人，她也得给沏茶倒水，炒菜做饭，一片热情。都怪她娘死得早。她初中没毕业，就辍学挑起了半个家。她活得沉闷，有时也很潇洒。她爸一走，家，就成了她的天下。她爸每次出去之前，都要叮嘱她："可别冷对客人哩。"她自然知道不冷对什么样的客人。对于我，她一无冷对，二无防备。这，让我很纳闷，又似乎也没什么可纳闷的。一切都不必自作多情。

我又看一眼手表，心又一阵烦乱。眼看都快半夜了，让我到哪儿去睡觉呢？她也许看出了我的心思，也许发现我困了，打了半盆热水，放到炕沿下，说："高大哥，洗脚睡觉吧，一天够乏了。"

后来我才知道，那半盆洗脚水是对我的"特供"啊。他们平常是不用这么纯净的水洗脚的。村里缺水，水贵如油。那天我洗脚的时候，她一直眼巴巴地"看"着我；洗完脚我欲把水泼掉，她赶紧弯腰将那脸盆端了过去，把那水倒在墙旮旯里那个泔水缸里了。"这水还是要留着喂猪的。"她不好意思地说了一句，"高大哥，我们村啥都好，就是缺水哩。"

我开了一句玩笑说："你们村缺水，你倒长得挺水灵哩。"

"呦嘿，高大哥还夸我哩。"夏雪的脸颊上又飞上去了两团红晕。

此时我望着她，有一点尴尬。我吞吞吐吐、吭吭哧哧说："我找个地方去睡觉吧？"

"上哪儿找地方哩？咋这么不大方哩！"夏雪真是生气了，"你嫌弃我，我走！"

夏雪扭身走了。

我欲叫她，可没叫出口。她走了。我的心空了。哎呀，我真后悔，真不是人，我一个客人，哪能把主人赶走呢！

过了一小会儿，夏雪又笑吟吟地回来了，带了一个七岁左右的小姑娘。小姑娘冲我笑笑，又冲夏雪耳语了一声什么。夏雪搐了小姑娘一拳头，扯了条被子，让小姑娘睡觉。小姑娘困极，上了炕，一会儿就呼呼睡着了。我知道这个小姑娘的用途了。

夏雪把最好的被褥给我铺垫好，让我睡觉，又把门闩紧，也开始脱衣。我想说：就这么睡了？可没敢，只胡乱脱了外衣，钻了被窝，看也不敢看她一眼。中间隔了那小姑娘，夏雪在另一头躺下了。但她很快又坐起来，冲我说："高大哥，我看看你腿上的伤，重不重？"

"没事没事。"我羞于让她看，连连说。

"看看怕啥哩！"夏雪并不勉强我，但却生气了，说，"真是个家窝子哩！北京人真小气哩！"她似乎觉得话硬了点，又缓和了说，"高大哥，听我爹说，你睡觉前要看书哩，今儿看不看了？"

我说不看了，让她吹灯吧。

她把灯吹了，我的心平静了许多，可还是没免去潮水般思绪的涌动。我活了二十六岁了，从来没在这样的屋顶下，这样的炕头上，与这样的人睡过觉……

"高大哥，"夏雪亲亲热热地叫我一声，又问我，"我们家不好吧？"

"好好！"我激动地说，"太好了！"

"好的话，就在这里多住几天。"

她这一句话，似乎让我产生了一个怕走的念头，可我还是说："不，我得早点回去。"

"回去急啥哩！那牲口，就不买了？"

"买，买。"我说，"谁知你爸还买不买了？"

她并没有直接回答我，而是问："高大哥，北京那么好，你为啥到口外贩牲口哩？"

我极其笨拙而又直露地回答一句："为了挣点钱。"

"哎哟！"她不客气地说，"贩牲口挣钱，你当那么容易哩？我爹贩了大半辈子牲口，挣下了几个钱呀！再说哩，你长得白面书生似的，哪像个牲口贩子哩？放着你的诗人不当，找这罪受……"

夏雪好像给我金光闪闪的前景抹上了一层阴影。但我不怪她，她是好意。不过，我也没告诉她，我买牲口的原因。我怕她笑话我。

她叫我诗人。好一个可笑的诗人。我从十六岁开始写诗，写了十年了，大约写了几千首，发了也有一百多首。我做梦都想出一本诗集，但需要一笔钱。可我，一个京郊农村的无业青年，上哪儿找这笔巨款去呢？我想到了贩牲口，于是想跟她爸搭伙，挣一笔钱。我被逼到了这条路上！可没想到，这条路也并不好走。幸亏的是，我碰到了她这样的一位姑娘。

我又一阵茫然，问她："这牲口能买吗？"

"着啥急哩。"她不以为然地说，"明儿个我带你去找我爹，还不行！"

我的眼前一片光明。

买牲口的话题令人枯燥，又似乎令她反感，夏雪把话题引到了"诗"上。她说："高大哥，你写了那么多诗，写得那么美，那么有人情味儿，有激情，是跟谁学的哩？"

我说，我也没跟谁学呀，只是瞎想、瞎写，只是心里有许多的话，想说出来……

夏雪说，她也有许多心里话呀！她又说："我咋就说不出来哩？"

"你也有许多心里话？"我问。

"有咧，多着咧。"夏雪天真地说，"三天三夜也说不完嘛。"

"跟我说说，行吗？"

于是，夏雪又拉开了话匣子："我们这儿有一座山，叫芍药花坨，那山上净是芍药花哩，红芍药、白芍药、粉芍药、黄芍药……你说得有多好看哩？像你这大诗人去看看，那得写多少诗哩……"

我被夏雪说的芍药花坨迷住了，问她："你去过芍药花坨吗？"

"我也是听说哩。"她说。

"那里一定很美。"我说。

"再美，"夏雪问我一句，"能美过北京去？"

我似乎无法回答。不知什么时候，夏雪睡着了。我却依然没有睡意。我想了很多，也很兴奋。夜很黑，也很静。她的呼吸很均匀，也很好听。我闻到了一股玫瑰花的芳香。

…………

被窝里的确太暖和了，我想多躺一会儿，但不能再躺了。那个与她做伴的小姑娘早已起床去上学了。我哪能再在一个陌生姑娘面前睡大觉！

我从被窝里爬起来，隔着她家的房门，看着不远处的披挂着积雪的山，山头真像一群白象哩。

吃过早饭，我要走，找她爸去。她先是拦挡，不让走，后来她理解了，并说去送我。

我推辞说不用。

"不用？"她问我，"你知道上哪儿找我爹去哩？"

我茫然了。其实，我巴不得她送我。

5

夏雪依然穿了红上衣、牛仔裤，又扎了那黄色的蝴蝶结，穿了那白色的网鞋并提了一个红色的尼龙绸书包。

"高大哥，"夏雪问我，"你的腿疼不疼？走不了山路吧？"

"百不咋呀！"我笑了，"啥路都能走哩！"

夏雪嘿嘿笑着，给了我一拳头。

天儿是好天儿。那红艳艳的太阳似一朵大红花，挂在蓝汪汪的天上，几朵白云悠悠地飘荡。光秃秃的远山近岭，披了白雪，显得分外妖娆。

夏雪带着我，出了村庄，爬上一条阳坡间的羊肠小路。我人生地不熟，只能跟着夏雪走。走一段，夏雪回头问我一句："累不累呀？"

我说不累。我真的不累呀！夏雪那两条在前面开路的健美的腿，确实能给我力量！

"还不累哩？"夏雪冲我笑了，"都喘上气儿了。哎呀，北京人哪走过这破路哩？"

我告诉夏雪，北京的路也不一样哩。

"咋也比这路好走哩！"夏雪说。

走着走着，我们终于爬到了山顶上。这山顶比山下冷得多了，雪也厚得多了。此地远不像阳春三月，倒依然像是寒冬腊月。夏雪站在山头上，像一树红杏花。她把手里的尼龙绸书包扬起来，让山风鼓起一面火红的旗帜，一对黑闪闪的大眼睛四处张望着，兴奋地问我："高大哥，北京在哪个方向？"

"等以后有机会，"我说，"让你爸带你去北京看看。"

"你带我去北京看看，"夏雪直望着我，"就不行？"

我无言以对。夏雪为什么说这话？

"山上风凉，"夏雪说，"快下山去吧。"

上山费劲，可不害怕；下山容易，却让我心惊胆战，两腿直打哆嗦。陡峭的山路，铺了一层雪，前面还没人走过，双脚踏下去，不出溜就打滑，万一跌倒，就说不定滚出多远。走这路我眼晕。夏雪见我为难，便把那尼龙绸包一抖，说："放心走吧，我带路……"

岂止是带路，夏雪还不时用尼龙绸书包扫去路上的积雪，以免战战兢兢走在后面的我滑倒。

作为一个男子汉，我不知该怎么好。我盼那白雪融化，又怕眼前失去那一团红红的火苗。望着夏雪，我的眼眶几次都湿润了。激动时，我想把她背起来，奔跑，那样，也不枉我一个大小伙子，可我无力去负载她……

6

大约走了两个小时的山路，夏雪把我带到一条河畔。这河并不大，也并不显得美，河水浑腾腾的，"哗哗"地翻滚着，流淌着，河两岸以及中间还有一层层一块块未化的残冰。河中间没有桥，也不见一个人，连一个放牧人也没有。

夏雪站在雪地上，久久地望着河水，心情似乎很不平静。她问我："你知道这叫啥河？"

我摇头说不知道。

"《太阳照在桑干河上》那本书看过没有？"夏雪问我，"这就是桑干河嘛。"

"这就是桑干河？"我一激动，直想发表什么感慨。

"给这河写首诗吧！"夏雪说。

一时间，望着滚滚的河水，我还真有点要诗兴大发的意思。可我把那欲出口的诗又"咽"了回去，只问了一句："河那边是哪儿？"

"到那边我再告诉你。"夏雪说，"走，我背你过河……"

背我过河？夏雪像是和我开玩笑，又不像。

夏雪弯下腰，把两条裤筒儿全卷上去，露出两条白而有力的大腿，又脱掉鞋袜，装入尼龙绸书包……

我一时愣愣地望着夏雪。

"来，我背你过河吧。"夏雪又跟我说一句。

我呆雁一般问："河上没有桥吗？"

夏雪笑了说："哪有桥哩。"

"你能过河，"我忽然明白了，"我也能过呀——何必让你背我？"

"才不是哩。"夏雪简直是在质问我，"你哪知这河的水性、这河的深浅哩！咱们两个，湿也湿一个人，不能都湿了呀！"

我幽默地说："那样，咱俩都成湿人（诗人）了。"

"这话好听哩，咱俩……诗人哩……"夏雪的脸颊微微地泛红了，说，"高大哥，还是我背你过河吧？"

"我……"我不好意思地说，"那我背你吧……"

"开玩笑哩！"夏雪说，"你的腿伤了多少块呀！再让河水一泡，不发炎才怪哩！别客气了，让我背你吧……"

"我，我这么大个儿……"我吞吞吐吐说，"你背不动我，我一人蹚河过吧……"

"犟啥哩！"夏雪生气了，说，"出门三辈小哩，你这会儿得叫我大姐哩，得听我的。来，我背着你……"

我为难极了。我实在不想趴到夏雪背上去，实在不忍心让她背我过河，可又不好再与她"较量"，只好听从她的摆布了……

当我扶上她背的刹那，我的心忽悠一下，她的身子也忽悠一下。我可怜巴巴地问："行吗？背得动吗？不然，就下来。"

"百不咋呀！"夏雪提醒我一句，"扒好喽。"

我的两手扒在夏雪圆乎乎的肩膀头上，又闻到了一股玫瑰的清香；她的身子软绵绵热乎乎的，且又充满了力量。她背着我，赤着脚，一步步向河中走去，踏着积雪，踏着残冰……

我浑身的热血沸腾了。此刻我真不知道，我今后该怎么报答这位姑娘。

夏雪蹚着水，"哗啦哗啦"地走着，走一步，喘一口气。我听到了她剧烈的心跳声，我看到她的汗珠子直往河里淌。还没有走到河心，可河水已没过了她

————————————— 谁解麦浪

的膝盖，眼看就会溢到大腿根了……再往前，她还能走吗？

这时，我急了，真的急了。作为一个一米八的大小伙子，我再也不忍心让她背着我！只连连说道："放下我，放下我……"

可夏雪依旧不撒手，只侧侧歪歪地走着……

我恐怕她倒进河里，连我一同被水淹没。我也不知怎么那么一出溜，便从夏雪的背上出溜了下来，然后以极快的速度，把她背了起来，向河对岸走去。她似乎是叫了一声："高大哥，你真有劲哩……"

7

我把夏雪放到河岸上。河岸上依旧是花搭搭的白雪。抬眼向挂雪的山上望去，那山头在阳光的照射下，还是像一群白象。我望着夏雪水淋淋的大腿和湿漉漉的双脚，问她："冷不冷？"

夏雪把我都望臊了，又说了一句更令我臊的话："你把我背得好暖和哩。"

"快找到你爸了吧？"我拧着裤子上的水说，"咱们快去找他吧，也好去买牲口啊！"

"找我爹干啥去？"夏雪的话我一时没听明白，也许她怕我听不明白，才又冲我说，"高大哥，你是个好人，我喜欢你哩！我不让你跟我爹去贩牲口，他爱骗人哩。你没钱出诗集，咱俩一块儿挣去。我听说，北京的钱好挣哩！高大哥，你带我去北京吧……"

我做梦也没想到，夏雪会说出这样的话。听了她的话，我的头"轰"一下，似乎要炸开了！眼前是滔滔的河水，皑皑的白雪，雪地闪耀着银光，还有金光，白雪地上，仿佛还有一朵红色的芍药花在开放……而那河水里一朵朵奔腾的白色浪花，在阳光的照射下，也像一朵朵怒放的芍药花。

不远处，隐隐约约传来一阵大雁的鸣叫声。

几十年后的我可以告诉你：我和夏雪没有走到一起。自从那次在桑干河畔就此别过，我再也没有见到过夏雪。但夏雪成了我心头的一朵芍药花。

麻梨烟袋杨春来

　　无论什么人，也别管是凡人或伟人，一生中都难免办几件大大小小的傻事；办傻事其实也不可怕，可怕的是干了傻事还意识不到，甚至还以为自己干的是灵事。杨春来疯狂地挖那些麻梨疙瘩、疯狂地开荒的时候，想到了有一个带仙女花纹的烟袋属于他，有一碗荞面饺子属于他；却没想到他为"还债"而挖的几万个树坑，有一个成了他的坟墓……

——题记

1

　　清明总是来去匆匆。我居然有十几个清明节没回故乡扫墓了。今年的清明，我总算脱身回到老家，给故去的先人们上坟挂纸。在回乡的路上，我听姐姐说，八十四岁的老光棍杨春来于今年二月二龙抬头的日子撒手西去了，且死得过于突然和蹊跷——他竟然是死在了他亲手挖下的用于栽树的坑里。那一刻，我为杨春来的死倒吸了一口凉气，眼眶一阵潮湿和朦胧。回想起那位逢人总是笑呵呵的老乡，记忆深处的一句顺口溜响在耳畔：

　　无妻无子杨春来
　　死了没人埋……

杨春来果然是没人埋，才倒进了他自掘的树坑吗？此时他笑吟吟的，迈着快捷的小碎步，叼着麻梨烟袋，吸着老旱烟，仿佛又向我走来了。

"七十三、八十四。"杨春来果然没过去他的第七个本命年——龙年。印象中那么一个生龙活虎的人，居然就咔嚓一下死了，不禁让我深深地怀念那位听说终生都没沾过女人的山民。那天，我打算到他坟上看看，给他挂一些纸，再敬上一只烤鸡、一瓶二锅头酒。

山风吹落几许山桃花花瓣，纷纷打在我面前，摇曳的花枝于红火中透着几分苍白；间或穿插在山坡上的几株麻梨棵子，于新绿中洋溢着几分生机和诗意。山头上的一朵白云倒不像白云，更像一缕烟雾，袅袅飘荡着；那山头也不像山头，更像是杨春来攥着的硕大的麻梨烟袋；抑或，那山影便是杨春来的剪影，他正嘶哈嘶哈地抽着老旱烟，笑眯眯地望着我。姐姐说，杨春来生前多次说他干过傻事。那天我才知道，他所说的傻事，主要还是与他手中那个麻梨烟袋有关，与当年社员手里的饭碗有关。此时我仿佛又望见了那个疯狂地在山上刨麻梨疙瘩的杨春来的身影。

2

五十年前，杨春来在京西门头沟的煤窑里挖煤。挖煤的人，一天总也不见个日头，那矿灯就是他们的日头。下井出来，除了牙齿是白的，浑身都是黑的。但这差事苦中也有乐，那毕竟是扬眉吐气的煤矿工人哪，有大白馒头、红烧肉吃；还有热水洗澡，有电影看。可后来赶上了什么城里人往农村下放，且杨春来的父亲生病在家无人伺候，于是杨春来便辞了工作，背着半袋子节省下来的馒头干，又回到那个叫麻梨村的小山村务农去了。回家后，他一边照料病卧在床的父亲，一边下地干活。两年后，父亲走了，他的眼前空空荡荡的，尚无媳妇的他，只能独身一人过活。光棍的日子不是那么好过，还没有挖煤的日子有滋味，但也只能这么过了——是后来风靡北方的挖麻梨疙瘩的生活，让他找到了不尽的乐趣。

那是二十世纪六七十年代的事了。那个时候可不光时兴戴毛主席像章、读红宝书、唱样板戏，还时兴了好一阵子挖麻梨疙瘩做烟袋。那时的男人，若不挖几个麻梨疙瘩，那简直就不是个正常的男人了。就像姑娘们不会用玻璃丝编几个熊猫图案的茶杯套，那就不像是那个年月的姑娘了。

杨春来那时候也还算个小伙子，属龙，又带着虎劲儿，干啥事也不在话下。至于挖麻梨疙瘩，他也算引领潮流、施展风骚的弄潮儿了。他所在的群山环抱的小山村，刚才说过叫麻梨村，那里山上山下长了太多的麻梨棵子，可谓一个麻梨世界了。没想到这东西一度给山民们带来了几多欢乐。麻梨村的西北山上有一面山坡，就叫麻梨坡。

　　麻梨坡还有一个传得也许并不遥远的传说。说是有一个晚上，鲁班爷正在夜游，忽然发现他早些年打的一套红木家具，正被一群老鼠啃着嗑着咬着。鲁班爷一怒之下，用他特有的一根鞭子，啪啪，将那群大大小小的老鼠全部抽赶到一座山上，直到把那害人的群鼠抽打得无路可逃，纷纷钻到石缝和土层里。鲁班爷还生气地说："我让你们啃我的家具，我让你们来世变成人们手中烟熏火燎的烟袋！"一年之后，那钻入无数老鼠的山坡上，长出了一种灌木，长势虽极为缓慢，但看上去倒也有几分别致的情趣。这种灌木的学名叫鼠李，或小叶鼠李。至于这鼠李是否真是鲁班爷抽打上山的那群老鼠演变而成，就无人说得清了。

　　无论传说真假，那一座山上长满了麻梨子，却是真格的。听说那一片麻梨，树龄小者，也过了半百；长者，大多过了百岁，甚至奔二百岁高龄了。别看麻梨子的身材一点也不挺拔伟岸，乃至还有几分侏儒般的猥琐，却是经见过漫长风雨的寿星老。这些被当地人称为麻梨子的普通之灌木，到了一个特殊的年代，却忽然走出深山出世了，一下子被人们发现了其美学价值和实用价值，成了人们手中把玩的烟袋。他杨春来似乎没跟过风、赶过时髦，但在挖麻梨疙瘩这件事上，他却站在了时代的前沿——照他哈哈一笑说："还不是鲁班爷让我挖的？"

　　无论挖麻梨疙瘩，还是做麻梨烟袋，杨春来都是一把别人难比的好手。据说当年这位煤窑里的窑工，身上带着鲁班爷的灵气。听说他做的第一个烟袋，像个丑八怪；可做的第二个烟袋，就像一朵花了。他把那个得意之作送给了常常到他的光棍屋里住宿的年轻下乡干部田主任。一个礼拜后，田主任把那个麻梨烟袋又给他了——他一看，那烟袋已经成了个开花馒头，开裂了。他先是一笑，风趣地说："这麻梨疙瘩气性大，气炸了。"然后，他似乎也气炸了，将那烟袋摔在花岗岩台阶上，成了八瓣花。那晚，他辗转难眠。他说，鲁班爷给他托梦，教他去哪儿挖麻梨疙瘩，如何做烟袋，但不让他把这技艺传授给别人，否则，他即便不死，也得让麻梨棵子扎瞎一只眼睛。这后果很可怕。于是他就不告诉旁人挖麻梨疙瘩有什么诀窍。他一度也不做麻梨烟袋了，但麻梨疙瘩他还是挖的，且愈发入迷上瘾。这位年龄不断增长的光棍，总爱笨手笨脚地拌一锅疙瘩汤，痛痛快快地一吃一喝；然后再去挖麻梨疙瘩，挖麻梨疙瘩他倒是心灵手巧的。他觉得这日子过得有滋有味的。

挖麻梨疙瘩，他是真正的渐入佳境，乃至走火入魔了。鲁班也许不该给他托那个梦，也许根本就没托，但他却分明记得，鲁班在梦乡里对他说："杨春来，你就到麻梨坡刨麻梨疙瘩去吧。早晚你会碰到一个麻梨疙瘩上有一个仙女图案，那时你就可以找到你称心的老婆了。"

仙人指路？有这等好事？他哈哈地笑了。笑过之后，他便提了一把镐，背了一个篓子，奔了麻梨坡。麻梨坡上面果然长满了麻梨子。那一簇簇一株株一棵棵的麻梨树，长得看着不起眼：枝干矮小纠结，大多并非独立的枝干，而是三五株凑在一起，像几位相依在一处的多胞胎兄弟，且枝梢上还长满了刺，扎手扎人。可别小看了这黑乎乎的灌木棵子，它下面却埋着不知有多么美妙的疙瘩。从前招人骂的麻梨疙瘩，一度成了香饽饽。以往人们总是把这类麻梨疙瘩和类似于麻梨疙瘩的牛梨当作一种并不起眼的却是很起火的、很耐烧的燃料。"麻梨疙瘩牛梨棒，刨回家去烧热炕，顶多做根擀面杖。"如今这麻梨疙瘩可派上了大用场，可以做出令人爱不释手的烟袋锅。听说山外人见了麻梨烟袋，比见了姑娘还新鲜稀罕。山外人掏几枚纪念章，再搭两块手绢，换一个麻梨烟袋，那是绝对以为太值了。人随潮流草随风。他杨春来一度的最爱，也是麻梨烟袋。他还发誓：不见着那个仙女图案的麻梨疙瘩，不找媳妇。

那天，杨春来一气刨了十三棵麻梨子。出手不凡，他从石缝里揪出的第一个麻梨疙瘩，居然像被压了五百年的、身形都被挤扁了的孙悟空。抖落抖落泥土，磕打磕打石子，捧着那麻梨疙瘩细看，他惊叹一声："你个孙猴子，在这等我哩。"

他舍不得把它做了烟袋，回家放于枕边，睡觉互相守着。那猴子活灵活现，简直像要给他挠痒痒的架势。他眯眯笑着，抽完了一袋烟，且将那麻梨烟袋伸到猴子的嘴巴前，与其开玩笑："抽袋嘿。"

在那之后，杨春来又挖出了一些怪异的、乖巧的、奇异的、奇特的麻梨疙瘩。有一个像野鸡，栩栩如生的，要飞；有一个像寿星老，居然手托一块桃形粉石，似在为谁祝寿；有一个像愚公，背了一块石头，一副挖山不止的样子。这些根抱石，鬼斧神工，惟妙惟肖，挺有个意思。但杨春来却迟迟挖不出带仙女图案的麻梨疙瘩。

杨春来日里夜里，每天都要挖回一到两篓子麻梨疙瘩。那面麻梨坡，很快被挖得豁豁牙牙，千疮百孔了。他挖麻梨疙瘩，一般爱顶着朝霞和红日头去挖，他说那个时候的麻梨疙瘩蕴含着不尽的精华；或顶着月光去挖，那个时候的麻梨疙瘩有月亮的精华。杨春来干活，一向风风火火。面对那麻梨棵子，他确实是有点快刀斩乱麻的劲头。碰上一株麻梨子，他先是抡着大镐，就像左右开弓打敌人耳光一样，先把麻梨子的枝干扫倒，然后再找准方位，一镐又一镐地刨将下去，那镐落之处，白烟或火星四起四溅。有时候赶上好挖的，只咔咔几下子，便将那麻梨疙瘩兜了出来、取了出来、扒了出来、提了出来、抻了出来。也有咬定青山不放松者，他要费点好劲。他嘿嘿地叫着，咔咔地刨着，蚂蚁啃骨头一般，也要将那麻梨疙瘩啃下来。待他终于又把一个麻梨疙瘩翻将出来，抱于手中的时候，他便哈哈地笑着、叫着：这个大家伙，我让你不出来！有时他抱着那麻梨疙瘩，像抱着自己刚出生的孩子那般，亲热、欣喜。可他还没有孩子，连妻子也没有。他在等待着那个带有仙女图案的麻梨疙瘩出世，他坚信鲁班爷给他托的梦是灵验的。那个麻梨疙瘩或许正在哪个旮旯里等着他。

杨春来为了挖麻梨疙瘩，常常把手脸弄得血一道子、伤一道子、汗一道子、泥一道子。麻梨棵子有一回崩到他的眼上，把他的眼珠子抽打了一下，那眼珠子立刻变成了血汪汪的红桃。照他说，他的眼珠子差点放了炮。他挖出的麻梨疙瘩愈发多了，那麻梨坡上的麻梨子愈发少了，山坡上坑坑洼洼的。以往随处都可惊跑的兔子和野鸡，也不知都去了哪里；一度光秃秃的麻梨坡，寸草都不生了。

每年一开春，麻梨子是最早返青的一种灌木，那微型的、就像带鱼鳞片一样大小的鹅黄色的、绿莹莹的叶片，密密麻麻地冒出来了，很是招人喜爱，很快便绿了山坡，透着浓郁的春意。那时候的杨春来，也难免春心荡漾，总是爱说那句似乎有点不那么正经的酸溜溜的桃色顺口溜。有人就说他想姑娘想疯了。他就哈哈笑着，似乎姑娘本就是个玩笑。

3

那一年，出嘴的麻梨少多了，好多麻梨疙瘩都被人挖走了，不可能再出嘴了。杨春来挖走的麻梨疙瘩最多，但迟迟不见他做出几个烟袋来。原来他是把麻梨疙瘩藏在了一个山药（就是土豆）窖里。他那个山药窖里山药不多，麻梨疙瘩倒是堆成了小山。事后人们才得知，杨春来把麻梨疙瘩放到山药窖里，是有意让那疙瘩阴干一年到两年半，然后再开料挖烟袋，那样做出的烟袋，就不会开裂了。照他说，这一招也是鲁班爷教给他的。那天他背着一篓子麻梨疙瘩不知往哪放，忽然脚下飞起来一只沙鸡，把他引领到一口山药窖里，沙鸡不见了，他也知道麻梨疙瘩该储藏到哪里了。他说那沙鸡是鲁班变化的。有人笑他：这点雕虫小技，值得鲁班爷当一回沙鸡？他就哈哈地笑了，还像个孩子一般说：鲁班爷教我咋做麻梨烟袋，我不告诉你。

聪明人都知道，杨春来不可能真有鲁班爷告诉他的做麻梨烟袋的真经。但在做麻梨烟袋上，人们还是比较迷信杨春来的。往往，守着一个麻梨疙瘩，自己的脑袋和手也像麻梨疙瘩一般笨拙了，便会去请教杨春来。杨春来很乐意帮着别人收拾修理总也难以成型的麻梨烟袋。一度，他成了一位化腐朽为神奇的神乎其神的人物。他的眼睛神，某个麻梨子还在沙土和石缝里钻着，他就知道这是块什么料，有没有空心，长没长瘤子；把疙瘩请出来了，他猜得出那黑皮里包裹着的是什么花纹。他的目光就像阳光，初做成的烟袋像青苹果，他是会把其照成红苹果的。他的看似粗糙的大手也透着神奇，本来颜色不大中看的烟袋，经他一摸索，其颜色眼瞧着加深、变红，花纹更加清晰，愈发喜人。他还说他的手纹好，所以那木纹也就格外的丰富格外的美好。不信你看哪，他说。

他虽然没学过数学、美学，但懂得角度美、弧度美、曲线美、线条美、形体美、比例美、对称美、搭配美；颜色不用管，因为麻梨子可贵就可贵在天然本色上。照他说，麻梨烟袋就像姑娘的脸蛋，一看就红，一摸更红。他还别出心裁，将几个烟袋锅的两侧鼓捣成姑娘的酒窝状态，看似红晕滚滚的。他那些麻梨烟袋的形态和神态，往往兼备少女的形态和神态。

杨春来还和人打赌，说是他把一个麻梨烟袋扔到盛满水的水缸里，他单用手捞不上来；但要扔进火坑里，哪怕是过一袋烟的工夫，他能把烟袋抢出来，且不让其着火。他还真试了。扑通，烟袋落入水缸，沉底了；烟锅丢进灶膛，迟迟拿上来，只是烫手，不见着火冒烟。他是想证明，麻梨疙瘩落水沉底，耐火经烧。他哈哈又是一笑。乐，都在那麻梨疙瘩上面了。他最惬意的时光，就是捧着一杆麻梨烟袋，久久欣赏的时候。他说那麻梨疙瘩可是个好东西呀，看着养眼，摸着养手，拿着养心。他还说："这要是在矿上背煤，哪儿找这乐子去呀？"他早丧父母，从小受苦，无啥亲人，却没想到在那个年头，在这木头疙瘩上找到了乐趣。田主任对他说："还是找个老婆吧，乐趣更多。"他笑着说："摸媳妇的脸蛋儿，不一定有摸我的麻梨烟袋光溜、舒服。"

但他又对女人流露出几分好奇。比如他欣赏他的烟袋的时候，他总爱笑眯眯地联想到女人。那时他会忘我地自言自语：嘿，瞧我这烟袋锅头，像个俊媳妇，歪着脖儿看我哩。我这个烟袋锅，像一条美人鱼。你看这烟袋杆儿，一会儿弯一会儿直一会儿翘的，简直像个风骚女人。他给有的烟袋杆儿打一个铜箍儿，他说那叫给女人戴上了戒指；他给烟斗包一层铜，他说那叫给女人镶了一圈金牙。他说女人的脸上长了瘤子不好看，麻梨子若不长瘤子，那就只能烧热炕了，没法看了。他还说鲁班爷也好色呀，不然咋拿仙女引诱我呀，说是麻梨疙瘩上有仙女？他又一顿开怀大笑。

4

那一年，杨春来一气做了上百个麻梨烟袋。其中的多一半他都送了人，有八个都送给了那个田主任。他是奔着仙女去的，可那仙女依旧不知道藏在哪个木头疙瘩里。他做这些烟袋，都是利用工余时间做的。他的光棍屋里，放了半炕麻梨疙瘩，半炕各种工具。大小锯、大小锉、大小斧子、粗细砂纸、钻、蜡、油……每一个烟袋，都得经过几十道工序，精心打造打磨。其中最令人期待、好奇的环节，便是那烟袋的雏形和毛坯子出来了，打过几遍锉和砂纸之后，上面浮现出的是什么图案了。这麻梨烟袋看得就是个图案。杨春来不管那叫图案，更不叫什么鬼脸儿、鬼眼儿、花纹木纹什么的。他只管那纹路叫：花儿。烟袋的好坏，全在于花儿的好坏。花儿也不在于多少，而在于巧、妙。意料之外的花儿才让他发出啧啧的惊叹："嘿，这花儿，绝了，好看。"

从那烟袋锅上，他发现了太多的好花儿。

哎呀，这花儿，像只小松鼠。你看，松鼠蹲在树枝上，吃核桃哩。

嘿，这上面的花儿，像一只狐狸。这红地儿上有一只黑狐狸，看着顺眼。

猫头鹰，你看，这上面有只猫头鹰。

哎呀，孙悟空在天上翻跟头哩……

但迟迟不见有仙女图案出现在烟袋锅上。于是杨春来又解嘲说："嘿，这麻梨疙瘩好看，就好看在它花里胡哨的花儿上了，就因为它是个烟袋；它要是个姑娘，有了这一脸的麻子就不好看了。你看这花儿，麻嘟嘟的，不像麻子像啥？像一脸雀斑、一脸蝴蝶斑、一脸黑麻星子……这要是姑娘，那就像洗不净脸似的，看着就寒碜了。"

于是就有人躲开他，有人却凑上前去，说："看看你新做的烟袋锅，像啥花儿啊？"

杨春来津津有味地说："好花儿多了。看着像啥花儿，就是啥花儿——像麻枣儿；像鸟蛋儿；像个麻脸姑娘上不得台面儿，倒能给人做饭做伴儿……"

杨春来一共才上过两冬天的学，却不知道什么时候，给他的麻梨烟袋编了一串好玩的顺口溜，连那些下乡来的大学生和田主任，都觉得自愧不如。他编的顺口溜是：

"麻梨烟袋嘴，像条美人腿，手把烟袋流口水；麻梨烟袋头，像个美人球，青烟一冒能解愁；麻梨烟袋锅，像个小鸟窝；麻梨烟袋斗，像个小花篓；麻梨烟袋弯，像个美人簪，前后冒烟解心宽；麻梨烟袋大，天天陪我来说话；麻梨烟袋小，天天跟着主人跑；麻梨烟袋挺，像个美女刚睡醒；麻梨烟袋直，火心要空人心实。"

人们听了他的顺口溜，都说他太有才了。有人说，啥叫有才呀，他是想媳妇快想疯了，才满嘴酸不叽叽的顺口溜哩，还又问他："还没见着那烟袋上的仙女哩？"

杨春来又笑了说："我要发现了好花儿，会让你们看的。"

雪天儿，雨天儿，都是杨春来盼望来临的好天儿。赶上那天儿，不用下地干活，他就可以做一天烟袋了。做烟袋有着太多的乐趣。杨春来做了太多的烟袋锅。虽说都是个木头疙瘩烟袋锅，大同小异，但又形态各异，五花八门，大小不一。杨春来做得最大的一个烟袋锅，居然有茶壶般大小，那若是装足了旱烟叶，一村人也够抽一阵子的。那大烟袋锅的花儿密度也大，像一群小鬼眨着密密麻麻的眼睛，层次不甚分明。这烟袋得双手捧着，携带不便。他做的最小的一个烟袋，不过麻雀蛋大小，实在是小巧玲珑得可爱。上边的花儿少，却精致，活脱脱像一朵独立绽开的山丹花，于俗中见雅。这小烟袋倒是随手可拿，夹到耳朵上也使得。

最让杨春来惊喜的一个图案，是他发现那烟袋锅上活灵活现地蜿蜒着一条隐隐约约的龙——他杨春来是属龙的，对这图案哪有个不喜欢？好些日子里，他都抚摸着那个烟袋，把玩个没够。他还常常往那烟袋上抹一些杏油，用手搓个没完，于是那烟袋锅就更显得美妙无比了。可那个飘在云彩里的仙女，在哪里呀？杨春来倒也不急，反正鲁班爷说过有个麻梨疙瘩里有仙女，他慢慢找呗。那几年的时光里，他的手总是离不开麻梨疙瘩。走着、站着、坐着、躺着，无论到哪里，他都用一把锉或是一张砂纸打磨着一个个麻梨烟袋。打一会儿，便久久地端详一阵子，上边出来了什么花儿？有没有仙女出现？他又眯眯地笑了。

他从山药窖里取出了一堆麻梨疙瘩，又放进了一堆麻梨疙瘩，再从山上挖回了一堆麻梨疙瘩。终于，麻梨坡上的麻梨疙瘩，全部被挖光了。那上面居然不再有一棵麻梨子树，成了光秃秃的一座山，全是挖过的麻梨疙瘩留下的沙坑和土坑。曾经是山鸟鸣叫、野兔飞跑的一面山坡，再不见昔日的绿色。于是杨春来便又转移了目标，到另一座山上去挖麻梨疙瘩。他还是要做他的麻梨烟袋，干这活儿没够。他把玩着自制的烟袋，吸着自种的老旱烟，也没够，像神仙般过日子。但他就是没个媳妇，越是没媳妇，他越是拼命地挖麻梨疙瘩，似乎他的媳妇是在土里埋着的。一旦哪一天他发现他做的某个烟袋上有一位飘飘欲仙的仙女，他的媳妇也就下凡了。果然是那么美吗？他坚信着。他这人傻，也就傻在这里；灵，也就灵在这里。他是个一条道走到黑的人。于是他又拿着镐，去刨麻梨疙瘩了；他又拿着锉，去锉麻梨烟袋了。

5

那一天长了一块好大的云彩，哗啦啦地下了一场好大的雨。那雨水似乎都奔麻梨坡而去了，将麻梨坡狠狠地冲刷洗涤了一阵子。坡上残留的沙土被冲走了许多，裸露出一块块山石，白花花的，像什么骨头。此时杨春来望着那山洪，像被蝎子蜇了一般惊叫道："哎呀，坏了……"

山下的一挂梯田被那场山上下来的洪水冲垮了。庄稼被冲得东倒西歪，或是被淹没了；一些本就不安分的南瓜翻着跟头，不知漂向哪儿了。将要到手的庄稼进了龙口，莫说当年的口粮，来年的丰收都大打了折扣。恰是屋漏偏遇连阴雨，就在这个节骨眼上，麻梨村的队长，不知道通过哪道门子，居然摇身一变，填了一张表，招工到矿上下井去了。队长走时，带了半蛇皮袋麻梨烟袋，听说是送礼用。

杨春来这回可是做梦也没想到，田主任找到了他，提出让他当队长。这话吓得他一激灵，烟袋差点脱手掉到地上。但他摇头说他当不了队长，还哈哈一笑，然后只顾闷头抽烟。他把烟雾吞进去又吐出来。那一刻，他可真像个吞云吐雾的神仙。

田主任居然将杨春来手中的麻梨烟袋夺将过来，一本正经地说："老杨，你要不当这个队长，我以后就不让你抽烟！这队长你干也得干，不干也得干，这是组织上的决定！你干不了？你以为你就能挖麻梨疙瘩吗？眼下山洪冲了梯田地，就需要你这么一号人，带着大伙度过这个关口。"

后来，田主任又劝杨春来说："你根正苗红，又当过工人；没私心，又不拉家带口；你干活带龙性，又有劲，一人顶俩。我已经征求了社员的意见，都拥护你。有公社支持你，你就没个干不好。"那一刻，把杨春来的心也说软了说动了。他知道田主任是瞧得起他。他抱了一些柴火，点着，连蒸带烤了一锅前任队长给他们分下的吃食：尚未长足个的南瓜和地瓜，还有不老的老玉米。田主任吃得挺香，吃完了对杨春来说："老杨，赶明我们会帮着你物色对象的，只要你别再挑三拣四的就行。"

杨春来把烟袋锅里的灰啪啪地向炕沿上一磕，又说了一句傻话："不带领大伙吃上饱饭，我就不找老婆！"

那一夜他也没睡踏实。那夜田主任依旧如往常，和他躺在同一条炕上。鸡叫过后，他和田主任说了他的想法，尽快把龙王爷冲毁的地重新整治起来。再就是，他想临时开几片荒，也好度过饥荒。他还神神叨叨地说，鲁班爷又给他托梦了，让他开荒。他问田主任行不行。田主任回答："咋不行？毛主席总是教导我们与天斗与地斗与人斗，这都是其乐无穷的事。靠山吃山，你就大胆干！"

那天早上，杨春来望着天、望着地、望着他手中那个有龙纹图案的麻梨烟袋，像是在默默祈祷：龙王爷呀，保我几年风调雨顺，让大伙吃几年饱饭吧。

然而，龙不随人愿。下了一场大雨，以为是涝了，结果又赶上了秋后的掐脖旱。他望着天上的云彩，捧着手中的烟袋，感叹他这个属龙的却不能呼风唤雨。好在，田主任同意他去山上开荒。

那天天不亮他就起来了，公鸡叫得挺欢。看看门外，星星还密密麻麻的。他将一口口唾沫啐到磨刀石上，嚓嚓地磨着斧头和镰刀。他把刀斧磨得锃亮，照影影儿，用手指头一试，感觉出了那刀刃的锋利。他顺手摸了几个山药蛋揣入衣袋，这是干粮；他还灌了一葫芦水，挎在肩上。他将那镰刀斧头掖在腰里，便顶着似乎是给他一个人预备的照亮的星星上山去了。

那一整天，杨春来基本上像个疯子。斧头镰刀并用，他刷刷地砍伐着一片以灌木为多的杂木林。一天之内，他就把那山头扫平了、扫光了、扫秃了，照他说是，给那山剃了光头。山上虽然成材的树木不多，但橡木、桦木、椴木、榆木、青冈木还是有的，野草野花也不少。可不管什么，也挡不住他杨春来披荆斩棘。碗口粗细的木头，他只抢着斧子，咔咔地砍，似乎只要那么几下子，那树干便随山倒下了，咔嚓嚓，倒得很脆生又似乎很无奈。他还爬到树杈上，将那树的枝叶用镰刀胡乱地扫掉。不过镐把粗细的树棵子，他只用镰刀，噌噌地割将过去，那草木便随之七零八落了。此间，他惊起了一只狍子，还有几只兔子、几只野鸡。他似乎是借助了神力，那草木就纷纷地横躺竖卧在他面前了。一片葱茏的山林，转眼就溃不成军，倒伏在他脚下了。

伐倒的草木被阳光暴晒了十几天后，那叶子被晒得变红了、变黄了、变蔫了、变干了。是在那一天，响晴的天。他一个人点燃了他伐倒的那一片草木。火光熊熊燃烧，映红了蓝天；烟雾升腾，与白云纠结在一起。大火着了几日，火焰才渐渐熄灭，那些草木才变成灰烬。一只狍子被烧死了。他哈哈地笑着，把烟熏火燎的狍子背回村去，给人们分了肉吃。他说："狍子肉可别白吃，把镐头预备好，去刨荒地。"

于是杨春来带着好几十口子男女社员，抢着镐，在还烫得扑脸的土地上一连刨了五天荒地。那才叫刀耕火种。这种地借助了草木灰的肥料，地力足，种什么爱长什么。那一年，他带着社员们一连开垦了五块这样的山地，照他说是占了五个山头。头一年，便种了晚期作物荞麦。那年秋天的荞麦花，满山头层层叠叠，像披了一层白云盖了一层雪花。田主任还带着一些人，参观了他们的荞麦地。田主任竖着大拇指，夸杨春来是条好汉子。秋后，人们便吃上了香喷喷的荞面饺子、荞面饸饹、荞面粉坨。第二年开春，这一半的荒地种上了山药，另一半荒地种上了谷子。秋天，金灿灿的谷子沉甸甸地在山风中摇着舞着，那满山的谷浪实在是迷人。把那些谷子收回到打谷场里去，也没少累人。那一年的山药花开得灿烂茂盛，粉的白的，密密匝匝。秋天，山药蛋就刨了个没完。那年冬天，人们就有足够的山药小米干饭吃了。田主任也没少到杨春来家，吃五谷杂粮做成的"光棍饭"。夜晚，他还要在灶膛里烧几个山药，留待夜间饿了吃。那一年好多的社员都在背后说："还是杨春来会当队长啊，他让我们吃上了饱饭。"

按说，人们吃上饱饭了，杨春来也该提亲了。可田主任给他介绍了两个，他都没同意。他还给一个寡妇提了什么条件："你要跟了我，得自力更生，干活去，吃闲饭不行。"那寡妇当即就回他说："你就一个人自力更生吧，看谁给你做饭、生孩子。"于是他便哈哈地笑着，就又把找媳妇的事撂下了。

那山头上的五大块荒地，曾经贡献了不少的粮食，可种了三年之后，那地就薄了，没油性了，且在风雨中水土不断流失，渐渐地，别说是庄稼，草也不长了。于是便成了撂荒地。那裸露在阳光下的山地，连个兔子、耗子也藏不住了。曾经是满目葱茏的山林，而今变得脆弱不堪，看着都是一副穷相。

也就在那一年，又下了几场不小的雨，雨水从山上流下来，这些荒地又遭到了早些年麻梨坡的下场。杨春来望着雨水冲刷过的荒地，麻梨烟袋捧在手里，却忘了吸烟，只是发愣。

那天晚上，杨春来召开了社员会，他在会上说："以后谁也不许挖麻梨疙瘩了。谁要麻梨烟袋，上我那儿拿去。我还存着一些个。还有，咱们也不能指望刀耕火种吃饭了，这都是一些个绝户事。大伙帮着我想想，以后麻梨村该咋搞呢？"

6

这会开了一些年后，这话说了一些年后，所谓的生产队就解散了，自然也就不用生产队长了，似乎也没社员这一说了。可谓树倒猢狲散。那一天那一晚，还是那位田主任亲自督阵，分麻梨村那些似乎本就该早分了的东西。那晚杨春来的大手有点臭，他抓阄的时候，一手抓了一面山坡，上面写着三个字：麻梨坡。可那坡上有啥呀？照人们说是，光棍抓了一面光杆坡。杨春来当时却哈哈地笑了。笑过之后，他磕掉了烟袋锅里的烟灰，说了一句："麻梨坡是我的了。"

那一晚上，杨春来也没睡着觉。他身边的田主任和他说了许多话，主要是还想给他提个亲，也还想着把他往山外折腾折腾，比如说让他到什么大理石场当带工的。可他说什么也不去。他只说："我抓着麻梨坡了，我就在我的麻梨坡上还债呀，我欠下麻梨坡债了。"

就是那一年的开春，麻梨坡上多了一个小窝棚。小窝棚像一个巨大的鸟窝。那小窝棚就成了杨春来的家。晚上他住在窝棚里，白天就在窝棚外的麻梨坡上植树。他不光植一种树，除了枣树、杏树，还植了大量的松柏树、杨柳树。都说松柏上山，杨柳下河，可他杨春来却在那麻梨坡上植了几百棵杨柳树。没植一棵麻梨树，麻梨树是纯粹野生的，人工是植不活的。但他还是很怀念那些麻梨……

两只狍子一前一后从他眼前跑过，一群鸟儿飞过，几只野兔子窜过。他正抽着烟，望着那有趣的景致，忽然发现那边走来两位干部模样的人。一个是田主任，这田主任可是乡里（原来叫公社）的元老了，一直都是什么主任；田主任身边那位，听说是一位什么记者。当田主任望见满目的绿树，望见满头白发的杨春来那一刻，他的泪光都闪烁了。他奔上前去，握住杨春来的手说："老杨，你辛苦了！就这么几年的工夫，你就把麻梨坡变成又像花果山又像兴安岭的模样了。神了！"杨春来却嘻嘻哈哈地说："那得感谢鲁班爷，还是鲁班爷脑瓜好使啊——当年他托梦让我把麻梨坡上没大用的麻梨疙瘩挖完了，如今又让我种了一山更中用的、更中看的树。他把我算计了。"

几个人都笑了。田主任说："别提你的鲁班爷了，我替鲁班爷谢谢你对祖师爷的崇拜——我要树你为典型，要整理你的材料。你看我都把记者带来了。"杨春来只是哈哈一乐说："树我啥典型啊？这麻梨坡是我破坏掉的；我又往上面栽了点树，这是我应该做的。"

杨春来又端着麻梨烟袋，尽情地抽了一锅烟。田主任又问了他一句："老杨，你需要我们给你做点什么呀？"杨春来哈哈地笑了说："做啥？你们要有本事，就给我找一个老伴来。"

田主任简直气死了，指着杨春来说："老杨，你比我大，我说话你也别怪罪，你这个人，犟啊。我没少给你提亲吧？可你挑肥拣瘦的，总是拿婚姻大事当儿戏，这个也不行，那个也不行。你现在都快老了，也知道找老伴有用了？你呀，老天爷可真该给你配个老伴啊。"杨春来又笑了说："我和你们开玩笑哩。我这辈子，不想那娶媳妇的美事了。这回咱们说点正经的吧。当年鲁班爷给我托梦，说麻梨疙瘩里有仙女，我就疯子似的把麻梨坡挖得光秃秃的了，这等于我干了一件绝户事。但我如今又把麻梨坡绿化好了，栽满了树，算我弥补了一些损失。不过，我当队长的时候，还干过一些傻事，这你也知道。我说的就是那一年，我一连开了几片荒地的事。那些个荒地，当年粮食倒是打了一些，可如今那还是荒地，除了长着一些荒草，树木一点也没长起来。田主任，我得走走你的后门。你还别说我神神道道，鲁班爷又给我托梦，说是他请求了阎王爷，再给我三十年寿命，让我把开垦过的那百十亩荒地，都种上绿树。可是田主任哪，干好事也得经过人家同意，或是经过上边允许。我在麻梨坡上植树植出了点名堂，你也快退休的人了，大老远的找我来了，我从心里感谢你。我还得求你一件事，就是鲁班爷让我植树，你也得答应我，让我再植几十年树。"

田主任直呆呆地望着杨春来说："老哥，你都啥岁数了，可别干了，我给你说说，你上咱们乡敬老院吧。"那一刻，杨春来的脸都变得绿树叶子似的了，浑身抖得像一棵狂风中的树，他说："田主任，你要说让我上敬老院，你还不如把我当成一棵树，埋在这山上哩。田主任哪，你该理解我呀。我开荒毁了那么多树，我要不把这树补栽上，我死了都合不下眼。"

说着，杨春来不知道从哪里摸出了两个保存了几十年的、实在是惹人喜爱的精品麻梨烟袋，递给了田主任一个，把另一个递给了那位记者。他动情地说："田主任，咱俩大半辈子的交情了，我就求你这一回事了。"那一刻，杨春来流泪了；田主任也流泪了；那个记者也流泪了。田主任久久地看着那个白发苍苍的杨春来，望着西山嘴上那一轮夕阳，他知道，他不应杨春来似乎都不行了。杨春来还说，他要在有生之年，把那些荒山全部植上树。他说："就给我一次立功赎罪的机会吧。我光棍一人没有后代，我植下一山两岭的树，就当我留下了一群儿女。我一个人，有二亩山地打得粮食足够吃了；我啥也不图，就图植下一片树，也算我行下好了。这辈子我没找到老伴，下辈子兴许还能找到个仙女般的媳妇哩。"

几个人都含着泪，笑了。一树山楂，红得火似的。

田主任就答应了杨春来的请求。田主任看着杨春来送给他的可爱的麻梨烟袋，觉得杨春来比这烟袋还可爱。

7

冬天刚过，杨春来就打算搬到山上去了。那天，他望着山坡上偶尔冒出新芽的麻梨子，又嘻嘻地笑着说出了那句顺口溜：

麻梨子出嘴儿

…………

他还自语道：人要是也能像麻梨子一样，年年返青多好？我早晚还能找个媳妇……

两天以后的某座山上，又多出了一个钻山铺。这钻山铺还是有点像个大鸟巢。这鸟巢的主人就是杨春来。已经到花甲之年的杨春来，又开始在周围的山上植开了树。这一下，他在山上一气种了二十四年的树。期间，听说是有央视《夕阳红》节目组的记者采访过他，问他长寿秘诀。结果他没说一条秘诀，倒是句句问人家，似乎人家才知道长寿秘诀。他像个诗人又像个藏而不露的养生专家，连连问人家："我天天看绿树、栽绿树，我能老？我喝露水、吃雪水，我能不消化好？我天天吃绿色食品、山珍野味的，我能胃口不好？我天天听鸟叫，我耳朵能不灵？我夜夜看星星，我眼睛能不亮？我啥杂事也不想，我心情能不宽？我一辈子没沾过女人，天天养精蓄锐，我身体能不棒？我用麻梨烟袋抽山上的山花野草，我的身子骨能不硬朗？我一天刨上百个树坑，我的腿脚能不灵便？……"

杨春来逗得记者直笑。但杨春来和记者谁也没想到，只在一个多月后，杨春来挖好了龙年的第一个树坑，正要从树坑里爬上来，却忽觉一阵头晕目眩，便一头栽倒在树坑里，再也没有起来。

事后有人找到杨春来，听说就是那个田主任。田主任一再琢磨，很是纳闷，那个树坑为什么要挖那么大？难道真是杨春来预感到他死后没人埋，便自掘了坟墓吗？那天，田主任啼啼啦啦地哭了。那天，他是来找杨春来，让杨春来去乡敬老院的。

谁解麦浪

8

我听了姐姐说的关于杨春来的一些事情，心头便像栽着一棵春风舞动着的小树，再也平静不下来了。那天我带着烧酒烤鸡，还有几串挂纸钱，想去山上找到杨春来的坟墓，却怎么也没找到。到处都是他植下的树，谁知他在哪棵树下啊？算不上奇迹的是，我在一棵树底下捡到了一个麻梨烟袋——我久久地端详着那烟斗上的花纹，居然发现上面有一个隐隐约约的图案，活灵活现的像一个仙女，真的像一个仙女。嫦娥？洛神？织女？……反正是飘飘欲仙的样子。

我坚信这个烟袋是杨春来丢下的。可他生前既然见到了这烟袋上的图案，照鲁班爷给他托梦说，他该因此找到心中的女神了，可他为什么没找到呢？满目的绿树，模糊了我的双眼。那春日里的山坡上，偶尔有三五株麻梨子很招眼地沐浴在阳光里。

谁解麦浪

辛保安的左衣兜里长期揣着一把金灿灿的麦粒，他时不时就咀嚼着丰收的喜悦和乡愁；他的右衣兜里揣着一粒蓝莹莹的伟哥，他时刻准备着"炮击"一个遥远的女人……他曾和笔者感叹：上不能孝敬父母，下不能照顾儿女，中间不能伺候老婆……保安过的是啥日子哩？

——题记

1

你呀，你来干啥哩？

麦子我也收完了，玉米也种上了，还不让我出来散散心？南阳的水都能调到北京来，我就不兴来北京看看？

好哩，好着哩。

你带我去哪里？

去麦子地。

北京哪有麦子地？

有哩，北京人也吃白面，北京也有麦地。

你不是说有一块麦地让一个导演包了吗？不是为收麦子，是为拍电影。

是哩。那是谷导。谷导让麦海哥给他看着一块麦地。咱们就去麦海哥的麦地。那麦子地里还有一间麦子房哩。

你带我去麦子房干啥哩？

干你！我想死你哩！……

2

辛保安他爹给儿子起名的时候，没想到他儿子会当保安；等他当了保安，他爹也长眠在麦子地里一年了。他五十岁那年，他老娘指着他说："保安，出去挣钱吧。光指望那五亩麦子地，养不活一家人哩。中不中？"

辛保安老老实实说了一个字："中。"

于是他就夹着铺盖卷，袋子里还装着十八个馍馍、六张发面饼，衣袋里还装了鼓鼓囊囊一兜小麦，就从河南的南阳启程，咯噔咯噔地坐着火车，一气跑到北京来了。在北京转悠了五天，把身上带的馍和发面饼也吃完了，事也找上了。经人介绍，他到牛坡花园老鹰保安队，当了一名保安。隗队长，也就是他们简称的隗队，看他忠诚老实，就收留了他。

他长得果然是一副忠诚相，面如重枣，其脸型也像一颗新疆大红枣，却又棱角分明，眉是眉眼是眼的，于木讷中透着憨厚，细看还有几分关公像，身材算得上魁梧。这人当保安应该是块好料子，隗队只跟他说："就跟我干吧。"

辛保安很恭敬地说："谢谢鬼队。"

"叫我啥？"

"我听有人叫你鬼队。"

"那是他们没文化。"隗队便如此这般地又解释了一番他的贵姓。

是的，隗队这个"隗"字，好多人容易认成"鬼"字。当时有人叫隗队鬼队，他可急了。他说天下无二隗，还说中国就五千多人姓隗，那音念伟大的伟。这样，那些保安就不敢叫他鬼队了，就叫他隗队。

第二天，隗队就发给辛保安一身蓝制服。那制服的后背上，有四个抢眼的大白字：老鹰保安。上面还有徽标，一只飞翔的老鹰的图案。

从此他就披挂上阵，把大檐帽一顶，正式上岗了。自我感觉那身行头有点滑稽，不大适应。可看看当保安的，都是这一身打扮，他也就没的说了。他就人模狗样地往那个叫牛坡花园小区的南门口的大门楼下一站，当开了保安。

牛坡花园小区算得上老小区了。当时这牛坡花园全是麦子地，后来就铲除了几百亩麦子，盖上了所谓的牛坡花园。牛坡花园分三个小区，一区二区三区，总共算下来百十栋楼房。百十栋楼房雇了百十个保安，是一个叫隗老鹰的外地人承包的，所以就叫老鹰保安队。辛保安就职的岗位是牛坡花园一区南门。这小区有四个大门，南门的门楼和其他门的门楼基本都差不多，都是那种镂空的铁艺门。这南门门楼的上方，是一行硕大的金字：牛坡花园一区。门楼上还悬挂着四个大红灯笼。夜晚有彩灯闪烁，逢年过节还有彩旗飞扬。大门楼掩映在婆娑的、高大的垂柳之中。门楼下四季都摆着花架，通南通北的柏油路的两侧，常年鲜花盛开，绿草葱茏。尽管那草地上总是少不了新鲜的和陈旧的狗粪，毕竟也算草坪。辛保安在这样的环境里当保安，心里美滋滋的。

闹了半天，当保安挺简单。他的武器——说工具也行，就是一根铁棍子。那小区门口插着三根铁棍子，中间的一根归他掌握。有车辆通过的时候，就把那根棍子拔下来，放行；没车的时候，就把那根铁棍子插进去。那时候他就直挺挺地站着，看着两侧来往的车辆。这活看着简单，其实也不简单，也有个火候问题，分寸问题，眼力见儿问题。这拔杆看起来是一拔一插，学问却也不小，慢了不行，速度慢了业主就有可能鸣喇叭，有可能要告状、发火，甚至恨不得一怒之下，把保安撞倒；快了吧，还不行，车不到节骨眼上，还不能把杆子拔起来。为这，隈队专门给辛保安演示了一番所谓拔杆的动作。他看了以后，觉得有几分可笑，他那看似有几分冷酷的面容，也露出了笑影。他说这叫个啥动作哩？插进去拔出来的。隈队粗鲁地说："干你媳妇的动作。可干你媳妇不挣钱，干这个挣钱。管吃管住还管穿，一月一千六百块钱。不少吧？"

辛保安连连说："可不少哩。快买一千六百斤麦子了。"

"那就好好拔杆。"隈队又用温和的语气学着他的口音说，"中不中？"

他连连说："中，中哩。"就接过那根铁棍子，连续抽插了几下。那会儿他就想到了他远在南阳的老婆。他想如果他站在这里的情景，让他老婆姚月看见了，老婆会不会夸他很俊很帅哩？那会儿他就一愣，就忽视了一个动作，忘了给那辆宝马车敬礼。

在老鹰保安队当保安，有更重要的一个环节，就是敬礼。事后他曾经和他老婆说："来了车得敬礼哩，见了啥车都得敬礼，除了自行车不用敬礼。也不管那车里拉着啥人，都得向车敬礼。车里就是拉着小姐、拉着小狗，那也得敬礼；就是拉着贪官、拉着不是人的人，也得敬礼。开始让我敬礼，我还不习惯哩。有一回过了一辆车，我一愣，忘了敬礼。那车就停下来，车上蹿下一个娘们儿来，问我懂不懂规矩，问我是不是人。我说我咋不是人哩？那娘们儿说了我一声看门狗，就又让我给她补了一个礼。老婆呀，你打我当保安容易哩？在有的人眼里，我还不如小区的一条狗哩。小区的狗出出进进的，穿着唐装、马甲，吃着狗不理包子、火腿肠。我们哩？人和狗别比了——可为了那一千六百块钱，也得干哩。"

3

辛保安当上保安半年多了。转眼到春节了。辛保安想回家过年，被陕队瞪了两眼，不敢言语了。那就只能在牛坡过年了。可他说什么也想不到，那个三十晚上不光没得到加班费，还发生了一件让他乐不起来的事。他当了大半年的保安，绝对是全勤，从来没有迟到早退过一分钟。可那个除夕夜，他却迟到了一回。

为啥呀？

看麦子。

他听另一个保安杨伟说，在牛坡这一带也是有除夕晚上看年景的习俗的。看年景，也叫看麦子。他就怀着好奇心去看了一回麦子。

在当地能够看到麦子，已经不是容易的事了。牛山那边是有一块麦子地的。这块麦子地，可不是一般意义上的麦子地。这块麦子地是一个老哥承包的。这麦子地的用途不是为了收获小麦，而是为了给导演谷导预备着拍电影或拍电视剧用的。当年谷导看上了一块麦子地，可过两天来到麦子地里拍外景的时候，那麦子早被收割机收割走了。谷导气了个半死。后来谷导就找了一个老农，让给他种一片麦子。赶巧了，这老哥名字就叫麦海。人们都说麦海好命。人家种几亩地的麦子，收入不了几千块钱；而麦海这几亩地的麦子，谷导一年就给他一万块钱。麦海自然是乐得像开花的馒头。谷导心里明白：他雇一个演员，就算是出来扭几下屁股，一万块钱也打发不了。而麦海给他连种带看折腾大半年麦子，也不过……农民不值钱。但麦海可真正是日夜都守护着那片麦子了。麦海特意在麦地里搭了一间小房子，实际就是个麦秸棚子。麦海就叫它麦子房。

辛保安听说了这一切，是慕名到过那麦子地和麦子房的。他也曾和麦海聊过麦子。他就叫他麦海哥。

那晚他就是要准备去麦海的麦子地里看麦子的。

那天辛保安是上后夜的班。晚上他没吃着饺子，却吃到了几块红烧肉，还有几块炸带鱼。吃过饭本来是该睡觉了，他却没有睡。他和人借了一辆自行车，沿着一条被白杨树镶嵌和包围起来的乡间大道，奔了麦海哥的麦子地。听麦海说，除夕夜看麦子，是要借助马灯的光亮的。可他没找到马灯。幸亏每个保安都有一盏所谓手提灯，像李玉和的信号灯似的，晚上可以带在身上。于是他就利用了那个充电的、白亮白亮的手提灯，打算用这手提灯去照麦子。他把手提灯放在车筐里，磕磕绊绊骑着。

他终于找到了麦海的麦子地。于是他就按照人家说的，把手提灯放在麦子地的一头，走到了麦田的另一头。他看着手表，尚不到十二点，才十一点。可看麦子又必须在午夜十二点看。于是他就耐心地一分一秒地又等了一个小时。除夕的午夜，寒冷刺骨。那天晚上差点把他冻成冰棍，但他却耐心地等待着，就那么等待着十二点的到来。终于到十二点了。这个时候他就匍匐在麦子地的一头，借着近两百米开外的那盏手提灯的灯光，看开了那冬夜里的麦苗。他听说是，如果看到那麦苗忽悠忽悠的，像微风刮着，那来年就肯定是个好年头，那肯定就能收获更多的麦子，那就有没完没了的大馒头吃了。

说来也不知道是幻觉、幻影、幻想，还是他的眼花了，他居然看到了满地的麦子波浪滚滚，忽忽悠悠。好一地的麦子呀。先是绿油油的麦海，后来又是金灿灿的麦浪。

后来他就情不自禁地唱上了：

麦浪滚滚闪金光……

真正是忘我了。"黑更半夜唱的啥歌呀？"这时那麦子房里钻出一个人来，那人正是麦海哥。麦海哥也是来看所谓年景的。他看到有人趴在他的麦子地里看麦子，还有点感动，还打了一声招呼："是辛保安吧？进麦子房暖和暖和吧。"

辛保安就进麦子房暖和了片刻，再骑车回到保安队，准备拿着手提灯还有对讲机去站岗的时候，却被隗队碰上了，隗队几乎是咄咄逼人地连连问了他几句："你干啥去了，你干啥去了？"

辛保安可没话说了。他知道他接班晚了，但他还是如实说了："隗队，我看小麦去了。"

隗队没好气地说："大过年的，算他妈我倒霉，也算你倒霉，这月罚你一百块钱！我让你三十晚上看麦子，吃饱了撑的你！"

<h1 style="text-align:center">4</h1>

过了"五一"是"六一"。一到五月底，南阳那边的麦子就熟了，就要割麦子了。那些天辛保安的心有些躁动。想着老家的麦子，他的心潮就有点麦浪滚滚的意思了。没有多少艺术细胞的辛保安，那些天却常常哼哼着一句歌：

麦浪滚滚闪金光……

那天上岗的时候，他又情不自禁地哼哼着"麦浪滚滚闪金光……"。那一刻他向远处遥望着，似乎就望见两千多里地以外，他家那块麦子地了。那麦子真是麦浪滚滚的样子，金灿灿的；那麦浪里还有一个穿着粉衬衫的娘们儿，像一只沉重的蝴蝶一般移动着。那就是他的老婆。他的老婆叫姚月。想起姚月来，沐浴在阳光里的他，有一种膨胀感。他顺手掏出几颗麦粒，塞进嘴里，有滋有味地嚼着。他还是哼着小曲：

麦浪滚滚……

那会儿隗队正好骑着自行车，走了过来。辛保安那一刻变得非常机灵和乖巧，他居然向隗队敬了一个礼。这下隗队可高兴了。隗队抬屁股下了自行车，冲他说："瞎哼哼啥呀？"

"隗队，我唱麦浪滚滚……"

"是你浪了吧？还麦浪。"

他就憨厚地笑了。他很友好地望着隗队。他欲言又止，想和隗队说一句什么话。但他没好张口，他又习惯性地掏出几颗麦粒，咀嚼上了。

隗队冲着他说："你那嘴牛反刍似的，嚼着啥呀？这嘴咋还不闲着啊？"

他连连说："小麦，小麦……小麦香着哩。隗队，你尝尝我们老家的小麦。"说着，他掏出小半把麦粒，就递给了隗队。隗队还真接了过去。辛保安迟钝地笑了，以为隗队给足了他面子，他那张大长脸也就更大了似的。但他没想到，隗队居然将从他手里接过的麦粒，哗啦一下，就给撒到了不远处的草坪里，那草坪里立刻就出现了几颗金灿灿的麦粒，在阳光的照耀下，还挺好看哩。他的脸唰的一下红了。他用异样的神情望着隗队。

隗队冲着他说："辛保安，扔了你的麦子，你不高兴了吧？我告诉你，以后上班的时候，不许给我嚼麦子。啥毛病呀？你是耗子吗，不嗑点东西不行，不磨牙不成？没吃饱？哪天大馒头不管饱啊？你还用嚼麦粒？你知不知道有人告你的状，说你走着站着嚼麦粒呀？"

他就不由自主地说："老家的小麦香哩"。

"老家的小麦香，回家种你的小麦去。中不中？"

"不中哩。不中哩。"

"不中就好好站岗。你知道不知道，你一天的工资能买好几十斤小麦呀？"

"知道。我听说一个处级干部一天的工资，能买好几百斤小麦哩。"

"甭废话。你这辈子是当不了处级干部了。"

"我也不想当哩。"辛保安又问，"隗队，我听说咱们脚下的地方，也就是这牛坡花园，原来都是麦子地？"

"你管啥地哪？"隗队没好气地说，"这他妈要还是麦子地，用你站岗来？你能够上这儿挣钱来？嘿，好好站岗。我可告诉你，你们的一切行动都在我的监控之中，我不到你跟前来，我也知道你在干啥。我有摄像头、电子眼、监控……知道你是个老实人，我也得给你提个醒：站岗的时候要专注着看来往的车辆，及时拔杆；别东张西望直眉瞪眼地盯着那些漂亮女人，那些女人不是你的菜。老看人家管啥呀？想老婆了吧？"

辛保安一笑，掏出一句实话："真想哩。我老婆叫个姚月。"

"你老婆好看吗？"

"好看哩。"

"好看你也看不见。还是拔你的杆吧。熬苦了，找个小姐去，别弄出事来，我也不管。"

"那还中哩？"辛保安脸红了说，"哪儿能找小姐哩？"

"不想找你就别找。谁也没逼着你找。"

辛保安憨厚地一笑，吞吞吐吐地说："隗队，我有个话想和你说哩。"

"啥话呀？"

"隗队，我老家的麦子快熟了，我想回去收麦子哩。"

"你先等等吧啊。都他妈收麦子去，我这岗谁站哪？"隗队没好气地说，"就你们这些河南人，又想当保安又想收麦子，就怕别人不知道你们家里有几亩麦子。你先算算账，来回好几千里地，收那几捧麦子去划不划算？"

"划算，划算哩。"辛保安说，"不划算也得收麦子去，不然一家人吃啥哩？隗队我讨你个好，我回家给你带一蛇皮袋麦子来，你准我几天假，我回去收麦子，中不中哩？"

"再说。你别给我趁热闹。一袋麦子就贿赂我了？小心我开了你。"

"不中，开我可不中。"辛保安扬着笑脸说，"我还想当保安哩。"

"那就好好当！"隗队说着，就抬起屁股骑上自行车，离开了南门，说是到西门去转转。

那一刻，辛保安赶紧看了一下腕子上的手表。这些保安都是有手表的，不管好赖。他一看半点了，赶紧拿起对讲机报岗："牛坡花园一区，南门正常，南门正常……"

辛保安的声音在好大的一个小区里回荡着，是那种京侉结合的口音。紧接着，此起彼伏的京不京侉不侉的声音就在那一带的上空回荡个没完：又是西门正常，又是北门正常，又是东门正常，又是多少号楼正常的，就闹腾了那么一阵子。

5

撒什么种子出什么苗。隗队把辛保安给他的半把麦粒，一阵没好气地撒到了草坪里，没过几天那草坪里居然就长出了麦苗，好新绿好鲜嫩的麦苗。辛保安第一眼就发现了那些麦苗，尽管就那么稀稀拉拉的数十棵，却也是麦苗啊。他不禁跑上前去，蹲在草地里，用手扒拉着那些草丛里的麦苗，喃喃自语："麦苗，麦苗，小麦苗，小麦苗哩！"

那一抹抹一株株绿色的希望，就让辛保安看个没够了。从此他就有"好景"看了——没事的时候，也就是没有车辆来往、不需要拔杆、不需要敬礼的时候，他就盯着那些麦苗，看个没完，看个没够。以前他多次感叹过，说是这草地上要种满了小麦多好哩，听说以前这地方就是麦子地。如今这草地上真长出了小麦，他喜欢得像望着自己的小孙子那般，望着那些麦苗。有一次他望得过于投入了，望着麦苗，又哼起了小曲：

麦浪滚滚闪金光……

他又想起了他的家乡，他的老婆。那是什么样的景象啊？一望无际的麦子地，他的老婆穿行在麦子地里。那一刻他的老婆真的像一只蝴蝶呀，好大的麦子地里，只有他的老婆一个人。想到他的老婆，他又自语了一声："姚月，我想你哩，想麦子地哩；老婆，我这儿也长麦苗哩，就是太少了。"

他看麦苗看得忘情的时候，隗队又骑着自行车过来了。隗队吼了一声，吓了他一跳。隗队问他："看啥哪？"

他激灵一下站起来，说："看麦苗。"

隗队说："看什么看！"

辛保安似乎是会心一笑，借机说："隗队，我还是想请个假，回家收麦子去哩。"

隗队没拿好眼看他，只问："那五亩地麦子，就等着你收？"

"就等着我收哩。"

"你老婆干啥的？"

"她一个妇道人家，又收又种的，忙不过来哩。"

"你娘哪？"

"老娘都七老八十了，哪还能收麦子哩？"

"你儿子哪？"

"我儿子和儿媳妇，都在广东打工哩。家里只剩下一个小孙子，他奶奶看着。我也是真想小孙子了。我的小孙子好看着哩。"

"不用婆婆妈妈的了，你那点家底我也知道了。你这人哪，就是恋家，家雀似的，就喜欢个麦子。那你就回去吧。"隗队干脆地说，"明天就走。"

"隗队，谢谢你呀！"辛保安赶忙又冲隗队说，"隗队，我走了，我可还得回来呀。中不中？"

"我也没说不让你回来。你说，回去几天？"

辛保安伸着一只手，向上举了两次："十天，中不中？"

"中！"

就这么一个中字，辛保安就坐上了开往南阳的火车，咯噔咯噔，摇摇晃晃的。一路上，他激动得可以。他舍不得买卧铺票，买的坐票，所以也就不可能睡觉了。打了几个盹，眼前总是晃动着妻子姚月的影子。夜深人静，在列车的颠簸中，想想都一年没见着老婆了，他回去非得跟老婆说：这一年，熬苦死我了。天天睡大宿舍，睡上下铺，一群天南海北的男人，南腔北调的，都是一些臭哄哄的男人，直挺挺的男人。可这一年来，昼夜沾不着老婆的边儿，滋味也不大好受哩。蒙谁哩？回家他想告诉他老婆，三十不浪四十浪，五十正在浪尖上。他也浪哩。他的家伙哪天晚上也得不安分地起来几回，跃跃欲试的——可和谁试哩？想到那一步，他双手把脸蒙上了。此时车也快到站了，他离老婆的距离不远了。

想着，他的脑袋又像个拨浪鼓，来回地摇头，耷拉过来耷拉过去的，有时候又直磕头。他还是有点困。这一路上，困了的时候，他就捏出几个麦粒，嚼一嚼。但嚼多了麦粒，牙又困。后来也就没麦粒可嚼了。他就随着颠簸的火车，像个不倒翁似的，摇来摇去。在摇头的时候，他的脑海里又出现了麦海。他又进入了梦境。梦境里全是麦浪。他居然在梦乡里唱上歌了：

　　　　麦浪滚滚闪金光……

他终于下了火车，随着熙熙攘攘的人流走出月台。出站后，他又坐了一段出租车，又花了几十块钱。这么算下来，这一宿就花了一百多块的车钱了。好在是他有心眼，头天的中午饭，他顺手往兜里揣了俩馒头，所以没花饭钱。但在西客站的时候，他给老娘和媳妇姚月买了一些北京特产，又给小孙子买了几包北京小吃。算来算去，又花了一百多块钱。可不管花啥，毕竟是要回家了呀，他说他那才叫归心似箭哩。火车上是夜里的火车，看不见车窗外的麦苗，应该叫麦浪。但他想象当中，那车窗外闪过的金灿灿的一片又一片的田野，那就是无尽的麦海了。在黎明到来之前，在他望见黎明之中的真正的南阳的麦海时，他又情不自禁唱了一句：

　　　　麦浪滚滚闪金光……

他哎呀了一声："可到家了。"

他是特意穿着保安服装回家的，但没有戴大盖帽，因为那大盖帽实在招眼。他就那么人模狗样地走下了火车，说是有一种衣锦还乡的感觉吧，又没有；但想来，他又是从北京来的，此时连他的口音，多少都带上了几分京腔的味道。

6

辛保安一进家门，第一眼看见的是白发苍苍的老娘。他激动地叫了一声："妈！"

老娘回过脸来，却是反问了一声："谁是你妈哩？我是你老娘。"

"娘！"辛保安又叫了一声娘，便掏出来一盒绿豆糕，说，"娘，我给你带回来的，北京特产。"

娘的脸就乐出来了一朵菊花。娘说保安出息了。随后是小孙子叫着爷爷跑了进来。小孙子的名字是辛保安给起的，叫个辛时代。人们都说这名字好。此刻那辛时代就抱住了爷爷的大腿。刚过五十岁的爷爷，就将一把玩具手枪送给了孙子，还给了他一袋奶糖。孙子就嚼着奶糖，用手枪比画着爷爷，嘟嘟嘟嘟……

爷爷就把孙子抱了起来，说："辛时代，你可别用爷爷给你买的手枪枪毙你爷爷哩——中不中？"

辛时代说："中。"

辛保安问："孙子，你奶奶哩？"

"我奶奶在麦子地里。"

于是辛保安就顶着大太阳，找老婆去了。老娘让他喝碗绿豆汤再走，他说回来再喝吧。

辛保安穿过一片又一片的麦子地，便到了他家的麦子地。他手搭凉棚看了许久，终于看到了他老婆。老婆姚月从麦子地那边向他走来了。他见了老婆，一阵子激动，激动得也不知道如何是好了，就冲着渐渐向他靠近的老婆举起了手，向他的老婆行一个很庄严也很深情的礼。老婆见了他，似乎许久才认出他来，冲他说："辛保安你吓了我一跳！我还以为是公安局的找我来哩。你这是从哪儿学的这一套啊？还敬礼哩？"

"我跟保安队学的。"辛保安说，"姚月，你辛苦了，我应该向你敬礼哩。"

姚月笑了说："你是不是想让我说首长好啊？"姚月两步就跨到了辛保安面前，就把他那只手扒拉了下来，说："快别这么不正经了。"

他说："我还想拥抱你哩。"

"不怕人笑话？你是不是坐了一宿的火车，还不累呀？我可是看了一宿的麦子，累得想睡觉哩。"姚月说，"嘿，等了一宿收割机，也没把收割机等来，倒把你等来了。"

"我到了地头，不比收割机到了地头让你高兴哩？"辛保安把姚月头发上的两根麦子叶摘了下去，说，"今年咱家的麦子，长得咋样哩？"

"你看不见？好着哩。"

"麦子好就好啊。我天天想着咱家的麦子哩。"

"你就不想我？"

"还用说哩？傻媳妇。我想死你了。"

7

那几天自然就是等着割麦子，割完了麦子，还要晾晒麦粒，还要种玉米。正是三夏大忙的季节，折腾了好几天，两口子才躺到了一个屋顶之下。那已经是后半夜了。好大的床上，洒满了花花搭搭的月光。虽说是很疲劳的样子，辛保安却没有睡意，他似乎有几分不好意思地说："姚月，脱光了吧，脱光了让我好好看看你，一年都没见着女人的光身子了。"

姚月开玩笑说："没找个小姐见见？"

"看你说的，我是那号人？"辛保安说，"你看看我的眼睛，瞅瞅我的眼睛里有小姐没有？我的眼睛里只有你哩。"

就这么一句话，就把姚月感动得脱了个一丝不挂，像美人鱼一般游到辛保安跟前去了，就把手伸到了她向往已久的去处——但令她有几分扫兴，她没有捉住她希望捉住的那个让她感到充实和坚挺的东西，那东西软绵绵的，不是很给力。姚月的话就更让辛保安不好意思起来。姚月说："都一年了，咋还蔫头耷脑的？莫非真找了小姐？"

"哎呀，你可别瞎说哩。"辛保安说，"我都五十出头的人了，还像年轻人干柴烈火一般哩？我越想你，越是不好意思哩。你在我面前，就像个大姑娘啊。"

"你别往嘴上抹蜂蜜了。"姚月说，"快说，找没找小姐？我听说你们当保安的，是少不了找小姐的。"

"那是人家，不是我哩。你给我仁胆子，我也不敢找小姐呀。你以为找小姐是平常采一朵花哩，在北京采花还罚款哩。要是找小姐让公安局的抓住了，那罚款最低也得五千块钱哩。五千块钱是个啥数？再说，也寒碜哩。我可丢不起那份脸哩。"

"男人要脸就好。"姚月说着，就抚摸着辛保安的肚皮，转移了方向；辛保安却把他的大手移到了他神往已久的地方。他陶醉了片刻，又拍了老婆白花花的臀部一把。

姚月说："拍啥哩？使这么大劲儿。"

他说："拍蚊子哩。到了夏天，小区里看着花红柳绿的，可蚊子也是扑头盖脸的。我天天晚上得拍死百八十个蚊子呀。"

"你把我当蚊子拍？北京也有蚊子？"

"北京的蚊子多着哩。苍蝇也不少。我吃饭吃出了苍蝇，忍不住说了出来，大师傅十几天不给我好脸。哎呀，那大师傅做的饭菜，忒埋汰。抠完鼻子就拿馒头，擤完鼻涕就煮面条啊。"

"你们的伙食咋样哩？"

"主要是馒头，中午是馒头，晚上还是馒头；菜是白菜，还有萝卜，没啥油水，没啥滋味。豆角都下来了，也不贵，大伙想吃猪肉焖豆角，可就是吃不上。"

"我给你做猪肉焖豆角，让你吃个够。保安，你刚才老说隗队隗队的，你们的队长对你咋样哩？"

"不赖。隗队那人不赖。爱跟我开玩笑。那是瞧得起我哩。哎呀，隗队人不赖，可隗队不和我们一块吃饭，人家吃小灶。隗队那脸，天天喝得猴屁股似的。"辛保安不紧不慢地说，"我们老鹰保安队，是隗队承包的。人家那叫本事，管着百八十个保安，好几个小区的保安。一年经他手过的钱，好几百万哩；隗队一年的年薪，听说几十万哩。我们隗队的大名叫隗老鹰，为啥叫老鹰保安队呀？"

"不抓鸡就是好老鹰。"

"不抓鸡老鹰吃啥哩？"

两个人就笑了。

随后他又和老婆诉苦说："姚月，我出去这一年，可没少挨冻啊。冬天站岗，冷着哩。那个铁棍子，冰凉冰凉的。有一回我一口吐沫没吐好，粘到了铁棍子上，当时就冻上冰了。你打北京不冷哩？比咱们南阳还冷哩。赶上夜班，更冷啊。在小区里巡逻，冻得打哆嗦，没处躲没处藏的。那时候多想摸摸你的妈妈

（乳房）哩。"

"可让你受罪了。"姚月说，"不是说北京有暖气吗？"

"暖气是楼房里有，楼房外又没有，我们保安借着光了？"辛保安说，"听说北京的暖气真暖和，不管多高的楼，从上到下全通着暖气。可那暖气得糟蹋多一半子，因为我们那个牛坡花园，听说是入住率刚过一半。到了晚上，大多的窗口都是黑灯瞎火的，没人住；可那暖气，都是热腾腾的，从窗户缝里往出冒。"

"那就别说了，咱们河南鬼城也不少哩。"

"可咱们这没有暖气呀，就省了不少的煤和天然气。"

"说这有啥用哩？"姚月忽然说，"你到底想不想干哪？"

"我……干啥哩？"

姚月就没好气地一骨碌滚到边儿上去了。辛保安就伸出大手，把她抓了过来。但还是力不从心，需要他冲上去的时候，他软弱着。

"你不是说，你看麦子没够吗？头年三十晚上，还去麦子地里看麦子。"

"还提那事哩？看了一回麦子，罚了我一百块钱。一百块钱快买一百斤麦子了。"

"你都看了一辈子麦子了，还没看够麦子？"

"看麦子哪有个够哩？还挺有意思哩。在北京麦子地是稀罕的地方。你知道吗？那块麦子地是导演谷导雇麦海哥种的。人家谷导不知道啥时候就到那麦子地里拍电影去了。嘿，那麦子房也不赖。"

"照你这么一说，是不赖。啥时候也带我去看看那麦子房？"

"麦子房有啥看的？"

"啥有的看呢？"

"你呗。我看你的身子，就没个够。"

"那你就看吧。"媳妇姚月说。"光看管啥？真动不了真家伙了？你说你快一年没见着老婆了，熬苦得快成一条光棍了；我就不熬苦得慌？我也熬苦得成一条女光棍了。我就不是个女人？"姚月委屈地说，"辛保安，我一个人在家也是辛辛苦苦的，盼着你回来。你说说，咱家的地没有撂荒，我这个女人可是快撂荒了呀。说别的没用，你今儿要动不了真格的，那你就是找过小姐了。"

"哎呀，老婆，我哪是那号人哩？"辛保安说，"我要真找了小姐，打雷劈了我辛保安。姚月你别逼我，越逼我，我这东西越不做劲。"

这个时候窗外忽然传来了滚滚的雷声。两口子赶忙抓起衣服，囫囵穿上。

大雨要来了，他们得赶紧去收拾晾在外边的麦子呀。在那边睡觉的老娘和小孙子，也一惊一乍地跑出去收麦子了。

十天八天时间，一晃就过去了。这些天过于忙碌了，收啊种的，回头一想，辛保安居然真的没有和媳妇姚月干成一回实实在在的两口子的事。这扫兴就别提了。辛保安暗暗发誓：下回我不好好干你一回，我就不是人！

8

辛保安又坐着火车，咯噔咯噔地从南阳回到北京西客站来了。他又倒了几趟车，总算是夹着一蛇皮袋小麦，回到了老鹰保安队。但他可是没把小麦带到保安队里去，而是悄悄藏到牛坡花园一区的一片黄杨树下，随后才找准时机，与隗队说："隗队，我给你带来了一袋小麦，怕别人看见不好，我把它藏到20号楼下面的绿化带里了，你去拿吧。"

隗队还真是领情地说了一声："谢谢你。"然后又说："委屈你了，你上一段大夜吧，就是彻夜上班，白天睡觉——你那个南门的岗让别人顶替了。"

辛保安有几分不太高兴，反问着："让我上大夜？让我上大夜？"

"你先上大夜。大夜就不是人上的？谁让你回老家去了？回老家收了多少麦子呀？"

"五亩地，得收四千多斤麦子。"

"不少啊。得卖多少钱哪？"

"得卖四千多块钱。"

"不少啊。"

"哎，可除了开支，也剩不下几个钱哩。"

辛保安望望四周，不见有别的人影，只有隗队一个人在他面前，他就像抓住了知心人，扳着手指头，一五一十地和人家盘算上了："隗队，你以为四千多块钱，都是赚的哩？这四千多赚一千多就不赖哩。种子哩？化肥哩？播种哩？打药哩？浇水哩？用电哩？除草哩？人工哩？机耕费哩？机收费哩？……这一大堆全是钱哩，全得花钱哩。今年烧麦秸，又罚了我们家一百块钱。专家说烧麦秸是雾霾的重要来源，污染环境；专家也是放屁哩，烧麦秸一股青烟，冒到天上去了，有啥雾霾哩？谁都跟农民过不去呀，还都吃着农民种的粮食。隗队我和你说，我家那五亩地的麦子，弄来弄去，最后也就落点麦子吃，落个千八百块钱。你打老农民容易哩？"

"那你还鬼催着似的回去收麦子？我跟你说，千八百你也落不下。你走了这十天，我不扣你钱行吗？你这来来往往的盘缠，不得钱？车费不得钱？千八百够吗？辛保安，不是我说你，你傻不唧唧的，就不会算这笔账？"

辛保安说："可不回去收麦子，想麦子哩。"

"是想老婆吧？"

"老婆也想哩。"

"想了半天老婆，图啥呀？"隗队说，"还不是图男女那点事？我跟你说你别不爱听，我话糙理不糙。你跑几千里地回去跟媳妇睡一宿觉，再花两千多块钱，划不划算哪？你看看人家有的人，月月发了工资，蔫不唧地找个小姐，花个一头二百的，解解馋、过过瘾得了。你哪，就非得找你老婆去？就你老婆的屁股白、长得好看？"

辛保安苦笑了说："我老婆是不难看。"

"不难看，这些天没少招呼吧？"隗队幽默地说，"别累垮了。白天收拾麦子，晚上收拾妻子。"

辛保安不觉好笑。心说：一回也没干成啊。

隗队就不愿和他说了，就说："你给我带的麦子哪？你就大大方方地给我扛来，给我扛到保安队我的办公室去。你怕啥呀？你送我一袋麦子你怕啥呀？这不叫行贿？我收你一袋麦子，我怕啥呀？这不叫受贿吧？我就要让他们看看，你辛保安给我带来了一袋麦子。我月月给你一千六百块钱哪，还管着你吃、管着你住、管着你穿，我就不值你一袋破麦子？我隗老鹰干事干在明处。去，把麦子给我扛回来。"

于是辛保安就跑到楼区里，找到那袋麦子，屁颠屁颠地扛着，送到保安队去了。六月的天，他累出了好一身汗。一路上，他的身影都在电子眼的监控之中。就连那蛇皮袋上的"尿素"二字，都出现在屏幕上了。那些看监控的保安也就悟出了点什么道理：咱们要是回老家，也给隗队带回一袋麦子吧；别让隗队一不高兴，这监控室的好活，咱们可就干不成了。

9

又一年的保安生活，似乎是从那个麦收后开始的。麦收是农民的一个盼头，也是辛保安的一个盼头。他盼了一年的麦收，一年的麦收结束了，他似乎也就没什么盼头了，盼也是盼下一个麦秋了。下一个麦秋还得一年。早着哪。但辛保安已经开始盼着下一个麦秋了。他还是没有改嚼麦粒的习惯。由上正常班，改成了上大夜。半夜里困得不行啊，他就嚼麦粒。嘎巴嘎巴一嚼麦粒，似乎困倦全无。再有就是他还一往情深地唱着那句歌：

　　　麦浪滚滚闪金光……

　　一唱那歌，他似乎也困倦全无了。就那么一夜一夜地熬着。他总是想着，老家的麦子。风里的麦子，雪里的麦子；阳光里的麦子，月光里的麦子；朝霞里的麦子，夕阳里的麦子……麦浪在他眼前荡漾着、变换着，他就觉得这保安的生活挺有个奔头，挺有个诗意。再一次想到再一个麦秋的季节，他再咯噔咯噔地坐着火车回去；他再给老娘买一盒绿豆糕，再给小孙子辛时代买一辆小火车玩具；再给媳妇……想到这里他不想了。他没脸再想了。想想一年没沾媳妇的边儿，居然在媳妇面前打了败仗，他辛保安就懊悔不已了。他就仰望着头上的星光，说了一句："姚月，等着我，下年麦秋，我肯定让你心满意足。"

　　这日子说快那就快得再好的马也拉不住了。又一个春夏秋冬，那应该是一个多么难熬的春夏秋冬啊，天天在楼区里站岗，在楼区里巡逻，那是小区里的狗都不干的活呀，可辛保安却就那么一天天熬过来了，熬到了又一个即将麦收的季节。可那个麦秋，他盘算来盘算去，本来是想坐着火车，咯噔咯噔回去，收麦子去。可那个麦秋，他竟然没有回去。不划算哪，怎么算计也不划算。只要是一回去，这来来往往的开支和损失，又得个两千来块，那样的话，就等于又失去了两千斤麦子。所以他一咬牙，一气咬破了两颗麦粒。他决定：不回去了，就在牛坡花园当保安哪。做出这个决定后，他还又唱了一嗓子：

　　　麦浪滚滚闪金光……

10

　　那天晚上，他捡到了一盒有人从阳台上抛下来的药盒，打开一看，里面只有两粒药片，是蓝色的。他不认得这是什么药片。后来他问·个同事，那个叫杨伟的同事。杨伟看了那药盒半天，忽然惊讶地说："辛保安，你可捡着了。这是伟哥，美国产的伟哥。最好的壮阳药。听说这一片药一百多块钱哪。"

"这么贵？好家伙！"辛保安感叹说，"还有这么贵的药？这么贵的药咋让人家从楼上丢下来了？"

杨伟说："你就别管咋丢下来了，这小区里啥捡不着啊？白条大姑娘我都碰见过。你不用磨叽。我跟你说，辛保安，这两粒药啊，肯定能吃，不过期。我说，咱俩见见面，分一半得了。你给我一片吃吧。那一片留着你吃。"

"这药片不用上交隗队？"

杨伟说："你想让隗队犯错误啊？隗队缺你这两粒药，人家想吃不会买去？"

"那要把这药卖了哪？"

杨伟说："穷疯了你！你他妈因为卖一粒伟哥，再让人家当药贩子的抓了你。"

"那就留着吧。"辛保安嘻嘻笑了，"给你一粒。我给我媳妇留一粒。"

听说那天晚上，辛保安那个同事杨伟就吃了那片伟哥，就找了一个小姐，花了三百元钱，说是过足了瘾。杨伟说，那天他才知道什么叫男人；说是那天他才懂得，美国其实什么也不伟大，就是伟哥伟大。辛保安听了那话，笑在脸上。他还反问了两句："这么灵哩？这药这么灵哩？"

杨伟说："不信你就试试。"

他傻笑了说："我媳妇也不在身边呀，和谁试试哩？"

11

有些事情，总是让人意想不到的。那年麦收后，从远方南阳来了一个妇女。她就是辛保安的媳妇姚月。

姚月的到来，出乎辛保安的意料。他看见了似乎比任何时候都好看的姚月，五十出头的汉子居然脸红了。他嘻嘻笑问媳妇："你来干啥哩？"

媳妇泼泼辣辣地说："等死你了，你也不回去；你不回去，也不让我来？咱俩真想当牛郎织女哩？麦子我也收完了，玉米也种上了，还不让我出来散散心？南阳的水都能调到北京来，我就不兴来北京看看？"

他说："中哩，你来北京看看才好哩。"

辛保安和那个同事杨伟倒了一个班，他就不上大夜了，他要陪媳妇姚月一宿。杨伟和他开玩笑说："你一年不见嫂子了，可悠着点。"

他傻笑了一下。他要领着姚月去食堂打饭。姚月没随他去。他给姚月带回来两个馒头，一份炒洋葱。俩人在一棵大树下囫囵吃了饭。那个时候夕阳就要落山了。眼看着天黑了，还不知道让媳妇去哪儿睡觉。

辛保安和隗队去张嘴，红着脸求情说："隗队，能不能给我找个小屋啊？我媳妇来了。"

隗队似乎有为难之意，却用调侃的口吻说："你们外地保安的媳妇要是都来了，都和我找小屋，我上哪儿找去？咱们保安队就那么几间破房，人睡觉都是他妈上下铺，就差叠罗汉睡觉了，我还给你找个小屋？你打我这是配种站哪？你要找小屋，自己找去；你租宾馆去，反正是我发给你工资了。"

"隗队，那就不麻烦你了。"辛保安就扭头出去了。

天地好大呀。可辛保安领着媳妇，却找不到归宿。俩人嘀咕了一阵子。想去宾馆吧，真的挺贵；找农家临时租个房子吧，一宿半宿的也不好找。当地人还忌讳提供两口子干那事的地方，说是晦气。去哪儿呢？后来辛保安对姚月说："车到山前必有路。一棵树吊不死人哩。"

白杨树上有一个喜鹊窝。两只喜鹊飞到窝里去，用蚂蚱喂小喜鹊。

这个时候，辛保安忽然眼前一亮。他想到了一片地，麦子地；想到了一个人，麦海；想到了一间房子，麦子房。眼前就有"柳暗花明又一村"的感觉了。他心说：房子有了。就和麦海舍个脸，今晚就和老婆睡在麦子房里吧。

辛保安还真把姚月领到那麦子房里去了。

那麦海哥还真是个大善人。他一眼看出了这俩人的难处，说："谁出门也不背锅、也不背炕，出来当保安不容易。你们要瞧得起我这麦子房，这就是你们的洞房。"

两口子听了这话，脸都红了。

麦海同意他们住到麦子房里。麦海哥还给他们提供了蚊香，还说是大盆里晒的热水可以洗澡，不凉。

好人哩。麦海走后，两口子还都说着麦海：好人哩。天下哪儿都有好人哩。

后来辛保安就盯着那个不小的双人床，那床上铺着金黄色的麦秸。那麦子房的房梁上，吊着不少的麦穗。从那小窗望去，这麦子房等于就全被麦浪簇拥和包围着了。好地方。就是热了点。于是那辛保安便把麦子房外边那一大木盆

　　　　　　　　　　　　　　　　　　　　　　　　谁解麦浪

水端进来，一摸热乎乎的。他有点嬉皮笑脸地说："媳妇，你先洗呀，还是我先洗呀？还是咱们来个鸳鸯浴？"

姚月不好意思地说："在人家屋里干这个，好意思？"

"有啥不好意思的？"辛保安说着，已经把保安服甩到一边去了。但他的下面，好像是没什么动静。想到那蓝色的药片，他的眼亮了。

老婆出去小解了。借着这个机会，辛保安就偷偷地把那颗叫伟哥的蓝莹莹的药片，吞到嘴里去了。吞下去，他还心说：一年前回去收麦子，没满足了你，今儿找补找补吧，听说这药可管事哩。

半个小时后，伟哥的药力开始发作。

那麦子房多情地接纳了一对迫不及待的有情人。

辛保安不急，那是因为他在等伟哥的威力。伟哥不负有心人。辛保安一时真成了"伟哥"。药力发作，他就什么也顾不得了，只顾了行男女之间的疾风暴雨。那个时候，辛保安真正是找到了他当年的威猛和厉害，而他的媳妇姚月也真正是尝到了久违了的云雨和甘霖。在激烈的战斗中，媳妇还说："你疯了，保安你疯了？你吃错了药了吧？咋猛虎似的没完哪？悠着点吧。"

颠鸾倒凤。战了一个回合。

什么事适可而止就好了。辛保安痛快淋漓地干了一次好事。他很是解气，甚至说是解恨。用他的糙话说是："解浪。"

也许是该着吗？辛保安完事以后，连衣服都穿上了，可穿上衣服以后，他还想来一回。这一下就出事了，辛保安居然就穿着保安服，猝死在老婆的身上了。听说那叫心脏病突发而致死。这与过于激烈的运动有关，也与那片伟哥有关吧？

事情就这样发生了。

那一刻差点把辛保安的老婆姚月吓死，但姚月没有被吓死。姚月居然还冷静地打了120急救车。姚月拍打着辛保安的心口说："冤家呀，咋就出了这事啊？死，我也要把你送到医院里去。咱们不能在人家的麦子房里现眼哪。"

12

一切都是巧合。在那急救车驶出麦子地以后，那麦子地里又开来了一辆黑色的大吉普车。此时已经是黎明。吉普车上走下来三个人，一位是那位导演谷导，一位是摄影师，另一位是一名临时的女演员。她只有十八九岁，穿着红衬衫、蓝色牛仔裤。很快她就进入角色了。她的戏就那么简单：她就在金色的麦浪里走着、走着……只要她的背影，她的戏就是一连串的少女在麦浪里行走的背影镜头。此刻，在谷导的指挥下，那位摄影师的镜头就对着那位红衣少女、追着那位红衣少女。

金灿灿的麦浪。红衣姑娘像一只红色的蝴蝶在晨曦里的麦浪中飞翔。

那个时候，麦海也从远处推着自行车，一溜歪斜地走来了。

麦海也不知道在他的麦子房里发生了不该发生的事情。

麦子地里那个麦子房，沐浴在晨曦里，变得像一个金色的房子。

13

谁也没想到的事情发生了。

结果真的是令人心痛不已。辛保安没有被抢救过来。他永远地闭上了眼睛。听说他死后，想把他那身保安服脱下来，可却怎么也扒不下来了。他就那么死较劲，穿着那身蓝色的保安制服。那制服的后背上，有四个抢眼的大白字：老鹰保安。且那四个字的上面还有一个徽标，一只飞翔的老鹰的图案……

差点被吓死的老婆姚月，事后得到了隗队给予他们的 18 万元人民币，作为辛保安意外死亡的赔偿款。拿到那笔巨款后的姚月，叫了一声："我的辛保安哪……"就一时晕厥过去了。

辛保安出事后，杨伟感到很后怕：他也吃了一粒伟哥，可幸亏他没有出事；他也后悔，不应该和辛保安说那伟哥的妙用，不然，辛保安也死不了。唉，人都是命。一粒伟哥要了辛保安的命。

关于辛保安的后事，他的老婆姚月提出了请求，说是要把她男人拉回到南阳去，埋到他们家的麦子地里去……但，在那样的天气里，想把死尸拉走，已经是绝对不可能的事了。后来也只能在北京火化了。

辛保安的骨灰盒是他的儿子从广州飞回到北京，协助处理完后事后，又一路抱回到南阳去的。

辛保安果然被埋在他家的麦子地了。那麦子地里多了一个坟头。秋天里，那坟头上居然长出了一层绿油油的麦苗。到了冬天，很少下雪的南阳，那坟头上却披挂上了一层皑皑的白雪。姚月三十晚上给辛保安去上坟，跪在像一个大白馍馍的坟头前，泪水止不住地往下流淌。想起她的男人曾经说起过，在三十晚上的雪地里看来年的年景的"傻劲儿"，她更是哭成了泪人。她也想在那个晚上，借着雪景，看看年景。

那年的年景果然不错。辛保安的坟头上麦浪滚滚的、忽悠忽悠的。姚月没有收割那坟头上的麦子。丈夫不是喜欢麦子吗？不是喜欢嚼麦粒、吃馍馍吗？就让辛保安看着这麦浪、闻着这麦香，在地下长眠吧。姚月不想让任何一个人知道辛保安的死因。姚月不止一次地抽打着自己的脸，用很糙的糙话骂自己："你个娘们儿，你跑几千里地，去北京干啥哩？要不然，也没这一出啊？你是浪疯了？唉，我那可怜的爷们儿，你早点把我领走，让我去麦子地里和你长眠去吧……"

窑神

韩地龙家常年供着窑神（一只大老鼠），为的是保佑他在矿上采煤的儿子。然而，他的三个儿子却都先后遭遇了矿难。举着窑神像，他有何感想哪？

——题记

1

百花山下有个小山村，名叫大东山。大东山最美丽的景致是春夏秋冬不断变幻的红杏花、红杏果、红杏叶，还有枝头的白雾凇。村中曾经有一个矿工之家，那就是韩地龙家。韩地龙与其妻生了三子两女。三子依次排名为：大龙、二龙、三龙；两女则为大凤、二凤。龙生龙，凤生凤，老鼠的儿子会打洞——韩家也算香火旺盛。韩地龙家与一般山村人家无大异，只是他家的红板柜上，用一方香檀木镜框镶嵌着一只斗大的老鼠。那硕鼠不知出自哪位画家之手笔，画得活灵活现，逼真传神，大有呼之欲出之感，就差吱吱叫唤了。尤其那须那爪那目，酷似活鼠一般。这鼠的下方落款为：窑神之位；并有一副楹联：上窑多好事，下井尽平安。那镜框的上方，四季挂有一串谷穗、高粱穗、玉米棒子、黄豆荚。而那鼠前，常常摆上一碟榆子干饭之类的。这无疑是贡品了。

外人也许不知，这镜框中的老鼠，就是所谓窑神。如同门神爷、灶神爷、财神爷之类，而这窑神爷，就是这大老鼠。一般人家自然不供窑神爷，而韩家供窑神爷，是因为他家两代都在煤矿上下井。供窑神，自然是为保佑下井平安不出事故。照韩地龙看来，能保护矿工们日夜平安的，似乎只有这窑神了。韩家把这窑神供于案上，且常常烧香上供，其用意不言自明。为了不得罪窑神，韩家人从来不打老鼠、骂老鼠，更不养老鼠的敌人——猫。

说来，韩地龙也曾在京西下过井、背过煤。那时有句俗语：家有半碗粥，不上门头沟。可见，去门头沟背煤之人，多是奔那半碗粥而去的。韩地龙去背煤，图的是那几碗混合面。当然，照他的说法，矿工们也不光是为了一张嘴，也有矿工挣俩血汗钱后，出了煤窑又奔窑子的——那时门头沟的窑姐明里暗里都有。但韩地龙说，他不干那傻事；他不用黑窟窿里挣的钱，填窑姐的肉窟窿。他平日里熬着忍着，待过年时回家把种子播于媳妇的身上，因而不出十年，收获了五个儿女。遗憾的是，儿女都快长大成人了，他苦命的媳妇也得暴病死了。为此，他也不去下井背煤了。照他说，背煤那不叫人干的事，常年不见天不见日的，不知道哪天钻到井下，就再也出不来了。但他同时又说，下井自有危险，可有窑神保佑着，一般也不会出灾难。他背了十年煤，不就平平安安又回家来了吗！且他爱津津乐道地讲窑神，窑神哪，就是一只大耗子。我们下井时，谁也不打耗子；眼瞧着那耗子吃我们的干粮，我们也不敢说三道四，常吃耗子的下剩。窑神不保佑我，我的小命早丢在门头沟煤矿了。

韩地龙之所以平安归来，还常念及他媳妇的好处。那时他在外下井，媳妇就请人画了一只老鼠，又请木匠打了一个香檀木镜框，把鼠像镶嵌其中，供于柜上，且时常祈祷几句，以保男人平安。此法果然灵验。韩地龙靠混合面把儿女养大了，还在大东山盖了大大小小三所房子，从此他也卸掉煤篓，又回家背开了荆条篓，但这回不用背煤了，而是背柴、背石、背粪、背粮。他又成了地道的山民。可他没想到，几年后他的长子又去门头沟当了矿工。

二十世纪五十年代，到处都招工。想当工人的机会几乎人人都有。那次去大东山招矿工，他的大儿子大龙报了名。他起初不想让去，后来听村干部（就是我妈）说，新社会的煤矿工不同从前了，挣钱多不说，劳保也多；还有大白馒头、红烧肉吃着，电影看着……我妈又好心说，大龙啊，下井总比刨土坷垃强，顶着矿灯总比顶高粱花子强。你就填表吧。

韩地龙没有把话听完，就一摆手说，去吧，大龙你去吧。

大龙临走前的一顿饭，吃的是炸年糕。一家人吃得都不大香甜，因为都怕大龙万一有个闪失。韩地龙却与家人说，放心下井吧，百不咋。有窑神保佑着，啥也不怕。大龙，你记着我的话，到了矿上别打耗子。耗子是窑神，它会保护你的。

大龙直点头说，哎，哎，爹，你放心吧。

2

七天之后，大龙就顶着纷纷飘落的杏花瓣，去了门头沟煤矿。矿上的活自然不同于在家刨地，而是用小镐刨煤。但大龙干得挺卖力气，也觉得挺有奔头；毕竟是国家工人，工作服一穿，逢人腰板都是直的。

大龙下井一年后，便娶回了一个通州的媳妇。媳妇白白胖胖的，叫丁守兰。丁守兰人挺贤惠仁义，里里外外一把手，让韩家的日子顿时红火了一倍。丁守兰为韩家带去了永远挥之不去的丁香花和玉兰花的味道。她从平原嫁到山区，图的就是个矿工之家，因而她的脸上总是笑盈盈的。

丁守兰嫁到韩家后，对什么都看得惯，扫墓啊、祭祖啊、铰寒衣呀，无所不干。但她对柜子上摆的那只耗子，却有点看着不顺眼。看看也罢了，她还要为窑神上供，顿顿吃饭时，要给那窑神先盛上一些饭菜，哪怕是象征性地捞上两个饺子，摆上一个包子、半拉团子、一个炸糕、半碗米饭等。大龙回家休假之时，要从矿上带回一些熟食，而这些好东西，即使丁守兰不吃，也要给那窑神上供。

大龙一月回家休息一次，一次休四天假。丁守兰月月最盼的日子就是那四天假，最怕的事就是那四天假赶上闹例假。最盼的季节就是杏秋。杏秋时节，她要新糊一层窗户纸，然后在洁净的窗棂上，晾上一溜溜红杏干，白窗纸映着红杏干，一层层的，比诗还有诗意哪。那杏干是她给大龙晒的。她知道，大龙把杏干带到矿上去，窑哥们儿吃得是多么有滋有味。等到大龙归来那天，她就像树上的喜鹊那么高兴。那久别后的夜晚，如新婚一般甜蜜。平日里，丁守兰独守空屋，干在前吃在后；盼到大龙回来，她的脸上自是红晕滚滚。那时的晚饭，多是大龙从矿上带回的馒头；也有油饼、烧饼之类。大东山村不产小麦，平时难见细粮。只有大龙回来那几天，全家才借大龙的光，能吃到白米饭、白馒头。大龙还要买回几斤猪肉，以饱全家人的口福。

那日，大龙又休假归来。晚饭依旧是馒头，还有猪肉炖粉条。可在吃饭前，韩地龙将两个馒头塞给了邻居小儿，又盼咐丁守兰把一对馒头供于窑神面前。

如此一来，丁守兰便没有吃到馒头而只吃了一碗剩小米饭。

睡觉时，大龙把丁守兰扒了个精光。丁守兰却嗔道，哼，我还不如一只耗子！那大馒头耗子闻个没完，我可没吃上一个。

大龙不快，却将手伸于丁守兰的白色腚蛋，拍了几把，说，下回我单独给你带回几个大馒头。不过，你千万别说那窑神的闲话。敬它，还不是为我的安全。

丁守兰破涕为笑，很快俩人便浑然一体。调情之语，简洁含蓄。

你个煤黑子！

你个大白羊啊！

待下次回村休假，大龙果然藏了三个大白馒头，于睡觉前捧给了丁守兰。

丁守兰为之感动，先是从线笸箩里拿出十几个给大龙攒下的山红杏，后说了两句话。

留一个馒头给咱们的窑神吃吧！

我给你生一个大白胖小子吧！

大龙见到红杏，听到此话，高兴得一边吃红杏，一边就捏住了丁守兰的一对乳房。待他有所陶醉之后，却发现自己的脖子里多了一样东西。原来是一颗手指肚大小的石子，细看却酷似一只小耗子。后来才知，那是丁守兰锄地时捡来的一块软石。丁守兰把软石揣回家，用锥子钻了一个孔，用红头绳一拴……绝美的挂件，此时就挂在大龙的脖颈上了。她问大龙，你看看，像个啥？

大龙脱口说，像只耗子。

丁守兰却郑重地说，不，是窑神——让窑神好好当你的守护神吧。

大龙就感动得在丁守兰身上翻腾、冲撞了一阵子。丁守兰却说，以后你临走前一天晚上，可不能干这事了；脏了身子，下窑怕是不吉利——咱爹说的。

大龙说，一月回来三宿，你还让我白熬一宿啊。说着，大龙似乎又要干。丁守兰拦住了他。他不干了，却借着煤油灯的灯光，欣赏丁守兰白花花的身子。丁守兰说有啥看的。大龙说是平日里光看黑乎乎的煤了，好容易休几天假，还不好好看看媳妇。

丁守兰问大龙，大龙，我从没到矿上去过，你下井时啥样啊？

大龙笑了说，鬼样儿，黑鬼一样。跟你说吧，下井出来，除了牙是白的，浑身都是黑的，为啥叫我们煤黑子呀。哎，你多会儿给我生儿子呀？

3

数月后，丁守兰没生下小子，却生了一个闺女。这闺女长得确如花一般鲜亮、水一般透亮。一笑甜甜的俩酒窝。待满月后，大龙才背着十斤挂面、五斤大米、三斤红糖，回到家来。见了妻女，自是喜得眉飞色舞，他还拿出了两张奖状，说是他当了先进工作者。久别话更多。说到半夜，有一个话题却让丁守兰心神不安了。

大龙说，我们矿上砸死了三个矿工。

丁守兰许久无话。

那夜，丁守兰悄悄下炕，为那窑神摆了两块点心，烧了两炷高香，然后跪下身子，祈祷连连，保佑大龙平安吧，窑神爷！

大龙醒来，将丁守兰抱于炕上，又不由云雨了一阵。

大龙回矿上前，小两口自是恋恋不舍。大龙望着他的小闺女，又望望窗外正在开放的杏花，顿生灵感，给他的小闺女起了个名字，叫韩冬梅。照大龙的诠释是，此名一解为寒冬里的梅花，二解为隆冬里的煤火。丁守兰听其解释，直夸大龙，你个煤黑子，快成诗人了。然后，她点火给大龙煮了十八个鸡蛋，让他带到矿上去吃；又给大龙装了一罐腌鬼子姜，捧了几捧杏干和桃干。这可都是窑哥们儿爱吃的山货呀。然后她抱着小闺女，去村头送大龙。

大龙的身影分明早已在丁守兰的视线中消失，但她还抱着小闺女，久久张望着。两行泪就模糊了她的视线。她与怀中不懂事的小闺女说，梅梅，下个月你爸又回来了。

那一天的大东山，几乎全笼罩在粉嘟嘟的山杏花之中了。

半月后的一个早上，韩地龙一开门，便有一只老鼠从门外钻进。然后，这老鼠围着韩地龙的脚转了三圈，就不知去向了。韩地龙好生纳闷，愣了半天，嘴里直叫大龙大龙。

那日，丁守兰也说她的眼不是好跳，是右眼在跳。

近中午时分，一辆吉普车非常稀罕地开进了大东山。车上下来几个矿上的人，先找到村干部（我妈），说明了来意。我妈一听，当时的脸都吓黄了，手直打哆嗦，叫了一声天哪，又叫了一声大龙啊，然后就吓得差点尿了裤子。从此我妈就落下毛病了，一受惊吓就想尿裤子；从此我妈就怕吉普车来大东山。那天那几个矿上的干部，在我妈的陪同下，来到韩地龙家。先是把韩地龙、丁守兰等人从地里找回，然后说了一堆似可说可不说的话。其余最要紧的话不过才一句：大龙遭遇矿难，已于今晨五点被砸死在矿井下！一回砸死了仨，的确是砸得惨了点，血肉模糊的，已经没了人样。多亏大龙脖子上戴着一个软石耗子，才认出是他。

一家人先是蒙了。然后是抱头痛哭。儿啊哥呀我的爷们儿啊——哭叫声撕心裂肺的。

关于大龙遇难的处理结果是：二龙替大龙到矿上当工人。

矿上的有关领导问丁守兰，你同意这么做吗？

丁守兰含泪答，同意。

又问韩地龙，你说，这样行吗？

韩地龙却转头问二龙，二龙，你想去当工人吗？

二龙有所犹豫，问，爹，你说吧。你让去，我就去。

韩地龙说，没个痛快话。叫我说，去吧。地得人种，煤也得人挖。都怕死，烧啥呀！

二龙说，那我就去吧。

那天我妈望着窑神爷，默默祈祷，窑神哪，你可好好保护二龙啊。

二龙临走那天，韩地龙也在窑神前烧香磕头，一再说，保佑我们二龙吧！

丁守兰蹲在灶前，点燃干柴火，用小锅咕嘟嘟煮了十八个鸡蛋，也好给二龙带上，到矿上吃啊——此时她的泪水涟涟。

七天以后，二龙去门头沟煤矿接替了他哥的班。

从那天开始，丁守兰便携着她的小闺女韩冬梅开始在韩家守寡。韩家人劝她改嫁，她却含泪摇头。熬过了最难过的半年后，丁守兰偷偷找到我妈，悄悄说了她的心里话：她不想离开韩家了。韩二龙虽是她小叔子，却只比大龙小一岁；而丁守兰比二龙尚小三岁，不过双十年纪。按此地或他们通州的老辈遗俗，哥死后嫂是可以嫁给大伯子或小叔子的。这叫就亲。说白了，丁守兰有心改嫁二龙，并托村干部我妈说合。

经再三协商，韩家同意丁守兰与二龙就亲。后招回二龙商量。二龙虽吞吞吐吐，羞羞答答，但最终还是同意了这门婚事。三个月后，这叔嫂便拜了天地和高堂，还特意拜了窑神。洞房花烛夜，两人却羞于点灯，臊乎乎地钻了一个被窝。

蜜月虽短，回味无穷。丁守兰的脸上又绽开了红晕和笑纹。从此精心伺候韩家老小，日日盼望二龙月底归来。二龙与大龙似无大异，照旧是节衣缩食，月月为家中省回米面若干，馍饼若干，月月买回猪肉粉条若干，并少不了给韩冬梅买回花衣裳、牛奶糖。一家人月月能吃上几顿团圆饭。在外人看来，那矿工之家的日子，远比纯农户的日子值得羡慕。有人说风凉话：朝里有人好做官，窑里有人好往里钻。那时再想当煤矿工人，一般人是不可能了。二龙若不是接班，自然也还得土里刨食，甚至得打了光棍；而如今不但当了工人，还与嫂夫人成了亲。叔嫂就亲，听着虽不大好听，但那夫妻感情，却也不显得生分。二龙长相与大龙没什么区别，脾气也相似。两人同枕共眠时，除了各自念其夫和兄外，再无别样感觉。从裤衩到头巾，二龙给丁守兰买得齐齐全全。至于那小侄女韩冬梅，自然也当闺女的养着疼着。那韩冬梅像蝴蝶和小鸟一般围着二龙叫爸爸。

一家人还是那么过日子。韩家似乎再也离不开丁守兰了。而还有一个离不开的神仙，那就是镶嵌在镜框里的窑神。那窑神依旧活灵活现被供着，且要常常掸去灰尘，日日盛上半碟饭菜，作为供品。赶上杏花开放时节，丁守兰总要撅几枝杏花，泡到瓶子里，摆到窑神面前。红杏熟了，也少不了给窑神敬上一碟。偶尔也会烧上几炷高香，念叨几句保佑我们二龙平安吧，窑神！

还有一个祈求二龙平安的人，就是我妈。我妈偷偷求过菩萨，也拜过窑神。因为大龙那张招工表，是我妈给的；二龙去替班，也有我妈的主意。我妈自然是愿二龙一生平安的。也正因此，我妈招来了一篇大字报，说她讲迷信。与此同时，在那个破四旧月，也有红卫兵闯入韩家，要砸烂那窑神。韩地龙愤然跳下炕，举起木棍，说，谁敢动我的窑神，我敲掉谁的脑袋！

红卫兵只好退去，但还是说，你家不摆毛主席像，摆个大灰老鼠，算什么家庭！

韩地龙说，我们是矿工家庭！

那日，二龙从矿上归来，一并买回两张毛主席去安源的油画，挂于墙上。但那窑神却依旧瞪着鼠眼，东张西望。

那夜，二龙与丁守兰做爱时，不禁问了一句，你咋还不怀孕哪？

丁守兰红了脸说，咱俩一月才在一起三宿，赶不巧了就很难怀孕。

二龙用了两下劲，似乎要把种子播得深一点。

丁守兰说，我该下你们韩家了。你这次多住一天吧。

二龙说，不行，抓革命促生产，我还要提前回去一天。

那天，丁守兰又望着二龙远去了。走时她又给他煮了十八个鸡蛋，又带了一罐鬼子姜，带了一包杏干和桃干。那天的大东山，又笼罩在一片红杏叶之中了。

只半个月后，韩家又发生了一件奇事。立于柜上、靠于墙上的窑神镜框，数年没有倒过，而那天却呱嗒一声倒下了——把全家吃饭的人都吓了一跳。

韩地龙当着儿媳的面骂了一声，日你娘！他似乎预感到了什么不祥之兆。

4

果然，那天下午，矿上又来了一辆吉普车。矿上的人又是先找到村干部我妈，又把我妈吓得差点尿了裤子。矿上的人带来的又是噩耗：今晨门矿瓦斯爆炸，五名矿工遇难。其中之一为：韩二龙！

对于韩家来说，这无疑又是天塌地陷的灾难！得知此消息后，一家人都傻了一般，然后就是浑身哆嗦，双手打颤。我妈也难过得直哭，不知道说什么好了。

矿上的人背了几段毛主席语录，然后说出了处理结果。其中有按政策形成的不变的一条：韩三龙可以去接班。

韩地龙对这个条件许久没有表态。

儿子韩三龙只望着韩地龙，一劲地问，爹，你拿主意吧，让我去还是不去？

韩地龙终于咬紧牙关说，去！不信我的仨儿子都会死在矿上！

韩三龙含泪说，那我就去吧。

此时，丁守兰却欲哭无泪，只说是，爹，叫我说，别让三龙去下井了，好赖在家种地吧，总比下井安全些。

韩地龙却说，哼，该死了睡觉也能睡死！下井死人，干别的就不死人吗！去吧，煤终归得人去挖！

丁守兰含着泪，半天无语。

那天傍晚，她一个人跑到山旯旮里，大龙一声二龙一声地哭了个死去活来，把眼睛都哭肿了，嗓子都哭哑了。我妈把丁守兰劝了回去，和她说了一背篓好话。至于韩三龙去不去矿上接班，我妈是再也不敢给拿主意了。

回家后，丁守兰拿起窑神爷，气得要摔在地上——韩地龙见此，一把夺过，说，敢！它是窑神爷，它还要保佑我们三龙哪！

丁守兰叫一声，爹！又叫了一声，爹！然后把那窑神爷，又恭恭敬敬地摆到柜子上了。

她的小闺女叫了几声爷爷。

韩地龙的心像刀扎一般。

半个月后，韩三龙又成了木城涧煤矿的一名矿工，成了后来成为大作家、中国作协副主席陈建功的矿友。

半年之后，韩地龙对丁守兰说，你改嫁吧。

丁守兰说，爹，我不改嫁。

韩地龙说，你改嫁吧。

丁守兰说，爹，我就在韩家不走了。

却原来，丁守兰又搬出她的老一套：说若不嫌弃她，她就和三龙就亲了；若嫌弃她，她一辈子伺候韩家人也行。

哪料，韩地龙的倔脾气又犯了，立时火冒三丈，绝情无义，出言不逊：狐狸精！妨八辈！我俩儿子都死在你手里了，你还想惦着我小儿子吗！没脸！我和你说明了吧，你在仨月之内给我滚出韩家！三龙一辈子打光棍，也不会和你成亲的！你个妖怪，亏你想得出！

丁守兰含着泪说，爹，你听我说，我不图你家啥了，就图回报韩家了，即使我不嫁三龙，也愿伺候你一辈子！

不用，不用你伺候！韩地龙居然大怒，你把孙女给我留下，滚吧！

我妈求情也无济于事。丁守兰无奈之下，只好决定离开韩家。但说啥也舍不得小闺女。小闺女也舍不得她。后来，她又与韩地龙商量：她有一个妹子，长得比她漂亮，干活又好。她愿意把妹子嫁给三龙，也好带她的小闺女；这样她也就放心了，也就觉得对得起韩家了。

韩地龙先说是，那是后话。然后又说，你和三龙商量吧。

丁守兰就找到了矿上。以嫂子的名义和三龙商议此事。

丁守兰的妹子丁守香，曾经几次来过韩家。三龙早就看上那姑娘了，但却不敢梦想得到。而今，这事一拍即合。

一年之后，丁守兰的妹子丁守香嫁给了煤矿工人韩三龙。洞房花烛夜，韩三龙与丁守香云雨再三，如腾云驾雾一般，幸福得赛过神仙。三龙说，他找丁守香这么个好媳妇，死了也不冤了。

丁守香就捂了三龙的嘴，说，不许瞎说，咱俩必须白头到老。

丁守兰离开韩家之前，一再叮嘱了妹子三件事：一、善待公爹；二、善待韩冬梅；三、善待窑神。

丁守香点头应着，直叫了有一百声姐姐。

5

时光又过去两年之久。丁守香从通州嫁到门头沟的山沟里，且很快适应了山里的生活。作为矿工家属，她比一般妇女多了几分优越感，手里不断零花钱，身上常有新衣穿。三龙回家时，还是少不了继承兄长的传统，往回带些馒头点心、猪肉粉条之类。丁守香有时打扮得花枝一般，也去矿上住个三五天。那时候矿工们个个垂涎欲滴似的。有人与三龙开玩笑，三龙，给你一个月工资，把你家丁守香给我玩半宿。

三龙就严肃地说，做梦去吧你！我媳妇，谁也沾不着边儿！

丁守香刚从矿上回到家里，便又想起三龙来。三龙对她，那真是一百一了。她心说，这辈子嫁个三龙，值得了。稍有缺憾的是，她尚未给三龙生下一男半女。不过，经检查，她和三龙都没毛病。大夫说他们同房少了点儿，多亲热几回自然就怀孕了。丁守香满脸绯红，心中盘算，下回三龙回来，我非给他怀个大胖小子。到时我把被褥洗得一干二净，把身子洗得白白净净，把炕烧得热烘烘的，把韩冬梅打发到别屋睡觉，再铰一张麒麟送子剪纸贴到窗上，好好与三龙配合配合，不信有地长不出庄稼来。

然而，没待三龙再回家休假，便有一辆矿上的吉普车，开到了大东山，然后又有三个人找到村干部我妈，交代了三龙出事的具体情况。当时我妈几乎要晕倒了，气得坐到地上，半天起不来，的确是又尿了裤子，而且带着血！但我妈硬是挣扎着，带着矿上的人，再去韩家。

又一个晴天霹雳——把韩地龙和丁守香都击垮了！

天爷啊！天爷啊！韩家发出的全是呼叫天爷的声音！可喊什么也晚了。三龙已经归西了。这回却非一般矿难，而属于意外死亡。三龙与其他三个工友下井归来，几个人在食堂买了花卷、炒芹菜，回宿舍后新生的炉子，又炒了半小锅鸡蛋，然后就一边喝酒一边吃饭。三龙嘴里嚼着饭菜的时候，还不时地念叨丁守香。说来也奇了，三龙正拿着花卷吃，忽有一只老鼠跳上他的肩膀头，然后就去咬他手中的花卷。

此时，有个矿工才发现，三龙已经口吐白沫，不省人事。他靠在椅子上，头一耷拉，睡着了一样。

煤气中毒！

四个人都不同程度地中了煤气。但最后再也没醒来的却只有一个人：韩三龙！此时炉中煤窜着蓝火苗，足有一尺多高。

丁守香听说韩三龙的不幸后，当时就气昏了过去。我妈把她抱在怀里，泪珠一个劲地往下掉。

韩地龙没有昏过去，只长叹一声，我哪辈子损了呀！然后感觉一阵头晕脑涨，然后就浑身打哆嗦，立时胳膊腿全不听使唤了，其挣扎之态，似在装相，实是由不得他了。山里人管那病叫：半身不遂。

此时，韩冬梅在灶前用干柴给客人们烧水。大人们还以为她不懂生死之事，而她的泪珠子已纷纷掉入灶坑里。当她见到爷爷和妈妈的反应后，不由得哇一声哭了。

韩三龙的后事没解决，先把韩地龙抬上吉普车，拉到矿务局医院去了。韩地龙有生以来第一次乘坐吉普车。一个月后，又用那吉普车把他送回到大东山。韩地龙的命是保住了，但却再不能像正常人一样说话走路了，呜呜噜噜吐字不清，走路拄着一根拐杖，却不能直立，而是侧侧歪歪一拉一扯地似在爬行了。远远看去，的确酷似一条穿地而行的老龙了。但他的神志还算清醒。他黑夜白日都明白：他的三个儿子都把命丢在了门头沟煤矿上。他时常抱怨，我……我们……祖祖……辈辈没……没烧过……煤……可我……仨儿子……都……挖煤死了。北京人，你们做饭……你们取暖……烧……烧的……啥……啥呀？烧的是我儿子的……血呀……汗啊……肉啊……骨头啊。他有时还会反反复复地叫着，大龙……二龙……三龙……三龙……二龙……大龙……煤……火……

6

此时的丁守香已经接了韩三龙的班，也成了一名煤矿工人。她是听了我妈的主意才去接班的。我妈说她是个女的，就去接班吧，反正也不用下井。她去了矿上，果然就不用她下井，而是在井上给工人们发矿灯。她那个名叫韩冬梅的小外甥女，也借她的光，办了农转非，到矿上上学去了。

丁守香和韩冬梅离开大东山那天，我妈送出了好远好远，直到她们的身影消失在又一茬杏花丛中。而我妈却差点没能走出那片杏花丛，我妈光想小便，便血。几个月后，我妈就病得起不来了。我妈是在面对别人的三次矿难之后，由于过度惊吓和恐惧，从而伤及肾脏，得了肾炎。在我妈生命的最后一刻，我妈还觉得对不起韩地龙一家人，因为大龙去矿上，二龙去接班，都与我妈有关系。但丁守香却一点也不怪我妈，还特意从矿上回来看望了我妈，给了我妈八十元钱，说是没有我妈，就没有她的今天。我妈去世那天，秋风把山杏叶吹落了一层又一层，疑是从天而降的金色和红色的纸钱。韩地龙一劲儿感叹说，好人哪，你可不该这么早走了呀！咱们大东山，可离不开你呀！

韩地龙那一大家子人，如今死的死，嫁的嫁，目前只剩下他一个人了。他拄着拐杖，一拉一拽地走路，有时干脆爬着前行。一日，他将那个落满尘土的窑神拿了起来，用拐棍指着蓝天说（此时脑血栓给他造成的语言障碍似乎不存在了，相反，他的话语比平常还显得慷慨激昂），窑神哪，好你个窑神哪！你咋不保佑我儿子的平安哪！你给我留下一个儿子，也算我没白供你几十年哪！我的大龙啊，二龙啊，三龙啊！

说着，韩地龙将那镜框向地上一摔，啪地一下，镜框变形了扭曲了，玻璃立时粉碎了，而那画在纸上的老鼠像，忽被一阵大风卷走，刮到天上去了。韩地龙冲着那发黄又发黑的飘飘悠悠的老鼠像，想哭又想笑似的。不，他想喊，想呐喊，于是他叫道，窑神……窑神上天了！窑神，保佑矿工安全的窑神哪！

韩地龙的拐杖冲天举着，像一个大大的惊叹号，又像一个大问号。

半年之后，韩地龙归西而去。为他送葬的自然没有儿子，但却有他的俩闺女大凤、二凤，还有俩姑爷及几个外孙子，还有曾经的两个儿媳，丁守兰和丁守香，亦有其孙女韩冬梅。韩地龙出殡那天，春风把杏花瓣儿吹得满天满地都是，像纷纷扬扬的微型的纸钱。

几年后，丁守兰的妹妹丁守香改嫁，又嫁了一个矿工。过了几年好日子。可好景不长，他们夫妻双双下岗了。

　　丁守兰改嫁后，日子却过得红火起来。但她却没有忘记百花山下的大东山，她时常念叨两个刻于她心上的名字，大龙、二龙，有时也念及三龙。那三条龙分明是三团火，在她心里燃烧过，也在京西煤矿燃烧过；可这火焰太短暂了，一闪而过，就熄灭了。那只大灰老鼠窑神，一条龙也没保住。但丁守兰为了她妹子和妹夫的安全，还是在家中供了一尊窑神——这窑神是一个白陶瓷的工艺品老鼠。

玫瑰坟

朱毛军来了

穷人翻身了

还乡团来了

艾草妹死了

杏叶骑着红狍走了

找红军去了

坡上的玫瑰花开了

杏哥骑着白马上坟来了

白马又去哪儿了？

驮着主人打鬼子去了……

——没有流传的歌谣

1

他出生在山杏叶红了的时候，他爹东方树望着山坡上火焰般的杏叶，就给他取名为杏叶。这名字单薄，但他们的姓不单薄啊，他们家姓东方，叫东方杏叶，这名字也就大气了。但平时就叫他杏叶，似乎把姓氏东方忘了。娘的意思是，叫杏叶也好，这名字贱，满山都是杏叶，孩子好养。却不料，他的命像杏叶一般薄，像杏叶一样苦，还像石头一般硬，有人说他克娘。果然，他三岁时，亲娘就死了。又过了近两年，在玫瑰花开的时候，他后娘就进门了。

后娘还带着一个小女孩儿。女孩儿出生在端午节，所以起名艾草。五月端午是山花开得最盛的时期，映山红开了，野玫瑰也开了。野玫瑰开在白桦林里，别提有多美多香了。那是真正的不折不扣的野玫瑰，不是月季花冒充的玫瑰花。山玫瑰一开，满山林都是香的，风儿云儿，也透着香味。那么好的季节，一个小女孩儿进了杏叶家的门，杏叶就高兴得小脸红扑扑的，比贾宝玉见了林黛玉还高兴。艾草长得花蝴蝶似的。杏叶看了她，觉得她挺顺眼的，就叫她草儿。论年龄，艾草比杏叶只小七天，但却挺懂事的。她甜甜地叫杏哥。可后娘看着杏叶不顺眼，从来不给他好脸，不给他好气，说他命硬，妨亲娘，怕他也妨后娘，所以打骂他也就成了常事。有时艾草会抱着娘的大腿说，娘，你别打我杏哥，我多都不打我，你凭啥打杏哥？娘就说一句，丫头片子别多嘴。

多东方树知道后娘不待见他的儿子杏叶，也不好说什么。好容易又有了老婆，儿子又有了娘，后娘也是娘啊。照样做菜做饭，缝缝连连洗洗涮涮的，就算她厉害点，也别委屈她。但同时他也不想委屈了儿子，望着虎头虎脑的儿子，他就像望着山头上的太阳，就有了奔头有了希望。

2

后娘改嫁到东方家后，再没生一男半女，她的亲生骨肉就只有那个艾草了。而东方树只这么一个儿子，那就更疼得不知道如何是好。人家说他把杏叶看成掌上明珠，可他却说，掌上明珠算老几呀？我的儿子就是我的天！说着他又把儿子抱了起来，摸着杏叶的小鸡子，还让杏叶揪着他的大辫子玩。

三岁看大，七岁看老——东方树从杏叶的背影里似乎都能看到儿子这朵云彩里，有雨。

那年冬天，杏叶六岁，东方树背着五斗小米，把儿子送到洋河镇一个私立学堂里读私塾去了。小杏叶简直是个书虫，读起书来不要命。一冬下来，他把《百家姓》《三字经》《千字文》《名贤集》读了个滚瓜烂熟。那日回到家，他把这四本书全部给东方树背了一遍，那才叫倒背如流。一看他这般聪明伶俐，东方树就又让他接着读私塾。不到两年下来，他就把《三言杂字》《四言杂字》《五言杂字》《六言杂字》《七言杂字》，都装在他脑子里了。回到家后，他又给家里人背开了书。东方树听得津津有味，可后娘却扭鼻子扯脸的，还又摔马勺，又往水缸里丢水瓢，很是没好气的样子。后来东方树嘀咕，说是还要舍出八斗小米，让杏叶继续读书。当着丈夫的面，后娘没敢说啥。东方树出门后，后娘可就摔碟子打碗地闹开了。她说，都快没米下锅了，还让杏叶去读书？那金黄的小米换那几个破黑字，有啥用啊？锅里煮米煮肉，煮啥都香，谁听说锅里能煮文章？念书有啥用啊？不顶吃不顶喝。再拿小米去念书，咱们就谁也别吃饭！

东方树听到这话，说，你个娘们家，目光没一寸长。杏叶是读书的料，咋就不能让他读几年书啊？后娘却说，我们艾草也是读书的料，咋不让艾草读书啊？东方树说，艾草一个丫头片子，读得啥书啊？后娘就说，那就谁也别读！你再让杏叶读书，我就死！东方树也是火上浇油，说，你别拿死吓唬人！这时后娘说了一句，我死给你看！说着，后娘赌气抓了两把苦杏仁，用蒜臼子捣烂，放到碗里，用水一冲，仰脖就要喝，服毒。苦杏仁是可以毒死人的。东方树一赌气，没有阻拦她。

听到爹娘在吵架，杏叶和艾草一块进来了。杏叶见势不妙，上前就去夺后娘手里的碗，可他夺不过来，于是他就使劲摇晃那碗，总算把那苦杏仁水摇泼干净了。随后他含着泪，对爹和娘说，爹，娘！你们谁也别生气了，也别寻死觅活了，我不上学了，我不念书了，我放牛去，去挣饭吃，给你们挣小米回来！

艾草拉住杏叶的手，说，杏哥，我不让你去放牛。要放牛，咱俩一块儿去放。

杏叶说，草儿你不能放牛，你得陪着娘。

那一刻，后娘似乎还有所感动。

第二天，杏叶就离家出走了。刚过十岁的他，就拿着一根桃木棍，到八里地以外的邻村给财主家放牛去了。工钱是一天二升小米。

几十头牛，撒到山上，好大的一片哪，人们戏称他牛司令。后来，牛司令成了东方司令和作家后，他回忆说，他最难忘那次他和狼打交道的趣事。那天他给山主放牛，牛儿在吃草，他靠在一块大石头上，跷着二郎腿，入神地看《水浒传》。这时忽然有什么东西扫了他一下，他激灵一下，抬头一看，原来是一条黑嘴岔大狗在用尾巴扫他。他霍地坐起来，把书放下，端起桦皮筒里的二米饭，他想贿赂贿赂这条狗，把狗喂熟，也好跟他放牛。可那狗并不听他招呼，脸一变，用爪子刨着土，像是恶意又像是顽皮地要刨土埋他。他见那狗嘟噜着一对狗蛋，不禁拿起桃木棍，照那狗蛋就捅了上去。狗被捅得嗷了一声，就呲着牙，跳上了大石头，似乎是有吃他的意思。他吓得想跑，却没跑，他只望着不远处的一头大犍牛，那犍牛听到狗吠，发现主人的目光和手势，就率领着牛群，哞哞地叫着，向那狗包抄过来，誓与狗决一死战。狗被吓得夹着尾巴逃跑了。

而在这个时候，东方树恰好从这边赶来了。见到那一幕，他高呼着，杏叶，那不是狗，是狼。

杏叶叫了一声爸，还反问道，狼那么老实？

东方树望着儿子，说，你个愣大胆，咋还敢捅狼蛋哪！后来就有人说他杏叶，是捅狼蛋的娃子。

那天东方树看着满腿牛粪的儿子，心疼得想哭。

东方树说让他还回去吧，别给人家放牛了，岁数太小了。他坚决不回去。他说好马不吃回头草。他说当牛倌也挺好。可东方树说，你这一放牛，学的那点文化都丢了。他说丢不了。他让东方树看他放牛用的网包，那里面装着好几本书，有《呼延庆打擂》《杨家将》《白袍征东》《大八义》。他还自豪地说，爹，我是一边放牛一边念书，成本大套的大鼓词，我都会唱，唱给山听，唱给树听，唱给牛听，唱给鸟听……东方树听到这里，不禁抱起了自己的儿子，冲着蓝天说，苍天有眼，让我的儿子成个人物吧！

杏叶分明已经不是一般意义上的小牛倌了。他能在桦树皮上写《百家姓》，写《三字经》，他居然还看懂了《三国演义》。看"三国"的时候，他还又哭又笑的。那砖头一般厚的线装书，烂熟于心，让他有了太多的想法。

他曾经说过，书是人写的，我为什么就不能写书呢？他还说，不管他是放牛、放羊的时候，还是他当兵的时候，他说他真的不想死。不想死的一大原因是，他想写东西，把他的经历都写写，让后人瞧瞧……这肯定是他日后成了作家的动力。当时那满山的橡树和桦树也许都知道，那个放牛娃居然在十几岁就在心头埋下了当作家的种子。

那天东方树从山上回来，心里很不好受，但又觉得他的儿子是有出息的。他心里说，嘿，将来我儿子，还兴许会写书哩！

把时间倒退七八十年，小时候的杏叶可不会写书，只会放牛。但那个放牛娃，不但在山上读书，还学会了保护自己。他把牛作为靠山，或者说把牛当成了守护神。打雷下雨的时候，他就钻到牛肚子底下去，又能避雨又能防雷；赶上下大雪，牛肚子底下还是个温暖的去处；遇上了狼，他就躲在大犍牛身边，牛能护人防备狼；夏天山上蛇多，他就驯服了一头牛，常常骑着那头牛，走过毒蛇最多的地方。可后来他还是倒霉在了牛身上。一头牛滚坡被摔死了，财主不干了，让他赔牛，还说要扣他一年的工钱。于是他一赌气，就不给人家放牛了。

杏叶走了，他放过的牛哞哞叫着，半天也不吃草。杏叶回头看着那些牛，也是恋恋不舍的。

后来，东方树靠卖野兽皮，还有其他山货，买了几十只羊，让杏叶放着。杏叶又成了个小羊倌。虽然后娘免不了打他，可他经常还是乐呵呵的，因为有一个花蝴蝶似的小姑娘出现在他眼前，那就是艾草。艾草不是杏叶的亲妹子，可他对艾草比亲妹子还亲。在放羊的山上，如果他掏到了鸟蛋，摘到了野果子，他总是给艾草拿回去。艾草就乐得一朵花似的，说谢谢杏哥。

在大山里，除了桦树多，就是橡树多了，橡树的果实是可以吃的，但是并不香，那是喂猪的食材。不过，橡子落到地上，经过一冬的霜冻或雪埋，再吃起来，那可就香糯胜似栗子了。一开春，青黄不接的时候，他常常就吃那些从山林里捡来的橡子，经过火一烧，就更是香甜无比。有一次，他把一筐他亲手烤熟了的橡子，提回家去，说是给艾草吃，可居然让后娘给倒进了猪圈里。事后他气得泪珠像秋风吹落的橡子，啪啦啦直落。月光下，艾草就凑了上来，叫着，杏哥你别哭了。你看——艾草举着一个大篮子，说，我又把我娘倒掉的橡子，捡回来了。杏叶就感动得破涕为笑了。

3

那年刚过夏至不久，杏叶去放羊，在山坡上抓到了一只小狍羔子。他高兴地把狍羔子抱起来，晚上就抱回家去了。他把狍羔子放在院子里，还给它弄了一些吃的，但它不吃。小狍子"水儿水儿"地叫着，分明是在呼唤山林里的狍妈妈。狍妈妈听见了孩子的呼唤，就悄悄地从山上挪蹭了下来，还"吭吭"地叫着。时间不长，那"傻"狍子为了儿女，就小心翼翼地闯进了杏叶家的院子，去奶它的狍羔子去了。那个时候，钻在屋子里的杏叶，看着外边大狍子给小狍子吃奶的情景，觉得又欣喜，又感动。也就是在那一刻，东方树拿起了土枪，从窗户眼里伸出去，就要将那大狍子打死……可在这个时候，杏叶忽然将那枪一扒拉，叫道，爹，别打！又叫了一声，狍子，快跑！

大狍子听到叫喊，转身就跑了。夏至过后的狍子，皮毛是红色的。那月光下的大红狍子，实在是太美丽了。大狍子还回望了几眼东方家。眼看着狍子让杏叶给放跑了。爹怪他，你咋把狍子给放跑了呀？后娘骂他，你个挨刀的，放跑了狍子，你就别吃饭！杏叶含着泪说，我不想让这山林里再出现一个没娘的孩子。说着他跳下炕，跑到院子里，抱起那小狍子，也放归到山林里了，还拍着巴掌说，找你娘去。看到那一幕的东方树，泪眼朦胧了。

后娘还是骂杏叶短命鬼、败家子，把到锅里的肉都倒了。杏叶说，后娘……可后娘俩字还没落地，后娘一巴掌就打到杏叶的脸上了。后娘还说，我再让你叫后娘？那会儿艾草赶忙抱住娘的大腿，说，娘，别打我杏哥了……后娘狠狠地说了一句，狍子都能养家，他连个狍子也不如！杏叶冲着艾草的面子，捂着脸说，娘，你不就是怪我放走了狍子吗？你要馋肉，我放着一百多只羊哪，杀一只吃不得了？

东方树故意生气地说，杏叶，你放走了狍子，你还有脸说宰羊吃？羊肉有狍子肉香吗？

艾草说，爹，我杏哥放走了狍子，也是心善、行好哪，就别怪他了。

在那个月色如水的夜晚，小狍子被杏叶放归到山林里，可小狍子只跑出几十步远，就又回头张望着杏叶，恋恋不舍的。杏叶也眼巴巴望着小狍子，也是恋恋不舍的。但他还是拍着手说，走吧，找你妈去吧。

小狍子就走向了森林深处，可又几次驻足、回眸望着杏叶，杏叶却目送着小狍子，算是与狍子挥手告别了。可几天之后，小狍子又出现在了杏叶眼前。狍子居然款款地、是那般亲热地就走到杏叶面前来了。小狍子还认识他？那一幕让杏叶都热泪滚滚了。他不禁拍拍小狍子的白色臀部，又搂过小狍子的脖子，亲了亲。随后他又把小狍子放了。放了他又叫了一声，回来！于是小狍子就又回来了。

从此杏叶开始驯这只小狍子。很快，他叫狍子回来，狍子就回来；他叫狍子出去，狍子就走向山林，但总是爱回头望他。后来他学着骑狍子，狍子就乖乖地让他骑。他常常骑在狍子背上，在树林里溜达一圈。狍子驮着他，快慢都由他使唤。他不骑狍子的时候，他就把狍子放归山林；他想骑狍子的时候，他就拍着手，冲着山林呼唤着，小红回来。

他给夏至后毛色红亮的狍子起名为小红。而艾草却叫着狍子小白，因为狍子的臀部有一块皮毛永远是雪白的。杏叶就和艾草说，小白不好，让人想到那一片白屁股；小红多好，狍子浑身都是红的，小红可以变成大红。美呀。我听说有一句话叫星星之火，可以燎原……

艾草就听不懂他的话了，就说，杏哥，让我也骑骑狍子吧？

于是杏叶就把艾草扶上狍子，杏叶就嘎悠嘎悠地骑着，美滋滋的。杏叶总是爱和艾草开玩笑，瞧你把狍子都压塌腰了。狍子还小哪，等狍子长大了，我要是娶你，就让狍子给我去接新媳妇……

艾草的脸就比野芍药花还红了，就说，杏哥你别老瞎说，我娘说，穷嘴恶舌也是要招雷劈的……

杏叶说，艾草你这句话可太伤我了，你要这么说，我可不拿狍子给你当花轿了，你还是下来吧，我把狍子放到山上去了……

<h2 style="text-align:center">4</h2>

就在几天以后，出了一件过于蹊跷的事，即便杏叶到了七十岁，他也还觉得那件事过于新奇和离奇了。

那天杏叶正在红金陀下，一边背书，一边放羊，忽然听到耳边一阵呜呜的风声传来。他循着声音望去，眼前的一幕让他惊呆了，比神话里写得还神，他眼瞧着他放的一只小白羊，腾空而起，嗖嗖地悠悠地青云直上，飘向空中……当他的目光随着上升的羊看去时，只见悬崖上有一条大长虫，正探着犁铧般的脑袋，张着血盆大口，往上吸那只羊哪——他大声一叫，我的羊！没想到长虫吓得一哆嗦，蛇头当即缩回到洞里去了。而羊失去了吸引力，从半空中直线落下来，随后啪嗒一声，掉在地上就摔死了。杏叶冲着那山崖上已经不见了的蟒蛇，大骂道，大蟒蛇，你摔死我的羊，我早晚活剥了你！

杏叶战战兢兢将羊背回去后，后娘不信是长虫夺了羊的命，却说杏叶是满嘴胡吣，馋羊肉了，才把羊弄死的。于是杏叶赌咒，我要说瞎话，打雷劈死我！如果那羊是被长虫吸上山的，就劈死那长虫！结果当天下午，咔啦啦，一道闪电，一声霹雳，把盘踞在悬崖上的巨蟒劈死了——那长虫死后，在山崖上留下了一道清晰的蛇印，是绿色的，间杂了红色。后人管那叫长虫印。那长虫印过了半个世纪，依旧活灵活现地出现在过路人的眼前。此后杏叶多次仰望那长虫印，还不免感叹，冥冥之中是不是真有上苍在看着世人的一切？红金陀是不是也会像佛祖显灵，当年保护了、证明了他那个小羊倌的清白。

东方树指着天说，眼瞧着那一只羊要落到长虫的嘴里去了，倒成了咱们锅里的肉，那得说咱们有口福，得说我儿子机灵。我儿子的话这么灵验，能惊动得起雷神爷，把那害人的长虫劈死。以后谁再拿下眼皮瞧我儿子，小心雷神爷翻脸。

听说发生了这件惊天动地的离奇事后，从此后娘就不敢错待杏叶了。从此杏叶似乎也敢抬起头来做人了。他记得他记事以来，无论哪年大年初一吃饺子，家里人总要往其中的一个饺子里包一个铜钱，说是谁吃着谁好运。可是，杏叶知道他的身份，他知道他的后娘不想让他吃到那个包着铜钱的饺子，后娘肯定是想让艾草吃到那个饺子，所以他也就生怕吃到那个饺子，他也希望艾草吃到那个饺子。可是紧怕慢怕，那天那个装着铜钱的饺子，还是喀喇一声，落到了他的嘴里。他生怕后娘发现，就咕嘟着嘴，不敢吭声，不敢动弹，可偏偏还是让他后娘看见了那情景。他眼瞧着后娘的脸色变了。而他爹东方树也发现了这一幕。东方树怕儿子把铜钱咽下去，卡着。东方树赶忙说，杏叶，快把铜钱吐出来。杏叶这才把铜钱从嘴里捏出来，悄悄放在桌上。东方树抓起那枚铜钱，嗖地一下，就从大柁的这边抛到大柁那边去了，还分明是冲着后娘说，今天是大年初一，谁也别找不痛快！后娘就脸一呱嗒，不敢言语了。东方树拍着虎头虎脑的杏叶，大声说，我儿子早晚会走好运的！连朱元璋、李自成也是放牛、放羊的出身，我儿子也不一定就一辈子放牛、放羊！

艾草说，我杏哥吃到了铜钱，我杏哥该走好运了，杏哥大了会当大官。后娘瞪了闺女一眼说，羊倌都当不好。

那一刻杏叶望着爹和艾草，眼泪花转了。

5

有红军的日子，真的是好日子。那些天，村子里来了红军。红军对老百姓好，对土豪劣绅可是不那么客气。打土豪分田地，村里的人高高兴兴，都是那么扬眉吐气的。那天村里演节目，杏叶和艾草还共同表演了一个节目。人们看了，连连鼓掌。红军的干部还说，再来一个，再来一个……

可好日子不长，不知道为什么，红军走了。红军走了以后，又来了什么还乡团。这回老百姓可遭殃了。当初红军清算了财主。这回财主又回来，清算穷人来了。还乡团也是有枪的，他们一进村，老百姓也都吓得东躲西藏的。

那天东方树带着杏叶和艾草，到南山去拔山葱。那山葱长着硕大的叶子，湛青碧绿的，放射着扑鼻的香气。几个人碰上了一片山葱，一人刚拔了十几棵，就听山下的人惊叫着，还乡团又来了。东方树赶忙带着一对孩子，钻进了一个山洞。几个人在山洞里你一言我一语地说上话了。东方树说那山洞里有老虎味，他说老虎肯定到这山洞里来过，他早晚要打死这只老虎。他又叹息，世道真是变了。他还望着瓦蓝的天空说，都说天和地好比一盘磨，眼下这磨盘要合拢了，天下人要遭殃了，只有躲进磨眼里去的人，才能生存下来。杏叶那会儿嚼着一棵雪白的山葱的茎秆说，爹，人们还没过上好日子，就在劫难逃了？爹，天地要真有合上那一天，我就带着咱们的亲人，躲到磨眼里去，您说好不好？东方树说，好是好，可磨眼有多大呀？跟天比，磨眼没有芝麻粒大。杏叶说，爹，那就别让天塌下来，咱们顶着。咱们顶不住，还有红金陀顶着。东方树说，那可就好了，就怕红金陀也顶不住啊。那一刻杏叶就站起来，说，爹，那我顶着，我也快是顶天立地的男子汉了。那会儿艾草也站在了杏叶面前，还和杏叶比着身高，说，杏哥，咱俩差不多一般高，到时候我也顶着。东方树哈哈笑了说，你俩呀，是不是想比伏羲和女娲还有本事啊？女娲能补天，你俩能顶天？

此刻杏叶说了一句让东方树都感到天高地阔的话，爹，反正这天有人顶着——爹，中国出了个朱毛军，朱毛军会顶天立地的。可是朱毛军刚来过，又走了，红军走了，还乡团又来了。咱们穷人还得受白狗子的欺负，拔个山葱都拔不安宁。爹，我也要当朱毛军，也好打白狗子。

好儿子呀！东方树把杏叶揽在怀里，说，东方家有希望了。

艾草说，杏哥，你要当朱毛军，也带着我吧？红军里也有女的。当时那个女红军，还给过我一个蝴蝶结哪。真好。所以我也想当女红军。

杏叶风趣地说，艾草妹，有女红军，也不能有你这种小脚小丫头。来吧，我把你那裹脚布子解了吧。东方树说，儿子，你又干这事？让你娘知道了，还不打你？杏叶说，我也是干好事哪。又和爹开玩笑说，爹，有一天，我把你的大辫子也剪了吧？耷耷拉拉晃晃悠悠的，瞅着别扭。东方树却说，你不懂。你亲娘活着的时候啊，天天给我梳理这条大辫子，也最喜欢我这条大辫子。所以呀，我就想留个念想，不想把它剪了去。杏叶难过地说，那就留着吧。东方树说，等红军又回来了，白狗子被打败了，我就把这条清朝的大辫子割了去。走，拔山葱去吧。还乡团转了弯，又走了。嘿，指不定又抄走了谁家的猪羊、鸡鸭哪。

6

那天，是六月里一个挺好的天气。吃过早饭，后娘让杏叶和艾草去推碾子。推的是榆皮面，然后还要推玉米面，还要推一些橡子面。这三种面凑起来，是可以做面食吃的。那天俩人到了橡树下的碾盘前。艾草悄悄对杏叶说，杏哥，我的脚疼，你还是把我的裹脚布子解了吧。杏叶说，娘又给你缠上裹脚布子了？说着，蹲下身去，就把艾草的裹脚布子一层层解了下来。他还说，真是不拿人当人，不拿脚当脚，好好的小白脚，非得用裹脚布子给缠成畸形。这不是欺负脚吗？这不是摧残和蹂躏妇女吗？艾草听了这话，就说杏哥你上过学，啥话也会说，可有的话我听不懂。反正是你把我的裹脚布子解了，我就舒服了。杏叶说，这叫解放脚，早晚妇女的脚都得解放了，就不用缠足了。听说二万五千里长征有好多女红军，这要是缠脚的女人，脚弄得成了大饺子，走路哪儿行啊？再说咱们这山高路远的，裹小脚就更让妇女遭罪了。妇女围着锅台转，围着碾盘转，就应该有一双大脚。

艾草说，可人家说，女人应该是小脚，才有人喜欢。

杏叶说，那得是天然的脚。

哎呀，艾草的脸红了，别说了，快推碾子吧。

杏叶又幽默地说，推起碾子来，你还不是在我眼前转来转去的。艾草，我挺爱看你走路的姿势的。

杏哥，别瞎说了。让我娘听见，会骂你的。艾草又说，杏哥，谢谢你！把我的裹脚布子解了下来……

杏叶说，以后我天天偷着把你的裹脚布子解下来。

杏哥你真好。

后来俩人就推上碾子了。推得还挺来劲。碾砣轱辘辘转着，碾盘似乎也转着，碾盘上的玉米面弥漫着香气，像个大煎饼似的。

杏叶一边推碾子一边和艾草说，艾草，听说晚上吃压饸饹？末锅的饼、头锅的面，可我从来也没吃过一碗头锅面。

——————————— 谁解麦浪

艾草说，谁让你瞎唱小白菜了？三岁两岁死了娘，弟弟吃面我喝汤……娘最不爱听这歌了。

那我以后就不唱了。

杏哥，咱俩说好了，晚上吃压饸饹，咱俩到门外边吃，到时候，咱俩换碗。我把我的头锅面，换给你吃。

杏叶说，还是别搞这鬼把戏了，万一让娘发现了，还不把我的饸饹碗也摔了。我还是吃末锅面吧，不让我喝汤就知足了。

艾草说，杏哥，等到你长大娶媳妇的时候，让你吃头锅面，喜面。

杏叶的脸就红了说，我这穷小子，上哪儿娶媳妇去呀？

杏哥，你长得这么俊，又识文断字的，干啥都行，还怕娶不上媳妇？你要娶不上媳妇，我就给你当媳妇。反正你也不是我亲哥。

杏叶听了这话，脸比日头还红，说，艾草妹，这话可说早了。咱俩还是赶忙推完碾子，撒羊之前，我想带你去山坡上摘点野玫瑰花。

那可太好了。艾草高兴地说，南坡上的野玫瑰开花了，味儿真香，都传到我面前来了。

7

那天推完了碾子，杏叶带着艾草去山坡上采了好多野玫瑰花，那么香喷喷粉嘟嘟的玫瑰花。可采花刚回到家，还乡团又进村了。照后娘的说法，还乡团和白狗子一条腿，白狗子更像狗了。那些还乡团团丁，原来就是抢一些东西，可后来看到花枝招展的姑娘，也色眯眯的，甚至敢动手动脚，欲调戏人家黄花闺女。艾草长到十四岁了，看着快成大姑娘了，亭亭玉立的。这少女的身上带着一种特有的体香，头发里都弥漫着发香。杏叶还和艾草开玩笑，草儿，你咋浑身都散发着野玫瑰的香气呀？艾草也开玩笑说，杏哥，你的鼻子比狗鼻子还尖，我的身上哪有这么香？杏叶说，你的香你不知道，你可真得注意，别让白狗子闻着你的香气。

那天还乡团来了。后娘望着艾草，也算是急中生智，她以为躲到别处去也来不及了，就赶忙就近躲起来吧。于是她对艾草说，艾草，你快到地窖里躲躲吧。杏叶说他也要陪艾草躲到地窖里去。后娘却说，胡说，一对丫头小子，咋能躲到一个地窖里去呀？你快躲到别处去。后娘把地窖盖揭开，就把艾草顺进去了。

　　没想到的是，白狗子走了以后，杏叶第一个去找艾草，可他把艾草从地窖里抱上来的时候，艾草已经窒息而死了。后来听人说，那是地窖里的地瓜产生了什么毒气，把艾草熏死了。当时杏叶都要气昏过去了，他还指着后娘说，都怪你，你要不往地窖里塞艾草，艾草咋会死？后娘也是气得直打滚直打自己的脸，说是，艾草，是怪你娘啊！但她又指着杏叶说，狗日的你太命硬了，你连你的后妹子都给妨死了。杏叶却顾不得搭理后娘了，只千呼万唤艾草的名字，艾草艾草，艾草妹妹！可艾草再也不言语了。

　　爹东方树看到那情景，叫了一声闺女呀，都气晕过去了。

　　那天，杏叶还有他爹东方树把艾草埋葬在了白桦林里。杏叶采来了太多太多的野玫瑰花，用玫瑰花把艾草的尸体都掩盖严实了。随后他冲着天空呼喊着，白狗子，还乡团，我要为我艾草妹妹报仇！

　　那之后的好多天，后娘都气得起不来炕了，只是躺着，泪涟涟叫着艾草的名字。她还指桑骂槐咒骂杏叶，该死的不死，不该死的死了。

　　艾草就这样死了，杏叶气得好些天都吃不下饭，望着哪里，也能想起艾草来，可艾草的影子就那么消失了。他望着艾草的坟，眼泪汪汪地叫着，艾草妹艾草妹……

　　自从还乡团来过，为了躲避还乡团，艾草付出了花季少女生命的代价，人们对还乡团更加恨之入骨了。杏叶的眼里总是冒着仇恨的火光，心里总是装着仇恨的怒火。他还在大人的组织下，组成了儿童团，他是团长。他一边放羊，一边站岗放哨。早上起来，他像一只老鹰，蹲在村头的一棵大白桦树的树杈上，望着远方，提防还乡团再次进村祸害老百姓。可等来等去，白狗子又不来了。在大树上等白狗子的杏叶，再也沉不住气了。望着东方那一轮红艳艳的太阳，他说他找红军去呀。

　　那天，杏叶再一次跑到艾草的坟前，望着那欲凋零的野玫瑰花，泪眼朦胧地说，艾草妹妹，艾草妹妹……我要找红军去，我要打白狗子去，我要给你报仇！

8

　　那天杏叶就消失在白桦林里了，他找红军去了。杏叶是骑着一只大红狗子去找红军的。他曾经驯养过一只狍子，那狍子平时被他放归青山，狍子可以悠闲地吃草。而他需要的时候，他就把手张成一个喇叭，小红、小红地一叫，那狍子总是会第一时间听见他的召唤，那狍子耳朵灵，腿脚快如草上飞，会迅速地跑到他面前。那时候，这狍子就是他的坐骑。那天他打算去找红军，想必红军离他还很遥远，他就把那大红狍子唤来，骑着狍子去了远方。他真的是不辞而别的。他只到艾草的坟上转了两圈，就偷偷地走了。那天他的亲爹和后娘，再也没有找到他，只见山头上有一只苍鹰在飞翔着，飞翔着……

做梦一般的事情，就成了现实。杏叶骑着那只狍子，找到了红军……但他回来的时候，那大红狍子却被一匹大白马代替了。那狍子的肉让红军吃了。红军只能是把狍子吃了。杏叶当然没舍得吃下一块狍子肉，杏叶不忍心吃把他带到红军队伍里的狍子肉。

几年以后，杏叶骑着大白马回来了，他还怀念那只叫小红的狍子。不过，他可不是那个毛孩子、小羊倌了，也不是那个红小鬼了。他穿着八路军的军装，已经由红军战士变成一个人高马大的八路军的军官了。大白马脖子上的铜铃铛哗啷哗啷的，摇落了多少山顶的夕阳。

那天他回到村里，先牵着马去白桦林里，找来找去找到了艾草的坟。此时正是野玫瑰花开时节，树林子里没有太多的花朵，却有太多的花香。杏叶就循着花香，来到了艾草的坟前。艾草荒草萋萋的坟头上，却长着一树红红火火蓬蓬勃勃的野玫瑰花。那玫瑰花是粉色的，花朵硕大，花瓣层层叠叠，且厚重，招得蜂飞蝶舞。杏叶看到那花儿，仿佛看到了艾草，他一阵泪眼朦胧，不禁叫道，艾草，我回来了，你杏叶哥回来了，你看得见我吗？

杏叶跪在了艾草的坟前，那玫瑰花颤巍巍的，摇曳在他眼前，仿佛是艾草的影子，出现在他眼前。当年他们在山脚下推碾子，碾砣骨碌碌转着，似乎山水都在转，天上的云彩和太阳也在转。他们互相望着各自的脸蛋，各自的背影，有说有笑的，多好啊。他们推着苞谷面，推好了苞谷面，打算吃压饸饹。饸饹条钻入沸腾的开水锅里，煮好后捞到碗里，浇上野蘑菇和香菜打的卤，呼噜呼噜吃着，多香啊。可是，那天艾草没能吃到压饸饹，为了躲避还乡团，就让后娘安排到地窖里去了，没等到出来，就窒息而死了……如今杏叶想到那一幕，不禁又流出了热乎乎的泪水。一只蜜蜂落到他脸上，他都没有感觉。他嘟嘟囔囔冲着坟丘说着，艾草妹妹，我当红军回来了，长征胜利了，我给你报仇了；

我当上八路军的营长了，我还要打鬼子去，把鬼子打败了，我再回来看你……

他把一枚红五星别在野玫瑰的枝杈上。他又牵着大白马，哗啷哗啷地走了。那天他回到家里，与爹娘在一起吃了一顿晚饭。吃的是压饸饹，后娘把第一碗压饸饹捧给他。他一连吃了三碗。他吃得太香了。他说了一句让后娘难过的话，我代替艾草吃了一碗压饸饹。

那天晚上他就披着月色走了。铜铃铛哗啷哗啷的，把满山的杜鹃叫声都压过去了。后来他把铜铃铛给摘了。他只想听杜鹃的啼叫。杜鹃咯咯地叫着，像是艾草叫着他哥哥……他回望着月光下的山林，那里有艾草的坟墓，那里传来了一阵阵野玫瑰的花香。不远处有两双眼睛在目送着他，那是他的爹娘。他回头一望，月色里他头上的红星，闪闪发光。他走向了远方……

此后好几个端午节，杏叶都到这个坟上扫墓。有一回他带着一本书，书名有点怪，叫《杏叶献给艾草的玫瑰》；作者：东方杏叶。

插满犄角的明柱

　　郭郎叔到底猎获过多少野生动物，只有那根插满野羊犄角和狍子犄角的明柱知道；郭郎叔为什么要用犄角插入自己的心脏，结束他的生命呢？……

　　　　　　　　　　　　　　　　　　　　　　——题记

1

　　郭郎叔再也上不去山了。此时他躺在炕上，远远地望着巍峨的红金陀主峰——秋日的红金陀像一幅色彩斑斓的油画，挂在他面前，又像哪位先人的遗像，在凝望着他。他连连叹气连连呻吟。他得了一种怪病。他和枫婶说，他的心口窝里像扎着一根野羊犄角，扎得疼啊；还说他的肋巴骨里也像攮进了一根野羊犄角，还来回地耸动；又说他的额头上插着两根狍子犄角，狍子在顶他，狍子角在抽动着，日他一样。他又说，娘哎，快把我身上的犄角拔下去，拔下去！快戳死我了，娘哎！

　　娘是不在跟前，他所叫的娘也许就是枫婶。枫婶在地上转磨，嗔怪道，你这是咋了呀？叫唤个啥劲儿啊！

　　郭郎叔说，疼啊，野羊戳死我了。

　　枫婶说，不会忍着点儿？

　　郭郎叔说，不信戳戳你试试，看你咋忍！

　　枫婶说，你少戳我了。那咋办哪，我给你摸索几下。

于是就给他捎巴了几下子。说是轻快了，却还是疼，钻心得疼，还像野羊犄角扎着一样疼。于是他就冲着那百花山下的红金陀叫着，疼死我！他又冲枫婶说，去，上柱子上给我拔一对野羊角来，我想看看野羊犄角。

枫婶就去拔野羊犄角。他等着。

野羊犄角没长在野羊头上，却扎在了他家的柱子上。柱子是树中之王做的，椿树。他家有三间北房，老房；三间房有两根明柱，显得挺粗壮。人家的柱子上贴着红对子，他家的明柱上却插满了野羊角和狍子角，那犄角上还挂着几盘狐夹。那柱子裂了几道纹儿，就插了几排犄角。狍子角和野羊角的组合，让人看着似乎很好玩，可又显得挺残酷。野羊角是独一根，并不长，也不大，也不弯，黑黑的蘸了墨水一般，尖尖的又带着细细的螺旋纹儿。但那尖却钻进了柱子的裂缝里。狍子角与鹿角很像，分着岔儿，两岔儿、三岔儿、四岔儿、五岔儿、六岔儿、七岔儿不等。据说那岔儿就像树的年轮，代表着狍子的年龄。此时那狍子犄角也都钻在椿木柱子的缝隙里，透着几分张牙舞爪却又无可奈何的威武。抬眼一看，就连那橼头上也插满了野羊犄角和狍子犄角。外人也许不知，这些狍子角和野羊角是怎么插到柱子上和橼头上去的，插它们又有何用。

枫婶去拔野羊角，力气用得大了，差点闪个屁股蹲儿。她似乎有几分没好气，将一对野羊犄角丢到男人的枕头边，说一句，哼，拔个野羊犄角有啥用，有本事再去百花山上夹只野羊来，咱俩解解馋。

郭郎叔没有回答。一咧嘴一龇牙是代表无奈和疼痛。他叹息一声，说山是上不去了。他又从心里埋怨，我这辈子夹的狍子野羊还少啊，都把你吃肥了，你还不知足。柱子上都插满犄角了，没处插了；没处插了就插到我的心口窝里来了。娘哎，疼死我！

枫婶就说他虚，说是哪像个老爷们儿，不是你当年背着野羊撒欢的时候了。

郭郎叔许久没有言声。他忽然说，不许再烦我，再嘟囔，我拿犄角戳你！

枫婶说，戳死我算了，省得看你这唉声叹气的狗熊样儿。

郭郎叔不再搭理他的老伴儿，只把那野羊角攥在手里，来回抚摩着。抚摩着，他的泪水就下来了。他朦胧的视线里就蹿起了一只野羊——那是他头一次夹到野羊啊。他把狐夹下到了红金陀的半山腰上，把夹链子拴到了羊肠小路旁的一个桦木树桩上，上面掩盖了一层落叶和浮土。那时百花山下的野羊多呀，他第一次去巡夹就没有白跑，就夹住了一只大野羊。当时那野羊还没死，正在挣扎。野羊把树棵子咬断了一大片，把狐夹链子弄得山响。第一次夹着野羊他的心差点跳出来，怦怦地跳了半天。然后他才撅了一根棍子，扑上前去擂打那又扑又蹿的野羊。可只打了几棍子，他的手就软了，下不得手了。野羊的一条腿流着血，嘴里也冒出了血。野羊的目光里充满了仇恨，似乎还有对他的乞求。他还是用棍子把野羊抽打死了。野羊没有闭上眼睛，望得他有点毛骨悚然。他把一条野羊腿从狐夹里拔了出来，又把狐夹下到了原地，用套背狼的方式，用绳子把野羊一套，背起来就往山下走。那是一个秋天，他走在秋天的白桦林里，很得意。夹着一只野羊，哪个山民都得意。野羊皮可以卖钱，野羊肉可以吃。夹一只野羊比在村里挣一个月工分都强，白得。当然，队上的活儿他也不耽误。那年他刚十九岁，还没媳妇。他只想多挣点钱，也好娶个媳妇。

他把野羊背回家里。他走了有12里山路，但他没觉得累，也没觉得远。他把野羊放到院子里，搬到饭桌上，就开始剥皮。那时爹娘还活着，爹娘给他拽着羊腿。他第一次剥野羊，手脚还有些发抖，发笨。爹说，别把皮子捅破喽，皮子拉了口子就不值钱了。他说哎。爹让他开膛开慢些……可他还是把野羊肚子提前捅破了，肚子里装了没消化完的山柳叶、山杏叶，黄的像小金鱼，红的也像被摧残过的金鱼。那一刻他似乎很难过。剔肉时，差点剔了手；剁骨头时，差点剁了脚。燎羊头时，他想先把羊犄角取下来；出了好几身汗，俩羊犄角才与羊头脱离开。他端详着那一对野羊角，就喜欢得不行了。搁到哪儿都觉得不是地方。后来他发现椿木明柱上裂了一道缝儿，他就觉得那就是野羊犄角最好的归宿和去处。他就见缝插针，把一对野羊角尖冲里，插到柱子上去了。转着脑袋一看，还挺顺眼。

那天晚上吃的是炒野羊肉，加蘑菇，白色的桦木蘑菇——真正是肉夹蘑，香啊。第二天吃了一顿炖羊骨，沾了满嘴的羊油，雪花一样白，肉到嘴里，可是又滑又香。还有蒜拌羊头、羊蹄、羊肝，再加芫荽炒羊肚儿、羊肠儿、羊腰子……野羊身上的东西，都是那么香喷喷的。当然了，他家没独吞那只野羊，红金陀下那个小山村的街坊四邻，也都尝到了野味。从此他在家中的地位变了，他在村中的名声也大了。人们总爱说，这个郭郎，不言不语的，夹了一只大野羊。

郭郎叔的心里就美滋滋的。郭郎叔望着柱子上的野羊角，心说，有一就有二，我刚夹开头，以后我还夹野羊去。

那野羊皮被卖了，可一分钱没拿回家，那钱换了两盘狐夹——两盘狐夹在柱子上的野羊角上挂了一宿。第二天一大早，郭郎叔就挎着狐夹，又奔百花山下的红金陀去了。从此郭郎叔就开始了他夹狍子和野羊的三十年漫漫生涯。

2

郭郎叔摸着那根野羊犄角，往事就浮现在眼前了。当年他是一条什么样的好汉哪，不但在北京市闻名，连河北省、山西省、甚至陕西省的皮贩子，都知道红金陀脚下有个靠下狐夹获取大量野生动物的郭郎。当时那红金陀就是他的，红金陀上的飞禽走兽也是他的。他去红金陀下夹，一回下三盘狐夹，扑空回来的时候几乎没有。最炎热的夏季和野生动物产崽的春季，他一般不下狐夹。秋冬季节他的狐夹是没回过家的，他隔三岔五就会奔一回红金陀。他把狐夹下在野兽常出没的森林里的山道上，有不长眼的野生动物趟了他的狐夹，炖着吃煮着吃就随他的便了。把皮子卖给本地或是外地，似乎也就随他的便了。

此刻的郭郎叔却再也下不了狐夹了。摸着野羊犄角，他的感觉还是野羊在顶他的胸口——他又叫了一声，来呀，再拿俩犄角来！那一刻他把手中的野羊角在爬满胡茬儿的脸上蹭了几下，他对着野羊角说，我对不起你呀，野羊哎！

枫婶又从柱子上拔下两根狍子犄角，恰好把挂在野羊角上的一盘狐夹碰落了，呱嗒一下子，掉在了台阶上，夹弓子呲着两排阴森森的钢牙，夹链子锈迹斑斑的，像一条懒蛇。

郭郎叔责怪吓了他一跳。枫婶说又没夹住你的腿，你吓啥呀！枫婶把一对狍子犄角递到郭郎叔手里。郭郎叔就像端详刚出土的小苗或野蘑竹笋那般，端详那两根狍子犄角。巧了，这是他第一回夹到的那只狍子犄角——他那回等于夹了俩狍子，一大一小，大的趟了狐夹，小的却围着大狍子转圈。他先蹿上前去，把小狍羔子逮住了，用绳子将三条腿一拴；然后又把大狍子弄下来，用斧头冲大狍子的脑门楔了两下子，大狍子就可怜巴巴地望着小狍子死了。那天他背着大狍子，抱着小狍子，走了小一个钟头，才钻出白桦林。他刚踏上泉边的正道，却发现泉边有一个姑娘，正蹲在大白石头上，洗衣服哪。姑娘的辫子很长，一直耷拉到屁股蛋儿下边去了。那藕荷的褂子和天蓝的裤子包裹着姑娘，分明就像一朵出水芙蓉。那一刻郭郎叔看得有些眼花。后来那姑娘圆乎乎的脸转了过来。那姑娘就和他找话说了，似乎是一句多余的话，哟，你一回夹了俩狍子。

郭郎叔还是多余地回答，是夹了俩狍子。

姑娘就热情地说，快撂下狍子歇会儿吧，喝口水。

郭郎叔就把大狍子撂下了，小狍子还抱在怀里。他用一只手抹着头上的汗，说歇就歇歇。

姑娘很大方，起身就去逗他怀里的小狍子，还伸出手去，要抱抱那小狍子。结果那小狍子那么一挣扎，就掉到水里去了。狍子进了水里，还哗啦哗啦地连游带跑，直在水里乱扑腾。两人一个比一个急，就比着去追狍子。姑娘趟着水去追，郭郎叔也趟着水去追。姑娘为了逮狍子，扑倒在水里；郭郎叔为了救姑娘，几乎扑到了姑娘身上。姑娘和狍子都被郭郎叔救上了岸。狍子自然有吃惊的感觉，但远没有姑娘狼狈和窘迫。姑娘的衣服全沾在了身上，凹凸有致的青春躯体展露在郭朗叔面前，很是不自在，站也不是坐也不是。郭朗叔却只顾傻乐。姑娘恼也不是笑也不是，只说是，嘿，这事闹的，这个淘气的狍子。

郭郎叔红着脸说，都怪你没抱住。

姑娘忽然觉得怀里缺点什么，又似乎是多点什么，她赶紧把小狍子抱过来，遮挡住了她高耸的乳房。她发现眼前的郭郎叔长得又高又大，壮实得像塔一样。她似乎是开玩笑说，看把你壮实的，天天吃肉吃的吧？你可真能夹狍子和野羊。

郭郎叔也似乎是开玩笑说，你上我们家吃肉去吧？

这时，那姑娘怀中的小狍子忽然挣脱捆绑它的绳索，跳出姑娘的怀抱，惊慌失措地跑了，一直向南山跑去，跑一阵却还回头望几眼。姑娘和郭郎叔都急了，一起撒开丫子，去追那钻入山林的小狍子。

狍子没有追回来。半年之后，那姑娘却成了郭郎叔的媳妇。那枫姑娘就变成了枫婶。听说追狍子那一天，他们就在白桦林里办了好事。还听说那小狍子是姑娘成心放跑的，让小狍子找狍妈妈去了。但后来人们又说，那姑娘是不会把轻易到手的肉撒手的。而郭郎叔似乎也没有胆量在桦林里把那姑娘变成新娘。但后来他们是终成伴侣了。婚后他们开玩笑说，那只逃跑的小狍子就是他们的红娘。

结婚那天，村里的父老乡亲在郭家院子里吃的是全狍子肉席和野羊肉席，喝的是用兽皮换来的红高粱烧酒——人们吃得也香，喝得也香，嘴里不住地夸郭郎叔有本事，还直说那新媳妇好命，说是嫁郭郎叔这么个汉子，吃穿都有了。新郎给新娘做的嫁衣，是一件野羊皮大氅，外加一条狐狸皮围脖。一看那打扮，就知道那姑娘成了猎人家的媳妇。姑娘进郭家门的时候，郭家的柱子上就已经插上了十对野羊犄角和狍子犄角。新媳妇过门后，时常顺手把洗过的内衣和毛巾之类，挂到犄角上晾着。

有一次，那柱子上面的犄角上出现了一条开花谢柳般的滴着水珠的卫生带。郭郎叔扫见了，当时就脸红脖子粗气过脑门儿了，那玩意似乎是亵渎了神灵，那女人的物件哪能挂到那地方去呀！他气急了，将那东西扯了下来，不知丢到哪个旮儿里去了——为此两人婚后闹了第一架。媳妇气得恨不得把头撞到柱子上的犄角上去。男人先是不示弱，说是你那骑马布子，啥埋汰东西呀，还想挂到天上去哩！媳妇说，一个狍子犄角，又不是龙犄角，又不是你的犄角，挂那东西犯哪家子王法和条款哪！你嫌弃我，你打光棍，你当绝户呀！郭郎叔一看闹不过媳妇，便低三下四央给媳妇，向媳妇解释他不让挂女人专利品的理由。还说，别生气啊，赶明儿我给你夹只野羊吃去，啊。郭郎叔笑嘻嘻的，真是赔了笑脸哪。媳妇的屁股转来转去躲着他，后来总算是老老实实贴到郭郎叔需要的地方去了。

媳妇也就破涕为笑了。她心说，我的卫生带挂到哪儿并不重要，只要郭郎他心里挂着我，就行了。何况，郭郎不让女人的物件与狐夹及其兽角混为一处，也是有说辞和讲究的。猎人忌讳女人的东西与猎具有染，否则，染上晦气和阴气，下夹，夹不灵；打枪，枪不准；下套，兽不钻。如此想来，知道他郭郎也无歹意，以后把不好见人的东西藏着掖着点也就行了。再说了，公婆都在眼皮子底下，收敛点也应该。于是那枫婶的脸，从此就阴转晴了，时常还哼哼着《天仙配》的小调哪。

说来，枫婶找郭郎叔这么个爷们儿，也是难得的。他们婚后的日子，不显得穷山恶水，更不显得清汤寡水。虽然都生活在百花山下，都守着个大山，都守着红金陀，但真正锅里炖着野羊肉、炕上铺着狍子皮的人家，还是很少啊。而她枫婶却摊上了郭郎叔这么一个勤劳憨厚、山上地里都拿得起来的汉子。想起来，她简直是在跟郭郎叔吃香的喝辣的呀。人家吃小米饭就咸菜疙瘩，她吃小米饭却就着野鸡肉炖黄豆；人家吃贴饼子就酸菜，她吃贴饼子却就着野兔丸子；人家吃炒山药丝就是山药丝，而她吃炒山药丝却要加上一半鲜嫩的狍子肉；人家吃炖葫芦条就是葫芦条，而她家却是用野羊肉炖葫芦条吃的——稀哩呼噜，吃个口口香；还要喝上一杯白干酒。人家烧火做饭坐小板凳，就是个光板凳，她的小板凳上却绷着防潮保暖的獾皮；人家的椅子上，顶多加个棉布垫子，她的屁股下可是常年骑着狐狸皮呀；冬日里，她的身上有狍子皮坎肩，花狸皮围脖儿；连她的鞋垫，都是黄鼠狼皮的呀。再有了，人家的柜子上秃不唧的，显着穷气；她家板柜上的花瓶里，却插着四把野鸡毛掸子，还有两只野鸡的标本、一对老鹰的标本，都活灵活现，真的似的，显得华贵呀。再看看柱子上那日渐增多的野羊犄角和狍子犄角，那不说明她男人有本事，说明啥？男人嘛，获取猎物是男人的本性。想到此，她枫婶能不知足吗？就算她是百花山下的一朵花，也该知足了。她心说，好好扎在郭家的炕头上，该伺候郭郎伺候郭郎，该给郭家生儿育女就生儿育女吧。总不能白吃人家的野羊肉、狍子肉吧？

那一刻媳妇笑了。汉子也笑了。俩人笑着，咣唧一插门，就想上炕干点没有旁人、只能俩人独立完成的事儿。可到节骨眼上就早早泄了气，郭郎一时很扫兴。媳妇却还埋怨他，你又没到百花山上找野老婆去，年轻轻儿的咋就顶不上劲了哪。

郭郎找借口说，夹野羊把他累着了。

媳妇想也是，郭郎常常起大五更，到红金陀上巡夹去，夹不着野羊，就背回一背子野果子、野蘑菇；夹着了，就得背着野物回家。来回二十多里地，还得赶着回队上下地干活，可不也够呛？干脆少干点两口子的事吧。

但，郭郎却不服软。他认为，他干啥也应该是最棒的。在二十多岁的漂亮女人面前，若是显赖，就等于丢人——丢他郭郎的人。何况，他膝下刚一对儿女，他不硬挣起来，谁支撑这个家呀！他望着明柱上的犄角，心说我还得多背回几只狍子和野羊，也好填补我的身子、填补这个家呀！

于是，郭郎叔又奔了百花山下的红金陀，下夹去了。

3

郭郎叔顺着那两根狍子犄角，想起了一幕幕往事。当他从回忆中回到现实中来的时候，脸上写着的不仅仅是成就感、幸福感，似乎还有淡淡的忏悔感和失落感。望着那狍子犄角，他还是觉得心口疼，一阵阵的心口疼。心口像狍子犄角剜着一样疼。他被疼出了一身汗。他把俩狍子角放到面前，不知为什么，又神神道道给狍子角磕了俩头，说了两声对不起，然后把狍子角放到枕头底下。他又喊着，来，再拿一对狍子角来，快拿来！

枫婶就又去拔狍子犄角。郭郎叔又在炕上自语道，我当年棒棒儿的身子骨，咋躺到炕上就起不来了哪？娘啊，疼死我呀！去，你给我找神婆子去，跳跳神儿吧，我受不住了。

枫婶把两根狍子犄角递给郭郎叔，顺手摸了他一把脑门儿，只见他的头发多一半都苍白了；而自己照了照镜子，发现自己的头发也苍白了一半。枫婶望着镜子里的她，就忽觉一阵伤感。那个镜子里戴着花儿的小媳妇哪里去了？那一头黑发哪里去了？说来，枫婶的头发也算没白来一世，她的头发上是戴过一百种野花的呀。郭郎叔不但能夹野物，也能采山花，他上山去从不空着手回来，总要给枫婶采上几枝野花，山丹花、山菊花、山丁香、山玫瑰、野百合、野芍药……多有雅兴的郭郎叔啊，再苦再累也不忘给媳妇采几朵花戴。有时郭郎叔会在夜深人静之时，连同他采的花儿和他雄性的根，一并植入她的躯体和情感深处。至于野果子，她枫婶就更没少享用。靠山吃山，他郭郎可没亏了我呀。而今他倒下了，我可咋活呀？想到此，枫婶就扭头哭了几眼子，然后就把希望寄托在神婆子身上了。她叹了两口气，抻抻衣角，拍拍尘土，说，我给你找去，给你找神婆子去，你等着啊。

郭郎叔应着，却又说，你先等会儿再去，我给你说个梦。昨儿夜里呀，我做了个怪梦，我梦见从百花山上跑下来一大群野羊和狍子，先是跑到咱们家院子来了，后来又进了咱家屋子……这狍子和野羊混成了一锅粥，就互相砸头啊顶角啊，咔咔的，直冒火星子。后来哪，发现那狍子和野羊都没犄角，它们的犄角都长在咱们的明柱上去了——它们就叫着，还我犄角，还我犄角！还叫着啥，还我爹、还我娘、还我汉子、还我老婆、还我闺女、还我儿郎——还我狍子，还我野羊！它们都冲我来了，让我还它们的啥账……它们把我吓醒了。做了这个噩梦啊，我的心口就疼得更厉害了！哎哟我的娘哎，你快给我找神婆子去吧！

枫婶也胆子小了，生怕郭郎叔有个三长两短。但她的嘴还挺硬，闹腾个啥劲儿啊，是这么疼，老虎要吃你似的。大男子汉的，百花山不倒，红金陀不塌，你倒先倒下了，先趴下了——不让我省心的窝囊废、败兴鬼！等着，我给你请神婆子去。

　　找神婆子的人走了。剩下炕上的郭郎叔又于疼痛中打量开了狍子犄角。那是两根一尺多长的狍子犄角，分着岔儿，很美丽。望着那狍子犄角，他就想象着那狍子如何在白桦林里跑着、如何蹿了他埋伏在山道上的狐夹、如何绝望痛苦地挣扎，他如何将狍子弄下来，如何背回家，如何剥皮、开膛、吃肉，又如何把犄角插在明柱的缝隙里……一根、两根……九根、十根……九十九根、一百根……一百九十根、两百根……二百四十九根、二百五十根……而今那二百多根犄角几乎全部插在两根快要走向腐朽的椿木明柱上。那明柱对着百花山，也对着红金陀；他的眼睛也对着百花山和红金陀。但他此刻别说再无力爬上百花山，就是迈出门槛去柱子跟前取两根狍子角的力气都没有了。他叫着，疼啊，娘哎！

　　其实，郭郎叔尚不足六十岁。得了啥怪病哪？等着神婆子断个究竟吧。

　　郭郎叔通过那狍子角，又看到了他夹狍子和野羊的情景。他不禁叫着，狍子啊，野羊啊，当年你们可没少补充我亏空的身子呀！如今我咋就垮了哪！郭郎叔的眼前还是往事。他又想到他当年那个体格棒啊，真正是宽肩细腰大高个儿，铁塔似的，门扇似的。百花山下谁没听见过他的脚步声，咚咚的，带着风啊。他背一只野羊上坡下岭，嗖嗖的，就像背着个小孩那般轻省。为啥？因为他的身体里淌着狍子和野羊的鲜血啊，他的肠胃里储存着狍子和野羊的美味与精华呀。

　　当年，不知郭郎叔听谁说，还是听书上说，说是喝活狍子血、活野羊血，治百病，强身，壮筋骨。于是郭郎叔就喝开了活狍子血和活野羊血。

　　郭郎叔捕捉狍子和野羊，主要用夹，狐夹。套子他也用，铁丝套，但用得少。不过，他也曾套死过十二只狍子和野羊。其余的，全是用狐夹夹住的。狐夹只能夹住狍子或野羊的腿。夹住腿一般跑是跑不掉了，但一时半会儿死也死不掉，甚至三天五天也死不了，可想那被夹住后的滋味是多么难受啊，疼痛、焦急、折腾、嚎叫、挣扎、无助、绝望、直到死亡或被擒获，还是死亡……郭郎叔一般是三天到五天去巡一回夹。他夹住的猎物几乎都是活的。他还得在那野物的脖子上捅上一斧子，才能让野物咽气。他不用刀，就用斧子；开始用棍子，后来就用斧子。开始把羊血、狍子血都放了，白白放掉了；后来他就把那血全喝了，喝到肚子里去了。

郭郎叔先把野羊或狍子扳倒，捆起来，再把斧子对准脖子，狠狠地砍下去，砍一个口子，一个血窟窿，一道血泉就热乎乎咕嘟嘟地冒出来，他就把嘴对到血泉上，咕嘟嘟地喝起来。腥也不怕，热也不怕，呛也不怕，就那么趴下去，对着野羊或狍子的脖子，直喝得恶心得要吐了，呛得要咳嗽了，肚子里的血似乎要满了……这才止住。再把嘴巴上和胡茬子里花搭搭的血迹用大手一抹，背起那狍子或野羊就走。串着山林走，呼呼啦啦的，出出溜溜的。不管是什么白桦树、白杨树、山柳树、山核桃树、榆树、橡树、椴树，什么树也顾不得看，只顾走路；不管是山葡萄、山梨、山枣、山果子，什么也不在乎，只顾了走，往前走。为的是出一身汗，为的是治病强身。

还别说，郭郎叔喝了两只狍子和两只野羊的血后，身体还真强壮了起来。照他说是，腰里腿里都有劲儿了，眼也变得贼亮。在媳妇面前，再不是后劲不足，反而是后劲十足了。有时一晚上好几次跃上巅峰，跃入深谷。那一刻媳妇的身子扭动得像金钱豹一样，还呻吟嗔怪着对郭郎叔说，你是虎啊你是豹啊你是狍子啊你是野羊啊。

郭郎叔说，我还是个人，只不过……嘿嘿，我的体内流着大量的野羊血和狍子血呀。枫婶才知道，他把夹到的野羊或狍子的血都就着脖子，喝到了他的脖腔里。他的胡茬子里时常结着血嘎巴儿。

气管炎让野羊血治好了。

阳痿早泻让狍子血治好了。

自然，狍子肉和野羊肉，吃了也是长劲的。媳妇是个有心人，原来她把野羊鞭和狍子鞭，都抛给猫，让猫叼走解馋去了。而今这两鞭她再也不便宜馋猫了，而是洗干净，剁成数截儿，一并放入砂锅，炖得烂乎乎香喷喷，然后连汤带肉，让男人吞下去。狍子鞭和鹿鞭能有多大差别，效力似乎无异。如今的鹿鞭八百元一根，当年的郭郎叔一个月吃过三根狍子鞭。吃完了狍子鞭，其阳物也勃然挺立的像狍子角一般了，简直是在枫婶身上横冲直撞——那家伙，红金陀下的两口子，真是如鱼得水的年代啊。

一年又一年。他郭郎叔从没中断过夹狍子野羊，也从没中断过喝狍子和野羊血。他家的院子前边，时常倒一堆狍子和野羊骨头，半夜里招得狐狸和花狸子来啃他们啃过的骨头。

第三个孩子出生后，就再也不生育了。三个孩子都是玩着野羊拐、吃着狍子肉长大的。至于羊和狍子的犄角，却从不给孩子玩，怕孩子们恼了怒了，打起架来，用犄角把眼扎瞎了。但狍子角与野羊角，从不扔掉，还是老办法：插到柱子的裂缝里；后来又插到椽头上。到了 20 世纪 70 年代末，他家的柱子上和椽上，整整插了二百五十根狍子角和野羊角；二百五十根，不多不少，二百五。二百五十根犄角不等于一百二十五只狍子和野羊，因为郭郎叔还夹过二十五只母狍子，母狍子是没有犄角的。如此算来，郭郎叔一共夹过一百五十只狍子和野羊。到一百五十只时，就封顶了，第一百五十一只狍子或野羊似乎就不属于他了。进入 80 年代后，郭郎叔再也没夹到狍子或野羊。照他说是，百花山上的狍子和野羊快绝了。让他气恨的是，各乡镇为了引进什么项目和资金，大力捕杀野生动物，送礼用；还招来什么客户，直接扛着猎枪前往深山老林打猎。

狍子和野羊还真快被打绝了。而郭郎叔是真正的再也不去下狐夹了，把狐夹从百花山下、红金陀上起回来，挂到那些野羊角和狍子角上，就算是洗手不干了。其实在这之前，他也曾想过不再下夹了——虽然说当时狩猎没人管，可还是有人给他提过意见。清过他的一回兽皮，给他贴过大字报，说他搞投机倒把……但他听过看过，百花山上还是没断过他下的狐夹。直到 1980 年夏至那天早上，他又去巡狐夹，遇到了怪事和奇事。

<h2 style="text-align:center">4</h2>

如今他还觉得那是件怪事和奇事。郭郎叔很少在动物繁殖季节下夹。但那年立夏以后，他却把一盘狐夹下到了红金陀上——想碰碰运气，也想吃口狍子肉了。那天他去巡狐夹，挺老远就望见夹住了一只狍子。夏至以后的狍子毛都变红了，而那狍子的屁股却依旧是雪花白。是一只母狍子，没长犄角，只支棱呼扇着俩大耳朵。可惊喜过后，再一看，却又不像是狍子，而像一个人，一个穿着红毛衣，却露着白屁股的姑娘——他吓了一跳！而再定睛一看，那姑娘又成了狍子，红毛白屁股的狍子……他当时都惊呆了。他眼前的情景还是不断变幻，反反复复，狍子变成红衣白臀的姑娘，红衣白臀的姑娘又变成红毛白臀的狍子……眼睛花了吗？还是幻觉？他手搭凉棚想仔细看看，却又不敢正视前边的情景。大白天的，活见鬼呀。

郭郎叔害怕起来。

郭郎叔的头发都竖了起来。

郭郎叔不敢往狐夹跟前走了。

郭郎叔也不敢再望那不知是狍子还是姑娘的猎物了。那棵拴狐夹的白桦树像一个惊叹号或问号竖在他面前——让他好生纳闷呀。

那一天，郭郎叔走到狐夹前，用力把狐夹弓子蹬开，把未夹折的一条狍子后腿拔出来，用大手拍一把狍子的白臀，神经兮兮地把那条带着血迹的狍子腿舔了几下。然后他说，走吧，你蹬了我的狐夹，怪我，我把你放了吧，管你是狍子是姑娘哩，我放了你吧。说着，他又拍了狍子一把——可狍子许久也不走，就那么站着，瞪着大眼睛，看着郭郎叔……过了好一会儿，才一瘸一拐地走了，但走得非常缓慢，走几步，停下来，回头望望郭郎叔……望得郭郎叔的心里热辣辣的。郭郎叔望着狍子的目光，像是目送一位亲人远去的、恋恋不舍的目光……但那目光里也闪烁着毛骨悚然和心惊肉跳。夏日里的桦林是那么美丽，雪白的树干，浓绿的树叶，一只红毛白臀的狍子走在山林里，像一首诗，像一幅画，像一位少女不断回望着他——那是郭郎叔有生以来刻在心头的、永远不可磨灭的一方风景呀！

也就从那天起，郭郎叔就不再下狐夹了。他说他夹着狍子精了。也就从那一天起，郭郎叔说他的心口疼，心口窝像有根狍子犄角在顶着他——这么一顶就顶了十几年。后来就顶得他爬不起炕来了。就到了疼痛难忍的一天。而今天是最难忍的一天。大老爷们儿家，却叫着疼死我呀，娘哎！可见是疼得不轻了。

有一阵子，郭郎叔疼得有些犯迷糊。想睡一觉，却又睡不着。刚一闭眼，眼前就闯进上百只狍子和野羊，那些本该长角的动物们，此刻全秃着，头上没角，没角就和他要角——还我犄角，还我犄角！

郭郎叔又明白了。他打了几个冷激灵。他把目光投到门外的明柱上，是的，那明柱上插满了狍子犄角、野羊犄角，一根根支棱棱的、有棱有角的，活龙活现的。是的，那犄角是他插上去的，每当猎到狍子和野羊，他便把它们的犄角插到柱子上去——那是他这个好猎手猎获的动物的记录和明证啊。当时他为此自豪过骄傲过，过后也自豪过骄傲过。那插满犄角的明柱，是他最值得炫耀的资本和历史啊。他曾经……曾经用并不起眼的狐夹，用不过七元钱一盘的狐夹，夹住了数以千计的动物。大多是獾、狐、花狸子、黄鼠狼、山兔、野鸡、松鼠、鹰、雕……除此，还夹着过两只金钱豹、九头野猪，其余的，就是狍子、野羊了。他所夹的猎物，那皮子若连起来，怕得有几里地长；那动物们要排上队，也得有几里地长的队伍。但那些皮子都让他卖了，肉吃了……唯一剩下的，就是那两根柱子上的两百多根犄角了。那是抹不去的呀。那是他曾经辉煌过的标志啊。百花山下谁有他风光啊，他可是个不用动枪的好猎手啊。不知道红金陀下那个小山村的人有，但只要知道红金陀的人，就知道红金陀下出过一个狐夹大王，一个一年中能捕获几十只、甚至上百只各类野生动物的狐夹大王。为此，他曾上过报纸啊。夹住那只金钱豹后，他也上了报，并美其名曰：夹豹英雄郭郎。当时他夹住那豹子后，豹子还活着，是他用棍子活活把豹子打死的……为此他就上了报纸。当时他望着豹皮，望着报纸，就学着京剧《智取威虎山》中少剑波的腔调，对自己说，郭郎，英雄啊！他也曾望着柱子上的犄角，这么说过，老郭，英雄啊！

然而，他这个当年的打猎英雄，而今却躺在炕上，起都起不来了，疼得直哎哟。他甚至有所后悔，夹那些野生动物，是不是夹出错来了？不该夹它们吗？此前他几乎没想过这个问题，只以为那些野牲口，不夹白不夹，夹了也该夹。自从有人类以来，连祖先们、猿人们，不都是靠狩猎野生动物过活的吗？谁说狩猎有错，谁怪过猎人的不是啊？只是有些作家，过于善良和多情了点，总爱写些放生的故事，似乎什么都应该放生，只要好心放生，连蛇、鸟、鱼也得成了人的媳妇，连光棍也得找个狐仙做娘子。自然了，那《水浒传》中的武松，是被歌颂了一通的；还有《林海雪原》中的杨子荣，不也是打虎上山的英雄吗！而他郭郎叔的心目中，英雄也不过这么两个。是啊，当年他去百花山上巡夹时，可没少模仿杨子荣的唱腔亮那么几嗓子。"穿林海，跨雪原……"

而今他郭郎叔却是想也不敢想再去爬一爬百花山了。但他的心灵、他的目光，却还是可以去百花山的。此时他斜楞着身子，就那么望着百花山和红金陀。此时的山峦进入了深秋的季节，那山峰像一幅油画，远远地却又像是近在咫尺地挂在他的眼前。山上的树叶红了黄了，一山的色彩斑斓。然而，再美的山峰，他似乎也登不上去了——他只能躺在炕上，通过门窗，眼巴巴地望着远山。

"九月的狐狸，十月的狼，十一月的野山羊……"若在从前，每一个秋季对他来说都是下夹的最好季节呀，不冷不热的；而动物们也像秋季一样，变美了变肥了变成熟了，肉是口味最佳期，皮毛也是成色最好期。尤其是獾，身子都吃圆了，球似的，一身的油，那獾油可是名贵的烫伤药啊。还有……

不，如今郭郎叔什么动物也弄不了啦，秋天对于他来说也没用了。秋天只能让他更加伤感，悲凉，树叶看似红火，却分明包含着萧条；他的心呢，就更加的萧条。炕上空荡荡的，屋内空荡荡的，院子里空荡荡的，远山还是空荡荡的。眼前的一切，都写着空荡。他郭郎叔养了三个孩子，而今却一个也不在身边，都哪儿去了？他叫着孩子们的名字，山羊、山鹿、山鹰，却不见一个孩子的影子。而当年……

遥想当年，他郭家可是红红火火的一大家子人哪，那日子红火的，就像百花山上秋日里的五角枫、黄栌叶，像夏至过后的红毛狗子，像红金陀上的火烧云。而那日子之所以红火，全靠了他郭郎叔的一盘狐夹呀。他靠狐夹搞副业，把家搞红火了。他家的房檐底下，常常挂着成串的狐狸皮、花狸皮、黄鼠狼皮、松鼠皮……砖腿子上、山墙上常常贴着獾皮、兔皮……有了皮子，就不愁招不来天南地北的皮贩子，皮贩子一来，就不愁把皮子换成票子。至于那红彤彤的干柴火炖着的，是狗子杂碎、野羊排骨啊。冬日里，孩子们穿着皮毛坎肩，抱着大块的野羊骨头，跑出跑进地啃，那野羊油凝固了，小红嘴上像挂着霜花和雪花，而那空中的雪花也飘着，伴着孩子们飞舞着。

那雪花似乎就那么一晃啊，而今他郭郎叔的头发都变得白似雪花了。再看看身边，没有雪花飞舞，更无蹦蹦跳跳的孩子绕膝了。他的三个孩子都大了，但一个也不让他省心。大儿子山羊出去打工，从脚手架上掉下来，生生摔断了一条腿。而今大儿子架着双拐，在大峪街头的大槐树下，给人缝破鞋，挣个仨瓜俩枣的，勉强糊口。二儿子山鹿也是出去打工，也是搞建筑，搬方砖时，生把一只脚砸了个粉碎性骨折。老三山鹰，也可叫老小，是个闺女，在印刷厂干活，切一本书时，书没裁齐，可是把一把手指头切齐了……唉，揪心哪，仨孩子几乎都成了残废！

为啥呀？他造啥孽了？办啥损事和缺德事了？有人却说那是对他的报应，说是他用狐夹夹折了多少动物的腿呀，如今报应到他儿女的身上去了。他不信，他想骂人！他还说，日本鬼子糟害了那么多中国人，上天咋不报应他们哪？而他，他郭郎叔不就是靠山吃山，夹了点哑巴野牲口吗？他不信野牲口还会要他的脑袋！

但，郭郎叔却感到了日子的残酷和凄凉。不管是否报应，三个儿女都不在身边，都成了半残废，却是现实。一大家子人，只剩他和枫婶老两口了。枫婶也很少在家，不是上地里收秋去了，就是到人家串门子去了。磨盘大的屁股，压到哪儿都得留下一个坑——老了老了，却不爱在自家炕头上待着了。

郭郎叔今天真的不好受。他没让老伴去地里收秋，也有让她陪他的意思。他让老伴请神婆子去了，可老伴却迟迟不回来。他的心口窝疼得还像是有野羊犄角顶着、剜着、扎着、戳着……他又叫了一声，娘哎，疼死我呀！

5

枫婶总算是回来了。但神婆子没有跟来。

郭郎叔问她，神婆子说啥了？

她把神婆子的话学舌了一遍。

她说，神了神了，神婆子的话神了，天爷呀！她说神婆子已经给跳过大神了，神婆子往炕席上铺了一块红布，她看那红布上一个字也没有，可神婆子非神神叨叨地说，用手指着红布说，说那红布上跳动着成群的狍子和野羊，跳动着一个个字，数字；那红布上明明写得清楚，他郭郎这一辈子夹死了、夹伤了一千多只野生动物，光狍子野羊就夹了一百五十只……红布上写着，那动物们不干了，要找郭郎算账、报仇、打官司……红布上有各种大仙（包括羊大仙、狍子大仙）的传旨，要用它们死去的犄角，活活顶死郭郎，这个万恶的郭郎……还说是要讨回它们的犄角。动物们要顶着犄角去天堂。

听到这里，郭郎叔的眼都直了。郭郎叔却并不显得多么可怕，只恍然大悟一般说，我说啥了，我犯下罪了呀！我就说野羊角顶着我的心窝，你不信？神婆子说得对呀！那……神婆子也没说，有没有解救的法？

枫婶说有啊，神婆子还能没法？

郭郎叔一听，总觉得那法儿太简单。不过是买上一千炷高香，冲着百花山上点着；买五枚灵芝草、五根人参、五只烧鸡、五斤点心；还有什么五只兔子、五只羊羔……并冲着百花山供着，再磕一千个响头。

开始觉得简单，后来一盘算，才知这堆东西买来不易，而且得好多钱。郭郎叔的眼就又直了，还反常地翻着白眼儿，直盯着百花山。

那天枫婶去买香了。郭郎叔让她买香去，说回来后要冲着百花山点一千炷高香，磕一千个响头，也好赎罪呀。

然而，郭郎叔没待枫婶回来，心口窝就又疼得不行了——他嚎叫了几声天爷呀娘啊，打了几个滚儿，然后就把一根野羊角，一根黑黑的、尖尖的、带着螺旋纹儿的野羊犄角，对准了自己的心口窝，狠狠地捅了进去，像一把匕首般捅了进去。扑哧一下，血就喷了出来……郭郎叔哎呀一声，疼得真是如野羊角挑着那般难受了。

郭郎叔没有立刻死去。他疼得跳了起来，一下子跳到地上，又跳到门外。郭郎叔像疯了一样，胸口冒着血，血泉汩汩地冒着；但他不顾冒血的胸膛，忍着剧痛，开始往下拔他当年一根根插在柱子上的野羊犄角和狍子犄角，拔一根，向百花山的方向一扔，还咬着牙说一句，狍子呀，我给你偿命还不行？野羊呀，我死了还不行！他还把挂在柱子上、犄角上的几盘狐夹也摔了，几乎摔得七零八落，支离破碎。但没有把柱子上的野羊犄角和狍子犄角全部拔完，他就倒在血泊里，死了。死后他却不合眼，还望着百花山，以及另一根依旧插满犄角的明柱……

枫婶买香回来后，一切似乎都完结了。她气得差点撞死在那根插满犄角的明柱上——但她没有！

枫婶支撑着，挣扎着，显得很刚强。她只长叹了一声，唉，给我打野味吃的人没了，给我采野花戴的人也没了！

枫婶不想哭，却还是哭了。

三个孩子有两个都架着拐杖回来给郭郎叔奔丧来了；闺女刚找上男朋友，是坐着男朋友的小四轮拖拉机，蹦蹦哒哒地一路颠着回到红金陀脚下的。

守在郭郎叔的灵前，全家人都跪着，长久地跪着，不断地续着香，续着那一千炷香。在袅袅的香烟前，闺女用残手铰着纸钱；出殡时，两个儿子则各自分担了摔丧锅子和打灵幡的任务。棺材他们是抬不了的，他们是瘸子。

那一千炷香都烧在郭郎叔的灵前和坟前了。稍感遗憾的是，给郭郎叔上的供中，没有肉，一个肉星子也没有——郭郎叔生前吃过那么多狍子肉、野羊肉，甚至豹子肉，而死后却没有见着荤腥。山里的人，平常是吃不上肉的。过去如此，现在亦如此。倘有肉吃，郭郎叔也许还夹不了那么多野生动物呢。

谈及郭郎叔的死因，枫婶却是不说，对外人绝对不说。至于对儿女的交代，也有点含糊其辞，只说，都怪我买香回来晚了，没看住你爸，让你爸一头撞在野羊犄角上，碰破了胸口……也好，你爸喝的野羊血、狍子血太多了，把血放出来也合适，也就痛快了，不憋得慌了。

再后来，枫婶又给这故事安了一个浪漫的尾巴：她说郭郎人是死了，可魂灵归了百花山；她说郭郎成了山里的神仙，在百花山上放牧着一群没有犄角的狍子和野羊，她说郭郎给她托梦，让她死后也去百花山上看狍子和野羊……

枫婶把另一根明柱上的狍子角和野羊角都拔了，拔后又给烧了，她说那样就等于又把犄角还给死去的狍子和野羊了——免得让郭郎放一群秃狍子和秃野羊。她说赶明儿要找人写一副红红的对子，贴在曾经插满野羊角和狍子角的明柱上。但她总也想不出个合适的上下联来，琢磨了两句，叫作：狍子野羊统统归山去，丈夫儿女快快回家来——可她又觉得这对联直白、俗气了点，没表达出她心里的真话。于是枫婶又望着百花山，回忆着郭郎叔，久久地发呆。

奇石中有他想找的情景

当年高寻石并不喜欢他这个名字。日夜生活在山石当中，还寻找什么石头？待他像一块石头从高山落到平原，成了移民后，又格外怀念那些伴随着他一路走来的石头。他用两万元稿费买的不仅仅是大大小小的奇石，似乎还有他失去的童年和青春；在他看来，那些石头折射着他浓缩的家乡，浓缩的人生——但他没想到，会因石头结缘，得到那位奇石馆里的奇女子的青睐。

——题记

金牛镇不大，却突兀地冒出了一家奇石馆。奇石馆的招牌是一块木化石，那木化石挺然耸立在不大的门面前，形似一条男根。这傲然的石头上，书写了五个红漆大字：墨玉奇石馆。这馆里的老板娘就叫个墨玉。墨玉三十来岁，长得秀秀气气、白白净净的，也像一块窈窕的奇石。但她的生意却是冷冷淡淡的，那作为幌子的木化石上，经常有喜鹊和其他鸟光临鸣叫。奇石馆的两侧分别是卖烤羊肉串和卖冰糖葫芦的，两家的买卖都挺红火，人们嘻嘻哈哈吃着烤羊肉串和冰糖葫芦，就是没人光顾墨玉奇石馆。也有路人驻足观看，男客一见那翘然的石头玩意儿，挺是恶心，也或许有几分嫉妒那玩意过于硕大和勃然了，于是就走开了；女性出于好奇，分明想多看两眼，却又一吐舌头，假装不屑一顾地捂着眼躲开了。店里的老板娘觉得过于冷落，就望望窗外，又望望她的奇石，很无聊的样子。

有时候她坐在一块石头上，悠然地打盹；有时候她掏出手绢来，擦抹那些石头；也有的时候，她望着那些架子上摆放着的五颜六色、形状各异的奇石，端详着上面的图案和花纹，给石头起名字。她捧着一块石头，突发灵感，给那石头起名为天外来客；面对下一块石头，她却沉吟着，似乎是江郎才尽了。她抚摸着那块似元宝的石头，自语道，都说（石）时来运转，我这财运多会儿有所转机呀？她又抬眼向对面望去，对面恰好是金牛镇唯一的邮局。她看见一位男子从邮局里走出来，是那种鹤立鸡群般的男子。隔街看去，男子流露出很得意的表情，但脸上似乎又挂着几丝忧郁和失落。男子恰好也向这边望了一眼，她简直和男子对视了，她发现那男子的眼睛分外明亮，隐约还听到男子的自语，哎呀，奇石馆？这里还有奇石馆？说着，那男子便过马路，疾步奔这边来了。此时墨玉却故意隐身到一块奇石后面，想那男子反正也不会进来，便伸着懒腰，一连打了几个哈欠，还习惯性地说一句，真叫烦。

男子走到奇石馆前，先是留步看了那木化石几眼，神情却有几分木然；然后便吱呀一声推门走进了门面不大的奇石馆。男子双脚迈进门槛的刹那，看见石头的瞬间，两只大眼睛比星星还明亮，仿佛把那奇石都照亮了；而男子看见那位墨玉姑娘的刹那，眼睛却陡然间比月亮还明亮了一倍，那目光似乎把姑娘那白净的脸蛋照射得更靓丽了。他险些哎呀一声，叫出他那位暗恋着的女同学的名字，这墨玉姑娘怎么这么像他那位梦中情人哪？太像了，像一个人，可又不是一个人。于是他不再自作多情，只把目光过多地落在那些石头上。

男子三十出头，一头黑发蓬松浓密，浓眉大眼，脸庞秀气，又带着几分文气。男子穿了一身黑西服，还打了一条红花领带，倒是乡村很少见的一位帅哥。男子手里拎着一个皮包，也是黑色的，上面却镀着一行金字：北京作家协会。但墨玉却没在意这个包和这行字，在她看来，包上是什么字都可以印的。她只关心这位先生能不能拿包里的钱换走她几块石头。

墨玉见了男子，秀气的脸盘也不由得就像春花春水绽放荡漾了那么一阵子，心里还说，我怎么看见我想象当中的理想男子了？但这念头也不过一闪而过，只现实地想，莫非遇上买石头的大老板了？

墨玉见男子走进来，机械地说，欢迎光临，看看石头。

男子贪婪地望着那些石头，问了一句显然是多余的话，你这屋里真是卖石头的？

墨玉笑了说，除了卖石头，还是卖石头。

哎呀，我可看见石头了。赶紧把灯打开，让我看看石头。男子似乎是想石头都想疯了，此时见了那石头，分明流露出"众里寻他千百度，蓦然回首，那人却在灯火阑珊处"的感觉。

咔哒，墨玉把节能灯拉开了，那些石头就顿然生辉了两倍。男子两眼不够使，不断感叹总算见到了这么多石头。

墨玉含了笑意说，那就好好看看这些石头。想必你是个奇石玩家和收藏家了。墨玉说着，将一块石头捧到男子面前，分明是套近乎说，老板，看你就像个赏石专家，你看看这块石头，我正要给它起名字，还没起出来哪，敢请老板，给这石头赐个名吧？

男子与女子的距离显然是拉近了，那男子或许还有点受宠若惊的感觉吧？他赶忙接了石头，幽默地说，你说话还有文言文的味道哪，墨水没少喝吧。但他很快便把目光落到石头上，只把那石头翻过来一看，便惊讶道，哎呀，你看这块石头的花纹，黛色的山峦上，挂着一轮玉盘似的明月——这石头应该叫"月是故乡明"。

哎呀，这石头可算是遇上知音、知己、识货的人了。墨玉的脸笑得芍药花似的说，你这么懂石头。

谈不上懂，只是喜欢石头。

哎，听你的口音不像本地人，敢问你是什么地方的人呀？看你长得像南方人。

不，我就是本地人。

那你是哪村的？

你要觉得有必要告诉你，那就告诉你，我是石各庄的，但石各庄可没有石头；非常平的一块平原，连一粒石子都找不到。

哎，那石各庄算得上我们金牛镇的移民村，那里有一半多山里来的移民，敢问你也是移民吗？

你先给我留点神秘感和悬念吧，我这身份对你没有多大用处。

哎，反正咱俩也是有缘分，今儿算认识了。我的身份不保密。老板，给你张名片吧。说着，姑娘用似乎很少见的没有留大长指甲又没有涂抹指甲油的白净而肉乎的双手递过一张名片，说，以后买石头找我。

男子细看了几眼名片，便说，你这名字挺有意思啊——墨玉，跟黛玉差不多。

老板说话可真逗，我哪能和林黛玉相比呀，我不过是个卖石头的，开业都好些天了，还没有卖出一块石头去。

男子笑了说，兴许我就是个买主哪？既然认识了，我也就告诉你我的名字吧，我叫高寻石。

哎呦，高寻石？这个名字可有意思。敢问老板，高寻石就是你的本名吗？

你的问号还不少。可以告诉你，高寻石是我的本名，可我小的时候，一点也不待见这名字，因为我出生和生长在山旮旯和石旮旯里，脚底下和眼前都是石头，用不着寻找石头；等到了平原，远离了石头，我又特别爱石头，也就格外喜欢我这个名字了。

老板要不介意的话，那以后就又有一个人称呼你高寻石了。

可以。名字就是让人叫的——何况是你这个卖石头的人，肯定喜欢寻石头的人。

哎呀，听你的话，还真有趣味。墨玉依旧是笑盈盈地说，我说一早就有喜鹊叫，敢情是有贵客到我这儿寻石头来了。就冲你把那块石头取名为"月是故乡明"，我就得把好石头都推荐给你。

还是我自己看吧。今天算我走了石头运，碰上你这个新开张的奇石馆，但愿这奇石馆里会发生奇迹。

听你说话，就不像个凡人。那你就随便看看我的石头吧，人家说园无石不秀，屋无石不雅。这石头可是有品位的人才玩的东西。我说得太多了，老板你还是自己看石头吧。

高寻石又瞟了一眼那女子，觉得那女子的一对眼睛，还真像两颗镶嵌在白玉中的墨玉，熠熠闪光，确有动人之处，分明是他梦中情人的那对眼睛忽闪在他眼前了。但他此刻是来看石头的，不是来看那黑宝石般的眼睛的，于是他将提包放在眼前的石桌上，贪婪地相看开了那些奇石。

说是奇石馆，其实这馆里也并无太多的石头。几个格子和架子上，稀稀拉拉摆了数十块石头；墙角旮旯里，隐藏着数块石头。最大的一块石头摆在地中央，像是一个半拉葫芦形状的石桌，几个石墩子围在跟前，那无疑就是石凳了。高寻石第一眼看见这石桌的时候，有几分眼熟和惊讶，这石头太让他似曾相识了。这石头也太像他在放羊的山上，常常用于写诗作文的那块独腿石桌了。但他没有深入地想下去，因为觉得这不可能；天下有那么多石头，那石桌怎么会跑到这里来呢？

他把目光集中到石桌上的三个盆子上去了，这三个塑料盆子里，几乎都盛满了大小不一、五颜六色的石子，像是鹅卵石，又不大像鹅卵石。他索性坐在一个石凳上，细细地看起那石子来。他伸出一只手，哗啦哗啦地扒拉着那一盆不过杏核大小的石子——眼前果然是一亮又一亮，通过这些晶莹圆润的石头，他恍惚一下子看到了他儿时用弹弓子弹出的一颗颗石子，那石子击中的大多还是石头和树木，偶尔也有一只落难的鸟儿，暴死在他的弹弓下。此时他不禁嘟囔一句，这都是我当年射出去的石子啊，而今你又给捡回来了。

墨玉没太听懂他的话，只是说这石子挺好看的。

他说，你这一盆子石子多少钱？

墨玉说，我这石子论颗卖。

他问，我问你一盆子多少钱？

墨玉的脸鲜花怒放的，老板，你要这么多？那就便宜点，你就给三百八十块钱吧。

他把那盆石子端了过来说，全归我了。他还说了一声，值得。

墨玉可就笑吟吟的了，说，你可真是个大老板。老板，你还要点什么？

他说，石头。高寻石就把一只手又伸到另一盆石子中去了，这石子不过桃核大小，且都很匀溜，光滑。他又哗啦哗啦翻动着石子，眼前一亮又一亮，仿佛看到了他的童年和少年时代，看到了老家那两山衔着的一条小河，弯弯曲曲，亮晶晶，潺潺流淌。当年他经常在那河沟里摸各种各样的鱼，还有五颜六色的石子。望着眼前这石子，多像他曾经捡拾过的鹅卵石啊。可是如今，那小河离他远去了，那鹅卵石也离他远去了。他看着这石子，就觉得亲切得像是看到了故乡的小河和石子。这石子还像一颗颗五彩斑斓的鸟蛋。他望望远方，尽管这屋中看不到远方，又看看盆里的石子，感叹说，这石子真像我当年从各种树上、各种鸟窝里掏来的鸟蛋哪——那鸟蛋这么快就成了化石，你把这鸟蛋都给我捡回来了。哎，这一盆子鸟蛋，多少钱？

墨玉的眼睛亮亮的，也像两颗晶莹的鸟蛋，连墨玉的额头和脸蛋，都像红润白皙的大鸟蛋。墨玉看看高寻石，不禁噗嗤笑了说，老板，你可真逗，我可

　　　　　　　　　　　　　　　　　　　　　谁解麦浪

算是碰见行家和买家了。在你的眼里，这石子怎么就像鸟蛋哪？敢问你是干什么的？哪路神仙？怎么有这么一双会发现美的眼睛？

男子笑了说，我会发现鸟蛋，也许还会发现笨蛋；但我不想发现笨蛋，我只想在你这里发现恐龙蛋。

墨玉也笑了说，恐龙蛋可没有。

有我也不要，我要恐龙蛋没用。高寻石愈发慷慨地说，就说你这盆子鸟蛋，多少钱吧？我就要鸟蛋。

墨玉打了一个愣，说，你既然要这么多，这一盆子就给四百八吧。说实话，没和您多要，淘换来这么多石子，也不容易，挣个辛苦钱。

高寻石说，那就给你五百吧。

墨玉笑得就更楚楚动人了。她还从衣袋里摸出了一颗红色的、比玛瑙还鲜艳的、显然是掌上明珠一般的石子，手递手递给了高寻石，说，谢谢你的大方，我就送你这一颗石子，把玩去吧。

高寻石谢过，将那石子特意揣在兜中，顺便就从提包里掏出了一沓子钱，说是先把账结了吧。

墨玉说，老板，不再要点石头了？

高寻石说，你要再叫我几声老板，把我的眼光叫老了，我可就发现不了你这奇石中的奇异和美妙了。

墨玉说，看你说话，还挺文的。那就不叫你老板，叫你大哥，行吧，老板？

高寻石说，你要再叫我老板，我可叫你老板娘了。高寻石把手又落到另一盆核桃般大小的石子中去了，那石子在他的掌控之中，滚来滑去，他的眼前就一亮又一亮，就看到了年轻的他，站在高高的山头上，用也是这么大小的石子，投出去，再随着他一声呼喊，往回拦那些跑散的羊群。他还是感慨说，当年我放羊的时候，就是靠这些石子拦羊的。我不知道我投出了多少石子，但你给我收回来这么一盆子石子，也算是以一当十，找回了当年"打仗"的子弹。说吧，这一盆石子，多少钱？

墨玉说，这位高大哥，你真的还要这盆子石子呀？

高寻石说，你就说价吧。也别说是我买你的石子，就算是你帮我找回了当年抛落的石子。

墨玉说，你还真是个性情中人。这么着吧，大哥，你有情，我也有意，这盆子石子我就收你八百八十块钱。这要是零卖哪，怎么也得卖一千零八十块钱。这可都是彩石。

那就给你一千零八十块钱，算你零卖。反正，反正我是想买。

好我的大老板，你真像个男子汉哪，我可是碰上大买主了。

又一盆子石子成交了。墨玉又将一颗鸽子蛋大小的、翡翠一般绿的石子，从怀中掏出，塞入高寻石的手中，说，高大哥，再送给你一个手把件，玩去吧。

高寻石说，你可别把宝贝都给了我，不然你可亏了。

没事呀。一块石头的事儿。

于是高寻石也就不客气，又将那绿莹莹的石头端详再三，就藏入怀中了。

这个时候，墨玉又从那石桌底下端出一盆鸡蛋大小的鹅卵石来，说，高大哥，这还有一盆子哪，你看喜不喜欢？

高寻石拿起一颗颗石头，随意揉摸了几下，脸居然有几分羞红，无疑是想起了什么似乎难言的往事。他心说，嘿，这些石头，怎么像是我当年在山上放羊时那些擦过屁股的石头啊？如今你把它们淘来，洗得干干净净的，卖钱来了？

墨玉说，高大哥，这石头其实是不错的，攥在手心里，又养手又养人。

高寻石说，这石头还有一样用途，用它们代替卫生纸，有痔疮治痔疮，没痔疮防痔疮。

墨玉掩嘴笑了，似乎有几分羞涩，却又有意说道，高大哥你可真逗，你买这些奇石，莫不是想用它们当卫生纸不成？

不可能。高寻石忽然一本正经起来，我若买下这些石头，肯定是会把它们视如珍宝的。你就说，这一盆子石头，卖多少钱吧？

高大哥，你就看着给点吧。

那就给你一千块钱吧。这回这球球蛋蛋的石头就不说了，你就给我推荐一些真正的奇石吧。

于是墨玉先是沏了一杯茶，是用一个石头杯子沏的，放于石桌上，说，高大哥你慢慢品茶，我找一些石头给你看。说着，墨玉拿过来一块块有底座或无底座的石头，指指点点介绍说，高大哥，你看这块石头，我给它起名叫

"春色"。

我看看是什么春色呀？高寻石接过那椭圆形的石头，定睛看去，却见那石头上有一抹杏花般的图案，似乎还是雨中的杏花，又在风中摇曳着。高寻石惊喜地说，哎呀，这叫杏林春色。我老家漫山遍野都是杏花，啥时候那杏花跑到这块石头上来了？冲这一片杏花，我要不买这石头，我就白来了。

你可真是个赏石头的鉴赏家。高大哥你再看这块石头，刚才那石头上有春色，这回这块石头上可是有秋色了，秋色还挺浓哪。

我看看，像不像我老家的秋色？高寻石接过那形似一个老南瓜的石头，一眼看上去，便发现了那褐色的石头上居然有一簇金黄的谷穗，还有时隐时现的几棵红高粱。高寻石如获至宝，连连说，这石头上果然有我老家的秋色呀。这石头我买了。哎呀，几年不见我老家的秋色了。以后我想老家的秋天了，看看这块石头就可以了。高寻石笑了，墨玉也笑眯眯的，觉得这卖石头的感觉太是美妙了，而且是渐入佳境，好戏好像还在后头哪。于是墨玉便又拿过一些石头，一一介绍起来。

高寻石却说，你就不要说这石头像什么了，还是我说它们像什么，它们就像什么吧。我虽然没有戴眼镜，但还是能看石头的成色和内容的。于是高寻石便主动上前拿起一块块石头，掂量着看起来，那神态像是老太太在照鸡蛋里有无小鸡。他将一块仙人掌般的石头翻转过来，看了又看，忽然像哥伦布发现了新大陆，不由叫道，老太爷，我可看见你了。

那墨玉显然吓了一跳，问，高大哥，你说什么？

高寻石正与那石头相看两不厌着，赶忙说，不瞒你说，这石头上有一个头像的图案，这头像太像我老太爷了。我老太爷在看着我。你这石头我请回去了。说价钱吧。

墨玉似有几分敬重地看着高寻石说，既然你在这石头上发现了你老太爷的影子，那就可见这石头的珍贵无比了，我也就不好说价钱了。你就看着给吧。

那我就再挑选一些，一起说价钱吧。

高寻石又在那格子或架子上拿下一块块石头，但并不细细看下去，只几眼便发现了这奇石中的奇迹，于是就连连喟叹，哎哟，这不是我当年用弹弓子打下来的那只黄鹂吗？它也变成奇石了，这奇石我要了。你这石头标价是三百八，我就给你四百吧。这石头太值了。我的黄鹂呀。

墨玉望着高寻石，觉得他有点神经兮兮的，但又透着傻乎乎的可爱劲儿。她像琢磨石头一样琢磨着，我果然碰上了爱石头的人、懂石头的人，无情未必真豪杰，这高寻石才多情哪。墨玉不免多看了几眼高寻石，只见高寻石透着十足的绅士风度，却又多少有几分神神叨叨的憨态。于是她又托过一块白菜形状的石头，递于高寻石说，高大哥，你再看看这块石头像什么？

　　高寻石接过石头的瞬间，一眼就发现了那石头上的图案果然是特别，在那绿莹莹的石头上，撒满了一群像是雪花般洁白的羊群……高寻石惊喜地说，哎呀，我的羊群。你看看，这石头上像是有一群羊啊，羊在吃草。这境界太美妙了。这多像是我当年放牧过的那群羊啊。

　　墨玉奉承了一句，高大哥，你可是能在石头中发现乾坤的、不是凡人的爱石人哪。你说话还像个诗人。

　　甭管什么人，这块石头我买下了。哎呀，真是可遇不可求啊——这石头里怎么什么都有啊。

　　墨玉又拿过一块形似花瓶的石头，分明是献殷勤地说，高大哥，你看这石头里有什么？

　　高寻石看过石头，那脸上可就掠过了几丝难言的隐情，喃喃地说，情人，这石头里有我远去的初恋情人哪。你看看，这一对大眼睛，还是那么水汪汪的，看着我哪。不好意思啊，我是不是有点失态了？

　　墨玉莞尔一笑，你在石头里发现了你的情人，你失态也是正常的。敢问大哥，你这情人现在在哪里？

　　不是说在这石头里吗？

　　你呀，我是说，那真情人在哪里？

　　肯定是在我心里呗。

　　也算我见到了痴情的男子。敢问高大哥，你的情人没成为你的爱人吗？

　　可以告诉你，不过也没用。干脆说，我所说的情人不过是我高中时暗恋过的一个女同学，后来她考上了大学，漂洋过海留学去了。我却名落孙山了，只能回到故乡的山坡上放羊去了。你想想，一个留洋的和一个放羊的，还能成为伴侣吗？

　　原来如此。可看上去，你还真不像个放羊的，长得倒挺像个洋学生的，像个大学生。

　　　　　　　　　　　　　　　　　　　　　　　　　　——谁解麦浪

非也，我这辈子不会成为大学生了。

成了大学生又怎么样，不成大学生又怎么样。墨玉显然是激动地说，话说到这个分儿上，高大哥，我也和你说了我的身份吧。我可是实实在在山东大学中文系毕业的大学生，可都毕业好几年了，也没找上个合适的工作，后来是我的一位亲戚提醒、帮忙，才开了这家奇石馆，想靠卖石头混碗饭吃。

你也原来如此？那我们可算是两个方向的同是天涯沦落人哪。见过大学生养猪的、扫大街的，可是第一次见大学生卖奇石的，你也真不容易。

这年月谁容易呀？墨玉说着，赶忙把话岔开了说，高大哥，说这话，倒把你的情绪冲淡了，敢问你真的是放过羊，真的是还没忘你的情人？

本人放过多年羊，情人老在心里藏。

这话一出口，高寻石就觉得说得太多、太露了，怎么能和一个初识的卖石女说这些话哪？赶忙把话打住，就只顾看那石头上飘然的女同学了。

墨玉用黑灿灿的大眼望着高寻石说，高大哥你可真够多情的。再敢问大哥，这情人没有成了你的爱人，你的爱人在哪里呀？

高寻石腼腆地笑了，我也不知道我的爱人在哪里。

哎呀，你还没有成家？

别问这些了。还是说这块石头，这块石头就卖给我吧。

大哥，那这石头就送给你吧。

哪有送情人的。我还是拿钱把情人请回去吧。

墨玉就噗嗤一笑，这石头就算成交了。

高寻石把那块所谓情人石接过来，又痴痴地看了一阵子，特意把它放入书包里，不由自主地又看了一眼墨玉，你要不介意的话，我真想说，你长得太像我那位女同学了，连说话的声音都像。

又是哪儿的话呀，墨玉的脸一下子羞红了，像一轮美丽的红太阳。她赶忙扭过脸去，又用一块石头将自己的脸罩住了说，高大哥，还是看石头吧。

接下来，高寻石又一连看了数块石头，结果是每一块石头都有他的所爱之处，都有他似乎早就想寻找的过去的什么影子和记忆。这石头上有他曾经看过的景观，而今又浓缩成石头上的图案，活灵活现地展现在他眼前了。

高寻石抱起一块天坛形状的石头，爱不释手地说，这块石头真像我们老家的山红金陀，我买了；又抱起一块山峰形状的石头，说，这块石头像我们老家的鸡冠子山，你看那山上还有几道红霞，像是雄鸡报晓那一刻的鸡冠子山。

墨玉分明是卖好地说，刚才发现了明月，这回又发现红日了。

嘿，这块石头上的图案，怎么看都像我的母亲在一针一线地给我缝补衣裳——这些石头我买了。

你看这块石头，应该叫"欢天喜地"呀。当初我放羊的时候，发现天上的两只喜鹊，在戏弄地上的一只獾，挺有意思，就是这么个情景。你看这石头上的纹路，也像是有两只喜鹊在和一只獾嬉戏。

嘿，这块石头应该叫"白云深处有人家"。这一朵白云，像是在我心头飘了几十年了。我的老家就在白云深处。你看，这里隐隐约约还有个小山村，这就是我的老家呀。这石头我也买了。

这块石头像是我老家那块鹰嘴石，我是常常在上面吟诗的。

这块石头像我们老家那块饮马石，当年我经常骑在这马背上，看云飘，听鸟鸣。

大哥你可真像个诗人。

这是因为我们老家那疙瘩本身就像一首首的诗啊，你这石头上还像是藏着太多的诗画。你看这块石头，真是万山红遍，层林尽染，那图案多像一片秋天的山林哪，那叶子都渐渐地变红了。这山林就是我们老家的山林。老家的秋天就像这个样子。

这块石头像个小羊羔，实在是一个完美的羊羔跪乳的造型，归我吧。

嘿，这块石头上有一枝山丹花。太难得了，这山丹花我都好几年没有看见了，就凭这朵永恒的山丹花，这石头我买了。

那一天，高寻石几乎把墨玉奇石馆里的所有石头都买下了。接下来，他把一只手落在那个石桌上，久久地抚摸着，还真有点百感交集的样子。他抬眼问墨玉，你这石头是从哪儿弄来的？

墨玉沉思了片刻才说，这石头是我从一个开茶馆的老板手里收来的，他说是从京西的大山上发现的，是雇了四个山里汉子，从山上抬下来的。

高寻石许久无语，然后说，你知道这个石头的主人在哪儿吗？

这我可不知道。

就在你眼前。高寻石站了起来，围着那石桌转了三圈，却有几分神神叨叨地说，这石头的主人就是我，我就是这石头的主人。当年我放羊的时候，几乎天天在这石头上写小说，断断续续写了好几年哪。

墨玉似有几分惊讶地说，你是写小说的？

不像？高寻石笑笑说。

太像了。你一进来，我就看你像个作家。高大哥，缘分哪。我大学毕业后，还是第一次见到作家哪。

其实我也算不得什么作家，只是从小就爱胡乱写东西而已。

那敢问大哥，你一个作家怎么跑到这儿来了？你刚才说你家住石各庄，石各庄没有姓高的人家呀。

明确告诉你，我是移民来的。

移民？你真是移民？

我还不能算难民吧，只能算移民。一面之交，把我的家底告诉你吧，刚才说过，我高中毕业后，在山里放羊。可后来这羊不让放了，说是要什么退牧还草、退牧还林，还要消灭什么贫困村，什么泥石流村。于是乡政府就让我们老家那个小山村搬迁了。无奈之下，我也只好把我的一群羊卖了，从大山里搬到了平原，搬到了你们金牛镇这个叫石各庄的村里来了，就由山民变成了移民。

你是这么来的？那你到平原来习惯吗？

不习惯，我这人乡土观念太强，总是思念故乡。你看我都来到石各庄五年了，可还是乡音未改，还是回望着故乡。对平原的生活，怎么也不大适应，没着没落的。在平地上过的日子，也总觉得平平淡淡的，没什么起伏感。不像我在老家放羊的时候，和那些山石相伴着，总有点"一览众山小"和"相看两不厌"的感觉。可到了平原，山的感觉都没了，平常连个石头子也见不着。所以今天见了你这个奇石馆，我就想把你的奇石都买下来。石缘，这才叫石缘吧？见到了你这些石头，我就像见到了故乡的一切。我才愿意见一块石头，买一块石头。

那敢情该我发财了。墨玉说，现在可就剩下这一张石头桌子了。

你就干脆把这石桌也卖给我——离开石头桌子，我就没有灵气和灵感了，我就写不了小说了。

那这桌子就送给你了。

高寻石把该买的石头都买下了。墨玉说给他叫个车，把这些石头都拉走，拉到石各庄去。可他说不急，于是又跑到门外，打量着那块写着墨玉奇石馆的木化石，久久地看个没完。那一刻，他又想到了那位在高山上放羊的青年，那青春勃发的男子，无法回避他作为男人的生理的冲动和需要，那男性之根似乎也像这块木化石，常常是勃然怒然挺然欣然凛然，跃跃欲试，却又不知欲何往。而今他其实还是不知欲何往，也许他总是不知欲何往，才于闲暇之余，来到了这个奇石馆，找到了他似乎已经失去的一些东西。此刻，他望着那块木化石，又望望墨玉问，这是块什么石头？

墨玉的白脸陡然一红说，高大哥，有人对这块石头说三道四的，可我一个姑娘家，也不知道这石头到底怎么了。想把它挪走吧，又是一件很难的事情。

高寻石打量着墨玉说，怪我问多了，那这石头就归我吧。

哎呀，高大哥，这镇馆之宝你也要买呀？那你把我也买走得了。说着，墨玉的脸一红，欲躲到那木化石后边去，却又闪出半个脸来。

高寻石听了这话，一时间不知如何是好了，巴不得赶忙藏到一块奇石里去，但那心中的滋味，又胜似得到了一块天下无比的奇石。他见墨玉满脸羞涩，就知道此时他可能是该走为上计了。于是他将两沓人民币放到那石桌上，这是他刚从邮局领的出版社汇来的两万块稿费——一部书给这么多版税，对他可不是个小数了。他冲墨玉说，这点钱，都买了你的奇石了；以后你要愿意，我挣的稿费，都给你这个奇女子。说着，便又撂下一部书，扭身就不见了。

听了这话，墨玉像是被一块奇石砸蒙了，像是被一瓶美酒灌醉了。她拿起那本书，手颤动着，眼睛直勾勾地看着，只见书名是由一串石子组合而成的，名叫《石在远方》。再看那书的勒口上，是高寻石坐在大石头上的一幅照片，显得英俊潇洒。照片下面是作者简介：高寻石，曾为牧羊人，最大的爱好是石头，因为石头才是千古之物；还有著书，因为书也是千古之物。欲寻找的不仅仅是奇石，还有一位奇女子……

墨玉看到这里，脸陡然红如芍药。那一刻，她又一次扫了那本书几眼，不禁感慨道，这个高寻石，一个放羊的，倒成了作家；我一个中文系大学生，倒成了个卖奇石的。高寻石向我买了一大堆石头，我倒要向他取取经，他是怎么成了作家的。自语中，墨玉简直是忘情地吻了那书一下，而且是深情地一吻。她的脸骤然间像山丹花，红艳艳的，赶忙向周围望去，怕有人看见，但又巴不得把她刚刚经历的一切，都告诉世人似的。她嘟囔着缘分缘分，眼前晃动着那

————————————— 谁解麦浪

位穿黑西服的男人。高寻石不但像一块奇石屹立在她面前，还像一只翩然的仙鹤，欲向她飞来……而此刻，高寻石却已经走了。高寻石怎么走了哪？墨玉拿着那本书，一路小跑，去追那个买奇石的人；转念又想，不去追他，他也得回来——他花两万元买的奇石，还没弄走哪……

县长为我牵过马

引子

二十多年前我曾经到王屋山下的一个小镇采访老兽医——柳叶刀。此间除了吃了一碗老面条，喝了半肚子不老泉外，收获并不大。但柳叶刀的一句话却铭记在我心头了：县长还为我牵过马哩……正因为马镇长不爱听这句话，那天柳叶刀没能吃到他平时不可能吃到的丰盛午宴……

1

柳叶刀是个兽医，也叫劁猪匠。劁猪刀分多种，但有两种最为常用，一种叫桃形刀，一种叫柳叶刀。而这后一种刀的名称也是老兽医柳叶刀的代名词。

王屋山下有个小县，叫源县。柳叶刀是源县闻名的兽医。穿过时间的漫长隧道，把历史倒回到20世纪50年代去。那时的县长不像现在坐什么奥迪车。那时的县长骑马。当地百姓称那位骑马的县长叫马县长。

柳叶刀曾骑过马县长的马。

柳叶刀回忆那骑马情景的时候，充满了自豪感：那家伙，马县长还给我牵过马哩。马县长的马长得大个儿，枣红色，白蹄儿，白鼻儿。马鬃是红色的，可那尾巴刷刷的像把黑扫帚；那马鞭一般时候都羞答答藏在肚子里，一露出来，再好的骒马也得服它。那马走路踏踏的，四蹄生风，跑起来像一团火哩。马戴着铜铃铛，哗啷哗啷响。马县长在部队上，骑着这匹马打过仗，这马还救过马县长的命哩；马县长骑着这马，跑遍了王屋山、少半拉中原大地哩。这么好的马，我骑过……

柳叶刀怎么就骑过县长的马哪？那自然是柳叶刀人生中最壮丽的也是画龙点睛的一笔了，没有那一笔，柳叶刀就不是柳叶刀，就没什么风光可言了。

打铁镅锅，不如兽医一摸。柳叶刀是靠当兽医出了名的。他二十出头，骑一头一麻黑的关东叫驴，戴一顶斗笠，掖两把劁猪刀，成年累月往返于各个村落之间。最多的一天，他骟过一百只羊羔；那两百只羔羊的睾丸，都便宜了当地的馋嘴男女。有一天早上，他劁了五十头仔猪，又骟了三十头猪崽。那些阉割之物却是过于腥臊，连猫也不愿闻的。令人称奇和佩服的是，柳叶刀劁骟过不下上万头猪，两万只羊，而一头一只都没死过。有的二把刀兽医劁猪劁不净，后又怀孕者有之。可他从未干过那埋汰事。照他说是，只要他一刀子下去，将那猪体内酷似花骨朵的发情物掏出来，无论公猪母猪，一律都成了肉猪。更有一绝的是，他劁过的猪，爬起来就吃泔水。从未因了挨一刀，就几天不吃食，拉膘。还有，适合留种猪、种羊者，他定会手下留情，刀下留后，绝不让优秀的猪羊断子绝孙。柳叶刀劁猪，实在是利索。他一把薅住猪尾巴，一脚将小猪踩在脚下，掏出柳叶刀，在空中划一个圈儿，准确地对准部位，麻利地剜下去，稍微一转，将刀提出来，将两只手指伸进去，一转悠，就把那个能够繁殖后代的小玩意掏了出来。几针就缝合完毕。把猪撒开的时候，他要拍一把猪屁股，说：对不起你了，这辈子甭干两口子的事儿了。他嘻嘻一笑，又去拽下一头小猪。待把需要劁的和骟的猪都阉割完，他才要一盆清水洗手，但绝不能用热水，以免血腥气。干完活儿给一杯酒喝，自然更好，若没酒喝，他骑上大叫驴，走人，去下一家。再有，老母猪老公羊他都能劁骟。那可是高危手术啊。经他手断其生殖能力，那牲畜不能返老还童，却能退去一身臊气，甚至换得一身新肉新膘。待再宰杀之，其骨肉竟没了膻腥之气。至于说到牛、马、驴之类，他同样能操刀劁之骟之。也正因此，他才得了个"柳叶刀"的美名。

这柳叶刀的芳名传到了马县长的耳朵里。马县长便把柳叶刀请到了他的办公室，给他沏了一壶香茶，上了一盒香烟。他却不敢喝不敢抽，甚至吓得不敢开口说话。马县长直问他，你怕我这个县长吗？

柳叶刀说他不怕。

马县长问，那你怕什么？

柳叶刀答，怕……怕有人小瞧我这个劁猪匠。

马县长一拍桌子，道，谁敢小瞧你，我县长都不敢小瞧你！冲你这句话，我要让你骑上高头大马，戴上大红花，在县城大街上遛一圈儿，也长长兽医的威风——让劁猪匠高人一等！我可不是和你说大话哩，咱们源县要发展畜牧业，可离不开你们这些兽医……

于是，便有了柳叶刀终生难以忘怀的辉煌一幕。

那是一个老天作美的天气。龙王爷浇了一场雨，把山都浇得翠绿欲滴了，青山还很多情，吐出了一道彩虹。而恰在此时，源县城里正在举行一个骑马仪式。马路两旁，不下几百号人。也就在这众目睽睽之下，马县长骑着他的马，哗啷哗啷，不知从何处而来。望着人山人海，他纵身跳下马来，自报家门，大伙儿有认识我的，对，我就是咱们县的马县长。可今天哩，这马我不骑，我要让咱们的柳叶刀骑上我的马，我要给柳叶刀牵着马——大伙说，中不中？

围观的人都说，中中中中中中！

似乎中原大地都回荡着"中中中"了。

然后，柳叶刀就出现在马县长面前了；然后，马县长就拍着柳叶刀的肩膀，介绍说，这就是咱们的柳叶刀。我先给他戴一朵大红花，中不中？

中！中！中！中！！！

马县长就把一朵碗口大的大红花戴到了柳叶刀胸前。柳叶刀的脸都被花映红了。

马县长说，柳叶刀，我扶你上马，中不中？

柳叶刀说，不中。我自个儿上吧。

马县长说，中。那我给你牵着马，中不中？

柳叶刀说，不中。我……我是个劁猪匠，你是县长哩。

马县长说，咋不中，中！我是县长，我才给你牵马哩。中。快上马吧。

中中中……柳叶刀嘴上说着一连串的中，身子却不敢上马。

我扶你一把吧。马县长说，中吧？

不中。柳叶刀说，我还是自个儿上马吧。

中。马县长说，那就利索点，快上马吧；我就给你半个钟头骑马时间，中不中？

柳叶刀说，中是中。可我不好意思哩。我哪好意思骑县太爷的马哩。

有人催道："让你骑你就骑，你当跟你开玩笑哩。你以为这是大姑娘上轿哩。马县长忙得很哩。"

　　　　　　　　　　　　　　　　　　　　　　　谁解麦浪

于是，柳叶刀便一下狠心，一抬腿一抬屁股，蹿到了马县长的马背上。那一刻柳叶刀还真有几分紧张哩，心都不是好跳啊，脸红脖子粗的。

马县长却说："你紧张个啥劲儿哩，别人想骑还骑不上哩。骑稳啊，我可拉着马走了。"说着，马县长牵着马，柳叶刀骑着马，便慢一阵紧一阵地走了起来，时不时还跑上那么一阵子。铜铃铛哗啷哗啷的。这个场面一点也不像演戏。这个场面就像一幅画画在王屋山下。

雨后——彩虹——奔马。

马县长带着柳叶刀转了半个县城。所到之处，总要说一句：这是咱们的乡村兽医柳叶刀，以后咱们谁也不许小瞧兽医——中不中？

人群里发出一串声音：中中中中中中中！

那"中"声在中原大地上久久回荡，那踏踏的马蹄声和哗啷哗啷的铜铃铛声伴着黄河的浪花声在中原的上空久久回荡，久久奔腾……

2

那情景成了柳叶刀心中永恒的风景。

从此柳叶刀再也忘不了马县长给他牵马的身影。

从此无论让柳叶刀干什么，他只有一个字的回答：中！

从此柳叶刀无论是烦闷时还是高兴时，总把那次荣耀和荣誉挂在嘴上——"马县长给我牵过马，还给我戴过大红花哩……还……那家伙……在源县县城转了一圈哩……啥叫美得屁颠儿屁颠儿的，骑着县长的马才叫美得屁颠儿屁颠儿的哩……"

从此柳叶刀再没改行，只一心当他的兽医。人前人后，他总是爱提及他骑县长的马又被县长牵着马的事。他还学会了一首歌，且成了他的保留节目，每逢说到县长给他牵马之事，他便把这歌也顺嘴唱了出来——

戴花要戴大红花

骑马要骑千里马……

有人听他这一套听得多了，往往接上两句——县长给我牵过马，县长给我戴过花……

柳叶刀就笑了说，你们说，中不中？

有时会有人说一句，中！

也有时他抬眼一看，面前一个听的人都没有了。

他有所扫兴。但用不了两天，他还会炫耀一次他的光荣史。柳叶刀始终把他最精彩的一笔挂在嘴上，从20世纪50年代到60年代、70年代、80年代、90年代……

柳叶刀已是白发苍苍的老人了。但他还是逢人爱说，马县长给我牵过马……马县长给我沏过茶……我还和马县长吃过饭哩，那家伙，白馍、白米饭、白水煮肉、白干酒，白吃白喝哩……马县长还给我敬过酒哩。那县长好啊，有几个县长这么高待过我们兽医啊？

有的人免不了说，几百辈子的老皇历了，你还翻它哩！如今别说是县长，连球大个科长，都坐着小汽车四处乱跑哩。

柳叶刀自然知道如今的官儿早不骑马了，坐宝马车的倒是有，但他想起县长为他牵过马的往事，觉得这一生都知足了。有一个字他总挂在嘴上：中……似乎他的一切都很中。

柳叶刀一直未娶妻生子。他也是张罗着找过老婆的，但最后一个也没成。有的人对他无妻无后的一生表示极大的惋惜。也有人在他身上找到了他无后的原因，说他这辈子劁了、骟了那么多牲畜，损了阴德，只能当绝户。

柳叶刀却笑了说，不损我还成不了柳叶刀哩。哼，县长为我牵过马——全源县就我柳叶刀骑过县长的马。我还怕个啥哩。绝户怕个啥哩？

有人问他，下辈子还让你当劁猪的，中不中？

他说，中，中，中，中哩。

有人问他，下辈子还当绝户，中不中？

他说，下辈子还有县长给我牵马，当啥也中。他又说，我死后，你们把我埋到黄河岸边，中不中？

有人流了泪说，中。

柳叶刀说，那就中了。我柳叶刀中了。

后来有个毛头小子却说，中啥哩，谁见过马县长给你牵过马的事哩，没听说过县长还有骑马的哩，县长坐飞机都怕从空中掉下去。

柳叶刀自然会辩解，当初的县长明明是骑马嘛。

毛头小子又说，县长骑马，可县长不一定给你牵过马哩。

柳叶刀说，我……我……我明明骑过县长的马嘛，你还不信哩？

毛头小子说，证据哩？

柳叶刀说，我和马县长一块照过相。

毛头小子说，拿出照片来让我们看看。

我……这下可难住柳叶刀了。但柳叶刀真的不知道，那个毛头小子就是当年马县长的长孙。

那一夜柳叶刀也没合眼。从第二天开始，他便开始寻找他和马县长的照片。在他的记忆里，他和马县长照过相。但没人给过他照片。而今有人居然对他的历史持怀疑态度？他一定要找到他和马县长的合影。他没少跑道儿，没少费嘴皮子。光县政府他就去了八趟，但一次也没让他进去。有一次还让保安把他这个疯老头扣了起来，又让村长把他领走了。

他总算在县档案馆找到了一张照片——那照片上分明是他骑着马，马县长给他牵着马呀。他激动地才叫了一声，马县长啊！便痛哭流涕了。

柳叶刀求档案馆的同志将这照片给他一张。人家说这不可能，这是永久收藏的文物，怎么会给他哩！听这么一说，他更感到这照片的珍贵了。他就给人跪下了。他说让给他复制一张吧。冲他以前为全县的畜牧兽医业做出的贡献，也给他留个纪念吧。他说他老了，就这么一个愿望了。

柳叶刀还真如愿以偿了。他一共花了三百元养老钱，翻拍了照片，还请人打了一个镜框，把那照片镶嵌在里边。他抱着那镜框，简直是奔走相告，看看，我和马县长的照片！马县长给我牵着马，我还骑过马县长的马哩。

多少年以后，柳叶刀又抱着那个镜框，有点疯疯癫癫的，嘴里一劲儿说着县长给他牵过马的事，却忽然被一辆高级轿车卷入轮下……柳叶刀死时，身上带着两把刀，一把桃形刀，一把柳叶刀。

柳叶刀死后没被埋在黄河岸边，但他和马县长那张照片却成了他的随葬品。

尾声

接着引子说，二十年前我采访过柳叶刀后，中午陪同我就餐的马镇长却没有留他吃饭；但我知道他想吃那顿饭，热情地挽留他吃饭。可他看出了马镇长的脸色，摆摆手和我说了一句话，当年县长还给我牵过马哩……后来他的身影就消失了。而我面对那两桌丰盛的酒席，却没喝酒，也没划拳，只吃了一碗河南人最爱吃的捞面条。我想去寻找柳叶刀，可没有找到他，但我找到了一处写着"不老泉"的泉水，于是我便匍匐下去，喝了半肚子不老泉。在此后的岁月里，那不老泉和柳叶刀常常浮现在我眼前。但我采访过柳叶刀后，延宕二十多年才写了这些文字。我应该说实情了。当初我采访完柳叶刀，陪同我们的马镇长曾经和我说，别听那个老爷子瞎说，哪个县长给他牵过马呀？当年的马县长是我爷爷，县太爷会给一个劁猪的牵马吗？所以说，高作家你不要写他。不是不想让那个疯老头吃饭，我是不待听他瞎说县长给他牵过马的事哩。来，喝酒……

听说后来，马镇长也在一方当了县长。但那个时候，已经没有人说他爷爷给柳叶刀牵过马的事了。

苟岛梅的狗宝

1

据说后来苟岛梅望着天空感叹了一句：苟岛梅呀苟岛梅，你这辈子可是够倒霉了！

苟岛梅曾经抱怨过他的姓，说是狗日的，我咋就姓苟哪？娘说人不在于姓啥，狗不理包子也姓狗，可狗不理人理，谁都爱吃狗不理包子。姓啥不由人，啥姓都有好人；毛主席姓毛，那也是人民的大救星，是红太阳、是伟人。

娘说话有点像背诗，还透着哲理性，但娘不是诗人、哲人，可娘却给儿子起了个带着诗意的名字——苟岛梅。娘九十岁时，说她在七十年前生苟岛梅那天夜里，做了一个好美的梦：碧波荡漾的水面上，有一座小小的孤岛，孤岛上忽然就开出了一簇一簇的梅花，是白梅花，所以儿子的名字也就有了。可在六十年后，苟岛梅才从娘那个梦里，看出来了一点他名字所暗含的玄机和意思。

那天苟岛梅睡了一宿觉，应该叫半宿觉，因为他鸡叫头遍就起来了，那时也就凌晨三四点钟。如往常一样，他出门拽进来一捆棒子秸，又添了一锅水，打算做豆腐丝。可洗手的时候他发现，他的手上咋长出了一片白花花的东西呀？事后他才知道，那叫白癜风。他却不叫那东西白癜风，也不叫桃花癣，他叫它梅花癣。想想他的名字，他就叫那梅花癣。那白花花的东西，不就像一朵一朵的梅花吗？那一刻他简直是惊呆了，又叫着娘哎娘哎，又骂着狗日的，咋让我长了一手梅花癣哪？

他家的狗叫个阿贝，阿贝是他给那狗起的名字。阿贝是一条普通的黑色柴狗，皮毛上却也长了一块一块的白色图案，也像一朵一朵的梅花。那一刻阿贝听见主人叫唤，就钻了进来，围着主人转。苟岛梅还是说我的手啊！阿贝就舔他的手，舔那些他自己都看着恶心的梅花癣。望着对他那么友好的狗，他的心里就暖烘烘的。他就开始做豆腐丝。

苟岛梅做豆腐丝生意，都做了十年了。十年前他就推着手推车，串十里八村，去卖豆腐丝。他卖豆腐丝的吆喝声，似乎也透着豆腐丝的香气：豆腐丝啊，喷儿香啊！就这么几个字，就能够招来很多的买主。他做的豆腐丝，确实香。他做的豆腐丝像纸一样薄，白里透着黄，那纹路实在是细密而有规则，看着吃着都是香的。无论春夏秋冬，他天天早上起来都要做一道豆腐丝，把豆腐丝一帘一帘码放在筐箩里，用白布一盖，放到手推车上，就顶着星光、披着晨曦，推着小车去卖豆腐丝了。他的狗阿贝也常常颠儿颠儿地跟着他。他卖豆腐丝不用秤，论帘卖，按时下的黄豆价格，折算出豆腐丝的价格，利润有限，但薄利多销，只要把那一道豆腐丝全卖了，也还是比干一般的差事强些。只要豆腐丝不剩下，就保准赚钱。他做买卖的原则就是，宁可不够卖，也别让豆腐丝剩下。他就天天卖豆腐丝。豆腐丝啊，喷儿香啊！……

只要他这么一叫唤，买豆腐丝的就奔他的声音来了。这其中有相当一部分老客户，固定客户。那些客户吃惯了他的豆腐丝，一天不吃都不行。所以即便是下雨下雪，他也要顶着草帽，披着雨衣，出去卖豆腐丝。人家还等着他的豆腐丝喝烧酒哪，人家还等着他的豆腐丝卷烙饼吃、卷大葱吃哪。

那一天，他又推着车，领着他的阿贝，去卖豆腐丝了。但碰上的第一个客户，是一位老大嫂，一眼发现了他手上的梅花癣，不禁一吐舌头，惊叫了一声，呦，你的手咋了？

他不得不说了一声，梅花癣。

梅花癣？

就叫它梅花癣吧。不知道咋了，早上一起来，这手上就长了梅花癣。

呦，你看看，我没带零钱，这豆腐丝明天再吃吧。

他说不碍事，先拿两帘吃去，以后再给钱。

可那大嫂还是走了，从此再也不出来买他的豆腐丝了。

不光是这个胖大嫂啊，此后谁见了他手上的梅花癣，谁也不买他的豆腐丝了。有个别人碍着面子，买上一帘，回去却把豆腐丝丢给狗吃了。

聪明的苟岛梅，知道是因为他手上的梅花癣，让他的豆腐丝生意没法做下去了。是他自己的手，砸了他自己的饭碗哪。他用他自己的手抽着他自己的脸，他说这是咋了呀？我这豆腐丝生意让这手给断了呀。阿贝围上前去，示意他不要打自己的脸。他就停止了掴脸的动作，而用手去抚摸那狗的脊梁背。那一刻他就泪眼朦胧了。

那天他又做了一道豆腐丝，这次加了更多的花椒，还有少量的辣椒，再加上八角、香叶、陈皮、胡椒……他想把这豆腐丝弄得更香点，不信就没人买。那天他又推着手推车，车上放着一筐箩豆腐丝，又吆喝着：豆腐丝啊，喷儿香啊！……

可他叫唤了多半天，却只卖出了一帘豆腐丝，那个人还是个半瞎子，看不见他手上的梅花癣。事后他对那瞎子说，以后你别买我的豆腐丝了，我的豆腐丝是梅花癣手做的，以后我也不卖豆腐丝了。你要不嫌弃，白给你十帘豆腐丝，拿去吃吧。

不吃了，不吃了。那瞎子摆着手，挂着一根比自己高了二尺半的竹竿，也与他拜拜了。

他把那一筐箩豆腐丝推到家里后，腿软得再也支撑不住了。他坐在一个草编的蒲墩上，老泪纵横。那一年他六十岁，整整六十岁。平时基本不喝酒的他，那天却抄起了一瓶酒，一瓶二锅头，用他还算硬朗的牙口，把瓶盖咬开，就咕嘟嘟往嘴里灌了一股；辣得够呛，就顺手抄起一帘豆腐丝，塞到豆腐丝最好的去处，就满嘴络腮吃起来。吃着豆腐丝，喝着二锅头。他还不时拿起一帘豆腐丝，递给那条狗——阿贝也甩头晃脑地吃着豆腐丝。

苟岛梅吃了足够的豆腐丝，又灌了多半瓶二锅头后，早醉得一塌糊涂了。醉了之后，他居然抄起一把切豆腐丝的菜刀来，对着他一只长满梅花癣的手，就要剁下去。狗日的梅花癣，狗日的手，你不让我做豆腐丝了，不让我卖豆腐丝了，不让我吃饭了，我剁了你！

那才叫千钧一发呀。刀落手掉的情景即将发生的时候，那只狗阿贝扑了上去，把他手中的菜刀麻利地叼过去了。那一刻他似乎彻底清醒了。醒来后他抱着他的阿贝，稀里哗啦哭了一顿。

从此十里八村再也听不见苟岛梅叫着"豆腐丝啊，喷儿香啊！"的声音了。也再看不见他推着手推车，卖豆腐丝的身影了。但又传来他的又一种吆喝声：有破烂的卖！……

2

那以后苟岛梅骑着三轮车，串村当开了破烂王。他的儿子不让他去收破烂，可他要去，他说挣个仨瓜俩枣的也得去挣啊，刚六十岁，不能在家吃闲饭哪。于是他就成了个拾荒老汉。他从早到晚就收破烂，当地人叫喝破烂。有破烂的卖——他的声音底气还挺足，加之他的阿贝跑前跑后地跟随着他，他倒也觉得这活儿挺有意思的。可惜的是，把做豆腐丝的手艺丢了，但不是他不想做豆腐丝啊，是他的梅花癣手做出的豆腐丝没人买了。他就只好收破烂了。据说他头一天收破烂，就实实在在地赚了五十元钱。这比他卖豆腐丝还赚得多哪。他买了一斤猪头肉，想到家犒劳犒劳全家人，还有他的狗阿贝。他不是孤身一人。他是有老伴的，但他的老伴经常在儿子家，得给儿子和儿媳妇做饭，还得带孙女，接送孙女上下学。这么着，他经常就一个人在一个独门独院里生活，当然还有那条狗。

那天苟岛梅收获又不小，又收了满满当当一三轮车的破烂。其中有一件宝贝，是一件毛主席的半身塑像。那可是铜塑像啊，金光闪闪的。这么好的铜像，没花几个钱，就到了苟岛梅带着梅花癣的手里。

他把毛主席像捧回家，摆放在也还算是老旧的一张靠墙的八仙桌上，给毛主席像鞠了仨躬。此后他天天出去收破烂前，都要给那铜像鞠仨躬。他还念叨着：毛主席呀，保佑着我，多收破烂，收好破烂，多赚钱。

他在十里八村卖了十年的豆腐丝，十里八村的人似乎都认得苟岛梅，苟岛梅似乎也认得十里八村所有的父老乡亲。他不卖豆腐丝了，人们似乎是解放了，因为他的梅花癣手做的豆腐丝，买也不是，不买也不是。有一段时间，人们听着他叫卖豆腐丝，就躲着他。现在他改行收破烂了，倒是不用躲他了。他常常和人说，有破烂给我留着啊。于是好多人家，有了废品就给他留着。当年吃过他那么多豆腐丝，口口香的豆腐丝，如今给他留点破烂，倒也合情合理。有一些人家，把破烂看得很重，似乎卖一回破烂，就能够发一回小财。每当卖破烂时，总是盯着他，一个个数着酒瓶子、易拉罐、矿泉水瓶子，或者是叠着纸袼

　　　　　　　　　　　　　　谁解麦浪

褙，称着旧报纸。总怕他蒙了人家似的。可有的人家又不在乎这些破烂。他把破烂收获到车上了，便从衣兜里掏出一堆零散的钱来，照他说是毛票儿，小毛票儿。他蘸着唾液，捻着小毛票儿点着小毛票儿数着小毛票儿……可有的人忽然发现他手上的梅花癣时，就忽然对那小毛票儿不感兴趣了，就说，不用给钱了，拿走吧。

于是他可乐了。他就把小毛票儿又塞回到衣袋里，连连说，谢谢啊，就骑着三轮车走了。那狗颠儿颠儿地跟着他。路上他还偷着乐。他还对着他的手跟狗说，嘿，我这梅花癣手，看着白花花的，闹了半天这是银子呀，给人家钱，人家都不要，破烂等于我白要了。

还让苟岛梅偷着乐的是，他的狗阿贝学会了捡矿泉水瓶子。那肯定是跟他学的。开始他骑着车，见路边有个矿泉水瓶子，就停下车，走过去，弯腰捡起来，如获至宝。后来阿贝就学会了这一手。阿贝见了矿泉水瓶子，就给他叼回来，不用他去捡了。有时候一路上，阿贝能够给他捡回几十个矿泉水瓶子。那一刻他就抚摸着阿贝，说，阿贝呀，我的宝贝。高兴了他还冲着天拍打着梅花癣手，感叹道：老天爷饿不死瞎眼的鸡。一棵树上吊不死。我苟岛梅不卖豆腐丝了，收破烂照样赚钱。

可这样的日子并不长久，苟岛梅又大难临头了。这回可不像梅花癣那么简单了。病来如山倒，他苟岛梅那天忽然就病倒了。

3

事后他怪他那张馋嘴，那张馋嘴没把门的，吃了似乎不该吃的东西，所以就病从口入了，所以他就揌着自己的嘴巴，说是狗日的让你馋让你馋！

其实他也没馋什么，他馋的是豆腐丝。那天半夜里他就馋豆腐丝了。冰箱里还冻着八帘豆腐丝，是他最后一次做豆腐丝剩下的，没卖完就冻上了。他想冻豆腐可以吃，冻豆腐丝自然也是可以吃的。他就把那豆腐丝一下拿出四帘，待半化不化之后，他就在院子里拔了一把羊角葱，拧开自来水，洗吧洗吧，就卷着豆腐丝，一气吃了三帘。剩下那一帘还想吃，一看阿贝在向他摇尾乞怜，他就把那冻豆腐丝赏给阿贝了。他又从冰箱里端出一碗两米饭来，浇上半壶半开不开的隔夜水，就那么稀里呼噜吞了下去。没想到时过不久，他的肠胃就翻江倒海，闹腾了起来。后来是剧烈的疼痛，疼得黄豆大的汗珠啪啦啦直落，疼得他想在地上打滚，疼得抓挠着那个蒲墩，恨不得把那个蒲墩撕个粉碎。阿贝看到这情景，就汪汪叫着，就围着他转磨，就有点无可奈何又不知如何是好了。后来他挥着手叫了一声，阿贝，叫我儿子去吧。

阿贝就一溜小跑，就找他儿子去了。

他儿子的名字更难听，一点诗意也没有，他居然就给他唯一的儿子起了一个俗不可耐的名字：苟蛋！就冲这名字，据说他儿子从小就和他合不来，连爸爸都不想叫他。儿子要闹腾着改名字，可派出所没人，无缘无故又改不了名字。就只好叫苟蛋。他儿子埋怨他，哪儿有叫苟蛋这名字的呀？他说，叫你什么，你也是我儿子。从此儿子简直和他就结下仇了。儿子刚初中毕业，就坚决不上学了，从他卖豆腐丝攒下的钱里，偷偷牵走了一把大毛票，学开车去了。驾驶本拿下来了。儿子苟蛋这回可是求着他爸了，口口声声叫着他：苟爸爸，给你苟蛋儿子两万块钱花，你苟蛋儿子看上了一辆二手车，就要两万块钱。我要把那车买下来，拉活挣钱。

那一刻苟岛梅只说了一句话：苟蛋你是我的儿子。这两万块钱我出了，你就拉活去吧。

从此苟蛋就成了一名在村头趴活的黑车司机。别看拉黑活，一天弄好了，也能拉个百八十块的，纯的。他们所在的小村衙门庄，人口不多，往来的外来人口可不少。别看外来人口穷，打黑车的往往还是他们。这么着，苟蛋十几年下来，居然就在镇上买了一套所谓小产权房，虽说只有五万块钱，虽说只有六十平米，可也算小城镇上的楼房啊。苟蛋结婚后，就直接住到了楼房里。苟岛梅有了孙女后，他老伴就被儿子接走看孙女去了。虽说镇上离村里只有八里地，但平时老伴不回来。偶尔回来一趟，他就饥狼似的，想和老伴亲热一回。既然是老伴，当然就得依了他。他呼哧带喘干完了好事，老伴连说他没起子，老不正经老不要脸老没出息。他有点不好意思，但却满足地拍着老伴的臀部，似乎还想再战一次。那时老伴却穿戴好衣服，扭屁股要走了，说是要到儿子家去住，弄得埋里埋汰的，得到楼房里去洗个澡。这平房连澡也洗不了。老伴就走了，也是骑着一辆三轮车，但是电动的。家里就剩下他和那条狗了。他就盼着老伴下次再回来。可再回来后，他的手上就长了白癜风，就是他所说的梅花癣了。这回，老伴恶心他那两手梅花癣，居然不让他动了；想摸索一把，老伴就拿着笤帚，把他的手挡到一边去了。他就悲催得想哭啊。他就说老伴哟，我这梅花癣不招人、不传染。再说我裤裆里也没长梅花癣哪。

可老伴还是没让他动。那一天是他最扫兴的一天，第二天，他就得了急病了。

阿贝听他的吩咐，就去村头把他的儿子苟蛋找回来了。苟蛋见了他，见他如此难受的样子，没叫他苟爸爸，只叫了他一声：爸，你这是咋了？

他说，我肚子疼。

苟蛋说，那就上医院吧，我拉着你。

那天他第一次坐上儿子开的车。阿贝也要跟着，却被爷俩轰了回去，说，在家看家吧。狗是好狗啊。阿贝居然在里面就用爪子把门插上了。但阿贝一个劲儿在院子里转磨，吠声阵阵，一刻也不肯消停。

儿子苟蛋先是把老子苟岛梅拉到镇卫生院，镇卫生院的大夫说他们看不了这病，赶紧拉到县医院去吧。

在县医院查了个一溜够，很快就查出了两个可怕的字。据苟岛梅说，是从他的胃里勾出了一块肉，化验之后才得出了结论：胃癌！

4

这下子可把儿子苟蛋吓坏了。没当着苟爸爸的面儿，他却一连叫了几十声爸爸爸爸爸爸……他还感叹了一句：爸呀，你咋得了这病呀？你一天福还没享哪，儿子也还没孝敬你哪。

前景似乎很不乐观。但苟岛梅还蒙在鼓里，他不知道他得的是什么绝症。儿子给他买了两根香蕉吃，他还连连说，好好的人，吃个香蕉干啥呀。儿子苟蛋就扭头哭了。那一刻大夫把儿子苟蛋叫了过去。大夫说这病还能治，只要做了手术，保你老爹活个三五年，少说。

苟蛋问，那就做手术呗？

大夫说，那就准备押金吧。

多少？

两万。

两万？我拿。

可是……大夫如此这般地一说，说是做这种大手术，他们做不了，他们得从市里大医院请专家。苟蛋说：我知道，得了病就得治。我再穷也能拿出这几万块钱来，你们就给我老爹安排手术吧。

　　谁也没想到，这话让苟岛梅听见了。他一个卖豆腐丝的人、一个收破烂的人，哪见过大钱哪？这些钱就快把他吓死了。那天他也是一阵冲动，悄悄溜到阳台上，那是六层楼的阳台呀，那要是一头栽下去，也就一了百了了。他攥紧了两个长满了梅花癣的拳头，想走那条绝路了。可那个时候楼下传来了一声声狗叫——这是他太熟悉的狗叫声了。他向楼下一望，却见那只黑白花的柴狗，正仰着头冲他叫个不停。而在那狗的周围，还有三个他既熟悉还有点陌生的人，那些人是他的老伴，还有他的儿媳妇，还有他花枝招展的孙女——苟尾花。

　　苟岛梅的孙女出生前，爷爷早就扳着手指头给孙女起好了名，叫苟胜人。可儿子苟蛋坚决不同意，说是这个名字把全世界的人都得罪了。苟岛梅问儿子：那你说叫我孙女啥名？

　　苟蛋似乎是赌气地说：就叫我闺女狗尾巴花。

　　苟岛梅生气地问：狗尾巴花？这也叫人名？

　　我叫苟蛋，人们不也没说我是狗吗？叫着我苟师傅，苟蛋师傅，我都爱听。就叫我闺女狗尾巴花了。

　　苟蛋，你要还认我这个老子，你用这名字也成，可不能用四个字的名字，四个字的名字像日本人；要用这狗尾巴花的名字，就去掉一个字，叫我孙女苟尾花；苟可是咱们姓苟的苟，不是猫狗的狗。

　　哼，依你。不过，看姓名的人少，叫姓名的人多。哪个狗，叫出来也是狗。就算是姓苟的苟，有啥呀？这年头狗比人值钱，好多人对狗比对人亲，我们小区的狗，比人吃得好。狗日的。就叫我闺女苟尾花吧。

　　从此，苟家就有了一个花蝴蝶似的叫苟尾花的女孩。

　　那一刻，那个叫苟尾花的孙女也随着那条叫阿贝的狗，一同到县医院看苟岛梅来了。

　　救命的人救命的狗都到了，他肯定是不能跳下楼去了，他一阵泪眼朦胧，一阵耳鸣。他听到了他的孙女在叫他：爷爷！……

　　楼下的孙女苟尾花向他挥着花团似的小手，他向楼下的孙女摆着长满梅花癣的老手。

　　不该死就有救啊。他的手术做得很成功。把两万元的押金花完了，他也出院了。肚子上留下一条好大的伤疤。逢人他就想让人看看，可又不好意思让人看。好了伤疤忘了疼。那伤疤除了阴天痒痒，也不疼了。而他的心可是在疼着。他心疼那几万块钱哪。儿子苟蛋给他瞧病，一下子花了几万块钱；他想把这钱及时还给儿子，可他一时又拿不出那么多钱来。

谁也想不到的事情居然就发生了。

5

苟岛梅的孙女苟尾花差两分没考上重点高中，但她的父母又想让闺女上重点高中。上重点高中倒也容易，说是拿两万块钱就可以上。祸就出在这两万块钱上了。据后来苟蛋交待，当时他真正是鬼使神差身不由己呀，像在梦里一样，他就从人家的窗户外钻进去了，就把人家的一条金光闪闪的、很是细小的金项链牵了出来。可让他没想到的是，只在一个钟头以后，苟蛋手上就戴上了手铐子，被警察带走了。那一刻他的车还在村头上趴着。苟蛋回望着他的汽车，他的心比车轮碾过还难受啊。

判决结果很快出来了，苟蛋被判刑十五年，进了监狱。那个时候苟蛋才知道什么叫悔恨、什么叫后悔、什么叫完了。但一切又都晚了。他只能在黑暗的牢笼里面壁思过了。再想开着黑车走四方，那是十五年以后的事儿了。那一刻他叫着：爸爸爸爸爸爸呀妈妈妈妈妈妈呀媳妇呀闺女呀！还叫着我的汽车呀！

作为男子汉，赶上天塌也得顶着。苟岛梅知道实情后，先是抓耳挠腮了一阵，后来就叫着，苟蛋哪，你都是为了我呀，为了我瞧病；为了我孙女呀，为了我孙女上学！唉，你咋干出这傻事来呀！咱们苟家，八辈子没出过贼呀。穷忍着富耐着，这是咋了呀？我哪辈子损了呀？！

苟岛梅用梅花癣手，盘算着十五年是个什么概念。他嘟嘟囔囔着，十五年是个什么概念？他叫着，苟蛋哪，儿子呀！你咋就被判了十五年哪？据说他儿子偷的那条金项链，按时价、金价折算，才合1500元人民币。1500元哪，就判了十五年？苟岛梅还对着苍天问，这算不算判重了点呀？这等于抢100元钱，就得坐一年牢，这忒不上算了。那一刻，气性不小的苟岛梅，一连抽了自己十五个耳光子。

那一刻，阿贝守候在苟岛梅面前，舔着他的手，分明是在安慰他的主人，汪汪地叫着，劝他别自打耳光了。

那一刻，孙女苟尾花进来了，泪淋淋地说，爷爷，您别生气了，别恨我爸了，我爸也是为我好，为我能上重点高中，才不择手段干了糊涂事儿。

苟岛梅叹息了一声，唉，咱们苟家，倒了大霉了！可孙女呀，爷爷不能因为这个，就不让你上学，爷爷还要让你上重点高中。

也真是车到山前必有路。苟岛梅与他的儿媳妇和老伴商量，把苟蛋那辆黑车卖了，卖了一万五千块钱，他又拿了五千块钱，还是让孙女上重点高中。但孙女苟尾花那张脸，再不像以前那样鲜花一般灿烂了，因为她的心头罩上了阴影，她恐怕别人问她爸爸是干什么的。她只顾了自己躲在哪个角落里，闷头学习。苟尾花恨她的爸爸，却又恨不起来似的。

还有一个值得牵挂的人，就是苟蛋撂下的媳妇。苟蛋的媳妇那可是绝对的美少妇，身材和脸蛋都是说得过去的，是那种绝对的前凸后翘脸蛋子干净的女人。刚刚三十五岁的她，风韵犹存。好多人都以为她守活寡守不住。可她每天夜晚，却都在对着星空发誓，苟蛋，我等着你！偶尔听到一次苟蛋的电话，她也是泣不成声地表态，苟蛋，我等着你！有一次去探监，真想和苟蛋拥抱一下子呀，可没能如愿，但她又和苟蛋说了一句：苟蛋，我等着你！

一家人就这么分开了，那个在村头趴活的苟蛋，实实在在是去了监狱。说什么也没用了，只能等着他回来。

苟岛梅做了胃切除手术后，很快恢复得好人似的了。他的精神头和气色都不错。照他说是他早把他的胃癌病忘了，也许他根本就没得过胃癌？可这一场虚惊，花去了好几万，导致儿子成了入室抢劫犯。想到此，他的梅花癣手就不知道往哪儿搁好了。有时候捧着手，似乎想捧下天上的一颗星星来；有时候连连叫着苟蛋，叫着苟蛋你在哪儿啊？他把两把手指头伸出去缩回来，嘟囔着，十五年哪，十五年哪！十五年可是够长的了。儿子你要在监狱里待十五年。等你回来的时候，你老爹在不在世还是回事哪。苟蛋儿子呀，老爹等着你！叫苟岛梅的老爹等着你！

苟岛梅就经常那么疯疯癫癫地说着话。也还忘不了天天早上起来，捧着手，向八仙桌上的毛主席铜像三鞠躬，还念叨着：毛主席呀，保佑我们苟家呀！

6

半年之后，苟岛梅成了衙门庄村的一个门卫。照他说是看门的，看大门的。衙门庄不是一个太大的村，却是一个古老的村，历史悠久。据县志记载，两千年前这个村就是县衙门的所在地。可从村落的现状来看，已经很少见到当年的古迹了。那些古庙、古建筑、古树什么的，基本上都荡然无存了。但有一个槐树桩子，据说是在汉朝就是一棵好大的槐树了。

衙门庄新建了一个大牌楼，照村民们说那叫花门楼。那门真正是古色古香的，是那种垂花门的格局。柱子大，四根大柱子，是水泥的；门也大，两扇大门，还有一扇小小的旁门，都是朱红的，是那种当当响的钢板门。门两侧还蹲着两只巨大的汉白玉石狮子。苟岛梅就是在这个大花门楼的一边，在一棵不是太高大的槐树下，看大门。说来村里的头儿也是照顾他，才让他吃上了这碗饭。除了他，还有一个比他小的老头儿，也是看大门的。俩人两班倒。每个人看 12 个小时，工资是每月每人 1200 元钱。照村里的头说，工资可不低了，天天闲着，身不动膀不摇的，一天拿 40 块钱。天上掉馅饼一样啊。那个时候苟岛梅就连连说，是啊是啊，不少了不少了，知足了知足了。就差说谢主隆恩了。他激动了想和头儿握握手，头儿却直和他摆手，说是你那个手，比狗舔了还恶心，花花搭搭的，握啥手啊。他就不言语了，把那两只手缩了回去。

苟岛梅还真成了那大门楼下的一道风景。他老了老了，还真有点老来少、老来俏了。收破烂的时候，收上来了一些破衣服，有防寒服、羊毛衫、夹克衫、T 恤衫……也不知道是咋搞的，这些衣服都是红颜色的，连他捡来的两顶帽子，也是红色的。于是他就穿着这些红色的衣服，在浓郁的树荫下看大门。夏日里，他也可谓"万绿丛中一点红"了；冬天到了，又有点"梅花欢喜漫天雪"的感觉。他这把岁数了，由于穿着红衣服，就有点老梅花的感觉了。如果他把帽子摘下来，满头白发，又像一头白梅花；把手伸出去，两手梅花癣，还是像梅花。

那天他的老娘拄着拐杖，颤颤巍巍从他面前走过，端详了他半天，居然说了一句有点不着调的玩笑话，苟岛梅呀，娘没给你起错名字，你坐着站着走着，都像一树梅花呀。

有人就和他开玩笑，看看你老娘，简直像个老诗人，梅花梅花的，满口说着，点赞着自己的儿子。

但却没有料到，就在那天晚上，他老娘就成了植物人。老娘一辈子爱穿白衣服，老娘的头发似乎一辈子也没剪过，都八十多岁了，还披散着一头垂落在腰间的、雪白的长发。老娘成了植物人，躺下去后，也像一树倒下去的白梅树。这回苟岛梅的老伴可有事儿干了，天天得伺候着她的老婆婆吃喝拉撒睡。他老伴倒是心甘情愿的。他老伴还心甘情愿地侍候着苟岛梅。

苟岛梅看大门，一连十二个小时，从中午十二点到夜里十二点，或从夜里十二点到第二天中午十二点，这期间总要有一顿饭是在外边吃的。那一顿饭，只能由家里人送。通常，那顿饭都是由老伴送的。这饭确实有点单一、单调，但苟岛梅说他就爱吃这一种饭，这饭就是煮挂面，给他送来的饭几乎都是煮挂面，一个饭盒，汤汤水水盛了挂面汤，里面有一条条的挂面。还有一两个荷包蛋；再加上绿莹莹的香菜、葱花什么的，有时候还加一个西红柿，或加几朵南瓜花，或加几片木耳菜、苏子叶什么的。这饭苟岛梅吃着很顺口，他也就好这一口。挂面汤，养胃。如果偶尔赶上儿媳妇或是孙女苟尾花给他来送饭，那一般就不是煮挂面了。可能是饺子，可能是包子，可能是米饭炒菜，可能是白馒头红烧肉。吃着那样的饭菜，苟岛梅就觉得这日子实在是很有几分滋味，是甜蜜蜜的日子了。唯一的缺憾就是儿子远在监狱里。儿子是吃不上这样的饭菜的。那一刻他叫着苟蛋哪，命啊！

日子就这么一天天地过去了。他天天掰着手指头算计着他儿子出来的日子。算到那一步，他就感叹：早着哪，早着哪，儿子出来还早着哪！

苟岛梅最大的牵挂就是他儿子了。他最盼着的一件事就是，他的儿子能够给他打来电话；他最忘不了的一件事，就是每月给他儿子寄去三百元钱，也好让苟蛋晚上饿了，能泡碗方便面吃。监狱里的伙食咋也不行啊，别说吃不好，吃饱都难。他还有一件必须办的事儿，那就是年年都要到监狱里去探视一回他服刑的儿子。有一回他半夜起来，做了一道豆腐丝，给儿子带着。可狱警不让送豆腐丝，说你这梅花癣手做的豆腐丝，要是吃出传染病来，那我们可负担不起。他用梅花癣手悔恨懊恼地抽了自己几个嘴巴子。后来他又用一百元钱，打点、打通了一些关系。那豆腐丝才传到他儿子手里去了。他儿子一边吃着豆腐丝，一边泪水涟涟地叫着，爸呀，爸呀，儿子对不起你呀！

他把脸扭过去，说，儿子你就好好改造吧，争取早点出来；下回我看你来，还给你带豆腐丝吃。

苟岛梅又回到了衙门庄，又去看大门了。这回他得连续看二十四个小时的大门，因为他和人倒了一个班，去天津看儿子去了。

一天上十二个小时的班，剩下时间除了睡觉，苟岛梅还要串三里五村，去拣点破烂。他的狗阿贝还是跟着他。他的狗还是见了矿泉水瓶子就给他叼回来。他的狗给他叼回来好多矿泉水瓶子。一个矿泉水瓶子好几分钱哪。他很感谢他的狗阿贝。

可是在那一天，阿贝可是给他闯祸了。

<h1 style="text-align:center">7</h1>

说来也是怪他。他说这么多房子住不了，租出两间房去吧。收了房租钱，给孙女上学，给儿子点补贴，让儿子买点方便面吃也好啊。可他刚把房租出去，一分钱房租还没收哪，他的狗阿贝就把那穿着红裙子的小娘们儿的白大腿给咬了，狠狠地咬了一口，叼下来一块肉，腿肚子上的肉。白花花的肉立刻就变得血淋淋的了。这下那少妇的脸变了，苟岛梅的脸也不是好色了。这可咋办哪？这可咋办哪？天爷哟！

苟岛梅把他老伴叫了回来，又叫来一辆车，要拉着那小娘们儿去医院。在路上，小娘们儿哭啊叫的，说是大妈呀，咬了我的腿肚子，我以后还咋穿裙子呀？苟岛梅的老伴也是很无奈地摇着头，骂着那条狗，狗日的狗啊，你咋不咬我呀？你咋专拣年轻的白大腿咬啊！

打狂犬疫苗，缝合伤口，说是还要做植皮手术，要把少妇屁股上的肉切下一条来，贴到她的腿肚子上。这一切都得钱哪，得好多钱。

那一刻，苟岛梅舞动着梅花癣的手，冲着他的狗阿贝说：你呀你呀阿贝，你给我叼回一万个易拉罐来，也不够赔人家那一块肉钱哪！他不禁火冒三丈，踹了那狗一脚。

谁知从那以后，这狗阿贝就再也不吃不喝了，绝食了。它天天望着天上的月亮，也不知道在想啥。它也不去叼矿泉水瓶子了。它一直萎靡不振的，后来连那一身黑白花的毛也脱光了，只剩下了一层皮。很恶心的样子，也是很可怜的样子。苟岛梅望着他的阿贝，心里头挺不好受的，眼里泪花闪闪的，而他的阿贝望着他，也常常是热泪盈眶的样子。

阿贝就那样几乎是绝食了近一百天。此间，苟岛梅想法给它弄一些吃的，给它熬小米粥、绿豆粥、大米粥，可它吃得很少。苟岛梅还特意做了一道豆腐丝，给他的阿贝吃。阿贝果然足足吃了六帘豆腐丝，然后就舔着他主人苟岛梅的梅花癣手，就那么死在了苟岛梅的面前。在死前，阿贝一直在用一只爪子抓挠着它的腹部，还把切豆腐丝的菜刀叼了过来，示意苟岛梅剖开它的腹部。

阿贝彻底地咽气了。苟岛梅望着他的阿贝，哭个没完，因此招来了一位收狗的人。那收狗的人说：苟老汉，我明人不做暗事，据我的经验，你这狗是长狗宝了。你把这狗宝取出来，卖给我吧。

苟岛梅是听说过狗宝的。那天他含着泪，把他的狗剥了。当剖开狗肚子时，看到狗肚子的尾端有一块发硬的肉坨坨。莫非这就是狗宝吗？苟岛梅拿着那一坨肉，对着阳光一照，肉坨坨里似有金子似的，闪闪发光。而那一刻，苟岛梅的眼里也闪出了泪光。他认定这就是狗宝了。

望着那馒头大小的一块狗宝，苟岛梅像捧着一块金子。他听说，指甲大小的一块狗宝，就能卖一万多元；而他手里的这块狗宝，掂量着，足有七八两重。

那一刻，苟岛梅念叨着阿贝的名字，说着狗宝啊狗宝……

8

让苟岛梅没有想到的是，他那一块狗宝居然卖了八万元人民币，也就是他所说的八万元大毛票。他的一生当中，哪儿见过八万元大毛票啊？但他也没想到，那个被阿贝咬伤的少妇，就用去了这八万元的一半，四万元。可毕竟还剩了四万元哪。四万元也是个天文数字。

在那年的秋天，苟岛梅带着他的老伴，还有他的儿媳妇，再加他的孙女苟尾花，一起去天津某监狱看望他正在服刑的儿子苟蛋。那一路上，苟岛梅反反复复说着一句话：我的阿贝死了，我咋和苟蛋说呀？等苟蛋回来了，我还得弄条狗，我还叫它阿贝。

孙女苟尾花却说，爷爷，再弄一只小狗，就别叫它阿贝了，叫它阿宝吧。

儿媳妇说，对，爸，就叫它阿宝。又冲着婆婆说，妈，叫阿宝好听吧？

婆婆说，好听。阿贝长了狗宝，赶明儿阿宝也长狗宝。

孙女苟尾花说，奶奶，到时候，我爸爸就出来了。

那天晚上，苟岛梅做了一个梦：他梦见碧波荡漾的湖面上，冒出了一个开满梅花的小岛。

那天他的老娘、那个植物人老娘死了。可他没有死，他这个胃癌患者还好好地活着。他依旧在大门楼下的槐树荫下，穿着红色的 T 恤衫，用长满梅花癣的手盘算着，苟蛋，啥时候能回来呀？

　　几片树叶掉下来，掉到了他的白发间。他的孙女苟尾花牵着一条小狗，从那边走了过来。

校长放羊

四十年前，一位老师跑到山上追回了他欲逃学放羊的学生。老师说你不能放羊；学生说我要放羊，老师，放了羊，我给你送羊肉吃。老师说我不吃你的羊肉，你跟我上学去吧。这孩子就又上学去了，是他的老师给他代缴了几年学费。后来他当了校长——校长怎么又放上羊了哪？

——题记

1

柳茂林校长做梦也没想到，他居然是因为爬教学楼摘南瓜，中午好给学生们蒸包子吃，而不慎坠落扶梯，摔断了一条腿。当时他连连长叹连连发问：为啥呀？他被他的女司机田七送到了积水潭医院。伤筋动骨一百天。一百零八天后，他又被田七接回来了。时间已是初冬，路边，柳树的叶子都变得金灿灿的了，一些红叶树自然是红艳艳的，格外耀眼。但他对这秋色不感兴趣，他只是不时地嘟囔着：我的三木中学呀！他那个酷似椭圆形倭瓜的脑袋，不安分地随着轿车的颠簸而移动着。他还是感叹自己的倒霉，就因为一个南瓜，就弄了个粉碎性骨折，就弄到医院里待了一百多天。好在是无大碍，他又不瘸不拐地回来了。据说这结果一点也不影响他今后的正常生活。他只是叹息：这三个多月里，他的那些师生们是如何过来的呀？

现代人说某些话总是比《现代汉语词典》里的词汇更简洁。柳茂林柳校长，就被太多的人简称为柳校。柳校听了这称呼，倒也笑脸盈盈，两眼都眯缝住了，似乎比听了大校、上校之类的官衔还美。他是三木中学的校长。听说他这个校长，算得上正科级干部。有些部门的科长，往往只管仨俩科员；可他管着一百多号老师，一千多个学生，那就不同于一般科级了。他手下人马多多，且有实实在在的两栋品字形教学楼、办公楼，还有开阔的操场、不少的平房等设施，都是他管辖的领地。所以柳校那就算个人物了，甚至可以说是人五人六的人物了。自从当上校长后，柳校似乎就没过过夏天、秋天、冬天，国字脸上总是春风得意马蹄疾的感觉。照他说是：当了官的，你不得意就不行；就像拉套驾辕的马，你不往前走就不行。

　　此时，柳校是随着车轮向前走的。他的身高过了一米八五，所以他钻在轿车里，就只能是低头哈腰，一副受委屈的样子。但他见了田七，话可是挺多。

　　柳校，回哪里呀？先回家吧，嫂夫人把饺子都给你包好了。田七说。

　　是南瓜馅的饺子吧？柳校笑了说，我爱吃这口。

　　那就回去吃呗。

　　柳校又忽然说，还是先回学校，三木中学吧。

　　回学校？田七说，柳校，我不得不告诉你一个不好的消息。

　　什么不好的消息？

　　咱们三木中学被合并了，撤了。

　　什么？你说什么？！柳校听到这话，眼珠子都直了，说，田七，你可不能给我开国际玩笑啊。

　　我是那爱开国际玩笑的人吗？田七说，再说，柳校，这两年都有人嚷嚷，三木中学要合并，您不也听说了吗？

　　可……可我没想到这么快呀？柳校还是惊愕地说，哎呀，合并我的学校，我居然还不知道？这成何体统啊？怎么也应该提前给我个信儿，和我商量一下呀？哎呀，为啥呀？

　　田七平静地说，柳校，这也不是咱们能够左右得了的事。也赶巧了，恰巧你住院期间，咱们的三木中学就被撤销了。柳校，区教委让我通知你，让你回来的第二天早上，去教委找付主任。

　　这么说，三木中学真的撤了？柳校还是半信半疑似的，又震惊地叫了一声，我的天哪!

柳校,冷静点吧,反正也不是光咱们三木中学被撤了,还有两个镇办中学也撤并了,一并归到南小营中学。新的校名叫麻区十四中学,简称十四中。

啊?! 果然如此? 柳校的国字脸都白了,田七,那你先拉着我,去三木中学看看,看看到底是撤没撤我的三木中学。

田七听从吩咐,拉着柳校,就一路奔乡下的三木中学去了。一路上,柳校嘟嘟囔囔重复着几个字:三木中学……撤并……

待田七把柳校拉到三木中学门口的时候,柳校一眼望见,那栅栏门旁的三木中学的牌子都没了,他傻眼了,不禁叫了一声:我的三木中学呀!

2

柳校下了车,走进校园,却见园内一个学生的影子都没有,空空荡荡、鸦雀无声。一时他惊呆了。愣怔了许久之后,他忽然在校园里狂奔起来,还惊叫着:我的学生呢? 我的老师呢? 他们都到哪里去了?

校园里的一些树枝上同时传来喜鹊和老鸹的叫声,喳喳,哇哇,给人一种喜忧参半的感觉。

柳校停下来,扑通一声倒在了草地上。田七被吓了一跳,赶忙上前去扶他。他又叫道:为什么呀? 为什么不通过我,这么快就把我的学校撤了呀?

没有人回答柳校的问题。他弯下腰去,在土里扒拉着什么,后来就扒拉出来了一些花生,他就把那些花生装到了一个塑料袋里,想吃一个,却没吃。他也没让田七吃。他就攥着那个装花生的袋子,冲田七说:走,去区教委,找付主任。

柳校是掖着那袋花生找到付主任的。付主任坐在沙发里,见他进去并没站起来,也没接他递过来的花生。柳校觉得有点不对路。他有一肚子话想说,却只说了一句:付主任,咋呀,咋把三木中学给撤了?

上边的决定。付主任回答。

为啥呀?

生源锐减,整合资源。

这……为啥呀?

大势所趋,抓大放小。

为啥呀？

付主任冷笑了说，柳校，你是不是激素打多了呀？为啥？为啥我都告诉你了。这些年来，大学盲目扩张，到处都是大学城，大学生。至于中小学，那绝对是数以万计千计百计的撤销吧？就连咱们麻区，这些年撤销了也有上百个学校了呀——难道三木中学就不能合并吗？你拦得住时代的潮流吗？

我……柳校又不由问一句，为啥呀？

我不想和你解释什么了。付主任很生气地站了起来，冲着柳校说，按说你刚住院回来，我应该多安慰你几句。可是哪，我没那个心情。我不埋怨你，我就算对得起你了吧？你一个堂堂的校长，不抓大事，不想法让学生考高分，却把你那个校园弄成了田园。真正是房前屋后，种瓜点豆啊。你还亲自上楼去摘倭瓜，从而弄得仨多月上不了班。这影响好吗？你还问我为啥呀？你不是留恋你那个三木中学吗？现在我代表组织对你宣布：三木中学撤并后，依旧保留你的校长待遇不变。至于三木中学，上级决定留守八名老师，去守校护校看校。你呢，作为这八个留守人员的班长，而不是校长，留在三木中学。

这……

付主任说，你就不用问为啥了吧？

我……柳校还是问了一句，为啥呀？

行了，在北京待了一百多天，也改不了你的老土话，咋呀啥呀的，本色保持得倒不错。得了，你先回去休息吧。

柳校还想说什么，可又没什么好说的了。他起身就灰溜溜走了。他刚出门，付主任就把他带的花生丢进了字纸篓里，哄小孩呢你？回你的三木中学待着去吧。

柳校下楼梯的时候，感觉过于茫然怅惘，有点儿眼花，还有点儿眼黑，脚下像没了根，不知有多深多浅。在这当口，有人把他叫住了，让他进办公室一趟。进屋后宣布的指示是：虽然你的校长待遇不变，可你的轿车教委要收回，司机自然也归教委。说白了，就是以后你就没有专车了。

柳校听了这话，一时那腿哆嗦得都要走不了路了似的，但还是说了一句：我的天哪！随后又说，随你们的便吧。

柳校走下楼来，又不由得去找他的车，才想起车已经不属于他了。柳校望着满是小轿车的教委大院，满是雾霾的天空，喟叹道：真是官免如花谢呀。

3

翌日清晨，柳校就挤上那辆一个小时才一趟的小公交车，挤挤插插，晃晃悠悠，从县城的家到了原三木中学校门口。那天他戴了一顶鸭舌帽，帽檐压得很低，似乎有点儿黑云压城城欲摧，又有点破帽遮颜过闹市的感觉，那春风得意的劲头似乎在一夜之间都荡然无存了。原本一头黑油油的头发，忽然之间添上了一根根银丝。

柳校走向了校长室。却见那写有校长室的牌子被涂了一层黑漆，过于黑乎乎的漆。见了那漆黑的牌子，他愣住了，眼前一片漆黑，心底似乎也骤然变黑了；像是他还活着，自己的名字就被打上了黑框，人家就开始为他戴黑纱了。这心情，沉重得不得了啊。他问了一句：为啥呀？就把门打开了，一步走了进去。沙发上的尘土一层。若在以往，早有那个搞卫生的清洁工给收拾得窗明几净一尘不染了；而今，他目光呆滞，有点失落，但很快还是拿起笤帚，扫起了屋中的尘土。扫着扫着，他还背开了毛主席语录："扫帚不到，灰尘照例不会自己跑掉。"扫完了屋子，他又去扫院子。扫院子是挥着大竹扫帚，唰唰的。他还背了一句毛主席诗词："要扫除一切害人虫，全无敌！"

那一刻，柳校分明是有点儿疯疯癫癫的表情了。地还没扫完，他就跑到那棵大柳树下，撞响了那口铜钟：当当……当当……声震校园，震响四面八方，连不远处的燕山山脉，都有钟声在回荡。

留守的八个老师还真就前后脚向他聚拢过来，都叫着：柳校柳校……你找我们？

柳校冷冷一笑说：全体集合，站队！

刷刷刷，八个老师站成了一排，精神抖擞又带着无精打采的神情。

老师们异口同声问：柳校，有何指示？

升国旗！柳校说着，跑步来到旗杆下，捯过拴国旗的绳子，把旗徐徐向上升起，并用他的嘴奏开了国歌，还一边唱着：

起来……起来……起来……

前进……前进……前进进……

国旗在雾蒙蒙的空中冉冉升起，高高飘扬。不远处的燕山，在雾中时隐时现；后来又冒出了一轮时隐时现的太阳。柳校望着那国旗、那太阳，先是泪光闪烁，后又问了一句：为啥呀？为啥把我的三木中学撤了？我的老师我的同学，你们都到哪里去了呀？我的天哪！柳校望着空荡荡的操场，想起昔日千余名穿着红白相间校服升旗的中学生们，不禁热泪盈眶。

其他八位老师看了柳校如此这般，也都一阵阵心酸。他们叫着，柳校，别难过呀，柳校。

中华民族到了最危险的时候！柳校说了这么一句，就又冲着八位老师说，老师们，记住，从此以后，无论刮风下雨，无论电闪雷鸣，无论烈日当头，无论大雪飘飘，咱们都要天天升国旗，像以前那样，天天升国旗。听见了吗？

老师们都说听见了，但声音有点儿底气不足。柳校冲他们说，以后升旗精神点儿。说着，他就在校园里踱步。踱到校门口的时候，他居然咬破手指，在原来那个挂着三木中学牌子的墙上，写了四个大大的血字：三木中学。随后他又在那上面写了同学们好几个字，又和着泪水，把那血字涂抹掉了。他居然把那些字改造成了一幅红色的竹画。这一切，别人似乎没有看见。他又悄悄地走进校园里去了。

那天，柳校把他从土里挖出来的一铁簸箕花生，亲自炒熟了，有点儿像孔乙己发茴香豆那样，一粒粒地分发给老师们吃光。他才说：走，咱们上第三教室开个小会。

会是柳校给开的。他也不知道该说什么了，但又胡言乱语说个没完，老师们，亲爱的老师们，既然让咱们留守三木中学，那咱们就要管好自己的人，守好自己的门，尽到自己的责任。人，就是咱们自己；门，就是以往天天有千余名学生出入的门，门，门……而今，大门依旧在，学生哪里去？咱们留守在这里，还有什么意义啊？有，我说有。人，要有一点儿精神。我说过，三狗精神，我们老师对待三种狗都要一视同仁。不，我说错了，应该说是对待三种学生，姑且也把学生比作狗吧。这年头，有人对狗比对人还亲。三种狗的精神是什么？没忘吧？撒出去就会逮兔子的狗，是好狗；甩头晃脑、炮蹶子的狗，也是好狗；给人舔皮鞋、拍马屁的狗，也不能说是赖狗。正是靠这三狗精神，我们三木中学培养出了小一万名中学生，还有高中生。我们三木中学的学生，考上了那么多的重点大学，清华、北大……咱们有一个班，有一半学生都考上了名牌大学。不容易呀。有人给我编过顺口溜：柳校好园丁，盯着学生不放松……可是哪，我们的三木中学，却被上边撤并了。我的三木中学，我的天哪！而今，就剩下了咱们八位老师，加我九位，一个和八个，咱们九个，就成了这三木中学最后的守门人。咱们责任重大呀！老师们，让咱们在这曾经书声琅琅的校园里，在如今这寂静的校园中，好好地看大门吧！好在，我们每个人都有几千块钱的工资拿着，不缺吃不缺喝。就让咱们对得起自己的工资，看好大门吧。散会！

事后柳校也觉得他的讲话有点儿驴唇不对马嘴，可对他的心哪。就算他的话是颠三倒四出来的，可也是从他的心里出来的呀。

散会后，留守的八个老师有点儿无所事事。便有两位往树阴凉下一坐，下开了象棋。还有几位，说是要打几把扑克。他们拽着柳校打牌，却不料柳校吼了一声：打个屁！说出这粗野的话，他又问了自己一句：为啥呀？他又凑到几位老师面前说，你们就知道打牌，也不和我说说，咋就把咱们三木中学撤了，为啥就留下了你们留守校园，又为啥让我当留守的班长而不是校长？

有的老师说，柳校，我们也不明就里呀。反正是……是……柳校，听有人说，新上任不久的麻区教委主任付主任，对你不大感冒，你没感觉到？

柳校拍着脑门，忽然就想起来一段往事。那是一年多以前，付主任上任后，第一次来三木中学调研。出现在付主任眼前的景象，虽然让他眼前一亮，但也觉得大煞风景。校园里，包括教学楼上，居然挂着太多的南瓜、冬瓜、葫芦、丝瓜。一些空地上，站着大白菜，埋伏着白薯、土豆、大萝卜。柳校还津津乐道地说，付主任，你看我这校园里的田园风光，怎么样？我跟你说，我们师生自己动手种瓜菜，基本上够学校食堂用了，一冬都不用买菜。我给学生们提供的午餐，基本都是免费的午餐，还都是绿色食品。

听到这里，付主任摆着手，你回头单独跟我说吧。

单独说是一天以后的事了。付主任把柳校叫到教委的办公室，可是没给他好气。事后他说，他是大萝卜，找了一顿擦。为啥呀？他想肯定与他没有给付主任送哪怕是一把韭菜有关。那天付主任对他说，柳校，你的学校田园味挺浓啊？你以为三木中学是北大荒啊？是南泥湾哪？是蔬菜大棚啊？是世外桃源哪？你以为你是陶渊明，你要"采菊东篱下，悠然见南山"？我和你说，这学校不能这么搞啊。咱们这不是过去的农中啊，三木中学也应该是实实在在的现代化学

谁解麦浪

校。嘿，你把学校搞成了农场，早晚我给你撤了它。

想到这里，柳校似乎什么都明白了，但他还是问：为啥呀？

有个老师又上前去和他说：柳校，千里搭凉棚，没有不散的宴席，树倒猢狲散，你也别过多地纠结这个事了。说来呀，付主任可能也是想趁着你住院的日子，稀里哗啦，说撤就把咱们三木中学撤了。当然了，听说是早就在酝酿之中的。这一回，一下子撤并了三个中学，也不光是咱们三木中学。听说是怕师生们人心惶惶，所以这搬迁的事就一直保密，属于低调搬迁。

柳校，可能你也听说了，咱们三木中学的三个副校长，现在都安排成正科级了，有的出了教育口，调到了好地方。柳校，你这一校之长，正科级，可是原封不动，和我们成了同是天涯沦落人，天天守大门。

柳校，你也得找找啊，你刚五十岁出头，就看一辈子大门了？

找，柳校，要找就早点找，找晚了可就没机会找了。现在都一个萝卜一个坑，插得满满当当的了。那你还不知道，这年头想当官的人，挤破了脑袋，有个缝儿都想钻哪。那当官有甜头啊。柳校，我多嘴了。

柳校有点哭笑不得。他说：当官事小，撤了咱们的学校，这可不是小事啊。他又忽然问，老师们，我想问问，你们有几个人知道，咱们这三木中学的校址原来是个什么地方？

有老师说：坟，坟地呀，这我知道。

柳校说：对喽，咱们三木中学原本就是一个好大的坟地……

柳校就想到了那过去建三木中学的情景。三木中学，属于三木镇。三木镇管辖二十三个自然村，也算个大镇了。当时的三木中学，是一个很小的农中。后来生源太多了，农中也撤销了。镇里边就决定建一所能够容纳两千学生就读的镇办中学，也包括高中班。选址选来选去，居然选到了一块荒坟里。当时大力提倡平坟头，那片荒坟也就在平坟之列了。很不好听的口号是：平了坟头建学校。这个任务，或者说具体工作，就交给了曾经的三木农中校长柳茂林，也就是柳校。

在那些天里，柳校天天望着那一片坟头发愁。当时有上千个坟头啊，好大的一片，像一锅看不见边际的大大小小的馒头。那小一个月里，这里打响了一场扒坟的战斗。柳校是个很有人情味的人。他配合镇里的有关人员，动员坟头的后人，把故人的尸骨起走，不要留在地下，因为地上要盖教学楼。那样对故去的人，分明就不尊敬了。平坟的工作开展得倒是挺顺利。只是有个因分娩大出血而死的产妇，刚埋到这里不到一个月，就给扒了出来，连口棺材也没有，只是包裹在苇席里，惨哪……柳校看到那一幕，两天没吃下饭去，现在还难过。在后来的一次讲话中，他曾经痛心地说：为啥那个产妇死了呢？是因为她没有上过学，她太愚昧了，她非要在家里生产，为了省几个钱……听说在她生命的最后一刻，她说，我的儿子呀，你要活下来，活下来好好上学，大了争气……咱们平坟盖学校，就是为了让农家子弟好好上学。

正是在那一片坟地上盖起了一所能容纳两千人的中学，这中学红红火火了二十年，可刚刚过了二十年，中学又撤了……想到此，柳校感慨道：如今，咱们这不又成了看坟人了吗？那么多学生都走了，咱们几个老师哪压得住这一大片曾经的坟场啊？说不定，这操场上，晚上又该鬼火闪烁，流萤飞舞了。

柳校，你可别再说下去了，再说，我们还真害怕了。

怕啥，有你们这八大金刚当看门人，大鬼小鬼进不来。柳校说着，又哈哈一笑，又哈哈一笑……柳校哈哈笑过几阵后，精神分明有所反常，倒不是说分裂崩溃了。他把领带扯将下来，向远处一抛，恰好挂在了一棵杏树上，随后他唱了一句歌：毛主席的战士最听党的话……

4

此后一连几天，柳校只是来三木中学打个照面，就又坐上那辆永远挤挤插插的小公交车走了。他还是戴着鸭舌帽。后来人们才知道，他是找区教委的付主任去了。他还是想调动调动。但付主任的回答就仨字：等着吧。

他喃喃地问一句：等到多会儿啊？

等到多会儿算多会儿！付主任说，再说了，柳校，你不觉得组织上也对得起你了吗？你不觉得就算让你养养老，钱不少拿，也该知足了吗？别处咱们不知道，就咱们这个区，我跟你说吧，五十上下岁当官的，没了实权的、成了调研员的，那是比比皆是啊。有什么局级待遇、副局待遇、正处待遇、副处待遇、正科待遇、副科待遇……成百上千个官走向二线，但工资是一点儿也不少拿的人，海了去了——难道你柳校就不能在二线待十年，然后一退休了之？

柳校苦笑了说：这我就明白了。但你说让我等着，也就是我的个盼头。毕竟

　　　　　　　　　　　　　——谁解麦浪

我还想好好干几年。好，付主任，我先告辞了。

于是他便又回到三木中学，等着去了。在空荡荡的校园里，他的心更是空荡荡的。他时不时爱说一句：我的三木中学呀！

望着校园里的杨树林子、柳树林子、银杏树林子，还有桃李树林子，柳校却不见一个学生的影子，那一刻他忽然就冲着那树林子说，站站队集集合点点名吧。说着，他就滚瓜烂熟地喊开了他那些学生们的名字：赵办、钱多、孙儿、李开、周全、吴廖、郑红、王子……巴月图、旭日升、常流水、竹青山……他每叫一个学生的名字，的确没有学生回应他，没有人说到，可那些凑热闹的鸦鹊们，往往会调皮地应一句：哇……啊……喳……

柳校一气点了上百个学生的名字，望着眼前成片的树林，他就泪眼如麻了。他的眼前总是晃动着那些中学生们的影子。他问一个老师，同学们走的时候哭没哭啊？老师说，咋没哭啊？啼啼啦啦哭成了一锅粥。说是有的学生还对着树林子朗诵诗：啊，树林，你们留下了，我们为什么要走哪？听说那走了的学生，还成群结队骑着自行车，又回三木中学看了几回。

柳校听到这里说，别说了别说了，泪珠子就噼里啪啦掉下来了。

5

说来，柳校对三木中学的感情那是深不可测。建校初期，他就常常出没在这工地上。那是好大的一块地呀，上面建了上百间平房，还建了两栋品字形的教学楼。操场大、绿地大，且这绿地上有上百棵桃树李子树。这树是柳校带领老师们亲手栽下的。当时他还说：桃李满天下。我栽这桃李树，也是为了桃李满天下。桃三杏四梨五年，那些树很快便开花结果了。头一茬桃和李子下来，柳校看了格外高兴。他望着那些在校园里上体育课的男生和女生们，也分外高兴。当然，他对某些同学也有偏爱。那些天，他偏爱谁了，他就从桃树上或李树上摘下一颗颗桃子或李子，看准谁的脸蛋儿可人、可爱，他就把果实抛给谁，那是百发百中，他还会说一句：嘿，接着！于是那桃子或李子，就跑到对方的手里去了，一会儿又跑到对方的嘴里去了。赶上高兴时，他会不间断地摘下几十个上百个果实，纷纷抛向周边的同学们。那一刻他比孙猴子还欢实。接到果子的学生们，往往会说一句，谢谢柳校。他一般的回答是，谢我干啥，给我好好学习！常常，他还会重复一遍他的所谓三狗精神。

有时候有学生问，柳校，你为什么把我们比喻成狗啊？

柳校将一个桃子丢到那学生跟前说，我肉包子打狗，你接不接吧？

那同学便接过桃子，先在脸颊上贴了一会儿揉了一会儿，也不怕桃毛刺激皮肤，又叼在嘴里，真成了一只甩头晃脑的狗。

如今想来，柳校便很是怀念那逝去的日子。可是如今，桃李又要熟了，却不见了那些穿着红校服的男女学生们在校园里上体育课，他也就不可能有摘下桃李丢给学生的快乐一刻了。此时那些桃李树上，招来了太多的喜鹊和老鸹，喳喳喳哇哇哇地叫着，在抢夺抢先红了的果子吃。柳校想把它们轰走，却又觉得让它们与人凑个热闹，也好。

有老师凑了过来，问一句：柳校，你找付主任多少回了，有啥结果呀？

让我等着。

柳校，叫我说，光等不行啊。那樱桃好吃树难栽，不下苦工花不开。那老师说，我也是多嘴，按说你比我更了解付主任。我听说，他可是个吃大礼的人。听说谁想往县城的学校调动，没有五万、十万块钱，搞不定；给了钱，调上去就不错了。听说有些好模好样的女老师，要是没有任何别的关系，要想分配到县城的学校，光送红包还不行，往往还得送上自己的身体呀……他付主任莫非真是这么个东西？

谁知他是个什么东西呀，又谁知当官的都是啥东西？他们自己心里明镜似的。老百姓心里也明镜似的。可是……不说这些。我呀，我是不可能为他送大礼的，我宁可与你们在这里留守校园。嘿嘿，天涯何处无芳草哇。不瞒你说，他姓付的让我寒心哪——我好心好意送他的一袋花生，我见他扔进了字纸篓里。你说说，为啥呀？

柳校，叫我说是，嫌弃你的礼物太轻了，也太土了。其实你不如投其所好，出手大方点儿，让他给你安排安排，怎么也不至于老在这里看大门啊？

无所谓啦。我就看大门，还能怎么样。柳校说着，却又忽然招呼其他老师，来呀，老师们，都过来，咱们一起唱支歌。

柳校把老师们招呼过来，他就打着拍子，领着人们唱起歌来，先唱了一曲：我们是共产主义接班人，继承先辈的光荣传统……随后又唱到：让我们荡起双桨……

唱着，柳校又感叹道：我的三木中学，我的老师们同学们，我的天哪！

6

老师们发现，柳校分明是有点儿神神叨叨神经兮兮的了。人们想问他：为啥呀？可他早问上别人了：为啥呀？

往往他还自语一句：因为一个南瓜，腿没弄丢，倒把校长丢了。嘿，咋就把三木中学撤了哪？

在以后的日子里，柳校的精神愈发反复无常。但有的时候，又很正常。他听说他的上千名学生合并到所谓十四中后，都成了寄宿制学生。在学校吃住，花钱多还吃不饱。听说学校食堂的一个什么红烧狮子头，核桃大小，居然向学生要五元钱；卖给学生一个苹果，大个儿的是六元钱。为此，好多学生周日归来，都要从家里背大量的干粮，一气可吃三天。可后来不让背干粮了，必须吃食堂。听到这些话后，柳校生气地说：坑人，坑我的学生，为啥呀？把我的学生并将过去，莫非是去挨坑不成？为啥呀？我的天哪！

人间四月芳菲尽。在那个四月天，柳校望着偌大的操场，理想的种子也就在心头播下了。他用一根棍子在操场里丈量了半天，划拉了半天，写出了许许多多的蔬菜的名字，便骑着个破自行车，一溜歪斜地驶出校门买菜籽去了。三个小时后，他把一大堆菜籽堆到了他原来经常讲话的一个平台上。他不知道从哪儿找出了八把铁锨，应该是九把。他招呼那些老师们：来呀，咱们翻地、掘地、种菜。大伙都好好干。上午一人掘二分地，掘完了，我请你们去小饭店，吃茴香馅饺子、喝啤酒。

不知道是不是饺子、酒的诱惑，老师们干得还真挺起劲。一个个把外衣甩到树上，把唾沫啐到铁锨把上，就热火朝天地翻开了地。他们的汗珠子滴滴答答地流着，最后有的老师几乎把衣服都脱光了，只顾了翻。转眼之间，一片片地翻得潮乎乎湿乎乎黑乎乎，喧腾腾，透着泥土的香气。紧接着就拨畦子种菜。柳校种菜倒是一把好手。他还乐呵呵地唱着：二月里来好春光，家家户户种田忙。

那天中午，柳校的夫人一气烙了三十六个牛肉大葱馅饸饹，提一个大筐，乘公交车把饸饹送到三木中学校园里去了。柳校看了这情景，感动得差点抱老伴儿一下子。紧接着，九个人足足吃了一顿喷香的烙饸饹；吃完牛肉馅烙饸饹，不爱吹牛的人都有点牛气哄哄的了。吃完了一抹嘴，就又去翻地、种菜去了。

土地真好。个把月后，这操场上就满是绿油油水灵灵的菜了。油麦菜、小葱、水萝卜、菠菜、小茴香、蒿子、油菜、芫荽……春天的菜刚下来，柳校把这些菜捡好的拔下来，送到十四中学去了。谢天谢地，那些菜还真送进去了。柳校乐得有点手舞足蹈的。

柳校又回到三木中学，收拾另一茬菜，包括了茄子、西红柿、黄瓜、豆角等大路蔬菜，长势还都够喜人。尤其是那蛇豆长得，简直就是满架青蛇舞了。柳校触景生情，还作了一首诗：

蛇豆非蛇舞校园

恰似根根教鞭

送你送我

鞭策我们同向前……

柳校拿着一根蛇豆，冲着远方叫着：同学们，我想你们哪！

就在那一天，十四中学的学生们吃到了炒蛇豆，有一股清香味。随后不久，学生们又吃到了柳校送来的煮嫩玉米。柳校当年就几次让同学们啃玉米，他风趣地称之为"吹横笛"。而今想着同学们啃玉米的情景，他还有几分感动。他还问了一声：为啥呀？我的同学们你们在哪里啃玉米呀？他望着一片开始开花的向日葵。忽然，一只野兔子钻进了玉米地。七八个老师就去追那只兔子。追了半天，还真把野兔子给追着了。柳校气喘吁吁捧着他逮着的野兔子，问老师们：你们说，这野兔子怎么吃呀？

老师们几乎是异口同声说：炖着吃吧。

柳校笑了说：还是跑着吃吧。说着，他把野兔子又放到菜地和庄稼地里。他呱呱地拍着巴掌，让兔子消失在人们的视线里了。

是在那一天，柳校动员他的八大金刚，他还花自己的钱雇了几个农家女，一起到三木中学摘桃子、李子，摘了几十筐。这些花筐都是柳校带着老师们，上山割荆条，自己编的。柳校雇了一辆"130汽车"，把那些桃李一筐筐搬到车上，他押着车，又把那些桃李送到十四中学门口去了。可电动伸缩门紧紧地关着，像一条银色的大蟒蛇，不让进去。柳校一边往里递条子，一边连连打手机，让管事儿的放行，他要把这桃李送给他的同学们吃，说这桃李本就是他的同学们的，就该归他的同学们吃。

那桃李还真就送到了他曾经的同学们手中。学生们捧着桃李，贴在脸上，泪花闪烁，连连叫着：柳校柳校……

柳校听到了同学们的叫声，便站在校园门口，冲着里面的学生们叫道：同学们好！同学们好……

校园内传出同学们的叫声：校长好！柳校好！

那时候有人出来，有点不客气地说，柳校，请你不要干扰我们正常上课，你还是回去吧。我们谢谢你啦。

柳校那天恋恋不舍地走了，一边走还一边回头看着那个过于气派的十四中学的校园。

7

三天以后，三木中学的校园里出现了一片好大的羊群，白花花的一片，恰似云朵，却又会咩咩直叫。这是柳校拿他的积蓄买的一群羊，他要在校园里放羊。他还动员其他八个老师，每个老师都拿出三个月的工资来，就当三个月失业了，就当当了三个月的农民，就当三个月没挣钱、没收入，就用这三个月的工资买羊，买羊当然也是为了发展教育事业。有的老师居然不解，说是搞勤工俭学办农中的时代早过去了，怎么还要在校园里放羊哪？再说，上边也不会准许在校园里放羊啊。而柳校却固执地说：我有这个权利。反正，校园闲也是闲着；这么大的一块荒地，这么多的草，闲着也是闲着，放羊正好。山高皇帝远，咱们这些守校的老师，总不能天天闲着吧？咱们放点羊，别人管不着。反正，我还是校长，对，起码我还是校长待遇。我还是这一所空校的留守班班长，这个主，这个放羊的主我可以做。就像当年我把烤白薯的引进校园，从而让学生们吃到了物美价廉的烤白薯一样。我是个闲不住的人，我就要放羊。

后来，八个老师都表态：我们就跟你放羊。

听说，柳校养这些羊，是为他的学生们养的，待把羊儿养肥了养大了，他要亲自杀羊，去给他的学生们送一顿炖羊肉吃。还听说，他还要养几头奶牛，挤奶，挤了牛奶，也给他的学生们送去，增加营养。

柳校长成了班长，班长也是长啊，那八大金刚都听他的吩咐，让他们放羊，谁也不敢说不放羊。于是那校园里便出现了一群白花花的山羊。于是有好几间

校长放羊 ——————————————————————— 147

教室，就成了羊舍。柳校望着曾经是教室的羊圈，不禁感慨道：同学们，我对不起你们哪，我让你们的校舍成了羊舍，是对教育事业的亵渎吗？这成何体统，你们就别问我了。为啥呀？

那天柳校望着那成群的山羊，就不禁想起了几十年前的情景。他上初中的时候，由于家境贫寒，连学费都交不起，他忽然就想辍学，跑到山上，要和爸爸去放羊。他的班主任老师郝老师，亲自跑到山上，劝他不要放羊，还要继续上学。后来他就又乖乖地上学去了。他读完了初中，又接着读高中。高中毕业后，他就直接当上了初中的语文代课老师。他把他第一个月的工资，买了一腿羊肉，给郝老师送去了。从此年年春节，他都为郝老师送一腿羊肉。一路走来，他也就成了一校之长。但他没想到，他当上校长后，又放上羊了。那天他望着他的白十只羊，也算是百感交集了。他的心绪像羊绒一般乱糟糟的，后来也就想开了，心情又像柳树上的一根根柳条，沐浴在春风里一般悠然惬意。他儿时就喜欢羊，现在放羊也还是个好把式。他有一句放羊的口号，就俩字：回来！

他只要叫出这俩字，跑散的羊群呼啦一下子，全会齐刷刷地回来了。放羊倒也有个意思。好大的校园，变成了一个好大的牧场，还有点"风吹草地见牛羊"的味道。雨水充沛，草也就茂盛葱茏，羊们总也吃不尽，吃了"春风吹又生"。

可有个老师忽然觉得放羊没意思了，将近四千元的月工资白拿着也不想拿了，他选了一棵歪脖树，用自己的腰带，把自己吊到了树上。说来也是奇迹呀：那一刻十几只羊一起围到那树边，纷纷爬上树去，居然把那腰带咬断了——被吊的老师又滑落到草地上，活了。

一场虚惊。事后，柳校冲着那老师问：为啥呀？我的老师你为啥呀？我的天哪！苏武都能牧羊，你不能牧羊啊？我校长都能放羊，你咋就不能放羊呢？

那老师只说了一句话：柳校，你可别把我自杀的事儿，传出去呀。

柳校拍了老师一把说：放你的羊去吧。

校园里又平静了一些日子。一直到树叶哗啦啦落了一地，金灿灿的树叶，红艳艳的树叶，绿莹莹的树叶。秋叶是羊们的最好干粮，羊们吃得滚瓜溜圆、膘肥体壮，大肚子蝈蝈似的。但在一场雪过后，校园里落了一层白花花的雪后，有个老师又要闹事儿。他不知从哪里弄来了八面旗子，上面写着同样的字：还我三木中学！说是要呼吁呼吁，要把撤出去的三木中学再归回到三木中学里来。

那老师要带头到区教委去集合，去请愿，去讨还他们的学校。

柳校把他们拦下了。柳校把他们的旗子都要了过来，对他们说，咱们还是别"揭竿而起、起义造反"——既然上边让咱们留守在三木中学，咱们就先留守着。但我相信，早早晚晚，这三木中学的校园，还会是书声琅琅的学堂，而不是羊羔咩咩的牧场。

那天，柳校一边放羊，一边还唱着歌：小呀嘛小儿郎，背着书包上学堂；不怕太阳晒不怕风雨狂……他还唱了一嗓子：不受人欺负来不做牛和羊……他又叫了一声，我的同学们哪！

那天他又做出了一个决定，他一共挑了六只他放养的山羊，要把这六只山羊请一位手艺高超的厨师烤了，送给他的那些从三木中学到了十四中学的学生们吃。他有一个条件，要给那些没吃过烤羊的学生们吃，他说这是他生前的一大愿望。他说，我的学生们要吃不上我的烤羊，我死了就不进火葬场！

那年春节，他又拎着一腿羊肉，给他的郝老师送去了，可他的郝老师已经在一个月前走了。他提着一腿烤羊肉，送到了郝老师的墓碑前，还给郝老师磕了仨头，说了一声：郝老师，我又当上羊倌了。

柳校还是有点儿疯疯癫癫似的。那天他听说了一条消息，说付主任把三木中学那片地卖给了一个房地产开发商，开发商要在那里建一个什么"三木三梧桐花园"，说是五十栋楼房的图纸都画好了。听到这消息，他的眼都直了，他连连问着，是问着天和地：为啥呀？为啥呀？三木中学要变成居民小区？他还说，他要上告，他不能让他们曾经的校园、哪怕是如今的废园、荒园，变成小区。他还要在三木中学放羊。有一天他还要把三木中学搬回来。说着他哈哈一阵大笑。

8

那天早上柳校又撞响了铜钟，又把八个老师集中到一排，他们又一次举行了一场升旗仪式。可是，人们谁也没想到，柳校拽着旗杆的绳子，还没把国旗拽到顶端，就忽然一阵头晕眼黑，倒下了。他再也没有站起来。一群羊和八个老师都围了上去。那天柳校因为突发性心脏病，不幸猝死在校园里。他走得太急了，他想说一句：我的三木中学，我的天哪！但没有说出来，他的心脏就停止了跳动。

天上又飘起了雪花。人们纷纷叫着他：柳校柳校……雪花把地染白了。也不知道柳校还能不能听得见树上的老鸹和喜鹊，一并哇哇、喳喳地叫？

有消息传来，付主任被抓了。传说他光在十四中学建校款中，就贪污受贿了三千万元人民币。他还咬出了一些其他的领导。又有传言，十四中学非常可能要解散，因为由五个中学合并成的那个过于庞杂的学校，实在不利于并不富裕的农家子弟读书。他们都纷纷呼吁：还是回到自己的镇上、乡上，乃至村上，守着家门口，读书才好，才踏实。

那天的三木中学，又是半天雪花飘飘，又是一阵羊儿叫。而那个柳茂林柳校长柳校，却再也没有反问一句：为啥呀？也没感叹一句：我的天哪！

好多人都说，柳校先是疯了，疯了又死了。这人挺可悲。但谁也没想到，他死后会有千余名学生，一律戴着白花、黑纱，去送柳校最后一程。连他的那些羊儿，也跟随着接送柳校长的灵车，走了好久好久……至于那位司机田七，一直陪伴着柳校的夫人，不离左右。夫人过于伤心，居然把一脑袋刚刚染成黄色的头发，抓掉了一把又一把。她连连哭叫着：柳校，我的柳校啊……

天上，依旧下着雪花。柳树上残留的金灿灿叶子，默默地摇曳着；白雪里的几簇黄栌，比鲜血还红。

方串憋出来一只鹰

《老人与海》里那位美国老人，八十四天没捕到鱼，后来终于捕到了一条大鱼，大鱼却成了残骸。此篇小说里的这位中国老人，在被隔离的十四天里，却用他家的肉墩子（砧板）雕刻成了一只大鹰。谁说肉墩子变不成老鹰？在特殊情况下，被称为二鲁班的"山猴子"，将如何施展其鬼斧神工？这是一篇虚实结合，且基本属于非虚构的小说。小说不但写出了中国农民的生存状态和奋斗精神，也写出了一位能工巧匠的命运和喜怒哀乐。他在特定环境下雕刻出了一只鹰，这鹰显然有象征意义。中国或许曾经就是那个任人宰割的肉墩子，但后来却变成了展翅飞翔的雄鹰。这不是寓言，却也预示着疫情终将过去，人们不会永远"蹲"在家里，而会像鹰一般飞向蓝天和碧野，中华也将像神鹰一般崛起和腾飞……

——题记

1

再精明的人也算不过天。望着一棵树就能知道树上出多少颗珠子的方串，做梦也没有想到，他还有这么"一劫"。隔离十四天。都是那些串儿惹的祸。说方串恨那些串儿吧，又恨不起来，他恨他自己。他怎么就带着一书包串儿，跑到外地小姨子家串亲戚去了呢？

这里所说的串儿，不是什么烤串、羊肉串、鸡肉串之类的串，而是手串。

方串简言之：串儿。

父母给方串起名字的时候，可没想到他的后半生会和串儿联系起来。但事后他却把他的名字和串儿联系起来了。没有方就没有圆，方圆方圆，方可以变成圆，变成圆珠子，珠子串在一起，那不就是串儿吗？他这名字还是和他的命运有关系的。串儿透着圆滑、圆润、圆满，珠子连成串儿，那就有团结还有转运的意思。应该说方串大半生都是圆滑的，可马上就成为花甲之年的人了，脑袋一打转儿，脚底下一出溜，就出溜到不该出溜的地方去了，就办了一件让他终生都后悔、懊恼的糊涂事。他这不是给人添乱、给自己添堵，这不是弄栽了吗？脸不大，甚至有几分尖嘴猴腮的他，本来是个有脸面的人，这一下子却等于自己把自己投到"牢笼"里去了。他是搬起石头砸了自己的脚啊——事后他拿他的两条小短腿开玩笑，说是在家没事，拿他的腿练刀工，雕刻成笔筒也比这好受啊？这是他受到刺激后的胡言乱语。目前可没人听他胡言乱语，等待他的现实是俩字：隔离！

2

村头的两根电线杆子之间，拉了一道钢丝绳，上面还挂着一条横幅，写着一行字：非本村人口，一律免进。他以为他是本村人口啊，差点从钢丝绳下钻过去，结果被几个戴红箍的人喝住了，很不客气；还向他伸过来一根长竹竿，像套马杆套马那般，让他马上止步。忽然发现，他居然没有戴口罩，便有人给他抛过来一个口罩。他还幽默地说：咋呀，要给我戴紧箍咒？

那红袖箍扭头不看着他却指着他说：马上戴上口罩，听候处理。

我这是犯啥罪了？方串是个幽默的人，从来说话都带着幽默。村人们平时敬他三分，也爱听他说幽默的话。

但那天那红袖箍却说：老方你严肃点吧，这是什么时候啊？你知道。

后来的后来，就有村委会的人直接到村头安排方串了。

方串自认倒霉了。方串想解释，他说他没有传染病，他还说他属紫檀的，百毒不侵。人家不可能和他练贫。没有商量，他就被隔离了。还好，算是居家隔离。他当了半辈子木匠，没有白当，他家有两个小院，一个院子空着，没有住人。于是那个院子里就成了他的"隔离所"。

方串就被隔离在那个小院里了。连他的老伴儿也不能和他一起生活了，但老伴配合隔离他，一日三顿给他送饭吃。老伴把饭菜给他放在大门口一边的猫洞眼里，拍门三声，他自己出来，把饭菜拿进去。用的是所谓一次性餐具。老伴不能和他直接接触。有时候老伴隔着门缝，戴着口罩，可以和他说几句话。但这一切都在村委会的监控之下。为了隔离他，特意往他家的门楼上安了探头，他半个月之内不可以出门，别人也不许进他家的门。那道不太大的铁门，就把他挡在院里头了。有一回他隔着门缝和老伴开玩笑：打个棺材，把我抬出去埋了得了。

门外的老伴说：你别胡吣你，是为了不让你进棺材，才隔离你的。你别不识好歹。

门里的方串便说：这家伙，这不是让我蹲监狱吗？我这趟门出的？给小姨子送了点山货，再加一根牛梨擀面杖，想顺便卖点串儿，可串儿没卖多少，回来还把我给拴住了。

谁让你出门了？六腊月不出门，你非要去呀？

哎呀，不是你说让我给你妹子送点年货吗？现在我也后悔了。我为啥呀？还不是想搂草打兔子，顺便抓挠俩钱吗？咱俩得吃饭哪。

这回你就吃饭吧。有人给你送饭。

你也不用费那么大事。一回给我塞进个十个八个馒头来，弄俩咸菜疙瘩，够我吃几天的了。可我得吃饭哪。

几辈子饿怕了你了？

嘿，我今年五十八了，不小了；再差两年，到了六十岁，听说是村里头一个月给几百块钱，坐车还不用花钱了，那咱俩不就不愁吃穿了吗？可现在咱俩得生活呀。现在把我关在院子里头，我上哪儿挣钱去？

顾命吧你。老伴在门外说，乖乖地接受隔离，可别胡言乱语。自己测量体温，把数报给我，可不能弄虚作假，多少度就是多少度。

理解理解，理解万岁。方串连连地说，感谢那些红箍们，感谢村委会。

3

接受居家隔离，方串对这一切，他都理解。别看他长得猴了吧唧的，可他明事理。但他还是免不了自言自语：这不是把我关进笼子里了吗？这比蹲禁闭还难受啊。

一个能够把木头疙瘩变成活龙活现、精神抖擞、趾高气昂，仿佛能够喔喔叫的大公鸡的人，此刻却有点呆若木鸡了。他比木鸡还呆。他就那么愣磕磕的呆愣了两天。他也不知道干什么好了，闲得有点要发疯的样子。

　　这是一个能够化腐朽为神奇的人。就连火柴盒大小、巴掌大小的木头块，哪怕是杨木的，他也能够在上边鼓捣出点什么来。他能雕刻，也会绘画。他在那些小木块上，画过不少的京剧脸谱、花花草草、飞禽走兽之类的。这些东西，能变成银子。在他眼里，木头就是艺术品，艺术品就是银子。可那天，他发现院子里已经没有什么可以变成艺术品的东西了。就连吃饭的筷子，他都想把它们变成串儿了。闲得慌，憋得慌，闹心得慌。这家伙，老闲着不是个事啊。老闲着吃啥呀？坐吃山空？家里头也没山哪。有穷人没穷山。有山倒好了，他偷偷"串"到山上去，"顺"点树根子回来，那也能变成根雕啊。可他不能出去呀。不让他出去呀。除非他偷着出去，"越狱"？别说，他那间房子里那可是留着"房顶门"，他从屋子里就能爬到房顶上去，跳下房就能跑到后山上去了。后山上当然就比这院子里有用武之地了。可他不能那么做呀。他只能在这小院子憋着了。憋得他抓耳挠腮的。可想开了，他又对自己说：就当把你投进了八卦炉，你要是个神猴子，那不也有出来的一天吗？熬着吧。

　　于是方串就熬着。

　　熬着的时候，方串可就想起许多往事来。他甚至把他的一生经历，都过电影一般，展现在自己眼前了。他和自己说，方串，没想到你方串会有被关在院子里不让出去的一天吧？

4

　　俗话说：十个京油子，斗不过一个山猴子。方串生长在燕山脚下，应该是个山猴子。他这个人长得也像猴子。从小他就爱耍猴，也就是淘气的意思；他像猴子一般能够爬树，多高的树他也能爬到树尖上去。乡亲们说这叫猴巴。猴巴的意思就是伟人所说的猴气。这方串可猴气得可以。他那是不用给梯子就能上房的主儿。他淘气，父母想打他都打不着他，他转眼之间就能爬到房顶上待着去。有一回娘拿着一根竹竿子追他，他把竹竿子夺过来，说，娘，这竹竿子不是打人的，我先用一下。很快，他就把那一截竹竿子变成了竹笛子，对着娘就吹了起来。那一吹，把一家人都吹迷了。这悠扬的笛声，真正是余音绕梁了。

　　　　　　　　　　　　　　　　　　　　　　　　　　谁解麦浪

娘看着这个长得有点像猴子的儿子，就不敢再打他了。猴精啊。常言说人长上毛比猴子还精明，那就说明猴子是精明的。

方串当过多年的木匠，他的木匠活干得不赖，是一个很聪明的木匠。他被人们称为二鲁班，这可不是戏称，是尊称。他是手艺人，到哪儿也是受人尊敬的。十里八村好多家的房子，大多都是他的木匠活；好多家里的家具、桌椅板凳的，也都是他打的；当年山里人让土葬，他也没少给人家打棺材。木匠一条线。他走的可不是一条线，而是一大片。燕山脚下的一大片农村的房子，都是他的杰作。他挎着木匠行李箱子，或是用锛子挑着行李箱子，走南闯北耍手艺。他还经常背个篓子，把人家愿意送给他的下脚料，收拾到篓子里，背回家去。这东西有用。他不白要人家的下脚料。他给人打家具的时候，多给人家雕刻一个图案，哪怕是几朵小花、几片草叶，那家具就生动起来了。

方串长得像猴子，人也猴精猴精的。他给人家盖房，也给自己盖房。天井不是他发明的。但房顶上开门，可以说是他发明的。他给自己家盖的房子，房顶上就留了一个门，如果有特殊情况，就能及时、顺利地爬到那面墙上，顶开那个房顶的门，就钻出去了。有几家让他给做了这种门。有一家不幸遭遇了火灾，门出不去了，就从这房顶上的门逃生了；站在房顶上一叫唤，救火的人就来了。还有一家人想要二胎，被人追到家里，要带那孕妇去做引产，结果那孕妇从房顶上的门爬出去了，大儿子就保住了。所以说他这二鲁班也不是白叫的。他家木结构的房子，那是不吊顶棚的，也不用什么天花板，房顶上的大柁呀、檩条呀、椽子呀、纤子呀、苫子呀……全部一览无余。方串说这样的房子住着才舒服，像生活在森林里，能够闻到木头的香气……这样的房子凉快，木料还不爱糟。他就是这么一个人。他有他的想法。

这样的人吃上木匠手艺这碗饭，那是没有问题的；他和木头打交道，就吃上了木匠这碗饭。有些年十里八村盖房的多，他被抢得不落地。后来，人们盖房很少用木头了，大多是钢筋水泥的架构房了，他碗里的粥就清汤寡水的了，几乎就没人找他干木匠活了。但他有一些家底儿，那就是他的院子里堆放的好几垛木头下脚料。这些下脚料是他干木匠活时从人家家里背回来的，只想着烧火用。可后来的后来，村子里不让烧柴取暖、烧柴做饭了，而且是坚决取缔了火炕。谁家若是冒烟，据说连卫星都知道，很快就会有人来制止。

方串无奈地望着那一堆堆没烧完的下脚料，居然就灵感爆发了：他要用这些下脚料做手串，或是什么其他的手把件、摆件、挂件。方串是个聪明的人，也是个能干的人。他说干就干，当天就把一些木头变成了手串。很快他又添置了车珠子的机子。他的农家院里，就成了一个小作坊。他就和串儿打上交道了。

串儿和串儿不同。木头和木头不一样。海南黄花梨手串、金丝楠手串、紫檀手串、黑檀手串、绿檀手串、麻梨疙瘩手串、崖柏手串、沉香木手串……什么木头都可以做成手串。但方串可没有名贵木材的手串。他那些手串都是一些杂木的手串。但经过他打磨，再抹点核桃油，看着也不赖，盘着也顺手。渐渐地，他简直成了手串大王了。他这些串儿，当然不能戴在他手上，也不能都放在他家里。他要把这些串儿变成钱，用这些钱换饭吃。

方串那不是一般的脑子，也不是一般的手艺。他有本事让自己的日子好起来。有人说，高人在民间。对于方串来说，可以说是：高人在路边。方串后来就摆地摊卖上串儿了。开始他往城里跑，在街头上摆摊，后来被城管追得东躲西藏的，很不安宁。他用那些手串打发了不少城管的人，想着和城管队员搞好关系，也好在街头巷尾卖一些串儿，卖几串是几串。他一直想着，多卖点手串，也好换点羊肉串吃。他还没有吃过羊肉串。他知道羊肉串很香。可他还没来得及把羊肉串吃到嘴里，城管的人就说了真话了：再也不能打游击在县城卖串儿了，上边绝对禁止了。

于是方串见好就收了。他就不往县城去了。近水楼台先得月，何必舍近求远？他看好了家门口那条马路，那条马路曲里拐弯的，却有好几辆公交车从那里通过。他看中了离车站不远的一个近似于山旮旯的地方，就在那路边摆上地摊了。那边上有一个果园。春天苹果树的花开满枝头，秋天树上的果实满枝头。他就在那里的一块大石头上，摆下了一片手串和其他的摆件。

手串不占地方，像方串那种不太粗却肌肉发达的黑不溜秋的胳膊上，就能"承载"数十个手串。这手串好隐藏，显山露水的东西是那些大摆件。方串可不是光鼓捣手串，他做的东西、卖的东西，也不断地发展和扩大了。他的雕刻艺术，那是顶呱呱的。一个木头疙瘩，在他手里就能变成根雕。他尤其善于做葫芦。大大小小的葫芦，他鼓捣出来了百八十个。他对那些葫芦是情有独钟的。他坐在那大石头上，手里拿着一两个葫芦，见有人过来，就叫卖：葫芦葫芦宝葫芦，葫芦娃呀，葫芦兄弟呀，给你家孩子请个宝葫芦吧。葫芦的谐音就是福禄啊,葫芦是中国的八大吉祥物啊。葫芦让夫妻和睦,葫芦让家道兴隆;葫芦辟邪,子孙万代的葫芦啊……

方串当然不光是卖葫芦,他亲自打造的玩意,品种愈发多了起来。大件的有平日少见的饸饹床子;还有床上用的木头的枕头,有的是崖柏的,透着香气,有安眠作用;麻梨疙瘩烟袋,也是应有尽有;山桃木剑辟邪,他那里就摆了大大小小百十把桃木剑——连那苹果树的树枝上,都挂着桃木剑。他若是高兴了,会给有心想买桃木剑的人耍一顿桃木剑。一招一式,很是那么回事。

桃木剑换成了人民币。他就高兴得像个孙猴子,抄起一把大秤杆(也是他做的),权当金箍棒,耍那么一阵子。有一次大秤杆差点把过路的公交车碰了,那司机骂了他一句疯老头,他并不介意,他还说:我的客户都是你给白拉来的,我送你一个宝葫芦吧,挂在车前头,图个平安。

5

方串还有三件"镇馆之宝"。这宝贝他不打算卖。

第一件宝是一尊菩萨。这是用崖柏雕刻出来的,随型雕。这崖柏像一棵树,七叉八叉的,他就雕刻了一个菩萨,全身的,个头超过了一米五,很是大气。菩萨站在莲花上,手里却托着一片好大的荷叶。他给这根雕取名为"接天莲叶无穷碧,映日荷花别样红"。

有人问他:荷花在哪儿啊?无穷碧在哪儿啊?红日在哪儿啊?

他便一指远方:在远方,太阳和荷花都在远方,在你的想象中……

望着神采奕奕的菩萨,他也变得神采奕奕了。

他的第二件宝是一条狗。那是一条三条腿的狼狗,是一个杏树树疙瘩变的。那是他的杰作。这狗像是欲抓兔子的架势,又像是汪汪直叫的神态。他给这狗取名为"旺财抓兔"。

人家问他,兔在哪儿啊?

他指着远方说:兔就在远方,这狗就要冲出去,抓兔子去了。他还说,你没听见这狗在汪汪地叫吗?这叫旺财狗。

人家和他开玩笑:没听见狗叫,倒是听见你把这狗说成哮天犬了。

他就哈哈地笑了。

他的第三件宝是一尊毛主席的全身雕像。毛主席挥手指着远方,那真正是酷似毛主席的神态。他在这雕像的底座上刻了一行大字：江山如此多娇。

有人说这叫文不对题。问他江山在哪儿啊？

他的回答充满了激情和机智：在远方。毛主席那不是指着远方吗？江山是毛主席带领着中国人打下来的，毛主席那不是在指点江山吗？所有的江山都在毛主席的视野里和指挥下呀……

人们就服了。

凡和方串接触过的人都说，那个猴了吧唧的人挺神的。是的，他还真像个猴子。

方串的事业在不断发展。开始的时候，他拎一个好大的旅行包，把那些小玩意装在旅行包里，放到自行车的后车架上，打游击摆摊去卖。有一段时间，他还背着一篓子串儿什么的，走村串户地摆摊去卖。后来他发达起来了，居然用上了老年代步车。他把那老年代步车开到那苹果园旁边，停放在那块路边的元宝石前，就在那里兜售他的串儿和其他的摆件。他还把白薯干、苹果干、核桃、栗子之类的东西，也摆在那里，捎带脚出售。当然，根雕是他的主打产品，串儿更是主打产品。他没少和那些姑娘们推荐他的手串。他还说，捻捻手串，盘盘手串，那是会走好运的，还会去病。有一个得了抑郁症的人，要跳楼跳塔的，那天要跳京密引水渠，让他给拦腰抱住了。他卖给了那人一串麻梨疙瘩手串，他说，你就回家盘这个手串去吧，没事了就盘，盘不过一个月，你的病就好了。

结果就神了。一个月后，那个人拿着一面锦旗找他来了，说是方串的手串太神了，让他打消了死的念头，睡眠也正常了。可方串却说：你的病好了，你给我送面锦旗干啥呀？我要锦旗没用，我只要有饭吃就行。

那人便说：那我请你吃羊肉串吧？

他说不用，你就把吃羊肉串的钱，再买俩手串，送给你的朋友吧！

于是那人就一气买了他五串手串。钱不多不少：二百五。方串拿着那二百五，就像个二百五一般，又在大石头前耍了一顿"金箍棒"。

他像个孙猴子，往那大石头上一坐，等着过往的人买他的串儿，买他的摆件。别说，这个地方挺招财的。他说是那块大石头好，大石头的风水好；大石头像块大元宝，让他的生意不错。赶上他做了好梦，比如说梦见水了、梦见鱼了，他第二天的买卖就好。有一天晚上，他梦见了几十条金鱼，第二天居然卖了二十多串手串。这等于是发了一笔小财。他想换点羊肉串吃，可没想到，那天城管来了，不光是把他的串儿给抄了，把那个卖羊肉串的串儿也给抄了。那个卖羊肉串的想用羊肉串打发城管，他想用手串打发城管。结果还行，城管就睁一只眼闭一只眼，一般情况下就不管他了。如果需要他腾地方，就有城管提前和他通气，让他哪天不要出摊了，有检查的。那时候他免不了嘟囔两句：我们家门口，摆个小摊，卖几个手串也不行？我也得吃饭哪。

后来的后来，城管一来他就跑，转眼他就钻到苹果园里去了。一般情况下，城管不会钻到果园里去追他。等城管一走，他又钻出苹果园，把手串摆在那路边的元宝石上了……

6

可现在，他等于是与外界隔离了，不能出门了，不能出摊了，这还有个啥意思？真是百无聊赖呀。他回忆着他的过往，感觉还是回味无穷。但现在，他的心眼痒痒，他的手心痒痒，他那双做了半辈子木匠活的手，雕刻了半辈子木头的手，闲不住，总是想雕刻点什么。雕点什么哪？他一度心血来潮，想把他家裸露着的那架大柁上雕刻两条龙，雕刻两只凤凰。可想想又不妥。就算把那房梁雕刻得攀龙附凤的，可也出不来钱？再说，庄户人家也不兴雕龙刻凤啊。但他对雕刻可是永远都那么情有独钟。他一天不雕刻，似乎就没着没落的，要活不下去了似的。闹心。

当年，方串鼓捣回来小山一般的一大堆木头下脚料，现在大多已经变成手串和摆件了。他有点巧妇难为无米之炊的感觉。

那天他望着蓝天，久久地望着。天上有一些鸟儿，故意地"馋"他——可他不能出去呀。他没有翅膀，有翅膀他也不敢飞出去。于是他就把他烂熟于心的那一串顺口溜背了出来，反复地背着：

　　　神要雕刻得像人儿

　　　人要雕刻得像神儿

　　　美男要雕刻出高鼻儿

　　　美女要雕刻出丰臀儿

　　　山要雕刻出棱儿

水要雕刻出纹儿

花要雕刻出层儿

树要雕刻出林儿

天空要雕刻出云儿

月亮要雕刻出轮儿

蝴蝶要雕刻出裙儿

鸟要雕刻好毛儿

房要雕刻好门儿

虎要雕刻好皮儿

马要雕刻好蹄儿

牛要雕刻出骨儿

鱼要雕刻出鳍儿

松鼠要雕刻出双眼皮儿

一切的一切

都要雕刻出神儿

都要雕刻出魂儿……

这一套，那可是方串的经验之谈，也是他艺术细胞的体现。他这人会点韵文，写个楹联什么的，也不在话下。可这么一号人，忽然感到英雄没有用武之地了，怀才不遇。他郁闷得甚至隔着铁门和门外的老伴开玩笑：你说我干啥？我想把我的骨头卸下来，搞点骨雕。

你疯了你。老伴在门外拍着门说，你不许胡思乱想啊？就隔离这么十天八天的，你就受不了啦？奔了大半辈子了，你就当歇几天工，踏踏实实的。

老歇工，吃啥呀？

哪天没管饱你呀？咱们家不缺吃。

嘿，那也不能坐吃山空啊。这家伙，你知道我多想出去呀？我真想出去拥抱你呀。

你别说疯话了啊，小心探头给你录下来。老伴在门外说，我今儿给你烙肉饼吃。

谢谢了。就是不落忍哪！白吃白喝呀。方串说着，用他粗糙的大手，啪啪

谁解麦浪

地拍着院子里唯一的一棵香椿树，还叫着，你个香椿树，这木材不赖呀，我雕了你，我把你雕刻成工艺品。

门外的老伴当真了，说，你可别呀，开了春，香椿芽就出来了；你不想吃香椿炸鱼、香椿芽摊鸡蛋了？

我跟你开玩笑哩。方串说着，居然就噌噌地爬到了那香椿树上，他的脑袋就要露出墙头了。老伴赶忙挥着大手，快下去，快缩回去，枪打出头鸟啊，有探头……

方串就哈哈笑着，出溜到香椿树下去了。

7

门外的老伴就不再搭理他了。他就又一个人在不大的院子里转悠着、徘徊着。他后来又驻足仰望天空，发现空中有一只老鹰，在久久地盘旋着。老鹰一下子就把他的灵感给"点燃"了。

就在那天，方串有了一个重大的发现，他发现那厢房里有一个巨大的柳木墩子，也就是肉墩子、菜墩子，或者说肉砧子。那一刻他望着这个柳木墩子，眼眨也不眨地望了许久，许久……后来他就和那柳木墩子说上话了。他感觉那柳木墩子也是会和他说话的。

你是干啥的？

我是切肉的。

你吃过多少肉啊？

你说……

我说……我说你没吃过多少肉。我挣那仨瓜俩枣的钱，能买多少肉吃啊？这大半年了，猪肉一天比一天贵，也买不起多少猪肉吃了；想用你剁点排骨吃，可说了半天，这排骨还是没放到你的身上……干脆，你也别当肉墩子了，我让你变化变化吧？

让我变成啥？

让你变成一只鹰，你不是爱吃肉吗？你自己逮肉吃去吧。

方串就是这么神神道道地和那柳木墩子说话。

方串说话是算数的。方串说，我的肉墩子，你理解我吧，我都快难受死了，快把我憋死了；要是有人把我的骨头车成珠子，拿到外面搓我去，我可能都比这好受。所以说，我要把你变成一只鹰，我要骑着你飞……

于是在那一天，方串就准备拿这肉墩子开刀了。开刀可不是在上面切肉、剁排骨，而是要把这肉墩子变成一只他构思好了的雄鹰。

方串吭吭哧哧地，像挪咸菜缸一般，将那柳木墩子挪到厢房的地中间了。这可不是一般的所谓砧板，应该就是一截树桩子，或者说一个树墩子，得有一米多高。他媳妇比他个还高，站在这墩子前切肉，高度正好。此刻，他拿出了卷尺，开始测量这肉墩子。高度是多少，直径是多少……一边测一边从耳朵上拿下一支红蓝铅笔来，还在木头上写写画画的。

说是肉墩子，却不见上面有一点肉星子，一点也不油渍麻花的。干干净净的，白白净净的，金黄色的木纹，顺山顺水的，全是木匠喜欢的顺丝儿。这木头疙瘩，可不是那"扭丝疙瘩"，是"顺毛"的。

方串望着这肉墩子，还有点舍不得下锯子、下斧子、下凿子——这肉墩子在他们家"蹲"了快三十年了，是个老物件了。这肉墩子还是他和老伴爱情与婚姻的"见证人"。

他想起了这肉墩子的来历。

<h1 style="text-align:center">8</h1>

方串那可不是一个木头疙瘩凿几个窟窿眼的榆木脑壳，那是个精明人。他玩木头疙瘩，长得猴样，也像个木头疙瘩，可他不是笨头笨脑的木头疙瘩。

当年，有一阵子，村人们到山上挖育林坑，要往坑里栽上松柏树。这就要挖掉那山坡上的灌木和杂木，甚至也包括一些乔木。这些杂木不管是什么木，肯定都有根或者说树疙瘩，扎在土里面。这其中就有不少麻梨疙瘩、牛梨疙瘩、牛杆胡疙瘩、荆柴疙瘩、蓝荆子疙瘩……这些疙瘩在别人的眼里，顶多就是个柴火疙瘩，可在方串的眼里，那就是宝贝疙瘩了。他有心把这些疙瘩变成根雕，于是就在人们干活间歇的时候，去收拾这些刚刨下来的树疙瘩。人们也都乐意给他。那也不是没有原因的，在三里五村几乎所有人的家里，都有他给打的木器，哪怕是一个小板凳、一个升子、一根擀面杖、一根拐棍、一块案板……不管是什么吧，总有他送给人家的一个"念想"。所以他要那些木头疙瘩，人们也就大大方方地给他了。但好些人可是知道，这木头疙瘩，他是要把它变成金疙瘩的。

两个黄鹂鸣翠柳……这是不是一句诗？这句诗就变成了一根根雕：树杈上活龙活现蹲着两只黄鹂，在一唱一和地鸣叫。

一行白鹭上青天……这还是一句唐诗。他又把这句唐诗变成了根雕，就那么一个六道木的树疙瘩，居然就变成了一行青云直上的白鹭……

这东西都是钱哪。方串的两处房子哪儿来的？都是树疙瘩换来的。

河边也要植树，要挖掉老柳树，栽上新柳树。老柳树被电锯呜呜地放倒了，树桩子和树疙瘩还留在土里。大喇叭广播，谁挖出一个柳木疙瘩来，谁就能得到十五元钱。这样，好多人就为了那十五元钱，日夜兼程挖柳木疙瘩去了。方串自然也去了。作为木匠，他有全套的木匠行李，他挖柳木疙瘩，那就比别人容易。他一连挖出来了几十个柳木疙瘩。他还用不太多的钱"收购"了百十个柳木疙瘩。一度，他家的院子里，全堆放着柳木疙瘩。但没过多长时间，他就把那些柳木疙瘩变成了茶几、茶海、砧板之类，但大多还是变成了根雕。当时媳妇过门不久，媳妇说，你也给我留一个柳木的肉墩子呀。

后来就留了眼前这个柳木墩子。当时方串的老婆说，这柳木墩子忒大、忒沉……

方串开玩笑说，沉点不好吗？大点不好吗？这东西呀，你挪不动、搬不动，你也不指望挪窝不是？你就一辈子守着这肉墩子，给我炖肉吃吧。我让你一辈子有肉吃。我拿树疙瘩也能给你换肉吃……

9

方串想到这里，望着那树墩子，好像还有几分难过。他想和老伴打个招呼，商量商量，他要把这肉墩子变成一只鹰，合不合适。可一想，还是别商量，一商量这事恐怕就黄了。还是来个先斩后奏，木已成舟，生米做成熟饭，那老伴也就没的说了。但他还是有点犹豫，还自言自语：真是木到用时方恨少啊，我方串家啥时候缺过木头疙瘩呀？可现在就缺木头疙瘩了，这说明我把木头疙瘩都变成根雕和艺术品了，变成银子了……所以说，我也只能让这肉墩子变成一只鹰了。老伴怪罪下来，那就怪罪。我图个啥？我知道。不就是一个树墩子吗？老伴和它有感情了，这我也知道；可我再给老伴弄个树墩子，那也不叫事。有肉还怕没地方切吗？再说，那边屋子里，还有一个，虽然小点，可有肉也是能切的。

他把夹在耳朵上的铅笔拿下来，就在那树墩子上笔走龙蛇地一划拉，很快就画出了一只大鹰的轮廓……这大鹰画得太神了，像是要飞。他赶忙拿出手机来，为那大鹰拍了一张照片。这回他才准备动真格的。

不，真格的不是这么个动法。不能这么猴急。方串雕刻什么东西，尤其是大件，那是不让任何人看的，连老伴也不能看。他雕刻东西的时候，都是用一领苇席围成一个圆圈，他钻在席圈里头，才开始他的"鬼斧神工"。还听说，他在雕刻之前，那是要给鲁班爷烧香磕头的，还要祈祷几句：鲁班爷鲁班爷，保佑我呀，让我化腐朽为神奇，雕刻出无与伦比的东西……

那天，方串又把那一领席围成了一个席圈子，把那木墩子搬了进去，像往常那样，焚香、祷告，然后，咔地一斧子下去，就算是剪彩了……但他是默默地，尽量声音小点，别让老伴听见。他还自语：逮耗子的猫不叫唤，我要给老伴来个于无声处听惊雷、意外的惊喜……

本以为一斧子下去，就算是一锤定音了。可方串那斧子落下去的刹那，手又软了下来。他还自语了一句：不行，急不得，这东西不能快刀斩乱麻。

本来感觉是胸有成竹了，心里有谱了，可忽然感觉构思还是不太成熟，有点操之过急。急啥呀？掰着手指头一掐算，他还得被隔离十一天。这十一天那可是挺漫长的。他若是三下五除二就把这大鹰雕刻出来，剩下的时间怎么打发？不行，还得琢磨琢磨。于是他又望着那肉墩子琢磨开了。

方串没少雕刻各种的飞禽走兽。连孔雀、凤凰、羚羊、金钱豹他都雕过，可还真没有正儿八经雕刻过一只鹰。鹰属于猛禽，一般人家很少摆。想起来了，有人曾经送给过他一只山鹰的标本。他给那家装修房，人家就把那鹰的标本送给他了。他求之不得，要给点钱，那人家却不要。

他把那大鹰的标本从柁头上捧下来了，如获至宝。他拍拍那大鹰的羽毛。那鹰还是要飞的架势。方串便一拍巴掌，说：有了，模特有了，我就照猫画虎吧。

方串把那大鹰的标本放在一个破旧的条案上，便又围着那条案看了好几圈，但还是有点举棋不定。他感觉照这个标本的大鹰雕刻一件木雕，好像有点死板。他还要再重新拿出自己的方案和图纸来，再进行雕刻也不迟。

他家里从来不缺笔墨。什么样的毛笔都有。于是他把砚台找出来，开始研墨，然后准备画图纸。可这图纸手底下可没有，而他一歪脑袋，就看见了那雪白的墙，那墙不就是纸吗？他就抄起毛笔，在墙上画开了鹰。他一连画了好几只鹰，他还在那鹰的下面落了款，题了名：

高瞻远瞩——这是一只蹲在山崖上的鹰。

雄鹰展翅——这是一只欲振翅远飞的鹰。

凌云壮志——这是一只在天空中飞翔的鹰。

志在必得——这是一只向下俯冲、欲抓兔子的鹰。

我要飞翔——这是一只蹲在山石上，跃跃欲试要飞向远方的鹰。

行了，方串感觉这只"我要飞翔"画得最到位，最有神，也符合他的心气，也和那只鹰的标本有点像。

方串盯了那"图纸"几分钟，便说：就是你了。我别画饼充饥，我让你变成木雕的雄鹰吧。

咔地一下，方串抡起斧子，正式砍到了那肉墩子上。他削下去的一片木屑，薄得像一片纸，像一只蝴蝶，就飞到那席圈子上，又飘落下来。这就算是正式开刀、"开工"了……

木屑不断地飞溅着……

锯末不断地飘落到地上……

10

方串玩了大半辈子木头。鼓捣那个肉墩子，当然不在话下。斧子、锯子、凿子、刀子、锉子、砂纸……这些家伙什轮番进攻，这大鹰的毛坯就出来了。

不急。不急。方串老和自己说不急。慢工出巧匠。打造这东西，要像绣花一样。万无一失，一定要万无一失。这东西如果需要雕刻一万刀，有一刀出了闪失，那这鹰就有了缺点和瑕疵。完美，一定要追求完美呀。一根羽毛也马虎不得。他要给这树墩子鹰雕刻出羽毛来，还要一丝一缕的，逼真，一定要逼真。他时时这么提醒着自己。他是那么专注地雕刻着每一个细节。细节决定成败呀。他手不闲着，嘴有时候也不闲着：憋宝，憋宝；弄好，弄好。他时而望望墙上他画的鹰；时而望望那只鹰的标本；时而又仰望空中，想望见一只鹰，再寻找点灵感。

那天，街门又砰砰地响了。老伴又给他送饭来了。他走出席圈，走出房门，到猫洞眼那里去取饭。门外的老伴对门里的他说：这些天，咔嚓咔嚓的，这院里老有响声、动静，你在干啥呀？

方串就那么机智幽默地说：我在挠痒痒，我这把老骨头老爱痒痒，我就咔咔地自己给自己挠痒痒呗。要不，你进来给我挠挠？

别练贫了你。老伴在门外说，动静不像是挠痒痒。

那是挠啥？闹耗子？也没准是闹耗子。我也听见有响儿，那就是耗子嗑木头的声音呗。也没准是我磨牙的声音？你不知道我爱磨牙吗？也是咔咔的。我这伶牙俐齿有用啊，天天得磨磨，我的牙齿能把木头咬出花纹来。

别练贫了你。说，晚上想吃啥？

都晚上了？嘿，今儿这时间过得快呀。方串在门里说，你送啥我吃啥，我这牙口，吃蚕豆、黄豆都咬得动。

老伴还嘘寒问暖的：你可把小太阳（取暖设备）开开，电褥子也别关着，冰房冷灶的，小心感冒。

方串在门里说：放心吧，我浑身热腾腾的。他心说，嘿，闲人、懒人怕冷，我天天鼓捣老鹰，我不就是在冷中找暖吗？

11

一天又一天的雕刻和打磨，那肉墩子逐渐地就变成一只活龙活现的大鹰了。

他时不时地把那大鹰抱起来，看了又看，看看还有没有半点瑕疵。他就有这个本事，雕刻大鹰，把一根一根的羽毛都要雕刻得像真的一样。眼睛、眼睛……画龙点睛。鹰的神采，关键在于两只眼睛。是人不是人，要看眼睛有无神。方串一定要把这两只鹰的眼睛雕刻得像真鹰的眼睛一般，最好是能骨碌儿骨碌儿打转儿。反正是要炯炯有神，火眼金睛。就为了这两只鹰的眼睛，方串居然花了一天的工夫。那真正是把双眼皮都雕刻出来了，把睫毛都雕出来了。雕出来后他和那鹰对视着，就有点相看两不厌的意思了。方串便给自己点了一个赞，一拍巴掌，但没敢使劲，怕把那刚雕刻出来的鹰吓跑了，又怕惊动了老伴。

终于，这大鹰像真的一样了。方串就抱着他亲手雕刻的、肉墩子化成的大鹰，冲着蓝天，冲着白云，连连地说：飞吧，飞吧……我的大鹰，你飞吧，你带着我飞吧……

方串是不是像个诗人？方串本来就有诗人的气质。

方串为了雕刻这只大鹰，用去了十几天的时间。

方串的隔离时间终于到了。那只肉墩子化成的大鹰，也完美收官了。方串像是被解放了。那天他将那席圈子收拢起来，把脚底下的木头渣滓和锯末清理到一边。他还特意把一块红布盖在那大鹰的身上，等着老伴进来，就掀起"红盖头"，向老伴献宝了。

老伴是看到过很多木雕的，但看到这只大鹰，眼前却格外地一亮，感到很震撼，这大鹰很抢眼哪：活龙活现，栩栩如生的，透着厉害、豪横；这大鹰气场强大，气势威猛，可谓大气磅礴。这鹰，像是带着一股风，可不光是威风，还呈现出了一种独有的风度、风骨、风流、风骚、风雅、风情。从鹰的钩钩嘴巴到钩钩爪子，都给人一种"抓人"的感觉；从脖子到嗉子，都给人一种憋着一股劲儿的感觉；从头到尾，都给人一种久有凌云志的感觉；尤其那翅膀，动感十足，跃跃欲试，给人一种不可一世的感觉。那鹰的腿杆子可不是单纯的"光杆司令"，居然给人一种毛茸茸的感觉，登在山石上，有一种我欲乘风飞去的感觉。

且说那大鹰脚底下这块"石头"，也就是连体底座，那可不是浮皮潦草雕就的，那也是精雕细刻的。那底座说是奇石吧，又像一座山峰，且那山峰上还点缀着树木与花花草草……那鹰"落"在上面，给人一种坚如磐石、稳如泰山的感觉；给人一种"咬定青山不放松"，又"鲲鹏展翅九万里"的态势。

方串独自望着这件得意之作，不禁神神道道地自语：你这家伙，你让我在你身上消磨了十几天的宝贵时间，你让我在你身上耍够了手艺；是你，让我不感到度日如年，不感到寂寞和冷冷清清。咱俩有缘分哪。我成就了你，你也成就了我。这回，你不用跟着肉挨刀了，你可以跟着风飞翔了。快把我憋疯了，才憋出这么一只鹰来。

老伴看了，也觉得得意，不禁拿出了手机，想给这大鹰拍个视频。

方串就像只老猴子，有点鸡零狗碎、"老不正经"的样子，就想闯入镜头，想"出镜"。别看方串身材瘦小，他的劲头可不小。这么大的一只鹰，他一使劲，就给抱了起来，举过了头顶。他对那大鹰说：你个柳木墩子，你变成了一只鹰，你不屈才吧？我方串对得起你吧？我让你嬗变、蜕变，我让你凤凰涅槃了。

方串还说，他要抱着那只肉墩子化成的大鹰，到苹果园那边的元宝石上去，把这大鹰摆到元宝石上，卖给过路的人……

老伴说：你不能去，现在还不能出去。

方串说：我怎么不能出去？老不出去吃啥呀？三年不开张，开张吃三年。我要把这只肉墩子大鹰卖出去，卖两千块钱。

老伴这才知道，那大鹰是她家的肉墩子变成的，气得居然抄起了菜刀，瞎比画着，说：你疯了你，你咋这么败家子呀，挨刀的……

方串看着老伴的架势，却笑了说：咋着？你要雕刻我？你要能把我雕刻成一只鹰，我就和这大鹰比翼双飞了。

老伴把菜刀丢到一边，又拿起了手机，但还是说：你疯了？

方串说：本来也是快把我憋疯了，我才憋出这么一只鹰来，不好吗？

老伴嘟嘟囔囔说：我使了半辈子的肉墩子，你咋给变成了一只张牙舞爪的老鹰啊？

方串笑了说：变成老鹰不应该吗？这肉墩子有多少肉可剁呀？要不你把我剁喽？嘿，行了老伴，我用这肉墩子给你换肉吃去。快把我憋死了，我要飞翔，这肉墩子也要飞翔，飞向远方……

方串似乎真要飞翔了。

刚才方串抱着大鹰"耍猴"的情景，被老伴拍了视频，并立即发到了她的妹妹、方串的小姨子的手机里。

几分钟后，方串的手机收到了小姨子的微信：姐夫，你的大鹰我收藏了。再给你加一千块钱，三千块钱。

方串看了那微信，一阵高兴，说了一句：嘿，你妹子还要多给我一千块钱，干脆，我把这大鹰也白给小姨子得了……

方串又一次将那大鹰抱了起来。此时此刻，燕山上空的蓝天白云间，恰好有一只山鹰在盘旋……

橡碗谣

橡木沟的人把橡树的果实叫橡碗子。龙秀才给他脑门上长了一块红色胎记的孙子取名为龙马印，小名龙娃，外号"头顶灯"。这个张口就会借题发挥说童谣的放牛娃，后来成了红小鬼……

——题记

1

橡木沟的秋色有一半是橡树的颜色。那年金秋时节，秋色正浓，橡树的叶子颜色也渐浓。一棵棵坚挺坚硬的树干，托举着一层层枝繁叶茂的树冠。橡树的叶子像微型的手绢，亦像小小的芭蕉扇；微风里，树叶颤动着，摇曳着，好像擎着一面面猎猎的红旗，凝聚着一簇簇红色的火焰。挂在枝桠上的橡碗子，一嘟噜一串，麻嘟嘟圆乎乎的，像一个个小碗，装着形似于小窝头的褐色果实，盛着乖巧的小馒头、糕点一般。那一颗颗椭圆形的橡子，饱满光滑，像红铜铸造的一发发子弹。橡树林中，有三五只松鼠急切地蹦跳，有七八只松鸦不安分地鸣叫。这些飞禽走兽，似乎也在焦急地等待着一个小生命的诞生。此时最心焦心切的还是龙秀才——他在自家的房前屋后，不断转磨，又时而停下来，冲着被叫作菩萨峰的南山，祈求作揖，连连说，观音菩萨，保佑我的孙子顺利出生吧。他眼前的菩萨峰，披挂着层林尽染的秋装，其山形确像一尊观音菩萨，静静地面对着龙秀才，不言不语的。一只山鹰在山巅上盘旋，那意思仿佛也有与主人分忧、怀着催促婴儿早点出生的心愿。

终于，在菩萨峰脚下，掩映在橡树林里的那个农家院里，传出了一阵惊天动地的婴儿哭声。

儿子落草了。十九岁的母亲说她在分娩的前一夜，梦见了一匹小红马驹，戴着铜铃铛，哗啷哗啷地就从山上跑下来了，浑身带着耀眼的金光。

而在翌日太阳出山时，天大的喜事就降临了，可随后忧愁就跟着来了。接生婆先说了几声大胖娃子大胖娃子，可细看这个婴儿后，才惊讶地发现，这娃子的脑门上有一块红，也就是"记"，一般的"记"是黑褐色的，而那个婴儿额头上的"记"却是红褐色的，且很明显，形状是圆的，像一枚铜钱。接生婆和龙家人说，不好了，这个娃子的脑门上有这么大一块红记，怕是有些不吉祥。有妈妈例说：红记上印堂，要妨老子娘。当时婴儿的爹龙长书听了这话，吓得胆战心惊的。他说，可别妨爹娘啊。他又问，有没有啥解法？那接生婆说，有啥法呀，天生的。要想破了，除非把这记剜去，可这么一个水泡泡儿似的孩子，也下不得手啊。

这个时候，爷爷就不管不顾地闯进了月子屋，大声说，敢？！别给我胡说！我看看，这红记啥样。

爷爷凑上前去一看，不禁叫了一声，我的孙子呀，这是吉相、贵相啊。

爷爷算个识文断字的人，人家都说他满肚子的墨水顺口溜。他是见了什么，都能即兴说出一段顺口溜来。他这点本事，十里八村的人都知道。十里八村的人几乎都称他龙秀才。那一刻，龙秀才不像是做了太多的思索，但又像是想了很久；不像是信口开河瞎说的话，可他就是那么信口说了几句，说得有滋有味的，很有趣：

　　头顶一点红
　　大了成条龙
　　头顶一盏灯
　　大了去当兵……

这么几句话一出口，儿子龙长书和接生婆都感到很震惊，都不言语了。只是接生婆又说了一句，龙秀才好肚词，你说得对。你这宝贝孙子，大了肯定得成条龙。

龙秀才一阵高兴，便走出门去，从房檐上摘下来一张獾皮还有一张狐狸皮，对接生婆说，你为我接生了孙子，这皮子就给你做个围脖吧。天也快冷了。

　　接生婆感动地直说谢谢，就把皮子接过去，放到红板柜上，对龙秀才和龙长书说，你家是好人家。我就再和你们说几句实话吧，你们要听我的。娃儿他爹，你把娃子的胞衣拿到树林里去，不要埋，放在那里就行了，最好让狐狸当时就叼走……这样，这娃子的命才会软一些，娃子的脑门上顶着一个大红印，是做官的命，可官的命，一般都硬哩，也是怕克爹娘哩。把他的胞衣让狐狸吃了，这事就解了。她又冲着菩萨峰的方向，祈祷了几句，菩萨保佑，保佑母子平安吧。说完，她拿着狐狸皮和獾皮，就扭屁股走了，又回头说了一声，有啥事找我。

　　娃子他爹出门送胞衣去了。据说，他把胞衣丢到橡树林里不到一袋烟工夫，还真让狐狸叼走了。龙长书望着狐狸的背影，就乐呵呵地说，没事了，没事了，我和妻子、儿子，都平安吧。

　　那会，龙秀才还站在炕沿前，望着孙子脑门上的红记。那记还真是挺红的，粉嘟嘟的脸蛋上，挂着一块红色的记，看着不是太顺眼，但又看着很顺眼。后来他感叹了一句，观音菩萨的脑门上，不就顶着一点红吗？我孙子是菩萨相啊。他一激动，想摸摸孙子的小鸡子，当着儿媳妇的面，却又没好意思，就扭身出去了。

　　龙秀才得了孙子，高兴得耷拉在腰间的带着清朝风味的大辫子，都舞动得像一条乌龙蛇了。龙秀才走出门去，又冲着菩萨峰作揖、磕头。仰望苍天，他说老天爷睁眼了，俯首山泉，说龙王爷保佑吧。在霞光的照射下，那条蜿蜒东去的河流，亮晶晶的像银河一样，汩汩地奔向远方。远方，一轮红日正冉冉升起。在龙秀才的眼里，那条河太像一条龙了，又像金龙又像银龙，水纹像龙的鳞，闪着金光，起起伏伏，逶迤远去。龙秀才的眼前一亮，这水像一条龙，而那远方的太阳，不就像一颗宝珠吗，龙衔着宝珠……他的孙子在这个时辰，在这个光景下出生，那是有来头的吧？

　　虽然上学不多，却会写对联，能看懂《三国演义》的龙秀才，参照儿媳妇所说的梦见小红马的那个梦，还有孙子脑门上那块红记，顿生灵感，给孙子起了一个好听又好叫的名字——龙马印。龙秀才很为这个名字得意。龙，是千古不变的姓；马，是因为儿媳妇梦见了一匹小红马；印，因为孙子的额头上有一块记，也叫印记。取印字为名，自然有两重意思，一是代表那个红记，二是印代表印章、印把子，那是大印哪，龙家要掌大印了。龙家世代受穷，出个掌印把子的人，那就光宗耀祖了。那时候，龙家不发达才怪哩。龙马精神，望子成龙，那长着小鸡子的家伙还没准真成了一条龙呢？龙秀才用指头在橡树上划拉了几下这个名字，就算是定了。他得意地拍了一巴掌，把欲下山的一对狍子都吓跑了。他叫了一声，我的孙子，龙马印哪！叫着龙马印，他又觉得不是太顺嘴。后来他又和家人说，龙马印是我孙子的大名。我还要给他起个小名，就叫他龙娃。人们都说龙娃这个名字也不赖。

那天，龙秀才实在是太高兴了。他一连说了好几段顺口溜：

龙娃龙娃
你的出生
迎来了满天朝霞
龙马印龙马印
长大了要掌大印……

当他又一次抚摸着孙子脑门上那块红记的时候，又说了两句顺口溜：

头顶红太阳
大了坐殿堂……

龙秀才回到他的屋里，搬出了一个桦皮筒，里面装着整整一百个野鸡蛋，用一层层小米把鸡蛋埋起来，这样，鸡蛋不空、不坏。这野鸡蛋都是龙秀才在山上掏来的，一个也没舍得吃，都给儿媳妇攒着，坐月子吃。儿媳妇吃了太多的小米粥和野鸡蛋，脸养得粉嘟嘟的，奶水冲得吃不完。两个乳房像两个葫芦，有时候还得儿子龙长书帮忙吃一气。

龙娃满月的前一天，龙秀才自己上山，打回来一只狍子、一只野羊，给孙子办了一个不错的满月。全村的人都到龙家吃了饭，都给龙家送了汤，送汤就是给产妇送一些挂面、红糖、小米、老母鸡之类的补品。娃儿他娘望着那些营养品，高兴得春风里的桃花一般。她抱起自己的孩子，想着她那个梦，总爱叫

————————————————— 谁解麦浪

着，小红马小红马，小红马快长大；大红记大红记，大了可给娘争口气……

耳濡目染，近墨者黑。儿媳妇似乎也会说顺口溜了。

2

龙娃在娘的怀抱里只享受了不到九个月的母爱。还没等又一茬橡树的叶子变红，龙娃的娘就得了急病，没过三天，人就病死了。天塌地陷的事啊。小龙娃蹬着小腿，哇哇地哭叫着，哭得老天爷下了一场大雨，把满山绿油油的橡树叶子都浇得水汪汪的了。他的爷爷、爹，急得眼珠子都爬满了血丝。一时间他们望着炕上那个婴儿，似乎也不得不承认，龙娃的命太硬了，硬得像一块石头，生生把他的娘克死了。克星果然是那块红记吗？龙长书不禁说了一句，都欠把这崽子的红记剜了去。龙秀才说，这话亏你说得出口？龙娃是你的骨肉，你还要剜了儿子身上的肉吗？就算他的记比太阳红，也不怪他，那是上天给的，胎里带来的。

龙秀才和儿子龙长书把家里那个红板柜的隔断打开，给媳妇做了棺材。人随着板柜抬走了，橡树林里多了一个坟头，龙家的屋子里可是空了一半啊。家里没了女人，这以后的日子可怎么过呀？

龙秀才天天搬着一只刚下过羊羔的母羊，挤出一碗羊奶来，给孙子熬了喝。孙子喝着羊奶，还有小米粥，总算是会爬了、会站了、会走了、会跑了。而在那个时候，龙娃的后娘也走进龙家来了。后娘的拳头比六月的日头还毒，没少打龙娃这个"小白菜"。

龙秀才知道后娘不待见他的孙子，但也不好说什么。几次，他把儿子龙长书叫到一棵白桦树下，踢着白桦树干，骂他儿子，你个怕媳妇的窝囊废！儿子咧着嘴说，爹，我都快奔三十了，才找了个媳妇，还让儿子妨死了。龙秀才暴怒了说，放你娘的屁，龙娃他能妨死你媳妇？克死也不怪他，他不想有个亲娘？生死有命富贵在天，嘿，就算你儿子命硬，那也不一定是坏事。明跟你说，你和他后娘不能错待了龙娃。

此后龙秀才却常常自言自语，似乎是让山里的木头和野兽听的，是警告植物和动物的，谁欺负我孙子龙娃，谁瞎了眼了！凭我们龙娃那虎头虎脑的长相，凭他脑门上那块记，大了指不定成多气候哩。

龙娃周岁那天，龙秀才给他抓了周，炕上预备了一堆东西，包括锄耙、锨镐、算盘、秤等，可龙娃却毅然用小手抓了一支毛笔，还有一把木头手枪……龙秀才见此，嘴乐得瓢似的，上手就把孙子抱了起来，一下子就将龙娃的鸡子对到他的嘴上了，叭儿叭儿地亲了好几下子，连连叫着，我的大孙子龙娃啊，你是文武双全哪。

三岁看小七岁看老，龙秀才总以为他的孙子大了会成气候。

有儿不愁长。龙娃转眼就五岁了，龙秀才看他是个读书的料子，就让他念了三年私塾。这几年他可长本事不小，从《百家姓》《三字经》《千字文》到《名贤集》，都背了个滚瓜烂熟。那日回到家，他把这四本书全部给爷爷和父亲背了一遍，那才叫倒背如流。龙长书一看他这般聪明伶俐，就打算继续让他读私塾。可后娘扭鼻子扯脸的，说是读书有啥用啊？不顶吃不顶喝。再拿小米去念书，咱们就谁也别吃饭！

龙长书听到这话，就和后娘说，你个娘们家，鼠目寸光。龙娃是读书的料，咋就不能让他读几年书啊？后娘居然说，让他读我就死！龙长书也是火上浇油，说，你别拿死吓唬人！这时后娘说了一句，我死给你看！

后娘居然一赌气，拿了一条绳子，跑到离门口不远的橡树上上吊去了。龙娃看情况不好，追了出去，一抬眼，发现后娘已经把自己吊在了树上，龙娃吓得叫了一声，娘啊！就扑上前去，噌噌噌爬上树去，把吊着娘的绳子解开，把娘顺到了地上。

后娘自缢没死成，被龙娃救下来了。龙娃事后却对后娘和亲爹说，爹娘，你们谁也别生气了，也别寻死觅活了，我不上学了，不念书了，我给山主放牛去挣饭吃，给你们挣小米回来！

那一刻龙秀才的眼泪花都出来了，他说，孙子，你太小了。你要想放牛，咱俩一块去放牛，咱俩都离开这个家，省得有人嫌弃咱们。你上不了学堂，我在山上也能教你读书识字。我就不信我的孙子，就不能读书。

3

第二天，龙秀才就带着龙娃离家出走了。这一老一少，就给八里地以外的巴家村的财主巴道家放开了牛。俩人一天的工钱是五升小米，还管吃管住。几天后，龙长书上山找到他们爷孙俩。他见儿子龙娃满腿牛粪，正在山上放牛哪，当时就哭了，说让他回去吧，别给人家放牛了。他坚决不回去。他说好马不吃回头草，当牛倌也挺好。可龙长书说，你这一放牛，学的那点文化都丢了。他说丢不了，有我爷爷教我，我肚子里的墨水更多了，我都会说顺口溜了，不信我给你说两句：

松鸦松鸦
你没后娘
我有后妈……

龙长书一听这话，简直哭笑不得。他说，这话你可不能让你后娘听见哪。
龙娃说，我这话本来也是说给松鸦听的。
龙长书说，儿子，你比你爹强，你再给我说两句？
龙娃就又随口说到：

一个小孩一个老头儿
爷俩天天去放牛……

那一刻，龙秀才笑眯眯的。他用手指头点着孙子脑门上的红记，说，你个头顶灯，还挺聪明哩。他又冲儿子说，青出于蓝而胜于蓝哪！给你起了个龙长书的名字，你却不会念书。我孙子拿着放牛鞭子，倒是满肚子的墨水顺口溜了。他说是我教的他，实际上这孩子是见啥就会说啥呀。

龙长书也是感到挺有意思，就让龙娃再给他说几句顺口溜。龙娃就说，爹，放牛的时候，我和爷爷经常吃橡碗子，我就给你说几句橡碗子的歌谣吧。于是龙娃就一气说了一大串：

橡碗子，橡碗子
山里人的饭碗子
橡碗子，橡碗子
人要长好心眼子
橡碗子，橡碗子
放牛不用鞭杆子

龙娃想拿笔杆子……

听到这里，龙长书的眼泪花转了。他说，儿子，早晚你也没准真得拿了笔杆子。

龙娃却说，我拿枪杆子也没准，男儿应该拿枪杆子。

龙长书久久地看着儿子，他不由自主摸了一把儿子的脑门，说，儿子，你这块记更红了。

太阳晒的。龙娃显然是为了和他爹显摆炫耀他肚子里的肚词，便又即兴说：

儿子头上顶块红
老子想让儿成龙
眼看今天阴
不知明日晴

龙长书赶忙开心地接了一句：龙娃是个小神童。

龙娃又变得小大人似的说，爹，天阴了，小心下雨。你赶紧回去吧。给我后娘带好，就说他后儿子挺好。

龙长书就又哭笑不得了。他就恋恋不舍地和一老一少告别了。临走，龙娃还说让他带上一筐子橡碗子吧，是他和爷爷摘的。龙长书说，出村外村的，在这山上摘橡碗子没人管？

龙娃跟着说：

橡碗子像蚕茧，摘橡碗子谁敢管？

龙长书便笑眯眯地，眼巴巴看着他的儿子。

此时，正是秋季，橡树的叶子红了，橡树的果实正挂满枝头，山林里挺美的，还有鸟儿在欢叫，有松鼠蹦蹦跳跳，还有一头獾也在林子里拱虫子和橡碗子吃。正是晌午时分，好大的一群牛，都卧在橡树的阴凉里，反刍倒嚼。这样的情景当然是天天有的。龙娃一点也不觉得这生活枯燥，还觉得挺有趣的；因为有爷爷给他讲故事，讲《呼延庆打擂》《杨家将》《白袍征东》《三国演义》……还教他说童谣，说儿歌，也挺有意思。

4

那天龙娃看到了一棵好大的橡树，这树的树冠就像一大团蘑菇形状的火烧云，挺好看的。龙娃就和爷爷说，爷爷，今天中午，咱俩到那棵大橡树下吃干粮吧。爷爷说好。

龙娃就提前向那棵大橡树下走去。龙娃一看那橡碗子，长得个又大，又喜人，于是就伸手去摘树上的橡碗子，却遭到了两只葫芦蜂的围攻。那葫芦蜂蜇了他一下，这下可把龙娃气着了，他冲那蜂说，你们凭啥蜇我？我饿了，连一个橡碗子也吃不得？那橡树干上，有一个好大的蜂巢，有熬药的砂锅大小，那上面还趴了数十个葫芦蜂。他一阵恼怒，居然冲上前去，直接用他的脑袋，就撞向了那蜂巢。他一头撞上去，将那蜂巢一下子就撞掉了，骨碌到地上。那蜂见它们的巢穴被毁了，自然是疯了一样，劈头盖脸向龙娃袭来。龙秀才看见那一幕，大叫着，娃子，快趴下！龙娃就赶紧趴在了地上。龙秀才几步奔上前去，摘下他的草帽子，就把那个滚落到地上的蜂巢盖住了，大手一摁，那葫芦蜂就飞不出来了。待那葫芦蜂四散飞去，机警的龙娃才从地上站起来。此时他的脸已经被葫芦蜂蜇得肿了起来。但他却不叫疼，望着被他的脑袋撞下的蜂巢，就如同把一个敌人的脑袋砍掉了似的，他非常开心。爷爷却说，你这个傻娃子呀！爷爷赶忙掏出烟袋，撅一根草棍伸进烟锅里，掏出了一抹烟袋油子，抹到了龙娃的脸上。这偏方还真管事儿，待把菜饼子吃完，喝了几口凉水，那肿大的脸也就消肿了。只是脑门上那枚红记，似乎鼓出了好多。爷爷疼爱地抚摸着孙子的额头，说，傻小子，愣大胆，你个敢拿脑袋撞葫芦蜂的娃子呀！

龙娃说，爷爷，那葫芦蜂也是找撞，它们要不蜇我，我还不撞它们的老窝哪。这回，大橡树上没有葫芦蜂了，葫芦蜂被吓跑了，这大橡树下就是咱俩的地盘了。爷爷，待会儿您睡一觉，就在这树荫下，睡醒了，再教我说顺口溜。

从此好长一段时间，那大橡树就成了他们午休的宿营地。龙娃还说，那也叫讲学堂。他说爷爷就是教书先生。有时候他还和爷爷开玩笑，叫爷爷龙大秀才。龙秀才就高兴得拍着孙子的脑门说，你个头顶灯，爷爷是龙大秀才，你是龙小秀才。

那天爷爷刚躺在大橡树下，想打个盹儿，可有一只瞎虻老在他脸上飞来飞去地捣乱。后来总算迷糊着了，却听得树上的喜鹊不是好叫，嘎嘎的。机灵的龙娃感觉情况不妙，扭头向爷爷那边一看，可吓了一大跳，只见一条蛇，就向爷爷爬过去了。当时他没有惊叫，怕打草惊蛇，而是抄起那根桃木棍，蹑手蹑脚奔上前去，对准了蛇的七寸，一棍子下去，就把蛇给打翻了。爷爷猛地坐起来，又霍地站起来。扫见眼前的蛇，连夸孙子胆大心细，还说要不是孙子机灵，爷爷还不让蛇咬一口？龙娃却冲着树上的喜鹊说，爷爷，感谢这只喜鹊，是它一叫唤，等于给报了警，我才发现那条蛇的。

一场虚惊后，爷爷自然也不睡觉了。他又教开了孙子关于橡碗子的诗：

秋深橡子熟

散落榛芜冈

伛伛黄发媪

拾之践晨霜

移时始盈掬

尽日方满筐

几曝复几蒸

用作三冬粮

龙娃听到这里，赶忙抢先说，爷爷，这是唐朝皮日休的诗，我也会背了。你还落下了几句哪。爷爷，唐朝的人肯定也没少吃橡子，唐朝的人会写诗，是不是和吃橡子有关哪？

爷爷笑了说，谁知道李白杜甫吃没吃过橡子呀？孙子，你也没少吃橡子，你这灵感也不少了，也会写诗了，赶明也成个诗人吧。

龙娃说，爷爷，我主要还是会说点顺口溜，还算不上诗。唐朝张籍有两句写橡子的诗，叫作：岁暮锄犁傍空室，呼儿登山收橡实。

龙秀才笑了说，这诗好啊。赶明我呼孙登山收橡实。

龙娃就说，那好那好。爷爷，到时候咱们摘橡碗子。说着，龙娃又随口说了一段儿歌：

橡碗子，橡碗子

小毛驴，推碾子

橡子做成面卷子

吃了不饿嗓眼子……

龙秀才听了这歌谣，直夸说得好。但后来又说，橡子面是好东西，可也不是好东西；吃多了橡子面，胀肚，能把人胀死呀。财主家有钱，吃大米白面，可穷人给他们扛长活，他们只给橡子面吃。这十里八村，被橡子面胀死、憋死的长工短工，我知道的，得有五六口子了。

龙娃说，财主对穷人的心真黑呀，比老鸹还黑。爷爷，咱俩给巴道家放牛，倒是没吃多少橡子面。巴道这人是不是还可以呀？

龙秀才说，也不能说巴道到底是个啥人。反正啊，财主要发财，那就得从穷人身上榨取血汗、榨取油水。不说了，这话你还听不懂。

龙娃忽然发现橡树上有两只小松鼠，他就眼巴巴望着那小松鼠，和小松鼠做鬼脸，与那小松鼠说话。说来那松鼠也是过于乖巧和有灵气了，似乎也通人性。龙娃几天就用橡碗子把它们驯熟了。起初，龙娃抛出一个橡碗子，松鼠以为是打它们，就吓跑了。后来龙娃反复地说着一个吃字，说着两个字——接住……这么一来，那小松鼠就捧着小爪子，去接那橡碗子。挺有趣。再后来，龙娃就给那小松鼠编了一段又一段的歌谣：

小松鼠，小松鼠

你打锣来我敲鼓

小松鼠，小松鼠

不信咱俩打个赌

我的牛儿有多少

咱俩一块数一数……

小松鼠瞪着小眼，望着那林子里的黄牛，不像是在数牛，很疑惑的样子。

龙秀才听了那样的顺口溜，高兴得说，龙娃，你这肚子里的墨水越来越多了。我也随你说两句吧：

小松鼠，小松鼠

陪着我和孙子

过了小暑过大暑

直到满山都是

金灿灿的五谷

小松鼠啊小松鼠

你吃橡碗子

别吃谷和黍……

孙子听了直拍手，说，爷爷，你说得真好。

田园牧歌似的生活真的挺好。爷俩给财主巴道家放了几年牛，一共放着五十头牛，那可不是个小数，撒到山上，好大的一片哪。这些年还下了不少头小牛犊，牛的队伍更壮大了。龙娃还和爷爷说，爷爷，咱俩给巴道家放一天牛，才挣五升小米。这一年里，下十几头牛犊，得值多少小米呀？

爷爷说，也不能那么说，人家是东家，咱们就是给人家扛长活的，搞好的工钱就是五升小米。

不多，爷爷，五升小米要论粒说，粒粒皆辛苦，也不少了；可要跟财主比，咱俩就挣得不多。爷爷，我给巴道编了几句顺口溜，您听听：

橡碗子，橡碗子

巴道没长好心眼子

成天带着狗犬子

跑到山上去打猎

野兽就怕他的枪杆子……

龙秀才说，编得是不赖，可不能让巴道听见哪，听见了，他还饶得了咱们？

龙娃说，咱们的顺口溜，小松鼠和松鸦能听见，人听不见。

就是在那一天，灾祸发生了。一头大牤牛在陡坡上发情，拼命地追赶母牛，蹄子一滑，就滚到了坡下。爷俩望见了那一幕，吁吁地叫着，可牛还是被摔死

————————————————— 谁解麦浪

了。当时爷俩吓得脸都黄了，这可咋办哪？

巴道这回可不干了，他用手指着龙秀才和龙娃，大声说，赔我的牛，赔我的牛！你俩一块卷铺盖卷，给我滚蛋！巴道又嘟嘟囔囔说，早我就看你俩不像个放牛的，嘴上挂着之乎者也还有顺口溜，让谁听啊？这不是对牛弹琴吗？我的牛不愿听这一套。你俩说说，我那一头大牤牛值多少钱哪？可它被摔死了。我的牛滚了坡，你俩也滚回去吧。看在十里八村的面子上，我也不说别的了，你俩一年的工钱，全部扣除！这我还不合算哪，那头大牤牛要不死，能配多少牛，下多少牛犊呀？！

龙秀才想分辨几句，却又觉得也说不出什么理由来了。他爷俩只好无奈地回村去了。那些牛们还哞哞地叫着，用淌着泪水的大眼睛看着远去的、放了它们好几年的牛倌，恋恋不舍的样子。那爷俩也都眼里泪花转了。爷俩一年的工钱全给扣了，两手空空回家去，这心里哪好受啊？半路上，他们在橡树林里捡了一些已经过了一冬的橡碗子，经过一冬的霜冻或雪埋的橡碗子，再吃起来，那可就香糯得胜似栗子了。可那天龙娃的后娘知道实情后，居然没好气地把爷孙俩带回来的那一篓子橡碗子给倒进猪圈里了。龙秀才不知道那情景。龙娃看见了那一幕，气得小声说了两句：

> 橡碗子，橡碗子
> 后娘没长好心眼子……

5

天是说变就变了。后来穷人们把巴道家的牛羊都给分了，还把巴道吊在橡树上，打了一顿，逼迫他交出了二百块大洋。龙娃知道这情况后，乐得拍着手说：

> 巴道，巴道
> 让你横行霸道
> 穷人分了你的牛
> 高兴得谁不笑

啪啪，不过年

也得放鞭炮……

可时间不长，巴道又随了白狗子，成了一个什么还乡团的团长，人们都叫他巴团长。巴团长天生的喜欢狗，他家里养着好几条大狼狗。他隔三差五带着兵和犬马，去周围的山上打猎，也包括到橡木沟、菩萨峰一带打猎。他若是打不着猎物，就在半道上抢人家的牛羊。

龙秀才和龙娃不放牛以后，家里的日子就不好往下过了。后来他们在山上用狐夹夹了一些野兽，那些皮毛卖给了皮贩子，换了一些钱。他们又采了一些蘑菇，拾了一些山核桃和野榛子之类的野果子，换了一些钱。后来就把那些钱换成了几十只羊，让龙娃放着。可没想到有一天，巴团长带着手下去山上打野羊，跑了一天，却扑空了，连一根野羊毛也没打回来。就在下山的半道上，碰上放羊的龙娃。那时天色已晚，龙娃嘴里还说着歌谣，迎着晚霞往山下走。有两句歌谣让巴团长听见了，那歌谣是：

巴团长，巴团长

不是劫就是抢……

巴团长听了这话，绝对是恼羞成怒了。他指使手下，指着龙娃的羊群，说，给我打，打死三只羊，抬回去吃炖羊肉！妈的，一个毛孩子敢咒骂我，不看看我是谁！

话音未落，龙娃的三只羊就在枪声中倒下了。当时气得龙娃冲上前去，叫着，你们赔我的羊，赔我的羊！

巴团长踢了他一脚，说，没要你的命，就是看在你给我放过牛的分儿上。妈的，敢他妈惹老子？说着，他又指挥手下的人，说，抬着羊，走！

刚才还活蹦乱跳的三只大白羊，被还乡团打死后，血淋淋地被抬走了，一路上还淌着血。龙娃想和还乡团拼命，可最终还是吃了哑巴亏。那一路上，他眼泪汪汪的。想起巴团长来，他不禁咬牙切齿，随口说：

巴团长，巴团长

谁解麦浪

早晚我让你的鲜血

像羊血一样流淌……

那天回到家后，龙娃就闹腾着，要让爷爷和爹给他做枪，他说他放羊也要带枪。他还说，爷爷和爹都应该有枪，还乡团都有枪，我们为什么不能有枪？还乡团把我的羊白白打死了，凭啥呀？

龙秀才不禁攥着拳头说，嘿，这个世道啊，没咱们穷人活的份儿了。巴道这么霸道，把咱们的家羊当野羊打？龙娃呀，爷爷不怪你，你说，你是不是说歌谣，惹着巴道了？

龙娃低着头说，我是说了。可他就该打死咱们的羊吗？

龙秀才说，哪儿说理去呀？先忍了吧。

十几天以后，爷爷还真自己做了两杆土枪。那枪把是山核桃木的。枪管是铁的。子弹是那种圆溜溜的小钢珠，爷爷叫它枪砂子。爷爷说这种土枪的杀伤力也还可以，打狍子打野羊都没问题。龙娃不由说了一句，打巴道也没问题。他拿过一支枪，说，爷爷，给我一支枪吧。

爷爷说，可不能给你。你还小，别出去惹祸。

龙娃就生气地把枪放下了，说，不给我枪，我就不放羊去了，放羊就应该带枪，带枪可以打猎，再有人敢打我的羊，我就用枪打他。

龙秀才看着孙子，说，是个有血性的汉子。可玩枪还早点，这枪还是我拿着吧。孙子，记住，你爷爷也不是吃素的，也不是光会说顺口溜，谁惹急了我，我把枪口对准他，那也是可能的。王八羔子巴团长，咱爷俩给他家放过好几年牛，他倒好意思冲一个毛孩子的羊群开枪？豺狼虎豹不如！

龙娃说，早晚找那个巴道报仇。爷爷，听说中国出了工农红军，专打白狗子，可能快打到咱们这儿来了，到时候我也要当红军。

好孙子呀！龙秀才把龙娃揽到怀里，说，你才多大呀？

龙娃说，爷爷，我都十四岁了。不小了。

龙秀才端详着孙子，看着他额头上那块红记，看了许久，才说，我听说朱毛军的军帽上有一个红五角星，像一朵山丹花似的。

龙娃说，爷爷，那五角星，是不是也像我脑门上的红记呀？

龙秀才说，也像也不像。你这块记，是圆的，像个圆乎乎的大红公章，还像个小红太阳，人家说，这叫头顶灯。头顶红日头顶灯，这可是吉星高照的贵相啊。

龙娃摸着脑门上的红记，许久不言语，然后又若有所思地说，爷爷，既然是贵相，可我放个牛，让人家给辞了；放羊，羊又让巴道给打死了。贵相的人是不是应该干点大事啊？

龙秀才说，干大事的人，也有放过牛羊的，朱元璋、李自成，听说朱毛军里的毛泽东，也是放过牛羊的。

龙娃说，人家是打出来的。爷爷，我也想打那些恶霸，一阵高兴，就说开了歌谣：

　　　橡碗子，像子弹
　　　一排排，一串串
　　　对准白狗子
　　　打他个稀巴烂……

　　　橡碗子，橡碗子
　　　巴道藏着坏心眼子
　　　橡碗子，橡碗子
　　　巴道净是鬼点子
　　　早晚我下了他的枪杆子……

6

龙娃去放羊，说顺口溜捅了娄子，让巴道把他的三只羊打死了。从那以后，龙长书就不让龙娃去放羊了。他自己去放羊，有时候他还把孩子后娘也带着，俩人一块去放羊。

又一个秋色渐浓的秋天，山上山下的草木的叶子开始变色了，山野显得五彩斑斓。那天龙娃的父母又到山上放羊去了。龙秀才和龙娃那天晌午摘回来两篓子橡碗子，就在门前的老橡树下晾着。傍中午了，该做饭了，可又没什么饭可烧。龙娃就钻进屋里，把爷爷做的两杆土枪都拿了出来。他说，爷爷，咱俩把枪擦擦吧。

　　　　　　　　　　　　　　　　　　谁解麦浪

爷俩就坐在橡树下，用杏仁油擦着山核桃木的枪把，擦得油光锃亮的。那时菩萨峰那边传来几声枪响。龙娃说，爷爷，白狗子巴道肯定是又带着人，到咱们的山上打猎去了。爷爷，赶明咱俩也去打猎吧，我馋肉了。

　　正在这个时候，一条毛驴驹子似的黑色疯狗，就从山那边黑旋风一般跑了过来，一边跑一边狂吠。那真正是一条疯狗啊，那条狗十里八村好多人都认得，那是巴团长的猎犬。后来听说，那条狗是让一条蛇给吓疯了的，疯了以后，它就一气跑到橡木沟来了。进村后它逢人就咬，把村民们都吓得惊叫着，跑进带着栅栏门的院子，躲到屋子里去了。后来那狗就跑到龙秀才家门口那棵大橡树下去了。那狗见了龙娃，扑将上来……这个时候，龙秀才拿枪的速度可就比他说顺口溜的速度还快了，他举起手中的枪，喤地一下，就冲狗打了上去。枪砂子钻进了狗的胸脯子，狗却没有当场毙命，还打着滚儿在地上挣扎着，伸长了舌头汪汪地叫唤，欲向龙秀才扑去。这时龙娃急中生智，眼疾手快，将自己手中的枪对准那条垂死挣扎的狗，喤地一下，一股青烟冒出，这回那狗可是一命呜呼了。

　　龙秀才知道是闯下大祸了。他和孙子说，龙娃，要有人来找狗，你不许说是你打的，就说是我打的。

　　一条疯狗，它要不咬人，谁打它呀？龙娃说，爷爷，没事。哼，这是巴道的狗。当时巴道他们还打死了我三只羊哪，就算这狗给咱们的羊偿命了。爷爷，好几个月咱们也没吃着肉了，咱们就把这狗剥了，炖了它的肉吃吧。

　　龙秀才说，疯狗的肉，吃不得，还是把它埋了吧。

　　可还没来得及把狗埋了，巴团长和他的几个士兵骑着大马，就钻到橡木沟找狗来了。那疯狗躺在血泊里，一下子就被巴团长看见了。这眼前的一切让巴团长震惊了。他跳下马来，指着龙秀才说，我的狗是你打死的吗？

　　龙秀才说，是我打死的。

　　巴团长说，你敢打死我的狗？

　　你的狗疯了，我不打死它，它就把我的孙子咬了，疯狗咬了人，救都没救，必死无疑呀。我不打死那条疯狗，我和孙子的命都难保啊。狗疯了比狼都厉害呀。

　　你才疯了哪！你敢打死我的狗，我敢要你的命！打狗看主人，你不看看我是谁？我是赫赫有名的巴团长！

我不管你啥团长，我的枪口对的是疯狗！龙秀才不甘示弱地说，你成天价带着你那只疯狗，上我们的山上打猎，把我们山上的猎物都快打绝了。今天我把那疯狗打死了，打死了活该！

你他妈吃了豹子胆了？巴团长愤怒地嚎叫着，恼怒的像一头暴怒的狮子，也像一条疯狗，他咆哮着，刁民，你敢打死我的狗？你给我的狗偿命！说着，他连眼都不眨，一刀上去，就用刀背子砍到了龙秀才的脑门上——龙秀才眼里冒了一阵金星子，额头上溅出一股血来。

爷爷的血溅到了孙子的头上，孙子龙娃当时就被激怒了，像一只豹羔子，像一只虎崽子，他抄起刚才打狗的枪，就朝巴团长开火了。可一个兵冲了上去，当了炮灰。而在那一刻，龙秀才也被巴团长的刀砍倒了，鲜血飞溅到老橡树上……但龙秀才一时还是清醒的，他连连叫着，孙子快跑，快跑啊孙子！……

龙娃眼看着爷爷倒在了血泊里，他本来想上前去救爷爷，可听到爷爷那样的呼喊，他知道，他已经救不了爷爷了。他拿着枪，先跑进了山林里。还乡团想去追他，可他们忽然听到远处传来了枪声。狡猾的巴团长当时就明白了，这枪声可能是冲他来的。他什么也顾不得了，只冲着其他几个团丁说，快跑，向枪声的反方向跑！

巴团长把他死去的疯狗驮在马背上，慌慌张张地逃走了。即便在那个时候，巴团长还是有几分耀武扬威的样子。巴团长还一路连连说，我的狗啊，我那比娘亲的狗啊！

7

刚钻进山里不久的龙娃，眼瞧着还乡团走了，他就又回来了，他撂不下爷爷呀。爷爷还躺在他家门前的老橡树下。

奇迹也就在那天出现了。龙娃回家找出了爷爷专门配制的红伤药。这种红伤药，不能说有起死回生的疗效，但治疗伤口，绝对有奇效。龙娃就是用那红伤药，一点点抹在了爷爷的伤口上。时间不长，爷爷就苏醒了过来。看到爷爷醒了，龙娃激动地叫着爷爷，爷爷爷爷，您醒了爷爷。爷爷，您的伤口疼吗？

尽管爷爷伤口疼痛难忍，可他却顾不得疼痛，只是连连呻吟着呼唤着，孙子孙子，龙娃龙娃，你怎么又跑回来了？小心还乡团追杀你，你还是躲躲吧。

谁解麦浪

龙娃说，爷爷，还乡团走了。真的骑着马走了。

龙秀才说，还乡团走了，还会回来的。龙娃，你说你想当红军，我看是时候了。别管爷爷，爷爷死不了。爷爷就指望你找红军去，打白狗子，给穷人报仇哪！那些白狗子连狗都不如，他们把自己的一条狗，看得比人命都值钱，这叫啥世道啊？这个世道不能要了！龙娃，你的脑门上顶着灯，顶着太阳哪！你找红军去吧……

这时，北山上又传来了枪声。机灵鬼似的龙娃一拍手，天真地说，爷爷，这是不是红军的枪声？红军是不是来了？我出去看看。

龙娃那天还真找红军去了。事后他回忆说，像做梦一样，那天他就找到红军了。

他听到的北山那边传来的枪声，还真是红军的枪声。后来听说，龙娃的爹龙长书还有他后娘在山上放羊，遇到了路过的一支红军队伍。而在这之前不久，他俩在山尖上就已经发现龙家所遭受的劫难了……正当两个牧羊人不知道该如何是好的时候，却遇到了红军。那一刻龙长书连连向红军作揖，红军哪，快去橡木沟，救救我老爹，还有我小儿子去吧……

红军早就知道巴团长经常带着他的兵在这一带出没，欺压百姓，还随便打老百姓的猎物。他们二话也没说，就沿着山路，一路向橡木沟赶来了。在这途中，就恰好遇上了龙娃。当龙娃第一眼发现一位穿着灰军装、戴着有一颗红五角星的八角帽的大兵时，他一点也没有紧张也没有害怕。他知道那就是红军了。别看他是个山里孩子，可那会儿却很大胆，他扑上前去，就冲着那个大个子红军叫了一声，红军大哥！

就这么和红军相遇了。他还自我介绍，红军大哥，我是橡木沟的放羊娃，大名叫龙马印，小名叫龙娃。我就是要找红军去的，我爷爷让巴团长砍倒在血泊里了……

大个子红军说，我们知道了。走，先带我们去救你爷爷。

那一刻龙娃又说，红军大哥，这山上可是有还乡团打猎，他们会不会打咱们哪？

大个子红军说，白狗子哪有不打红军的？可是红军，也是打白狗子的。

大个子红军做出安排，于是他们就埋伏在橡木沟两侧的山坡上，等待着上山打猎的还乡团原路归来。

终于，抬着一只獐子和一只麂子的土匪们得意地沿着橡木沟山涧旁边的小路又返回来了，都是得胜回朝、满载而归的样子——但他们却没想到突然遭到了红军的突袭！就连龙娃都仗着红军的威风和胆子，用他的猎枪打死了两个白狗子。大个子红军见龙娃这么勇敢，直夸他，小鬼，好样的。

没想到在橡木沟里，能打这么一个漂亮仗。不过，巴团长可是跑掉了。

那天龙娃见到土匪被打死了，他冲着并不遥远的橡木沟，对大个子红军说，红军大哥，你们是穷人的军队，今天就先到我们穷人家里，救我爷爷去吧；把我爷爷救活了，我家有山羊，给你们宰羊吃。

大个子红军笑了说，你这个小鬼，做主不小啊；可我们红军，连老百姓一根羊毛的便宜也不能沾哪。走，快去救你爷爷。

那天龙娃就把红军领到了他们家里。当时爷爷还躺在炕上，虽然苏醒了，可伤口却还依旧吓人。是那个女红军卫生员，为爷爷包扎好伤口，还给上了药，打了一支什么针……爷爷的痛苦显然是减轻了，那个时候他还说了一句带诗意的话，谢谢你们，红军哪，我见了你们，比见了映山红花还亲哪。他对儿子说，一定要给红军宰只羊吃啊。

那天那些红军还真吃到了羊肉，但他们却把几块银元偷偷放到了龙家的炕席底下，算是买了羊肉吃。至于从还乡团手里缴获的那只獐子和麂子，红军可是没有吃，他们把这獐子肉和麂子肉，当夜就分发给三里五村的山民吃了。这一下子，吃了野味的山民，恨不得高呼红军万岁，男儿们都闹腾着要去当红军。

当红军的心最迫切的，肯定就是龙娃了，他缠着那个大个子红军排长，再也不想离开了。他说他要当红军去，他必须当红军去。大个子排长见他长得虎头虎脑，透着机灵和勇敢，也就舍不得他。那大个子排长还和他说，听你爷爷说，你还会写诗，现在就给我们写一首诗。

写就写！龙娃捡了一块木炭，在一块桦皮上就写开了诗：

　　白狗子，欺负人
　　只有红军是我们的神
　　我要去当红军
　　打不败敌人不回屯……

大个子排长拍着龙娃的肩膀，还用手指头点了一下他脑门上的红记说，你这个小鬼，还会写诗？字还写得不赖嘛。文武双全的小家伙，只要你们家人愿意，你愿意，我们愿意要你这个红小鬼。跟我们走吧……

龙娃乐得拍着手说，谢谢红军大哥！

听说龙娃要去当红军了，他的接生婆，那位已经白发苍苍的老阿婆，拎着一个竹篮，来到了龙家。她拉着龙娃的手，把一顶黑色的瓜皮帽戴到了龙娃的头上，那帽檐上绣着一朵山丹花，红艳艳的。她对龙娃说，娃儿，这顶帽子送你戴吧，你的脑门上有一颗红记，这帽子上有一朵红花，是辟邪的。

龙娃说，阿婆，我就要当红军了，红军的八角帽上有一颗红五角星，那才辟邪哪。

阿婆笑了说，这个娃子，这个头顶灯，小嘴会说话着哪。我这帽子不是军帽，是你阿婆的一片心，戴着吧。

随后阿婆又从她拎来的篮子里，拿出来好大一串项链，是用橡碗子穿的项链。原来，那一篮子全是项链。她对龙娃说，娃子，这些项链呀，不值钱，可也是我一针一线穿的，我一直穿了一宿。我知道，红军不信佛，可红军就是咱们的活菩萨。我这些项链就算是佛珠，送给红军了。说着，她先把一串项链挂在龙娃的脖子上。然后扭过头，冲着菩萨峰连连作揖连连祈祷，菩萨保佑，保佑我们红军早点打回来，保佑龙娃早点回到家乡来……

那一刻，好几个年轻的红军都泪光闪闪了。他们，包括龙娃，都举起手来，向阿婆敬了一个军礼，还异口同声说，谢谢阿婆！

龙娃和红军出山那天傍晚，一只山鹰跟了很久很久，直到他走出橡木沟，直到夕阳落入白桦林，那山鹰才又返回原路，飞到橡木沟的菩萨峰上过夜去了。而爷爷龙秀才和爹龙长书，还有后娘，却一直眼泪汪汪地望着远去的龙娃，直到龙娃和红军的队伍消失在橡树林里……

龙娃跟着红军走了，他很快就成了一名正式的红小鬼，那年他将近十五岁。最小号的红军军装，他穿上去，那大褂子还盖住了他的屁股。他把八角帽戴在了头上，那帽檐把他那块红记遮住了；可那红色的帽徽，比他的红记还红。当时他叫了一声爷爷，又叫了一声爹，还叫了一声后娘，他想好了两句顺口溜：

红五星，红五星

你是穷人的大救星……

可当时他没好意思说出口。他还是有点想爷爷。但他不知道，爷爷的伤口已经愈合了，此时爷爷正躺在他家的炕头上，手里攥着一对麻核桃，嘎啦嘎啦地搓着，似乎很是得意。爷爷把麻核桃搓得红光油亮的，而他的头发却很快就白花花的了。从清朝过来的他，一直还留着大辫子，舍不得剪去。当他听说孙子当了红军之后，他一剪子下去，就把大辫子剪了。他常常情不自禁地说，好孙子，你个龙马印、你个龙娃子、你个头顶灯、你个顺口溜大王，你有出息呀。想着孙子额头上那一片红记，他不禁说到：

头顶灯，头顶灯

顶着红灯找红军

你是我的大孙孙……

橡碗子，橡碗子

我孙子拿起了枪杆子……

8

龙娃成了红小鬼后，很快就跟着大个子红军排长打了一仗。有一回，巴团长又带着一群团丁，窜进一个村庄，把老乡的房烧了，还杀死了村长，然后赶着牛羊，得胜回朝般走了。大个子排长得知后，怒火中烧。当时他带着十几个战士，也包括龙娃。路上，他们和土匪展开了一场恶战。大个子排长没有想到的是，龙娃居然如此勇敢。那个横行乡里的白狗子团长巴团长，就是死在龙娃的枪口下的。当时他举着枪，对着巴团长说，巴道，你看看，我是谁？我是那个放羊娃龙娃龙马印！今天，我要把你这个疯狗不如的强盗土匪打死！你可把我们乡亲们欺负苦了。说着，他就冲巴团长连开了几枪。巴团长倒下了，后来龙娃也倒下了，倒在了血泊中。随后大个子排长和另外几名战士抬着他，往前走去……

龙娃在担架上做了一个梦，他梦见红艳艳的橡树林中有一群白色的山羊，

　　　　　　　　　　　　　　　　　　　　——谁解麦浪

在香甜地吃着橡碗子，树上有松鼠在蹦蹦跳跳，松鸦在动听地鸣叫。他骑着一匹大马，向远处走去……

龙娃后来说，他从一个红小鬼，到八十岁还健在的一位老红军，这路程比二万五千里长征要长多少倍呀？回忆起来像一个梦。在他离休后，他常常干的事就是回忆过去，写回忆录。十几年间，他一连出版了十几本书。他成了个文武双全的、让故乡人引以为自豪的人物。那之后，他几乎每年都要到他的故乡橡木沟去一趟，一般都是在秋天去。那时橡木沟的秋色最浓也最美，如诗如画。满目的橡树叶子像火焰、像朝霞、像猎猎的红旗。那树上的果实橡碗子，结得极为稠密。那橡碗子就像装满美酒的酒盅，像盛着栗子小窝头的小盘子，看着顺眼，吃着别有滋味……那个时候，他的爷爷、亲爹还有后娘，已经化作橡树林里的几个大坟包，坟上长满了秋菊，还有其他的花草……他总要举起手来，向那坟茔行一个庄严的军礼。他更没忘记，去给他十九岁就去世的亲娘上坟……

那天他站在菩萨峰前，面对着那座酷似观音菩萨的山峰，也敬了一个深情的军礼。那一刻，菩萨峰上有一只山鹰在盘旋着，盘旋着……一阵秋风吹来，把满山金灿灿红艳艳的橡树叶子吹得沙拉拉响。

他一边品尝着一颗橡碗子，还一边说了一串歌谣：

橡碗子，橡碗子
穷人要想翻身有饭碗子
离不开枪杆子
也离不开笔杆子……

庄晓龙的影子

庄晓龙参加田径比赛得了冠军，可还没领奖，就因生活所迫被爸爸叫着去天津了——在他走了之后，师生们都哭他想他，同学们用"七嘴八舌"再现了庄晓龙的影子，而他的影子忽然又出现在同学们面前。他到底有一个什么样的影子呢？这篇小说的新意和独特之处在于：用众人对话的方式，塑造了庄晓龙这个感人的少年形象。

——题记

庄晓龙走了。刚比赛完长跑，就气喘吁吁地走了。他跑了个第一名啊，全马圈小学第一名。可还没顾得领奖，他爸就来找他，让他马上走，说是他们要举家去天津啊。他爸和竹老师打过招呼，去教室把他的书包取了出来，没让他再进一回那个五（1）班教室，就牵着他的手走了。他似乎不想走，一再回头望同学们，想招手说声同学们再见，可没说出口，嗓子就哑了，就想哭，于是就不敢再回头看同学们，只向校园外走去。而此时望着他的同学们，大多还不晓得怎么回事，还不知道他要走了，所以就没说庄晓龙再见。只是刚刚还喊着庄晓龙加油的同学们，都有所疑惑：庄晓龙刚跑完田径第一名，干吗就被一个老乡领走了呢？

操场上开运动会的同学们，不少人都眼巴巴地望着庄晓龙的背影，也顾不得观看比赛了，这是为什么呢？

这一幕发生在马圈小学秋季运动会的操场里。接下来的一幕，即将发生在马圈小学五（1）班的教室里。

都说马圈小学五（1）班关着一窝"狗"，因为班上的孩子全属狗，都是1994年的狗。而在这"狗群"中，却半路途中来了一个长白山的"猴"——这个"猴"就叫庄晓龙。庄晓龙的老家在长白山下，他家是朝鲜族。经人牵线搭桥，他随父母和姐弟一同来到京郊，从此他成了马圈小学的借读生。他还成了距离马圈小学五里、一个叫牛村的外来户中的一员。

庄晓龙长得细高个儿，白脖子净脸儿的，腿特别长（有同学叫他细长腿），走路颤儿颤儿的，风一般快——不快也不行，他每天得跑几个来回，赶着去上学，中午还要赶着回家吃饭。可是后来，他几乎要吃不上饭了，所以就发生了文章开头那一幕——庄晓龙他爸要把儿子带走了。据耳朵尖的人说，庄晓龙他爸那一天一边领着庄晓龙往校外走，一边还嘟嘟囔囔用汉语伴着朝鲜话说什么，三十六计，老子是走为上计，此地不养爷，还有养爷处哩。

简单说，就是庄晓龙他爸爸打工的地方不要他了，他妈妈做饭的地方，也不用他妈妈了，而他们租房那家房东，也不让他们住了。所以庄晓龙他爸爸就决定，带着全家人下天津，去那里投亲靠友，再混碗饭吃吧。这么着，庄晓龙在开运动会的操场上，就被他爸爸叫走了。而这故事也只能就从这里正式开始。

运动会闭幕了。领奖台上本来应该有庄晓龙的影子，可是没有。正因为该有他的影子而没有，同学们在音乐声中，在鲜花和掌声面前，都在寻找他的影子。可直到操场上的人都走光了，也不见庄晓龙的影子。操场里遗留下一片片烂咂咂的脚印，哪些脚印是庄晓龙留下的呀？操场里留下了那么多花搭搭的糖衣、果核、瓜子皮，哪些是庄晓龙吃过的呀？操场里摆放着那么多离开屁股的小板凳儿，可那里没有庄晓龙的板凳，因为他没带板凳。操场上的彩旗像柿子树上的柿子一般红火，可那呼啦啦的红旗和红彤彤的柿子树下，却不见了庄晓龙的影子。

后来，同学们各自回到自己的教室。而五（1）班的课堂里，居然出现了一片哭声。此时同学们都知道庄晓龙走了。知道庄晓龙走了以后，同学们的情绪很反常。有的大声叫着庄晓龙的名字。有的逮着足球不是好踢。有的同学失魂落魄，在楼道里发呆。有的同学还不无遗憾地说，还想请庄晓龙吃巧克力哪，谁知这细长腿竟然走了。其他班的同学也嚷嚷着庄晓龙被带走的事。

庄晓龙走了——同学们明知道他走了，却还要说着他走了。多情的班长一提他走了，就忍不住哭了。受他的感染，同学们几乎都哭了。且不论男生、女生。是啊，一班同学，唯独庄晓龙的座位空了，人们还真有点"遥知兄弟登高处，遍插茱萸少一人"的感觉哪。

班主任竹老师进教室一看，见同学们都哭天抹泪的，她也很难过。她问同学们，你们哭什么呀？

同学们说，哭庄晓龙啊。

竹老师问，庄晓龙怎么了？

同学们说，庄晓龙走了，庄晓龙刚跑完第一名就走了，他还没领奖就走了。

竹老师望着同学们哭红的眼睛，许久也不说话，眸子里也闪开了泪花。后来竹老师说，同学们，我刚刚知道，你们都是这么重感情的呀。你们对庄晓龙的思念之情，我很理解。其实我也挺喜欢庄晓龙的。可我们为什么都喜欢他呢？除了他的人缘好，在他身上我们还能看到什么可贵之处呢？大家说说，这半节课咱们就说这个话题。否则情绪调整不过来，下午的课也上不好。说吧，庄晓龙的长处在哪儿？谁先说？

我说——有个似乎是傻乎乎的男生抢先说，老师，我说庄晓龙的长处在腿上，因为他的腿长，所以他刚才跑了个第一。

叫我说——又一个透亮杯儿似的同学说，老师，叫我说跑不跑第一，不在于腿长不长，还在于……在于啥？庄晓龙的名儿好，他叫龙……龙爪子不长，可跑得也快，就差腾云驾雾了。

哈哈哈哈——那有几分悲痛和压抑的气氛里终于发出了笑声。

又有一个长得挺俏皮的同学用俏皮的薄嘴唇说，庄晓龙老家在长白山，听说他还去过长白山天池哪，他当然腿长了。

还有个黑黝黝脸膛的男同学说，不，叫我说庄晓龙的胳臂更长，他还代表咱们学校，参加过县里的舞龙耍狮子比赛呢，也得了团体第一名。

有个红扑扑脸蛋的女生说，是啊，庄晓龙可给咱们争过不是一回第一呀。作文比赛、英语比赛、数学比赛……他都拿过第一，叫冠军也行。

有个同学顽皮地开玩笑说，这个庄晓龙，跑得这么快，他是不是服了兴奋剂呀？

　　　　　　　　　　　　　　　　　　　　　　——谁解麦浪

班长打抱不平地急了说，你胡说，庄晓龙连巧克力都没吃过，他上哪儿服兴奋剂去呀！早点他就吃了一个烧饼，连一碗馄饨也舍不得吃。我带的一个苹果，让他咬了两口……叫我说，庄晓龙跑第一，就是因为他腿里有劲儿——像电催着一样。

又一个机灵鬼似的大眼睛同学说，庄晓龙拿第一，可能是因为他属猴吧，是个长白山下的长臂猴，猴善于表演，善于爬树，善于爬杆儿，善于玩耍，自然也善于奔跑，猴天生的聪明……反正是庄晓龙挺机灵的……

竹老师又说，说吧，随便，说得挺好。不过还是要多说说，庄晓龙为什么拿了个田径比赛的冠军。如果说属相的话，你们这些小狗，应该比猴子跑得快吧。

同学们又哈哈大笑了。

有个扎蝴蝶结的同学说，老师，我想说一点，庄晓龙跑得快，就因为他平时老走着上下学，还经常跑着上下学……咱们这班同学，全得家长接送上下学，有用汽车接送的，有蹬三轮接送的，最低也得用自行车接送。有的同学，家长不接送，就不回家。包括我也是。还没放学呢，接送学生的家长和车辆就把学校大门外围满了，比学生还多呢，熙熙攘攘啊。可庄晓龙呢，从来不用家长接，都是一个人走着上学。而且他家也挺远的，五里地，一个来回十里呢，可庄晓龙从来没迟到过。所以他到了开运动会时，就用上劲儿了。真是台上一分钟，台下十年功啊。

老师——又有个淘气的同学说，对，庄晓龙真是这样，现在想起庄晓龙在上学路上的身影来，我真是想他呀，我真不愿和他说拜拜呀。也难怪女生说他好，我们男生看他也不赖呀。

这时，有个男生又站起来说，老师，我想起一件事来，有一次刮着六级的大风，我爸爸顶风骑车送我，根本就蹬不动车。庄晓龙就对我说，你下来走着吧，别让你爸送你了，咱俩一块儿走……老师，我多想和庄晓龙走一回呀，可这回他走了，想与他结伴同行，也不可能了。唉，同学一场，真是来去匆匆啊。

这时有个扎小辫子的女生说，老师，我也记得一回，下了大雪，路上结了冰，庄晓龙就像滑冰一样走着，挺精神，也挺神气的。也就在那一天，有个中学生在路上拦着我，说是和我要俩钱花，不给就不放过我。这时庄晓龙正好赶上来，就把那初中生吓跑了……要不跑，他那大长腿飞起一脚，还不给他踹趴下？真是多亏他营救了我，也算是见义勇为吧。

又一个脸蛋像红苹果一样的女生，激动地说，老师，有一次赶上下雨，我见庄晓龙把雨伞让给路人打了，可他淋着雨，就那么飞快地走着。他的雨中身影挺美的，还很潇洒，还很……也可叫帅呆了吧。

有个胖乎乎的男生开玩笑说，这家伙，庄晓龙快成我们的偶像了，还是快成哪个人的白马王子了——反正啊，我都想追求他了，可人家下天津了，追也追不上了。

一个瘦长脸的男生说，老师，人们都说路上的事，我说点家里的事吧。我去过庄晓龙的家，那可真是进门就上床，出门撞南墙啊。不，庄晓龙家是朝鲜族，他们家也没床，就是个地铺，铺着一层蛇皮袋儿，还没桌子，他就趴在凉席上写作业，可他一点也不马虎。

一位额头上长着一颗黑痣的女生说，老师，庄晓龙跑得快，许是人穷志不短吧？庄晓龙家，真是挺穷的。他爸爸一月才挣几百块钱，要赡养爷爷奶奶，还要照顾他的姐姐、弟弟……

有个和庄晓龙同村居住的男生说，老师，庄晓龙家的伙食可差了，他时常就吃一个馒头，就几根咸菜。有的时候……对了，他妈妈会做韩国菜，给一个中韩合资企业做饭，有时候他妈妈就从企业大院里的铁栅栏里递出一个花卷来，让庄晓龙吃，我见过不是一回了。庄晓龙吃得还挺香。可我有的时候，吃肉包子都嫌肉肥，腻得慌，忒荤；吃菜包子吧，又怕扎嘴，太素了点。哪像庄晓龙啊，吃个豆包都知足得美滋滋儿的，过年似的。

这时，一个身材挺高，看着挺成熟的男生说，嘿，你不知道吧，他吃的花卷等于是偷的，后来就不让庄晓龙他妈妈做饭了，把他妈妈开除了，时髦话就是炒了鱿鱼，应该不叫下岗，一个外地人谈什么下岗啊——说是他妈妈给儿子偷着拿花卷吃，这不等于吃里扒外吗！所以呀，他妈妈这伙头军的差事就丢了，就只能给家里做泡酸菜去了。后来庄晓龙连花卷也吃不上了。可庄晓龙还挺懂人情世故的，说人情世故不错吧，其实简直说就是啊，庄晓龙给好多同学家，拿过泡菜吃，那可是韩国味的泡菜啊。

竹老师接茬说，是啊，庄晓龙还给我拿过泡菜哪。他妈做的泡菜真是好口味呀。

————————— 谁解麦浪

佩戴着红领巾的班长又说，老师，庄晓龙家里的确很穷，他平时根本就吃不上水果。有一回我给他一个大桃吃，他吃得真香啊，吃完还给我唱了一句歌，叫什么长白山下，果树成行……

不知哪位快嘴同学说，庄晓龙不是想老家了，就是想苹果吃了，要不然唱的哪家子歌呀。知道这样，多给他俩水果吃，让他多给唱几支歌呀。

大家都笑了。

这个时候，有个女同学又说，老师，庄晓龙家穷，许是因为他家孩子太多，他有一个姐姐，十六岁，有一个弟弟，才六岁。听说是少数民族允许多要孩子。不过，老师……有个事也属于庄晓龙的私事，就是他姐姐刚十六岁就不上学了，就上饭店端盘子去了。可那饭店老板不安好心，说是让庄晓龙他姐姐接什么客，可他姐姐说什么也不干。于是呢，他姐姐就摔了一堆盘子，工资也不要了，一赌气就跑回家去了，也只能回家吃闲饭去了。

有个男同学愤怒地把拳头擂到白墙上说，这就是社会的黑暗面，就是什么哪？我也说不好。这事据说都不新鲜了。哼，饭店老板真不是好东西呀。庄晓龙和我也说过他姐姐的事儿。他想找一群人打那个黑心老板去，可最终没敢去。不过呀，庄晓龙可是不服气，他还说，他大了要铲除腐败分子呢。要争取什么人类的公平呢。听说他爸爸被开除了，他还想找老板闹去呢。可这回……

竹老师听到这里，眼里泪花早转了。她说，同学们，庄晓龙的处境难，生活难，咱们是知道的，也是让人同情的。可有些事情是咱们管不了的。但是，庄晓龙的确是人小志气大呀。他不但学习好，而且在文体方面，给咱们班争了不少光。他的身上的确存在着不少闪光点哪。大家也许不知道吧，庄晓龙今天跑步穿的白网鞋，是他……是他从垃圾堆里拣来的呀，可他正是靠这双拣来的鞋，跑了个全校一千五百米第一名……

竹老师说到这里，几乎要泣不成声了。而大多同学们又一次哭了。还一再地叫着，庄晓龙走了，庄晓龙走了……

恰恰在这个时候，门外传来一声怯怯的报告声——报告！

所有的目光都刷地一下投向门口，全都惊讶了——那门外站着的不是庄晓龙吗！

原来，庄晓龙又不走了，不去天津了。天津那边来话说，亲戚给他爸爸找的工作又泡汤了。当时，他爸爸觉得走投无路，天昏地暗。那一刻庄晓龙似乎一下子就长大了，就像个男子汉了。庄晓龙攥着他爸爸的手，冲他爸爸说，爸，您别着急，北京这么大，还能找不上个工作干吗？咱们不走了，就在北京扎下去吧，不信找不到个挣饭吃的地方！

当时爸爸听了儿子的话，感动得一下子就把庄晓龙抱住了，就说，好儿子，咱们不走了！

当同学们知道庄晓龙不走了，又回来了，有不少同学把庄晓龙抱住了。七八个孩子把庄晓龙举得老高，还喊着，庄晓龙不走喽——细长腿又留在北京，留在咱们马圈小学喽。

那天放学后，全班同学谁也不让家长接送了。家长们不管是开汽车来，还是骑自行车来，还是蹬三轮来，都白来了。同学们说，他们不再用大人接送了，他们都五年级了，他们要和庄晓龙一样走着回家，也好等下次开运动会时，跑个第一名啊。

那天，庄晓龙还是一个人走在最前头。人们望着他的背影，发现他的腿的确比较长，走路颤颤儿的，挺快。

有同学问他急着跑什么呀。他说他赶着回去，帮父母搬家去呀。

有同学说，我们帮你搬家去吧。

有同学则开玩笑，白哭了庄晓龙一场。

又开学了，庄晓龙的影子后面又多了一个小小的影子——从此庄晓龙天天带着他的弟弟，到马圈小学去上学。

鹞子情

　　三十年前，高晴用小舅给他的一只陶瓷鸟，交换了一只鹞子，送给了小舅；三十年后，儿子高云淡也意外地得到了一只鹞子，但高云淡却把鹞子"拍卖"了——老子又将鹞子买回，放归蓝天。

——题记

　　小舅从北京回老家来看姥姥，给外甥高晴带回来一只鸟。鸟是好鸟，却是一只假鸟，陶瓷的，鸭蛋青色，鸡蛋大小，泛着玉石般的光泽。小舅把这只鸟攥在大手掌里，问高晴他手里攥着什么。高晴的大眼睛早看见那只露出头的、张着嘴的鸟镞子（喙）了——叫了一声，鸟！小舅把手张开了，一只玲珑剔透的玩具鸟蹲在他手心里，却没有鸟爪子，鸟的造型也有几分怪异。小舅说，给你的，拿去玩吧。小舅还想教给高晴，这鸟怎么玩，但没等做示范，高晴就说他会了，鸟就到他手里了。他没说谢谢小舅，喜欢得忘了说这句话了。他拿起小鸟，就跑到外面玩去了，也可以说是显摆去了。

　　人说，车不是推的，牛不是吹的，而这只鸟可是吹的。高晴往鸟肚子里灌满了水，他把小嘴对到鸟尾巴上，鼓着嘴一吹，那鸟嘴里就一边喷水，一边叫唤起来：啾啾啾，咕咕咕，喳喳喳……鸟就发出了各种动听的声音。这东西可是够神奇和稀罕的。高晴只在村街上跑了一圈，那一罐水还没吹完哪，就把好几个伙伴招出来了。伙伴们簇拥着他，看这新鲜玩意，有人干脆凑上前去，说，高晴，让我也吹吹吧。于是那鸟就跑到另一个伙伴的手里和嘴上，尽情地鸣叫去了。

一会儿工夫，这鸟就叫遍全村，传遍每一个伙伴了，似乎全村的每一个孩子都变成鸟了。这只鸟给全村带来了太多的生机和活力，弄得山上的真鸟都自愧不如，不敢再百鸟争鸣，而变得鸦雀无声了。那半宿，伙伴们都说着一句话，让我吹吹。于是孩子们就轮番吹着那只鸟，却没有把鸟吹累，鸟一直那么尽情地叫着；只要给它往肚子里灌水，只要对着它的尾巴吹，它的小嘴里就咕嘟嘟冒着水泡儿，溅着水花儿，有唱不完的歌儿。高晴当然是引以为自豪的，因为这鸟的主人是他呀。他笑眯眯的。他总爱说一句，这鸟是北京来的，是我小舅给我的。他还爱提醒一句，谁吹也不碍事，可要拿住了，千万别掉在地上，这鸟怕摔。于是伙伴们在吹鸟的时候，就用小手把鸟的鼓肚子攥得很紧，不是怕鸟飞了，尽管鸟的翅膀活灵活现的，布满了花纹——是怕把鸟摔了。

这鸟真好。

有了这只鸟，高晴连觉都睡不着了。月光下他还把玩着小鸟，想着明天早上，太阳出来的时候，还吹鸟去，和那些真鸟们比赛，看看谁叫得欢。

翌日，高晴把鸟肚子里灌满水，就又吹着跑到村街上去了。这个时候，他听见一阵喳喳的鸟叫声——他站下身来，循声望去，却见那边一个与他身高和年龄相仿的孩子，提着一只鸟笼子，晃晃悠悠地，本来是要向他走来，却又故意转身，往那边去了。凭他那双有神的大眼睛，一看那伙伴扭动的姿势，特别是那轮屁股，他就知道那伙伴是多么得意了。他当然知道，那伙伴是在用那只鸟笼和鸟笼里的鸟馋他。他知道那伙伴是谁。他叫了一声，常鸣，你提着一只啥鸟啊？那常鸣卖了半天关子，才回过头，举着鸟笼说，嘿，咱这可是能够在天上飞的鹞子。

高晴远远地望着那在笼子里蹦跳和鸣叫着的花鹞子，可是眼馋得可以了。于是他就一溜小跑，和常鸣接上头了。当他近距离地望着那笼中的鹞子的时候，就喜欢得不行了，恨不得钻到鸟笼子里去。他转着圈儿看了半天，这鹞子还没脱尽奶毛，是一只刚出窝的小鹞子；鹞子的一扇翅膀受伤了，那斑斓的羽毛上还有斑斑血迹。

高晴看着鹞子，心咚咚跳着。那鹞子的头一探一探的，欲飞出笼子似的。这笼子是山榆条编的，大肚儿、小口儿，中间一溜花眼儿，不大不小，正好关鹞子。此刻那鹞子在笼子里蹦跳了几下，又张开钩钩锛子，喳喳叫着。

高晴见了这鹞子，想到的第一个人就是他小舅。他想，他小舅肯定比他还喜欢这只鹞子。他的大眼骨碌碌转着，别人就不晓得他想什么了。常鸣也许看出了他的心思，对他说，哥们儿，我这鹞子怎么样？他实话实说，这鹞子是不赖。

常鸣笑了，比你那个能吹的鸟强吧？

他也笑了说，这也不好比。

有啥不好比的？我这鹞子可是能够飞到天上去，还能飞到地上来，还能抓野鸡野兔哪。你那鸟不就会叫唤吗，还得靠人嘴让它叫唤。

高晴就不好说什么了。他只是眼巴巴地望着鹞子，又随意地问，你这鹞子，是打哪儿来的？

嘿，神了——大早上的，它就落到我们家院子里了，受了点轻伤。

你也没喂喂它，它吃啥呀？

鹞子吃荤不吃素。这不，我得给它逮蚂蚱去了。

高晴说，那可费事了，还得给它逮蚂蚱吃。哎，你说城里有蚂蚱吗？除了蚂蚱，小鱼儿呀，肉啥的，它也吃吧？

当然了，只要是荤的，它都吃。这东西，好养。说着，常鸣就不知从哪儿摸出了一小串蚂蚱，伸进笼子里，鹞子上前就叼过蚂蚱，嘴脚并用，吃了起来。高晴看着鹞子的吃相，更觉得这鹞子可爱了。

常鸣早看出了高晴的心思，说，哥们儿，说句实话，你是不是喜欢上我这只鹞子了？

高晴并不隐瞒地说，说不喜欢也是瞎话。

那……常鸣就不再迟疑了，干脆说，你要真喜欢，咱俩换怎么样？我拿这只鹞子，换你那只能吹的小鸟。

真换？

你想换就换呗。

这……高晴眨巴了一顿眼睛，果断做出决定，换就换，你可别反悔。

反悔什么呀？君子一言，驷马难追，咱俩可都是男子汉了，说话算数。

就那么几句话的工夫，高晴手里的鸟，就跑到常鸣的嘴上去了；常鸣的鸟笼子，转移到高晴的手里去了。

常鸣吹着小鸟，嘟嘟地回家去了。

高晴提着鹞子，找他小舅去了。

果然是高晴想象的那样，小舅见了这鹞子，比他还喜欢这只鹞子。听小舅说，他小的时候，就想掏一只鹞子养着，可直到进城工作，也没能够实现这个愿望。小舅说，所有的鸟里，他最喜欢的就是鹞子了——也许知道小舅喜欢鹞子，高晴才换来了这只鹞子吧。

一晃几天过去，那鹞子简直是一会儿一变，奶毛不知都去了哪里，只剩下一身花里胡哨的羽毛了，尾巴也长长了，展开来像把花扇子。鹞子的羽毛更加鲜亮丰满了，翅膀也变得矫健有力了。那天高晴和小舅捉来一串蚂蚱，打开鸟笼，喂鹞子。鹞子忽然之间就飞了，扑扇着翅膀，一下飞到了房檐上。高晴惊喜交加，喜的是那鹞子的伤好了，会展翅飞翔了；惊的是怕那鹞子飞去，再不回来。可是，那鹞子只望了一眼蓝天、一眼青山、一眼绿树、一眼小小的山村，便又扑扇着翅膀，飞了下来，又落到笼子上。高晴打开一个瓶子，放出一只只活蚂蚱——于是那鹞子便一口一只，香甜地吞开了活蚂蚱。

鹞子吃饱了，就蹲在高晴的手上。

高晴抚摸着鹞子美丽的羽毛，几乎陶醉了。小舅直夸这鹞子，太好看了，太好玩了。

小舅还说，他做了一个梦，梦见鹞子叼着一只山鸡，飞翔在蓝天白云上，还梦见鹞子下了好几个带花点儿的蛋，孵出了一窝白棉球似的小鹞子。

高晴惊奇地说，小舅，我也做了一个梦，咱俩的梦差不多，我还梦见我把一只小鹞子送给你了，可你说不要……

小舅乐了，说，梦是反梦。我要真和你要这只鹞子，你舍得给吗？

高晴没有犹豫，只说，舍得。这鹞子本来就是你给我的小鸟换来的。

小舅又乐了说，你这孩子。可我也不好意思要啊，因为你也喜欢它。

高晴说，没事啊，咱俩谁跟谁呀。他又对着小舅的耳朵说，小舅，这鹞子就是我给你换的。

小舅就乐得出了声，拍着高晴的肩膀说，看我这外甥，都成小大人了。

高晴正式决定，把那只鹞子送给小舅，让小舅带到北京去。他下定这个决心，那也是不容易的，虽然他才和这鹞子相处了几天，可却处出感情来了，他的生活里似乎再也不可缺少那只鹞子了。但他还是毅然决定，把鹞子送给小舅了。

谁解麦浪

那天是他最后一天和鹞子相处了。这一天，他一直守在鹞笼跟前。他把鹞子放出来，抱在怀里，又放飞鹞子，可鹞子只在房脊上落了几分钟，就又飞了下来，蹲到了他的肩膀头上。

高晴爱恋地望着鹞子，大眼睛一动也不动，一会儿，眼睛居然湿润了。他多情地对鹞子说，我要把你送到北京去了，你愿意吗？

那鹞子瞪着黑亮的小圆眼睛，似乎是同意了。树上，一阵叽叽喳喳的小鸟叫。鹞子扬起头，直向树上望去。忽然，鹞子振开翅膀，飞上树梢。高晴还没反应过来，鹞子就叼着一只山雀，从树上飞了下来。那山雀挣扎了几下，便断气了，淌在地上几滴鲜血。

鹞子望着山雀，又望着高晴，似乎是在征求什么意见。

高晴明白鹞子的意思。他将那山雀递给鹞子说，你吃了它吧。等你去了北京，就没处抓山雀去吃了。

鹞子仿佛是听懂了主人的话，便不再客气，只又露出了凶相，凶狠地叼过山雀，用钩钩爪踩着，然后转着圈儿地用钩钩嘴撕扯起那山雀的羽毛来。

这时小舅正好跑了过来。

高晴说，小舅，我的鹞子能逮山雀了，它真有本事！

小舅不禁问，外甥，你又舍不得给我这只鹞子了吧？

高晴痛快地说，谁说的！男子汉说话算数。应了人家的事，就不能再变卦了。

那天傍晚，高晴先捉了十几串蚂蚱，又捉了两大瓶子蚂蚱。他听说，北京城里没蚂蚱，这蚂蚱是给他的鹞子带的干粮。

明天小舅就要把他的鹞子带走了。从此以后，高晴还去哪儿见他的鹞子呢？也许他再也见不到他的鹞子了。

为此，高晴大半夜睡不着觉。他把鹞笼放在枕边，借着月光一会儿一会儿地看；月亮下山了，屋中黑暗了，他又偷偷点上煤油灯，反反复复看他的鹞子。妈妈的大巴掌如扇子，把灯扇灭了，命令他，快睡吧，明天你还得去车站，送你小舅哪。

第二天早晨，天上没有红霞，布满了一块块破脏布似的云彩——天欲下雨的样子。

高晴先是恨这个阴不阴晴不晴的破天气，后来竟又觉得这个天气对于他来说，也许是个好天气，小舅也许不会走了。如果今天不走的话，他将又会和他的鹞子多玩一天了。

早上，高晴什么饭也吃不下，他只顾捧着那只鹞子，总也看不够，并嘟嘟囔囔说，你要上北京了，以后咱俩谁也见不着谁了，你会想我吗？

这时，妈妈对高晴说，高晴，准备走吧。

小舅和高晴顶着厚厚的云彩，踏上了弯弯的山路。小舅背着一个装满山货的背包，走在前边，高晴提着那只鹞子，走在后边。

一路上的风景也算是美的，山峦起伏，花草树木都格外鲜艳水灵，葱茏茂盛。有无数的鸟儿，啁啾啼鸣。可高晴对这大自然的景色却没看几眼，只顾打量着笼中的鹞子。

一会儿，便淅淅沥沥下起雨来，雨点打得树叶沙沙乱响，还夹杂了几个麻雀蛋儿大小的冰雹，在林中蹦跳。这样一来，高晴倒显得精神和更激灵了。他迈着两条正在发育的细长腿，如山猴子般，领着小舅钻到路边一个山洞里，避开了雨。山洞外的雨大一阵小一阵，一时半会儿没有停的意思。

小舅看了几回手表，恐怕误了火车。高晴倒没有为小舅分忧的意思，他想，只要身边有小舅和他的鹞子，即使在这山洞里避几天雨，也是快乐的。

他们刚赶到火车站，那墨绿色的客车便徐徐地开来了。没工夫喘息，列车停下了，列车门打开了。这个一分钟山间小站，不容送行的人们恋恋不舍。

小舅拉了一把高晴的手，拍了拍他的膀头，似乎没说什么，就登上火车了，然后他回过身来，接过了高晴递上来的鸟笼子。笼子里的鹞子喳喳地叫了一阵，听着鹞子的叫声，高晴的眼泪花转了，他想说什么，却什么话也说不出来，嗓子都沙哑了。

车门咣当关上了。一时间他的眼前似乎都黑了，看不见小舅，也看不见他的鹞子了。他有几分失落感地站在月台上，眼泪就扑簌簌下来了。这个时候，他发现小舅打开车窗，探出头来，向他挥着手，随手把一张两元的钞票从车窗内抛了出来，并大声叫道，小晴，给你，钱，拿着！

那会儿高晴似乎蒙了一般。

列车长鸣一声，徐徐开动了，一会儿，便钻入一个山洞，没影儿了。

高晴望着长长的钢轨和隧道，忽然叫了一声，小舅，又叫了一声，鹞子。

一个好心的铁路工人把两元钱递给高晴，说，小伙子，别伤心了！嘿，给钱都顾不得拣了！快，拿着！

一个月以后，高晴和常鸣做伴，头一次坐火车，到北京去了。一路上，常鸣不时地拿出那只陶瓷的小鸟，嘟嘟地吹上一阵子。高晴还是很喜欢那只灌上水后就可以吹的鸟的，但这鸟不归他所有了。他还特别想他送给小舅的那只鹞子，但那只鹞子也离他很遥远了。这次进京，他就是为了去看那只鹞子的。他带了十几串肥嘟嘟的秋蚂蚱，还有许多核桃、红枣之类的东西，第一次蹬上了开往北京的火车。那两元钱，正好作为他去北京的火车费。

丰沙线上的列车，轰隆隆，穿山越洞地走着。

秋日的永定河水，流淌着咆哮着奔腾着。

高晴望着车窗外的一切。他的视线中，有一只鹞子在蓝蓝的天上飞翔……

这个故事是发生在三十年前的故事了。现在很少有高晴这样多情的孩子了，现在也不让养鹞子了，现在两元钱也坐不了火车了。

那只鹞子现在早不在人间了。高晴的小舅也离开了人间，但高晴总是想念那只鹞子和小舅，所以他写了这篇小说。至于小舅送给他的那只玩具陶瓷鸟，现在常鸣还保留着。据说在潘家园古董市场，有人出八百元想买他这只稀有的陶瓷鸟，可他没有卖。有一回，他和成了作家的高晴开玩笑说，你把你最爱的两只鸟都给别人了，你不后悔吗？

高晴说，只要别人以为那是我的最爱，我就没什么后悔的了。其实，不过是两只鸟而已。

这篇小说到此似乎可以完结了。即使不完结，一般读者也不会想到下面这个结局。这个结局简而言之如下：

那年高晴的儿子高云淡十二岁。那天，出现了一个奇迹，一只鹞子从天上扑下来，去抓高晴家的鸡。鸡钻入了鸡笼，鹞子追进了鸡笼。高晴的妻子手疾眼快，揭开锅盖，扑上前去，把鸡笼盖上了。

那么机灵、勇敢的鹞子被堵在了鸡笼里。

高晴对这只鹞子倍加爱护。他平日里舍不得吃肉，却买了肉皮，切碎，喂那只鹞子。

高晴的儿子高云淡并不怎么喜欢那只鹞子，却四处宣扬他有一只鹞子。于是，便有十几个同学前来他家看那只鹞子，还嘀咕着什么。

高晴说什么也想不到，高云淡这些天来，一直在准备着卖那只鹞子。想卖那只鹞子，只是因为有人想买那只鹞子。高云淡说，谁给的钱多，我把这只鹞子卖给谁。

那天，高晴下班回来，不见了铁笼中的鹞子。

高晴急了，直问，鹞子呢？高云淡，咱们家的鹞子呢？

高云淡有几分得意地说，爸，我把它卖了。

啊？！高晴的眼都瞪圆了，你把它卖了？卖给谁了？卖了多少钱？

高云淡说，爸，卖了二百五，不少吧？

你……高晴气得咬牙切齿，却说不出什么话来，只说，你就认得钱！

谁不认得钱哪！高云淡冷笑了说，鹞子吃了咱们两只鸡，咱们得了一只鹞子，一只鹞子，比两只鸡贵多了。你发表一篇小说，才给几个稿费呀。

少废话！高晴愈发火冒三丈。他走进屋内找出五百元人民币，递给高云淡，说，给，你把那只鹞子再给我买回来！你二百五卖的，我两个二百五买回来！去，给我买回来！

翌日黎明，高晴放飞了一只鹞子。那鹞子直飞向红霞升腾的天空。高晴眼眶红润地说了一句，小舅，你看得见这只鹞子吗？

三双眼睛盯着那只矫健的鹞鹰，在霞光中翱翔……

高云淡和他的妈妈似乎不太明白，高晴为什么又把抓到的鹞子放了，为什么把卖掉的鹞子又买回来，买回来又放飞蓝天。……

情人节不用你送礼

借读生何宝星给刁老师送了一年礼，回头一盘点，所有礼物都与十二生肖有关——情人节他该送什么礼呢？宝星爹突发急病，刁老师为其交了一万元押金……

何宝星是马圈小学五年级学生。别以为这校名不雅，听说此地可是关过乾隆皇帝御马的地方。而今那关马之处，却关了几百名身穿学生服、头戴小黄帽、脖围红领巾的小学生。其中就有何宝星。何宝星到底来自何处，谁也说不清楚。人们只知道他不是北京人，是外来户，是马圈小学的借读生。由于他说话带点南腔北调味，因此有不少同学更爱逗他说话。马六问他：何宝星，为啥叫你外来人口，你来自外国吗，还是来自外星球？

何宝星就红了小脸说：我来自外地。

马六问：哪个外地？不是中国地吗？

何宝星说：也算中国地。

马六又问：是口外吗，还是什么塞外？

何宝星不快地说：你何必问这么清呢！我都告诉你了，我是外地人，还不够吗！

马六便风趣地说：那就叫你老外吧。

从此，何宝星得一绰号：老外。一半以上学生都称其为老外，就连女班主任刁老师，有时也叫他老外。那时他的脸红红的，心里不大是个滋味。而刁老师一生气，就将他的作业本一摔，怒道：你个笨老外！笨死你！

何宝星的脸就垂到了桌子底下。可刁老师还是不放过他，常常罚他的站，罚他扫一个星期的地，不让他进教室，或是让他滚出去，有时还用长指甲戳他的脑门儿。那时何宝星就觉得自己的处境很可悲了，甚至没了上学的心思。如赶上学杂费、借读费一时交不起的时候，刁老师再挖苦讽刺他一顿，逼他催他一顿，他简直就没什么活路可走了似的。还是那个同学马六启发了他。马六对他说：要想让老师对你好，你得接长补短给老师意思意思，明白了吧？咱们刁老师可认这个。别说你个借读生，就更不能落礼了。

何宝星茅塞顿开，是啊，他眼见得有不少学生都给老师送过礼。有送加湿器的、音乐盒的、工艺品的、特色小吃的……送的什么刁老师心里有谱，学生心里也有谱。且刁老师从不避讳这些，学生们也无须偷偷摸摸送礼，而是堂而皇之、大大方方地把礼物放到老师的讲桌上。刁老师有时还在班上广而告之，哪个学生送的东西别致呀新颖啊等。她还解释说，其实我并不在乎你们送什么礼物，但我觉得送礼也能看出一个人的心态和智商来。当然了，指不定我哪会儿还把礼物给你们送回家去。不过，有些外地穷学生连个瓜子都舍不得给老师送——也情有可原。

何宝星的小脸更加红了。他还真多心了。他简直要哭了。他心里嘀咕，闹了半天，老师对我不好，小瞧我，是怪我不送礼呀。也难说，我一个外地人，本身就被人瞧不起，本地人又爱欺生，有的同学又爱挤对人，又爱讽刺人，我要是再不打发打发老师，我的日子就更不好过呀。既然马六说送礼管用，我就送送礼吧。于是，何宝星就打定了给老师送礼的主意。放学回家的路上，他一个人默默地、闷头走在马路边的杨树行子里，心事还挺重哪。一路上他嘟囔了好几句，我知道不送礼是不行了。

何宝星显然是个心重、自尊心强、自卑感强的孩子。而且他很多疑，刚刚十二岁就学会了看人的眉眼高低。作为一个外地孩子，他比本地孩子更多了一些心眼，而却少了一些天真和单纯，至于浪漫在他身上就更少了。在他的感觉当中，自从他到马圈小学几个月来，师生对待他，尤其是刁老师对待他，他以为是另一种眼光的。尽管他学习比较刻苦，但还得算差等生之列；尽管他处处谨小慎微，可还是觉得有好多人是把他当外地人看待的。他甚至对他亲娘说，在学校里，他就像个后娘养的孩子。有着如此的心理，他的性格不免更加孤僻起来。同学并不少，但合得来的伙伴却不多。当然，他和马六还是不错的。那天马六给他提了个醒儿，他还真从心里感激马六，琢磨着，赶明儿我有了钱，先给马六买块巧克力吃。眼下自然是顾不得马六了。当务之急是得给刁老师预备一份礼物啊。

可他问自己，该送刁老师点什么好呢？他有什么可送呢？何宝星正走着，想得太投入了，一不留神撞到了一棵杨树上——可脑门儿那个包没有白起来呀，他的心头火花一闪，脑海里来了灵感，眼前刷地一亮，有了！他不禁脱口叫了一声：水耗子！

何宝星回到家后，就围着他的父母求情。他说：爸，妈，宰一只水耗子（水獭）吧。我想送给我们刁老师一张水耗子皮。

父母看着何宝星，先是气得想打他，后来才知儿子也有难处。是的，他们家刚刚养了几只水耗子，可还没赚一分钱哪，怎么舍得杀鼠取皮呀！可听了何宝星的含泪倾诉，爸爸也要流泪了。他说：咱们就这么一个孩子，又是个外来户，人家都给老师送礼，咱们也不能委屈了孩子呀！宝星能想到送水耗子，说明他的脑瓜儿挺好使。咱们家还有啥呀，就送老师一张水耗子皮吧。我说这样办，中。爸爸狠心杀死了一只水獭！那只比大灰兔都大的水獭，被爸爸把皮剥了。何宝星先是挺高兴，后来却难过得想哭。

几天后，何宝星把那张水耗子皮送给了刁老师，还说，刁老师，您用它垫屁股吧，椅子凉，它的皮暖和防潮。

刁老师乐了，别说屁股，说臀部。哼，我知道这水獭皮珍贵，可它没人心珍贵呀。何宝星你坐下吧，老师会喜欢你的。

那一天，何宝星真是从未有过的高兴啊。小脸乐得芍药花似的。作业也对了一大半。他心说，那水耗子皮没白送啊。

他的要好同学马六背后也悄悄对他说：宝星，你的水耗子皮暖和了老师的屁股，老师也给你好脸了吧，你的脸也光彩了吧。哼，老师的屁股一坐那水耗子皮，准想起你来。

何宝星也有几分得意地说：马六，刁老师不让说屁股，得说臀部。

马六说：拍马屁就是拍马屁，拍什么臀部啊！

两个人都哈哈地笑了。何宝星很少这么开心地笑过呀。笑过后他又杵了马六的屁股一小拳头，说：你才拍马屁哪！你是咱们班上有名儿的马屁精。

马六也朴了何宝星一拳头，说：你要这么说，我可跟你急啊。你一个外来户，哥们儿对你够意思了。你还说我拍马屁，哼！告诉你说吧，人家说当官儿的都会拍马屁。咱们马圈小学可是关过乾隆的马，你说当年谁不得拍乾隆的马屁呀！得了，乾隆的马屁咱们也拍不着了，逢年过节的，拍拍老师的马屁，不会有什么亏吃。哎，三八节的时候，你打算给刁老师送点什么礼物呀？

何宝星说：三八节就不用送了吧，三八节还得送礼呀！

马六说：三八节是咱们刁老师的节日，你说不该送吗！你以为你那一张水耗子皮老师就得坐一辈子呀，你一辈子也不用给老师送礼了。你这个老外呀，还真外行，叫我说这送礼一送出头儿来，就不能断头儿了，那头儿一断，那感情线就断了。我是这么认为啊，你要想当土老冒儿傻老冒儿，我也就不管了。反正你是个外来户。

何宝星的大眼睛直眨巴。他一劲儿地挠着头皮说：马六你说的对，我听你的还不行吗。

转眼到了三八节。有的同学又给刁老师送去了礼物。这下何宝星又犯愁了，他送点什么呢？总不能再送一张水耗子皮吧？再说，水耗子养赔了，都得病死了。他爸为了养家糊口，又养了一头奶牛。黑白花的奶牛。奶水还挺冲。何宝星的眼珠子一转，又有了：我给老师送一个月牛奶喝吧，白喝！

于是，何宝星就天天挤一雪碧瓶子牛奶，给老师送去。刁老师见了那雪白的奶汁，挺高兴，有时还用手指点一下何宝星的脸蛋，表示喜欢和谢意。何宝星就高兴得美滋滋的。何宝星心说，老师对我好，是因为我给她送了牛奶呀。一瓶牛奶能让老师喜欢我，我天天给她送牛奶也值了。

五一尚未到，礼品早送进了学校。有的学生家长在服装厂上班，就给老师送裙子和衬衫；有的家长在食品厂工作，就送了熟食给老师；有的家长在酒厂当工人，就给老师送了两箱子酒。何宝星的父母没工作，都在家搞养殖，没那东西，也送不起那东西；但他知道，牛奶是不能送了——刁老师说别送，天热了，一天就馊了。可何宝星送什么呢？

说来呀，并没难住何宝星。还是他娘帮了他的忙。娘做了一对虎头枕，让他送给刁老师。刁老师见了那虎头枕，乐得嘴都合不上了，却又说，这家伙，晚上还不吓我一跳啊！

同学们都哈哈地笑了。

有同学说：刁老师，老外就是想吓你一跳吧！

不！……何宝星刚要解释，脸憋得通红，却没说出话来。

刁老师赶忙接了过去，说：老外，不，何宝星，我知道你没有吓我的心——我谢谢你了还不行。不过，以后别送给我东西了。你送给我什么，也不如好好学习。当然了，你的心意我领了。你和你妈说，我谢谢她。

于是，同学们又鼓掌。

于是，何宝星一天都乐陶陶的。放学后，马六又对何宝星说：老外，你比我都会拍马屁了啊。看你六一给老师送个啥吧。

转眼六一又到了。有的同学又开始送礼品给老师了。这回，何宝星也没有落趟儿，也没为大难。他家那只红眼大白兔子下了一窝小兔，到六一正好一个月。于是，他就和父母商量好，捉了一对红眼睛白毛的小兔，装到鞋盒里，送给了刁老师。刁老师直夸那小白兔比玉的还好看哪，要拿回家去给她家孩子玩儿，她儿子最喜欢小动物了。可刁老师又说一句：何宝星，我不是说不让你送东西了吗，你怎么又送了。

何宝星涨红了脸说：老师，兔子是家里养的，没啥。

刁老师就说：那就先谢谢你了。

何宝星的脸笑盈盈的。刁老师的话他早记心头了，他心说，哼，老师说别让给她送东西了，可又说她的孩子喜欢小动物，这就说明她也喜欢呗。那我就还送。反正是老师喜欢了，我也就喜欢了。他知道过了六一就是七一了，他得抓紧预备七一的礼物了。

马六就和他开玩笑说：何宝星，七一你总不能还给老师送动物吧，你要给老师送头毛驴，这马圈小学可就该叫驴圈小学了。

何宝星又开心地笑了。他还有所悟地说一句：送礼是挺有意思啊。

马六说：送礼还有学问哪，你不也送出学问来了吗。

那一刻何宝星还真忘了他是个外来户了。

生活里不是没有美，而是缺乏发现美的眼睛啊。那天，何宝星的娘把一根树根欲填入灶膛，正要烧火……而在那刹那间，何宝星的眼前一亮，他仿佛发现了一条钻入火焰又像是喷着火焰的龙……他叫了一声娘，奔上前去，说，娘，别烧，给我！然后，把那树根从灶中抻了出来……他睁着大眼细细一看，那树根还真是像一条龙啊！何宝星将那树根稍加修饰，这树根还真就化腐朽为神奇了。几天后，这件根雕就摆到了刁老师的办公桌上。横看竖看都像一条龙啊。刁老师直夸其为：活灵活现！刁老师又问，何宝星，这个根雕真是出自你的手吗？

何宝星说：是，老师。

刁老师说：好，何宝星你很有创造力呀。一根柴火棍子，你让它成了龙了——说明你很有发现美的眼睛啊。不管你是哪里的孩子，你有艺术细胞，我就喜欢你。这么着吧，这条龙甭算你送给我的，就算你送给全体师生的吧。把它摆在讲坛上，咱们都相看两不厌吧。这寓意哪，就叫望子成龙，我也望你们成龙，好吧。

同学们呱呱鼓了一顿巴掌，连叫了三声好。

何宝星心说，我送礼也送出经验来了。我这条龙得到了老师这么多的夸奖。嘿，看着吧，我还有绝的哪。

八一建军节与老师的关系似乎不是很大。可学生们还是有给老师送礼的，其中多以瓜果梨桃为主。刁老师望着那些水果，有所无奈地说：同学们你们真是不听老师的话呀，送这么多水果干吗呀？俗了。可你们送来了，我要再让你们拿回去，好像我这人不讲情面似的。那就这样吧，咱们有福共享吧。来呀，咱们都来吃水果。何宝星你要多吃几个呀，你平时可能吃水果少一点。

何宝星就有几分感动，似乎也有几分惭愧。那节自习课，同学们热热闹闹地吃开了水果。有的同学就对刁老师说：老师，我们觉得学校里就和家里一样。

刁老师说：同学们应该养成集体观念。她又对何宝星开玩笑说，何宝星，你今天怎么没带礼物来呀？

何宝星的嘴里叼着半个大桃，正吃得来劲哪。可他也正犯愁哪，心说，我何宝星平时都吃不上这些，哪有给老师送的份呀。再说，他送礼也得送别人想不到的礼呀。他迟迟不送礼，也正是这个原因。他也打算就不送礼了，可又怕刁老师的脸又耷拉长了，又叫他笨蛋老外——人谁不是反复无常的？何况是对待他这个外地孩子，老师更有可能忽冷忽热的。

何宝星的大眼睛在转动着。

他的礼品总算有了。一条蛇吞了他家的鸡蛋，一时身子笨得难以前行。胆大的何宝星，就把这条一米多长的大蛇抓住，放进一个罐子，然后给老师送去

谁解麦浪

了。见了刁老师，他先不说是蛇。先说了吃熘蛇段儿，大补；又说是喝了蛇胆，明目。

刁老师说：你弄一坛子腌鸡蛋给我，你提个蛇干吗呀！

当刁老师得知内情后，乐得前仰后合地拍着何宝星的后脑勺说：你这个嘎小子，不怕蛇咬了你？然后她又对何宝星说，先好好上课，然后咱们利用半节自习课时间，收拾这条蛇。

何宝星见老师满脸的喜悦，便也高兴得像蛇一样扭着身子盘踞到座位上去了。

那天的自习课真是别具一格别有风味啊。刁老师亲自带着同学们，解剖那条关在罐子里的蛇。刁老师先说：谁敢把蛇胆取出来，请举手，谁敢把这蛇胆喝了，请举手。

老师的话音落了，可没有一只手举起来。她又说：谁取蛇胆，没人敢哪？

这个时候，马六逞英雄了。他说：老师，我敢。

老师说：好。同学们也说好。于是，那个马六便颤颤巍巍拿着苹果刀，把那条蛇捏出来，就取蛇胆去了。

马六还真是见过世面的人。他爸在家杀过蛇，所以他杀那条蛇也挺利索。几分钟后，他便把那个蛇胆掏了出来，丢到一个小碗里了。老师吩咐同学们，传着看了一遍。然后又对同学们说：谁敢把它喝了？

同学们一时谁也不言声。只是还有人嘀咕，蛇胆这么小啊，不怪打草都能惊蛇哪，蛇的胆子也小啊。

有同学说：你胆子大，你把这蛇胆吃喽。

刁老师也说：是啊，谁敢把这蛇胆吃喽？

马六抢过话茬说：老师，这个蛇胆就应该您吃喽，这是何宝星送给您的礼物啊。这蛇胆还清火治咳嗽哪，老师您就喝了它吧。显然，马六又献上殷勤，又拍上马屁了。他等于代表何宝星说了话呀。

何宝星还真怕哪个二百五把那蛇胆独吞喽。这会儿他也说：老师，你就把这蛇胆喝了吧。

同学们也都说让老师喝了吧。

刁老师还真有几分感动，她还真壮着胆，把那蛇胆整吞了下去。

人们都给刁老师鼓掌。还有人说祝老师心明眼亮。

谁知道，老师的眼泪花转了。刁老师解释说：同学们，我不是被这蛇胆吓的，我是被同学们的一片心感动的呀。但愿我喝了这个蛇胆，会更加好好教你们的。

那节课上得真有意思呀。同学们把蛇皮剥了，把蛇膛开了，把蛇眼都剜了出来……然后，同学们又学着做了一个熘蛇段。老师吩咐同学们，每人都要吃一口。她还说：同学们，这节课的意义不在于喝蛇胆，也不在于吃蛇段，而是想锻炼锻炼大家的胆量，让同学们对蛇有一个初步的了解。当然了，这可是下不为例的事。我还要说，何宝星胆大敢抓蛇，值得表扬，可以后不能抓蛇了，还要学会保护蛇。好吧，咱们下星期的作文，就写关于蛇的内容，同学们先打打腹稿。何宝星放学后留一下，其他同学可以走了。

那天那节课挺有意思，人们的议论也很多。有同学们在背后嘀咕：这个老外，总是比咱们送的礼个别！咱们是不是该收拾收拾这个老外了！这家伙送礼都送上蛇了，下回还不送条恐龙啊？人家说十个京油子，斗不过一个山猴子，听说这老外是太行山里的老家，不怪他灵啊。

马六凑上前来说一句：嘿，他灵还不是跟我学的。我倒要看看他教师节给老师送什么礼物哪。

教师节可是个大节日。还真有不少同学给老师送去了礼物。甚至连来年的挂历都提前摆到老师的办公桌上去了。但最后还是何宝星别出心裁：他姨在一个旅游景点伺候马。他便与他姨商量，让他们刁老师白骑一回马。对此，刁老师很满意。这回她也不说臀部了，只说屁股底下有匹马，就是悠然自得呀。

何宝星又得到了表扬。他比骑马还美，屁颠儿屁颠儿的。

国庆节转眼又到了。这回呀，也算何宝星好运气。家中的一只大母羊，刚刚下了一对小羊羔。何宝星与家长商量，把这羊羔送给了刁老师。刁老师直说：美酒羔羊，亏你想得出啊。嘿，小羊真好玩儿。不过，何宝星你听我说，这只小羊啊，我看看它，玩儿一会儿，你就把它带回去吧。我们家是楼房，养狗成，养羊可是不准许。

于是那羊就又物归原主了。何宝星有点不大高兴，刁老师摸了他一把，说：你的心意我收下了。你呀，我要你这么个儿子多好啊。我那儿子就知道自己合适了算，才不管别人哪。

何宝星等于又受到了夸奖。他自然又高兴得像小羊羔一般撒了几个欢儿。

此后，自然还有许多节。自然还要送礼给老师的。

元旦那天，何宝星给刁老师送去了九个桃核猴——这九个桃核猴是何宝星亲手雕刻的，并给那九个猴做了一棵树，又把桃核猴粘到树上，还写了四个字：九猴祝寿。

春节时，何宝星的父母正在庭院里养七彩山鸡和孔雀。何宝星向父母求情，把一对色彩斑斓的山鸡送给了刁老师，还把那孔雀翎拣好的拔了十几根，一并给老师送去了。

刁老师喜欢得都要像孔雀一样舞起来了，差点叫宝星一声宝贝，然后说：你呀，越不让你送礼，你越送。我看你以后还送什么。

母亲节到了，何宝星把家中那条可爱的小狗送给了刁老师。他是不忍心将小狗送人的，可听刁老师说，楼房里养狗没问题，他就与那狗割爱了。

圣诞节到了，何宝星把一对荷兰猪送给了刁老师。这对荷兰猪本来是要留着卖钱的，可最后还是送给了刁老师——因为何宝星的父母怕孩子受委屈呀，因为刁老师的孩子爱小动物啊！

何宝星的父母连连叹息：这年头，上学上不起不说，这送礼也送不起呀！咱们搞了一年养殖业，还不够你送礼的哪。

何宝星的大眼直忽闪。他不禁问一句：情人节快到了，我还不知送老师什么礼物呢？

宝星爹说：送个啥！咱们家都快吃不上饭了，老师也不睁眼，还好意思跟学生要啥礼呀！

宝星娘说：这年月，哪有不收礼的呀。当官儿的收大礼，老师收点鸡毛蒜皮的小礼呗。咱一个外来户，只要别受欺负，送点礼也没啥。

何宝星说：娘，你说得太对了。可不管说什么，咱们也还是外来户，人家也还是叫我老外……要不送礼，老师更该小瞧我了。虽然说我给老师送了点礼物，可老师对我的态度变了呀。

父母一时无言以对。

风把一扇破门吹开了。宝星爹说：这破天气，刮得啥风啊！

宝星娘忽然冒出一句：等咱们宝星长大了，当个老师多好啊！

此时，何宝星正点着小手指头，嘟嘟囔囔说：子鼠丑牛寅虎……戌狗亥猪——娘，我算了一下，我这一年给老师送的礼，全与十二生肖有关——下一年我该给老师送什么礼哪？

人真是有旦夕祸福啊。一个月后，何宝星的爹忽然就病倒了。不交一万元押金，医院里就不收留。为此，宝星娘急得团团转，泪水涟涟的。家里出了这么大的事，何宝星也没去上学。当刁老师听说后，马上就到何宝星家去了。一进门，她就拿出了一万块钱，以及同学们自愿捐献的五百块钱，说是先给何宝星的爹看病吧。她说，她爱人是当律师的，拿出这一万块钱来不是很难。她还说，她来晚了，她本来早就该来家访，可一直没顾上。她又说，以后坚决不许让何宝星给她送礼了。她说，老师本来是不收学生的礼物的，可有的礼物当时不好拒绝，她在家访的时候又把大多礼物退回去了。她又说，何宝星是个好孩子，有心计有头脑，无论家里出了什么大事，也不能辍学呀，一定要渡过难关，继续好好上学。

一家人听了刁老师的话，感动得都要哭了。宝星娘几乎要给老师下跪了。她说：老师呀，你这么心眼好，这么对待我们一个外来户，我们可咋感谢你呀！

刁老师说：什么外来户呀，咱们都是华夏儿女。我什么也不用你们感谢，只要宝星好好上学就行了。

何宝星的大眼里泪汪汪的，他叫了一声刁老师，再也说不出话来了。

唐朝瓜的长寿瓜

两次当南瓜王，五十年种瓜，似乎都很容易和有趣。有点难度的是怀着感恩的真情给县长送"长寿隔年瓜"，直到送了命。一场官和民的悲喜剧，不知道谁是导演；一位农民悲欢离合的一生，是否还会继续演绎？

——题记

1

麻县首届南瓜拍卖会，在立秋后的某个逢六的吉日、在鹰嘴山下的雁落滩大集举行。用南瓜布置的拍卖会现场透着挥之不去的、浓厚的南瓜气息与风情。南瓜搭建的南瓜门、南瓜窗、南瓜墙、南瓜棚、南瓜长廊、南瓜灯笼……就连那会标都是由五颜六色的南瓜组合而成。擂台上的一排排南瓜，像整装待发的运动员，瓜蒂上编着号码及起拍价。

经过三十六轮的激烈竞拍，啪一下，锤子落了下去，那个标明十八号的磨盘形黄南瓜却拍出了金价：三万八！随着这一锤定音，那瓜王、瓜魁也就花落有主了。两个穿红旗袍的小姐将那个大南瓜举了起来。这瓜山瓜海中的南瓜就只有那一个瓜如日中天、像金月亮一般脱颖而出，独领风骚了。

唐朝瓜成了这场拍卖会上的瓜王。唐朝瓜花白头发，椭圆头颅，穿着和尚领大白背心，却在一片掌声中傻了呆了愣了。唐朝瓜没有拍手，而是摸索着耳朵，揉搓着眼睛，问自己，是我？我成瓜王了？

记者们把唐朝瓜围了起来，林立的话筒纷纷举向他，镜头对准了他，要在第一时间采访他。他却有点羞怯地不敢面对观众，只是在半信半疑中机械地连连鞠躬作揖，连连说，谢谢了，谢谢！

　　五分钟后，他的一只大手就被麻县的高县长紧紧地握住了。随后，高县长从小姐递上来的托盘里，拿出了一个夹着一张支票的烫金的大红证书，双手递给了唐朝瓜。他先是不敢接，似乎怕那火红的证书烫了他；又怕他的手脏了证书似的，将双手在大背心上蹭了几把，抹了几下，这才激动而又恭敬地将证书和支票一并接了过来。那一刻，他的手一劲哆嗦着，连谢谢也说不出来了，只是盯着那墨迹未干的证书和支票上的字，一颗颗泪珠啪啦啦抛落下来。他不由问自己，大傻瓜，你不是在做梦吧？

　　坚信这一切都是板上钉钉的事了，他才抹去泪痕，把腰板挺了起来他。他将那证书和支票在光天化日之下晃了一下，却又怕人看见似的，就收在胳肢窝里了。高县长再次说祝贺他的时候，他真心说了一句，县太爷，谢谢你呀！高县长笑了，幽默地说，你别叫我县太爷，我可是该叫你南瓜王了。老唐，希望你以后种出更好的瓜来。那天，他与高县长握手的瞬间、他接过县长递过支票来的瞬间，似乎都化作镜头里的永恒了。

　　唐朝瓜最后一次凑到他那个拍得天价的南瓜面前，轻悠悠地拍了那瓜两把，那动作仿佛就是当年他拍他亲爱的姑娘的臀部，他还对那瓜旁若无人地说，你个大傻瓜，你成了金瓜银瓜了，你咋就值三万八呀？

　　有记者又凑上来问他，老唐，你的心情很激动吗？他只说，看咋了。又问他很高兴吗？他还是说，看咋了。

　　事后他从心里怪那些记者，来回纠缠他，让他把身边的县长弄丢了；又怪自己，像是打了个盹儿，怎么就和高县长分手了？他赶忙抬起屁股去找县长，可在人群里寻摸了半天，却找不到了，急得他见人就问，高县长哪儿去了？没人告诉他高县长的去向；有好心人回答他，高县长走了。一些嫉妒心强的同行们，话就不那么好听了，看把你美的，当个南瓜王，找不着北了，有能耐，下回当北瓜王啊。

　　他多余地说，我也没想到我能当南瓜王啊。

　　此时他总觉得，所有的眼睛都盯着他，他居然有点惶恐不安，干脆也不找高县长了，又去找他的南瓜。可找了一遭，那南瓜也不见影了。他伸手把那证

　　　　　　　　　　　　　　　　　　　　　　　　　　————谁解麦浪

书打开，那支票倒是"硬硬的还在"。这么着，那丢失了的县长和南瓜，似乎找不到也两可了。但想起他那个金黄色的磨盘南瓜来，忽觉一阵伤感；再想摸一下那瓜，都不可能了。一时间那瓜就像刚被人家用花轿抬走的、他养了十八年的闺女，让他有点恋恋不舍。想到此处，唐朝瓜眼泪花又转了。

那天，雁落滩大集最热门的话题就是：一个大南瓜，拍了三万八。

或许是因为人逢喜事精神爽，也许是花五毛钱买了一根雪糕吃的作用，抑或是那张支票给他插上了翅膀，那天唐朝瓜从雁落滩大集赶回他所住的小山村金鱼沟，二十里的山路，他蹬着三轮车，像腾云驾雾，飞一般就到家了。

可他还是晚到了一步，麻县电视台的记者先到了他家。他进门时，镜头已在他家院子里转来转去了。记者还是要采访他，这回他除了感叹了几句"看咋了"之外，记者问他怎么就当上南瓜王了，他回答，一不小心就当上了。

虽然姓唐，却并不晓得唐诗宋词的唐朝瓜，从来没发现他家的小院还带着诗意，而不光是田园气息。那天晚上，堂屋的电视里，晃动着唐朝瓜家院内的情景。三分大的小院，五间古朴的老屋。墙是用石头砌的，白灰勾缝，那长满青苔的石头墙，酷似用一种南瓜镶嵌的艺术品。听说这一块块石头，是唐朝瓜用一个个南瓜换来的。房顶上铺着青石板，透着原始的凝重。同样是石头垒的围墙，墙壁的缝隙里星星点点探出几枝金色或银色的野菊花；各色牵牛花没皮没脸地攀缘上去，单薄地摇曳着，有点羞羞答答。墙头上一只花公鸡在威风凛凛地站岗。门楼倒是地道的黛瓦青砖，两扇朱红色木门。一条黄狗伸着舌头在看家护院。门两边盛开着硕大娇艳的西番莲花。不过一步宽的两条十字交叉的河卵石甬道，将院子划成了一个还算方正的田字，其余就是土地，或叫瓜地了。这似乎都没什么，他家院子里的瓜却是一大特色。瓜棚、瓜架上吊着各种的南瓜，地上、路旁趴着各种的南瓜；就连那柿子树上、枣树上，都挂着五颜六色的南瓜；哪怕是房顶上都或站或坐或卧或跪或蹲着十几个南瓜。房檐底下还挂着一串串南瓜干。

那天麻县电视台的头条新闻就是：唐朝瓜成了首届南瓜拍卖的赢家。唐朝瓜和媳妇宋黛花、儿子唐山彩一同坐在沙发上，盯着那台电视机看。唐朝瓜看到自己和高县长握手的镜头时，不禁站了起来，拍了一下手，再看电视的时候，他的眼眶和电视荧屏都模糊了，是泪雾遮住了他的眼睛。那一刻他想到了那个大南瓜，多情地嘟囔道，我的大南瓜呀，你让我当了南瓜王，我也让你当了南瓜王，咱俩都没白来一世，都上电视了。可我以后再也看不见你了——你给我换来了三万八，谁知你这么金贵的南瓜，到了会落在谁的手里、谁的嘴里呀？

2

此后这唐朝瓜可就落下了个似乎什么药都治不好的毛病：失眠。原本沾枕头就着的唐朝瓜，得了南瓜王的美称后，就常常兴奋得睡不着觉了。长夜漫漫，他总是想那些与瓜有关的往事和话题。

唐朝瓜的大名有点意思，小名可就不那么好听了——大傻瓜。但随着年龄渐大，这小名就很少有人叫了。唐朝瓜并无什么大本事，但从小就会种瓜。他种南瓜虽然也并无什么祖传秘方，但他毕竟摸索、总结出来一些种瓜的绝招和经验。南瓜是山里人的当家菜，从夏日吃炒青南瓜蛋子开始，到来年大年初一吃隔年瓜。鲜南瓜吃完了，接着吃南瓜干儿，就一直能吃到新南瓜下来了。

南瓜是一种能无限繁衍无限扩大的土产品。一粒小小的南瓜子，可以结出几个、甚至几十个沉甸甸的大南瓜。这就是奇迹。有了这南瓜就能充饥，就不至于挨饿。唐朝瓜属鸡，1957年的鸡。他从小也是被饿怕了的人。虽然饿个眼蓝脸绿，却靠南瓜填补着，挺过来了。唐朝瓜三岁的时候，就偷偷地把人家给他的几粒南瓜子，种到了一处不为人知的小地儿里。立秋那天，娘想抓抓秋膘却没肉可吃，新粮食也没下来，那天唐朝瓜就侧侧歪歪搬回来一个磨扇南瓜。娘问他这瓜是从哪儿种出来的，他没告诉准地方。问他这瓜怎么长得这么大，他淘气顽皮的回答是，我往南瓜秧底下拉过八泡臭臭。娘疼也不是爱也不是，就抱着他叫宝贝呀。他就攥着小拳头说，我还种大南瓜去。从此他家不断地有南瓜吃。他的小肚子吃得小碌碡似的、大冬瓜似的、大肚子蝈蝈似的。

别看唐朝瓜乳名叫大傻瓜，心眼可不傻。儿时，他把个头儿适中的老南瓜镂空雕刻，变成蝈蝈笼，吊起来养蝈蝈，蝈蝈吃着里面的南瓜瓤，尽情地叫着，小半冬都不死。那次娘淘好了小米，切了南瓜墩儿和山药块，刚坐上锅要焖饭，却发现锅底漏了，水把火都要浇灭了。唐朝瓜也算急中生智，他搬出一个老南瓜，用菜刀转了一圈，就把南瓜的天灵盖揭下去了，用铁勺子把瓜瓤和瓜子一并挖出来，这南瓜就是一口锅了。三块石头把老南瓜支起来，架上火一烧，瓜里添上水，将已经预备好的小米和其他辅料一并放进南瓜锅里，将南瓜盖一盖，焖了不到半个小时，喷香的小米饭就焖熟了。这饭比铁锅做的饭就鲜美了十倍。

唐朝瓜还用这种方式焖过黄豆、栗子、野鸡、松鼠、甚至青蛙，都蛮有别样的味道。

唐朝瓜会吃南瓜，会种南瓜，但他从来没有想到一个南瓜会拍出三万八的天文数字。但也正是从那天开始，他简直不知道这瓜该怎么种下去了。作为一个瓜把式，也算是一件苦恼的事情。他抓挠着花白的头发。那头发一层一层地掉落下去。那脑袋本来就酷似一个什么瓜，出现了明显的谢顶后，就更像一个生动的、却又呆头呆脑的瓜了。

高县长……高县长……唐朝瓜反复念叨着这几个字，又跟自己说，高县长让我成了南瓜王，让我这个就会种瓜的大傻瓜出名了，得利了——我应该感谢感谢县长。他拍着媳妇宋黛花的屁股问，我拿啥感谢县长啊？宋黛花一扭屁股说，除了别拿我感谢，你爱拿啥感谢拿啥感谢。唐朝瓜就感到很无助，又自语道，想想吧，让我唐朝瓜拍着大傻瓜脑袋想想，想一辈子，我也没想到一个瓜能卖三万八呀；再说可怜点，我种一辈子瓜，也没想到能得三万八千块钱哪。天上不会掉馅饼，这不是天上掉馅饼了吗？也没这么贵的馅饼啊，这成了金饼了。宋黛花呀，这三万八能买几万个馅饼，咱俩一辈子也吃不完哪。天哪，县长让我的大南瓜变成了金娃娃，我要不报答县长，那我还是人吗？那样我不就真成了个大傻瓜了吗？那样我的脑袋还不如个老倭瓜哪？

唐朝瓜如此这般地想着，就觉得很为难。一个种瓜不为难的瓜把式，为瓜外的事儿继续地绞尽脑汁。失眠的晚上太多了。唐朝瓜不但有所空虚有所虚弱，还有点神经兮兮的了。将手在月光里舞动着，时不时感叹一句，三万八。又将手在空中伸缩几下，幻觉中就是握住高县长的手了，还念叨着，谢谢你呀，高县长。可又拿啥谢谢高县长啊？然后又用手比画着，比画着他成为南瓜王的大南瓜，嘻嘻那么一笑，又自言自语道，好你个大南瓜呀，成了瓜王了。这要是个人，你就成了皇帝了。再说小点，也成了山大王了。嘿，三万八呀，三万八快能盖三间房了。这一个大南瓜，不就等于变成了一所房了吗？我种了一辈子瓜，才盖了五间房。

唐朝瓜总算是迷糊着了。可刚进入梦乡，又笑醒了，还拍着手，学着刘姥姥的腔调说，花儿落了结个大倭瓜。

宋黛花拱了他一下说，疯了你！

他又好生纳闷地说，哎，也怪了，上千个大南瓜去参展，咋就让我唐朝瓜一个人得了南瓜王的称号哪？

宋黛花说，大姑娘锁在柜里，一货等一主，你得了，就是该你的。我呢，咋就跑到你家来了？

这话咯噔一下，把唐朝瓜带到那场山洪中去了。那年夏日的一天，近处没见下雨，远处也没传来雷声。唐朝瓜和十几个村民正在河沟边的地里锄地，却忽然听见呜呜的山洪的声音——待人们一抬眼，水头就下来了，山洪把山涧都快灌满了，很急迫又从容地奔流着；混腾腾的洪水中，夹杂着太多的南瓜，一路翻滚着就扑了下来。

那天，锄地的人们捡到了太多的随水而漂下来的南瓜。唐朝瓜抱起了一个用绳子捆着的十字八道的碌碡一般大的老倭瓜——唐朝瓜把绳子解开，着实吓了一跳，一位穿红袄绿裤的水蛇腰姑娘从瓜里钻了出来。这姑娘的命大呀。爹娘把她捆绑在那个巨型南瓜里，让她随山洪漂去，漂了八里后，姑娘居然就跑到唐朝瓜的怀里去了。且一路漂来，有惊无险，安然无恙。

此时唐朝瓜想起那一幕，心头的滋味可是比吃了最甜的甜瓜还好受。他的大手抚摸着媳妇宋黛花的乳房，欲翻将上去，重温一种喜出望外的滋味。他还说，你就是该下我的。天爷呀，我和瓜有缘，是那南瓜船，给我送来了个大白妞。

宋黛花先把唐朝瓜挡到一边去了，说，那会儿你得个大姑娘，也没见你乐得疯疯癫癫的，这会儿你得了三万八，就乐得睡不着觉了——我还没那纸票子金贵？

唐朝瓜嘻嘻笑了，双手抚摸着宋黛花的臀部，就像抚摸着一轮大白南瓜。

3

三万八来着容易，去得也挺快。唐朝瓜那位不争气的儿子唐山彩中考，就差一分没考上麻县重点高中——雁落滩一中。但如交三万的赞助费，雁落滩一中可以录取他。这事都快把两口子愁死了，拿三万块钱吧，没有。不拿吧，又怕因为这一分和三万块钱，耽误了儿子的前程。可巧在这个时候，唐朝瓜就当上瓜王了，就拿到了一张天文数字的支票，这不是天上掉下个大救星吗？于是，唐朝瓜就狠了狠心咬了咬牙攥了攥拳头跺了跺脚，一口唾沫喷出去，又将手伸出去，摊开来，说一声，花了狗日的三万八吧！

想想也值得，唐朝瓜三十多岁了才得了这么个儿子，有钱不给他花给谁花去呀？据说这赞助费是最公平的，差几分是几万，那都是有规定的。有钱的人，掏这几万不算啥；没钱的人，硬掏这几万的也有；上边有硬人的人，把这几万赞助费免了、去上高中的还有。唐朝瓜似乎都不属于这几类人，可他是麻县独一无二的南瓜王啊。他用这南瓜王换来的钞票送子上学，不能说体面风光，但总是有一些说不清道不明的又是获得又是失去的感觉。再说，那三万八还不是高县长给他的？这就等于是一县之长赞助他儿子上的高中啊。

唐朝瓜冲着天上的太阳，呱地一拍巴掌，就把三万块钱拍出去了。那一刻他的手不疼，心可是有点疼。埋怨他的儿子是草包，咋就不多考一分，多考一分这三万不就省下了吗？那天在吃饭之前，他又自我安慰，来年我再得个瓜王，这钱就又回来了。大幅度地一仰脖，他就将一杯二锅头酒倒进嘴里去了，呛得连声咳嗽。宋黛花赶忙用半拉咸鸡蛋堵到他嘴里了，儿子唐山彩又递上半截腌黄瓜，还叫了一声爸。他就觉得如释重负了。三杯酒下肚后，他浅薄了一回，拍着脑门子说，我唐朝瓜是麻县的南瓜王，我是谁呀？他还唱了一嗓子老歌：

鱼儿离不开水呀

瓜儿离不开秧……

世间万物，不过是来来去去、去去来来、舍舍得得、得得舍舍的事。唐朝瓜把那笔惊人的巨款花出去了，睡眠倒比以前好些了。但他还是嘀嘀咕咕，早早晚晚，那得感谢感谢高县长啊；他坚定地以为，没有高县长，他是得不着南瓜王这个称号的。知恩不报非君子哟。宋黛花见他对高县长总是牵肠挂肚的，说，你就一刻也忘不掉高县长了？他的眼直呆呆地望着与高县长的合影，感叹一句，看咋了。那一刻他似乎又想起高县长对他说的话来，以后好好种南瓜。

有了。唐朝瓜又一拍巴掌，仿佛才知道他姓啥叫啥，才于迷茫中找得着北了。他叫唐朝瓜，是南瓜王啊。他下面的任务不是沉浸陶醉在当南瓜王的喜悦当中，而是继续琢磨着，该怎么种好瓜呀。

4

谷雨前后，种瓜点豆；种瓜得瓜，种豆得豆；三月三，种葫芦挂一千。那一年，是中国的奥运年。唐朝瓜要在这奥运上做大文章，做大蛋糕。比如说在瓜上鼓捣出了"2008"一行字；"好运北京"四个字；"同一个世界，同一个梦想"十个字；还想把奥运福娃烙印到他的瓜上，却没能成功。本以为那些带着奥运符号、奥运印记、奥运色彩的南瓜会给他带来点惊喜，却没有。有人还说，他那些瓜上的字太俗了，几十年前朝鲜人都会往苹果上印"毛主席万岁"了，你往瓜上弄几个字，还有啥新鲜的。哼，别以为几个老倭瓜，就成了金蛋了。

这话很让唐朝瓜扫兴。但想到他毕竟当过南瓜王，蹬着三轮车，拉着一车瓜赶集的他，又显出了几分悠然，还免不了唱几句老歌：

> 公社是个常青藤
> 社员都是藤上的瓜……

有的时候就尽情地高唱红歌：

> 红米饭，南瓜汤……

那一刻，毛委员似乎也和他在一起了。然而那瓜如没卖出几个去，回家的时候，他可就唱不出"日落西山红霞飞"的进行曲了，还有点蔫头耷脑的。巴望着那年再举行南瓜展销会，却没举办。

此后几个月，唐朝瓜像被关在南瓜里，闷闷不乐的。那年，瓜没少种，也没少摘，但大多都堆在家里，没卖出多少去。

宋黛花把南瓜按大小、颜色和形状分了几路，分别码放在适当的位置，先是放在院子里，后又倒进屋子里，入冬后又从冷屋搬腾到暖屋里。此前，宋黛花把一些看着赖气的南瓜，或是拉成南瓜条，晒了南瓜干儿；或是挖了南瓜子，晾晒储存起来。南瓜在这个时候就不显得值钱了。饭食里顿顿离不开南瓜，即便是大米饭小米饭，里面也掺杂了南瓜。菜是熬南瓜、炖南瓜、炒南瓜，还有蒸南瓜、炉南瓜，南瓜汤、南瓜饼、南瓜馅的团子饺子合子。唐朝瓜吃这些饭食，有点腻有点够，却不言语，只闷头吃着；有时候他还真觉得这南瓜有点味同嚼蜡，而没感觉这各种各样各色的南瓜是什么绿色食品。不过，一个南瓜得了三万八，他一直也没整明白，这瓜怎么就值三万八，意义何在？还没闹明白的事儿是，又嘀咕到大雪飘飘了，也没想好到底该怎么报答高县长。

人家让你得了个南瓜王，给了你一张沉甸甸的支票，你唐朝瓜总该表示表示吧？瓜子仁吃不饱是个人心，但总不能拎着半袋瓜子，去看县太爷吧？掖上两瓶酒也不是没想过，可还是觉得俗点。于是就这么拖来拖去，至今也没登门拜访高县长。

5

也是该着唐朝瓜茅塞顿开。那年腊月十八，家里来了亲戚，是十年八年都没有走动的、家在远方的一个远房小舅子，名叫宋黛树。头一顿饭，就给宋黛树上了两样南瓜菜。唐朝瓜说，大腊月的让你吃南瓜，对不住你了。宋黛树却说，姐夫，这可都是绿色食品哪。这要是正月还能吃到这样的南瓜，那咱们可都高寿了——吃了隔年瓜，活到八十八。

这后一句话让唐朝瓜的眼睛骤然亮了三分。他种了大半辈子南瓜，咋就没听说过这句话哪？由这句话他立刻就想到了高县长——这吃了隔年瓜，要真能活到八十八，那他首先应该给高县长送个隔年瓜呀。高县长是他的大恩人大贵人，他怎么不从心里祝愿高县长长命百岁呀？哎呀，真是守着啥糟蹋啥，守着啥东西不拿啥当东西。以前咋就没想到给高县长送个瓜哪？有了，他习惯性地一拍手，我就给高县长送个隔年瓜。

唐朝瓜掐指盘算着，又望着屋子里那些个尚未吃完的南瓜，但都觉得这些瓜不够体面，不是太丰满了，就是太单薄了，似乎是一个个拿不出手去的丑丫头。此时他又灌下了一杯酒，脸透着红，话可就透着多了。借着酒劲他拿出了一个小镜框，问他小舅子宋黛树，你看看这是个谁呀？宋黛树说，这不是个你吗？他又指着相片问，我边上这个是个谁呀？没等小舅子回答，他就显摆上了，这是麻县的高县长。你看看后边这个大南瓜，这就是我唐朝瓜亲手培育的那个南瓜王——我也是南瓜王。嘿，县长让我当上了南瓜王，我还没谢成人家哪。有你刚才这句话，我知道拿啥礼物了。说着，唐朝瓜又一拍巴掌。这动作可是他的习惯动作了，种瓜老得用手鼓捣土鼓捣粪的，干完活一拍手，就等于是洗手了，这动作就养成了。

宋黛树直夸奖唐朝瓜，姐夫，你可不简单哪。

唐朝瓜并不谦虚地说，看咋了。他望着窗外的雪花，似乎是又从闷葫芦里钻出来了，又学着刘姥姥的口气说，雪花落了结个大倭瓜。

那天，他把两个很是那么回事的大南瓜，一黑一黄，送给了宋黛树。小舅子从心里感谢姐夫，却不知姐夫也从心里感谢小舅子。嘿，你这趟来的，你那两瓶烧酒我倒不在乎，你那十个字，可值钱了。有了这十个字，我给高县长的礼物就有了。千斤不换。

那之后的一连十几天，唐朝瓜天天把那些靠山墙码放着的二十多个南瓜，扒拉几遍，挑来挑去，想选一对隔年瓜送给高县长。但选来选去，拍拍这个拍拍那个，都觉得不那么满意。多少回他相中了一个大南瓜，一拍手，就是它了。可他抱着那大南瓜在地上走了十八圈后，又将瓜撂下了，撂下后又是一拍手，还是觉得这瓜送不出手。这是给县长送瓜呀，就像给皇上送美女，胖了不是瘦了不是，高了不是矮了不是，白了不是黑了不是，可心的不好找啊——没称心的干脆就别送。

直到年三十那天，他才彻底放弃了给县长送瓜的念头。他又是一拍手，算是顿悟到了什么：我给县长送的是"吃了隔年瓜，活到八十八"这十个字，不光光是瓜呀；单送一个瓜，还送个啥劲啊？县长可是县长，他能在乎我这一个瓜。于是，唐朝瓜就盯着南瓜，要在南瓜上做十个字的文章。

从那天开始，他用大手指头反复地在那几摞南瓜身上划拉着那十个字。这字到底怎么安排在来年他种的瓜身上，用一种什么体好，是竖着写哪还是横着写，要不要落款，要不要再加一个章，这都是很费心思的事情。为了这十个字，他常常一击掌，那也许是来了灵感来了新点子；或是说一声"看咋了"，这就不知道他是在感叹什么了。宋黛花说了他一声神经病。他的脑袋就像个瓜一样摇着。

那年正月，唐朝瓜除了赶了几次集，卖点南瓜干南瓜子之类，其余的时间几乎都在练习那十个字。下雪了，他就在雪地上用木棍写那十个字。雪化了，就在土地上划拉那十个字。他也曾经弄了一堆报纸，外加墨汁毛笔，反复地练习那十个字，更多的还是在不断减少的几个隔年瓜上写那十个字。他写这十个字的时候，也捎带着把高县长的名字、自己的名字写了一遍又一遍。比如说，高县长笑纳，再比如，唐朝瓜敬上。

如此这般，这个只会扒拉着泥土种南瓜的人，却把那十个字练得很像个字

　　　　　　　　　　　　　　　　　　　谁解麦浪

了。别说是胸有成竹，那十个字简直就是刻在他心上了。他将手一拍，眼一合，那十个字仿佛就落到他来年种的南瓜上了。

6

植物的种子和人类的精子一样，对后代的作用实在太大了。唐朝瓜作为十里八村闻名的瓜把式，历来格外重视选种。他认为，歪瓜裂枣的瓜，是不能留作瓜种的，否则就不可能长出好瓜来。那年都到了二月二龙抬头的日子，他留作瓜种的一个南瓜，还完好无损，没有丝毫的溃烂之处。这就得算是保留长远的长寿瓜了。二月二不能动刀，怕伤害着龙；到了二月初三，唐朝瓜才将那个磨盘大的金黄色种南瓜杀了，转着圈劈成两半儿。此时那瓜膛里都空了，很少的一点瓜瓤，陪伴着并不是很多的数十粒瓜子。这才是好瓜好种啊。唐朝瓜用手指头往出抠那些瓜子，就像往出取一粒粒珍珠、一颗颗舍利子。他将那瓜子摊到热炕上，手就在炕席上移动着，扒拉着那些瓜子——他仿佛就看到一个个长在藤蔓上的瓜了。他还哼着小曲：

瓜儿离不开藤

藤儿离不开瓜……

种子预备好了。唐朝瓜就开始选地了。他应名是个瓜把式，年年却并不是大面积地种瓜，种多了也卖不了吃不了；年年不过是在犄角旮旯儿、房前屋后种几十棵瓜罢了。那天的阳光很好，大门插着，他独自在院子里转悠着，看看这里，望望那里，在选择把瓜到底种在哪里。唐朝瓜啪地一拍手，吓了宋黛花一跳。

掐指算来，唐朝瓜今年准备种三十六棵南瓜。他打算借着墙头，搭两个瓜棚，让其中的十八棵瓜上棚上架；其余的十八棵瓜，或是满地爬，或是上墙头上树上房，那就随瓜的意了。在挖瓜坑之前，唐朝瓜先把肥料预备好了。唐朝瓜种瓜，那是最讲究肥料的。那年开春，唐朝瓜冒了生命的危险，爬到百米悬崖的岩洞里，掏回了几蛇皮袋的野鸽子粪。他利用那盘废弃的石碾，把鸽子粪压成了面，还上箩箩了三遍。他还将鸡粪，柴鸡粪，猪粪，柴猪粪；牛粪，黄牛粪；羊粪，山羊粪；大粪，就是人粪，全部分门别类用碾子推了，用筛子筛了。

那些天他一个人抱着碾棍，推了几十袋子各种的肥料。他用大手搓弄着那些化成粉的粪，那投入的样子，就像是巧媳妇在用白面做各种的面食。粪预备妥了，他就在日历上查了个适宜动土的日子，开始刨坑了。

唐朝瓜把一粒瓜子抛出去，那瓜子落脚的地方，就是唐朝瓜挖第一个瓜坑的地方。他一镐落下去，奇迹就被他的镐头兜出来了——眼前金光一闪，将手伸进潮乎乎的土里，就捏出了一个虽然不大、却沉甸甸的金耳环。借着阳光对在眼前一照，就断定那是谁的金耳环了。他不禁一拍手，哎呀一声，可找到你了。这时宋黛花就从屋子里奔跑着出来了。

唐朝瓜又将那玩意攥在手里，问宋黛花，我攥着个啥？宋黛花看清那手心里的物件后，没有乐，却哭了。她叫道，我的冤家呀，你可回来了。她就攥着那金耳环不撒手了。她连连感叹，金丝掉到井里，谁的就是谁的；金子埋在土里，总有出世的一天。当家的，今儿晌午我给你包饺子吃。

这个金耳环，是唐朝瓜当了南瓜王后，给宋黛花买的。一对耳环花了八百八，可戴了不到一个月，就丢了一只。从那时到现在，为这耳环宋黛花不知哭了多少回。一有空就寻找她的金耳环。没想到，今日——吉兆啊，吉兆。唐朝瓜拍着手说，这耳环找到了也没啥。我这第一镐就刨出金子来了，这种下去的南瓜，还不成了金娃娃。

宋黛花美得似乎都要旋转起来了。她将那耳环冲洗干净，回屋就照着镜子，戴上去了。她还顺便给儿子唐山彩打了个电话，儿子，你娘的耳环找到了。唐山彩顺便说，娘，我爸下回赶集，给我带五百块钱来吧，学校让交钱哪。娘就哎呀了一声说，儿子，省着点花吧。你爸种几个瓜，挣点钱也不容易。

宋黛花再次走出门的时候，唐朝瓜在她眼前已经变成"半截儿人"了——说明白点，就是唐朝瓜已经把那个种瓜的坑挖得半人深了，他的下半身已掩藏在坑里边。唐朝瓜挖种瓜的坑，比挖栽树的坑还挖得深，站在坑里，能没过肚脐眼儿，还得能随意转身活动。

此时宋黛花又埋怨他，你个大傻瓜，挖这么深的坑干啥！他又解释说，我跟你说了多少回了，这种瓜的坑就像女人的屁股，屁股大才能生好孩子哪；小尖屁股娘们儿，生孩子都没劲。这坑挖得大、挖得深，才有足够的地方搁底肥，瓜才能有足够的空间往下扎根；根深才能叶茂，藤蔓才能壮实，才能结大瓜呀。你就等着看我的大南瓜吧。嘿，吃了隔年瓜，活到八十八。高县长啊，我给你种瓜哪。唐朝瓜把一个坑挖得了，就从坑里跳了上来。宋黛花伸手拉了他一把。他就顺手拍了自己的屁股一把，那是在拍尘土；又暧昧地拍了媳妇的屁股两把，那可就是释放一种疼爱了。然后又挖第二个坑去了。

宋黛花要帮他挖坑，他说不用。他还和宋黛花开玩笑说，老娘们种菜，一疙瘩一块。他又讲了一个讲了多少遍的笑话：有小两口种胡萝卜，俩人就分头包片包干种。结果到秋后，丈夫种出的胡萝卜，一根根直挺挺的，又顺溜又光溜，一点疤瘌也没有；老婆种出的胡萝卜，就不然了，几乎每一根都裂开了一个口子，像是嘴巴又不像嘴，却又龇牙咧嘴的，像啥哪？唐朝瓜就问这是为啥？宋黛花说，哼，你又冒坏，又糟蹋我们女人。你不就是想说，男人种的胡萝卜，像男人的家伙；女人种的胡萝卜，像女人的玩意吗？

唐朝瓜哈哈笑了，呱一拍手。又吩咐说，包饺子去吧你。

宋黛花在香椿树底下的韭菜畦里割了几把鲜嫩的头茬韭菜，择净洗净，又到胡同外买回一斤鲜猪肉，还有一块雪白的盐卤豆腐。中午，宋黛花用院子里的羊角葱，拌了一盘嫩豆腐，又用香椿芽，炒了一盘金黄的柴鸡蛋。饭菜摆在院子里的小石桌上，唐朝瓜就有滋有味地吃喝上了。随后热腾腾的小白饺子也端上来了。唐朝瓜每喝一口酒，就非常友好地看着宋黛花，笑眯眯的。宋黛花问他笑啥。他就又笑了说，我这大半辈子都在纳闷——你一个大活人，咋就钻在一个南瓜里，漂到我家里来了哪？宋黛花说，我该下你了。宋黛花的眼圈又红了说，那场洪水呀，要了我们半村人的命。我那可怜的爹娘，一个也没剩下。唐朝瓜赶忙说，你看我这话头提的。哎，别难过了，都几十年前的事了。好在你的命大呀。嘿，多亏了你当时瘦得豆芽菜似的，除了大眼子灯似的俩眼睛大，就是那两瓣屁股显大了。你要像现在这么腔大腰粗的，那南瓜再大也搁不下你。来吧，吃饺子吧。你也闹盅酒？

宋黛花说，为了找到我的金耳环，我就喝一杯酒，为了你种出好南瓜，我再喝一杯。说着，宋黛花就一连喝了两杯酒，弄得红头涨脸的。然后说，儿子又要钱哩。这孩子，九月开学又得好几千。光靠你种几个瓜，这日子还得紧巴哩。

唐朝瓜干了一杯酒，又一连往嘴里填了两个饺子，站起身来，一拍手说，我要再弄个南瓜王，再弄三万八哪？啥都有了。这孩子也是，一到逢六的集日，就上集市门口跟我寻摸钱去，可俩瓜蛋子，能出几个子儿啊。说着，唐朝瓜抄起铁锹，又挖坑去了。他借着酒劲，顶着正午的太阳，挖得很投入，很卖力气。腰酸背痛的时候，他就直接站在坑里，直直腰，喘口气。此时他向远处望去。远处是山，那一座山的那边是雁落滩，他正是在那个雁落滩大集上，出了大名，得了大钱；另一座山的那边是麻县县城，县太爷，也就是高县长就在县政府——此刻他望着那边，嘟囔了一声高县长啊，就觉得日子很有个奔头了。山外青山楼外楼。他这"低头种南瓜，举目望南山"的生活，简直赛过神仙，比县太爷还悠然吧？给个县太爷他也不换，他也干不了县太爷那份差事。父母给他起了个大傻瓜的小名，他就傻子似的种南瓜吧。而这一回，他却要有目的地给县太爷种一回南瓜，要让县太爷吃到他的南瓜——美呀，想到这儿，他啪地一拍手；想到这儿，他用手指头在刚铲出来的新土堆上划拉了十个字：吃了隔年瓜，活到八十八；想到这儿，他不由得哼哼起了老歌——

　　二月里来好春光
　　家家户户种田忙……

　　一股春风吹来，吹来了一簇雪花般的杏花瓣，零零散散地落到他刚挖好的用于种南瓜的坑里坑外。宋黛花端着一缸子茶水，给他送来了，说，歇会儿吧，满手都硌满大泡了。他说春争日夏争时，歇个啥劲啊；他说庄户老的手上没茧子，那叫个啥手啊；他又说，县太爷拿笔，手指头上还误不了磨出点痕迹来哩……说着他就接过缸子，喝了一气水，便又刨上坑了。

　　那些日子里，唐家不大也不小的院子里，全是星罗棋布般的凹下去的土坑，鼓起来的新土堆，还有一堆又一堆的肥料。坑挖好后，他便开始施底肥了。他一连捧了三捧草木灰，撒到一个坑里，撒得极为均匀，然后又捧了三捧潮乎乎的土，盖到草木灰上面。随后又将三捧猪粪，苫到土上面，接下来又蒙了一层土，土上面又撒了巴掌厚的羊粪，羊粪上面又填了一脚面子深的土。这回他跳下坑去，踩了一遭，又翻身上来，搁了一层牛粪，再放了一层土。随后又布了鸡粪，鸡粪上面垫好土后，才把那些磨成面的野鸽子粪，捧了两捧，细细地撒到土上面，便又覆盖了八捧熟土，这回这个坑就填得九分满了，就像一个大盘子了，然后他又将那些粪土踩了一遍，拍了一遍。他抓挠着粪土为瓜施底肥的时候，那认真和投入劲儿就像媳妇在用花椒面、胡椒面、辣椒面等，做一张千

————————————————— 谁解麦浪

层五味的发面蒸饼。宋黛花埋怨他，你就不兴用铁锨铲哪，非得用手爪子捧那粪那土的。他就笑了说，这才叫手足情哪。我要亲手给县长种几个大南瓜。嘿，想想我当了南瓜王，得了三万八，我咋种这南瓜都不过分。说着，他便提着水桶，到压水机前压水。院里有自来水，但他不用，非得亲自压出地下水来，浇到那预备种瓜的坑里去。一个坑浇两桶水。风吹几日，日晒几天，便可以把瓜子点进去了。

一只花里胡哨的戴胜鸟偷偷地降落下来，逮着一条蚯蚓，刚欲叼走，却被那只霸道的大公鸡抢去独吞了。一只黄狗蹿上来，分明是要逮着那戴胜解馋。幸亏戴胜机灵，一扎撒翅膀，放出一股臭气，秃噜一声飞走了。他看了那情景，觉得挺有个意思。

7

四六不种菜。要种瓜，二五八。阴历三月初八那天，唐朝瓜虔诚地双膝跪着，双手将事先挖好的瓜坑扒开，抓挠着松软湿润芳香的粪土，就像巧妇揉搓着盆里的发面团，然后用手指在大瓜坑里刨出几个小瓜坑，深浅是绝对有讲究的。随后捏着一粒粒瓜子，有顺序地排开，插入泥土里，而不是随意丢进去，更不能让瓜子横躺竖卧，胡乱跌入坑内。每个瓜坑内，或间隔点三粒瓜子，那叫三角梅，顶多点五粒，那叫梅花瓣。将来每个坑里只留一棵瓜秧，独根独苗，但下种的时候，却不能只埋下一粒种子。把种子点好了，他是要用双手捧着土，亲自把种子掩埋好的。那一刻他像只老母鸡，像在土里刨食，又像在窝里孵蛋。

宋黛花和他开玩笑说，你倒是属鸡的，土里刨食吃的命。

唐朝瓜笑了说，我要刨出个大金蛋来，再给你拿回个三万八。到时候，我给你买条金项链。宋黛花说买那干啥，可别，有钱供孩子上学吧。他说，那就给你买个金戒指。宋黛花说，老了老了，你倒抬举上我了。他说，瞅你好看不是。宋黛花问，你瞅我哪儿好看哪？他说，有的时候我看你的屁股，比那磨扇南瓜还好看哪。宋黛花就说他老不正经，就说大多数时候，你看着南瓜还是比我好看呗。他将刚种好的瓜，轻轻地拍了几圈，很像是哺乳期的母兔在用爪子拍打刚刚奶完，又用土埋好的洞里的小兔。

他把院子里所有的瓜都种好了。每种完一棵瓜，唐朝瓜都习惯性地拍一下巴掌，似乎是在欢迎那些瓜苗早日破土渐出头。也算是巧合了，一场淅淅沥沥的小雨降临，很快雨便打地皮湿了。唐朝瓜乐得也不进屋去避雨，就在院子里呱呱地拍着巴掌，来回地走柳儿，欢迎春雨的到来。

望着雨，唐朝瓜馋酒了，想喝口，还想吃小葱拌豆腐、香椿芽摊鸡蛋。宋黛花说，一块豆腐好几块，一斤鸡蛋好几块，买啥啥贵。儿子上学又花钱多，青黄不接的时候，就有啥吃啥吧。

如今家里最多的吃的东西，得说是南瓜干了。房檐底下，还挂着十几串陈年的南瓜干哪。那天宋黛花又泡了半盆南瓜干，反复洗过，切成寸长的小段。一半放在锅里，与小米一起煮，就焖出了半锅喷香的小米南瓜干干饭；另一半南瓜干放辣椒炒了，还特意炸了一碟辣子酱。这饭菜就吃着挺香的。酒也喝得香。

唐朝瓜望着窗外，望着远山，问宋黛花，你说咱们高县长，今儿中午吃的啥？宋黛花说，肯定是鸡鸭鱼肉呗。唐朝瓜说，我琢磨县长也吃不上这南瓜干干饭、炒南瓜干，他没这个口福。明年哪，我一定让高县长吃上我的隔年瓜。嘿，高县长可是我们的大恩人哪。

窗外的雨又下得大了些。唐朝瓜借着酒兴，赤脚跑到雨地里，像个小孩子一般，说开了经过他改造的儿歌：

下吧下吧，我要发芽
下吧下吧，我要开花
下吧下吧，我要结个大倭瓜……

不知道是不是儿歌起的作用，忽然间雨吓得急促起来，很冲，噼里啪啦砸在刚点上籽的瓜地里，形成了一个个麻子坑和一汪汪积水。见此，唐朝瓜可急了，他恐怕那雨呛着淹着刚种上的瓜，便赶忙把草帽扣到一个正在孕育瓜苗的盘子形状的瓜坑里，然后又钻进屋，抓起炒菜的锅、和面的盆，还有锅盖、笼屉之类，都盖到、苫到瓜坑上面去了。排帘上放着一挂面条，也被唐朝瓜出溜到桌子上，排帘拿到外面挡雨去了。宋黛花自然也没看笑话，顺手抄起洗衣盆、甚至尿盆，罩到了需要罩的地方。

8

唐朝瓜几乎是亲眼看着他的瓜苗拱土冒芽的。阳光里月色下，他时不时地就把期待的眼神投入到瓜地里去了。终于有一天，一棵瓜苗隐隐约约出现在他眼下了——当时他到底是个什么心情哪，说是像看着小鸡小鹅小鸭拱出蛋壳了，都不太准确。他望着那两片鹅黄色的小苗，就像望着他刚出生的儿子的两只小手，他想啪地拍一巴掌，又恐把小苗吓回去。他的目光久久地落在那两片叶片上，那神情倒像是某个作家凝望着自己刚刚问世的第一本书。他把两掌一合，说了一句阿弥陀佛——那是表示欢迎、祈祷的意思吧。

有儿不愁长。那瓜苗长得自然比儿子还快万倍。瓜苗露土后，很快就长叶、探蔓，扑棱棱苗壮蔓延开来，茂盛得不但苦严了地皮，还探头探脑、伸胳膊踢腿的，欲爬到高处去。那条并不宽的甬道，也被贪婪的瓜秧占领了。唐朝瓜望着那些爬上甬道的瓜秧，就像望着自己刚刚会爬的孩子那般。可他又不能放任那瓜秧随意乱爬，顺手将瓜秧引领到该去的地方，还把贪长的瓜蔓的尖儿掐去了一截，这叫打尖。他又故意将瓜根部的梗践踏两下，甚至扭曲几下，这是一种变相的压蔓。打尖和压蔓都是为了防止瓜秧疯长，让瓜秧憋得粗壮，以便让瓜长得更强壮。

他的庭院就像一个大舞台，那瓜苗就像一群举着碧绿的扇子、金黄的喇叭的舞姿翩翩的少女。在他眼里，那硕大的南瓜叶、怒放的南瓜花，远远比荷叶荷花更美丽动人。什么荷花仙子，哪有他的南瓜花中看哪。他凝视着青青的、尚没有青核桃大的、顶着黄花的南瓜蛋儿，就像看着刚刚下完蛋的金凤凰似的——那一刻他可真是想鼓起掌来，欢呼又一茬南瓜的诞生了。但他绝不会用手指去指任何一个顶着花的南瓜蛋儿，因为瓜农都说，被手指了的南瓜蛋儿，会夭折落地的。

男长二十，女长十八，南瓜疯长十八天。根据他几十年种瓜的经验，南瓜从乒乓球那么大开始，足长十八天，个头儿就长足了，以后的日子就是往老里长了。说老南瓜、老倭瓜不是没有道理。那十八天是最关键的。那些日子，唐朝瓜几乎是看着那些南瓜们渐渐长大的；仿佛那南瓜就是气球，他要把那南瓜亲自吹大。他常常连饭也顾不得吃，吃也吃得特别简单。掐个十朵二十朵不结瓜的谎花、空花，再揪把大葱叶，拌点面，弄半锅疙瘩汤，点几滴杏仁油，就吃得很是香甜了。有时他还冲着山那边说，高县长要是咱们的街坊多好啊，给他端碗南瓜花拌疙瘩汤，他吃了准舒坦。宋黛花说，你总是忘不了高县长。他说，哪儿能忘了人家，那可是我们的大贵人哪。

由于南瓜结得多，不可能把每一颗南瓜都留下来长成老南瓜。有些瓜还很嫩、亮晶晶的，还长个儿哪，也只好摘下来，或是想法卖掉，或是搁点辣椒，就那么炒着吃了。把嫩瓜蛋儿擦成丝、攥了汤当馅，包饺子、蒸包子、烙合子，都是很水灵很嫩生很可口的。那时唐朝瓜还是望着窗外说，高县长这会儿要正好走进咱们家来下乡，就让他吃咱们的嫩南瓜馅水饺，再就着炒南瓜片，我们哥俩喝杯酒，多好。

宋黛花说，喝点猫尿你就不知道姓啥了，这不是梦话吗？县长走错了门儿，他也走不到咱们这种满了南瓜的农家院里来呀；还和人家称兄道弟。

唐朝瓜笑了说，说别的没用，咱这种瓜的手，县长可是握过——说着，唐朝瓜撂下筷子，又起身侍弄瓜去了。

9

唐朝瓜种的瓜，底肥足、厚、大、杂，因而那瓜秧就长得壮实，藤蔓长、粗、透着十足的后劲。或是蓬蓬勃勃地满地爬，或是很霸道地爬上棚、窜上架、翻上房，甚至攀上树和墙头。

那些天唐朝瓜总是守望在瓜秧前，观察着每一个不知何时诞生出来的瓜蛋子。即便是晚上，他也常常蹲在瓜棚下，看那月色里摇曳着的花花搭搭的斑斑驳驳的瓜秧的影子。

一只萤火虫闪着绿光，让他的大手给捂住了，捂了片刻，他又松开手，把那闪光的小玩意给放了。

瓜秧里稀罕地藏着几只蝈蝈，高兴了就伏在南瓜花上鸣唱。

一场雨下过，湿漉漉水汪汪的瓜叶瓜藤瓜花，还有那些陆续长出来的南瓜，其诗情和画意就显得绵延不断了。

伏天的夜晚，闷热。他拿着芭蕉扇，扇着风；他还对那瓜说，你们也热了吧？说着，便给那些瓜扇扇子。他还将大门打开，让门洞外的风进来，也好吹进瓜地里，让瓜们凉快凉快。

回家休星期天的儿子唐山彩从屋里走出来，说，爸，该睡觉了。他则说，甭不好好学，不好好学习，你对不起高县长。人家不给三万八，你能上高中？上高中可是为了考上大学。儿子反问，爸，我要考上大学，您是不是还能闹个南瓜王呀？

唐朝瓜并没答唐山彩的问话，只站在墨绿的瓜地里，把双手举起来，仿佛要把那轮圆圆的明月捧在手中了。

　　一茬又一茬南瓜，球球蛋蛋子子孙孙的实在是结得太多了，只能割爱。就像定棵、间苗一样，每棵秧苗上留多少瓜，也是要定数的；多了，平分秋色，任其生长，就长不出他希望长出的又大又好的瓜来了。人是三岁看大七岁看老。照唐朝瓜说，瓜是三天看大，七天看老。南瓜崽子下来三天，他就能断定这瓜将来能长多大、长成什么模样。照他说是，瓜和人一样，就那点血脉，其血液供应一颗脑袋够用，供应多了就不够了。尽管那瓜藤很长很壮，瓜叶很大很厚，瓜花冲着天、小喇叭似的很张扬，但其筋脉和养分还是有限的，所以就不能留很多瓜分食血液。在这个前提下，在那天早上，他操弄着剪子，忍痛剪掉了六十八个尚未长足个儿的嫩南瓜蛋子，有的才不过拳头大。他把该摘的瓜舍了，该留的留下了。选准一个瓜后，他兴奋地一拍巴掌说，狗日的，留下你了。

　　他嘟囔着，以一当十、以一当百、以一当千、以一当万……又一拍手说，出一个南瓜王，就顶十万个南瓜羔子呀！

　　唐朝瓜在三十六棵瓜苗里，又特意选定了八棵，作为重点扶持对象。这八棵瓜秧上多者留了三个瓜，最少的只留了一个。他还把这十八个瓜编了号，将来还打算给瓜起名的。他弄了一些小木牌，分别写上县长、高、瓜王之类的字迹，钉到八棵瓜秧下。由于有瓜叶的遮挡，外人是不大容易看得出来的。他心里明镜似的就行了。这是他定向、着力培养的，有可能诞生瓜王的，或是准备给高县长送的礼品瓜。

　　那天借着晨曦，他选定了第一个可以把字写上去的瓜。他围着那个比脸盆大的瓜转了八圈，又虔诚地跪在瓜下，给菩萨磕头那般，捧着手，围着那个瓜的东西南北，分别作了仁揖，又摸摸那瓜，像是抚摸着儿子的头颅，轻轻地拍一下，说，就是你了。随后个把钟头的光景里，他就是往那瓜身上鼓捣那十个字。看似轻省的活，却弄出了一身汗。待他终于将那十个字落实到那个磨扇瓜上的时候，他望着那十个字：吃了隔年瓜，活到八十八——就像书法家望着自己满意的墨迹。他拍了一下手，笑了。那匹黄狗，摇晃着尾巴移了过来。本来，唐朝瓜是不待见这条狗的，嫌这狗麻烦，爱汪汪，又嫌那狗拉尿，埋汰。他几次想把狗卖掉，宋黛花却舍不得。而此刻，唐朝瓜倒也觉得那狗还算仁义，便对那狗说，你可给我看好这个瓜，这可是我给县长预备的瓜。

10

吃罢早饭，唐朝瓜把摘下来的瓜，码放到三轮车上，就蹬着车，赶集去了。

那天让他很扫兴，六十八个瓜，虽说是都卖了，却只卖了五十元钱。他捧着最后一个瓜，像皮球那般抛上去，又接在手里，再抛到空中，又捧在手上。他感叹，这烂贱的南瓜呀，一个南瓜也就能换回一瓶矿泉水。他自然没舍得买一瓶矿泉水喝。

出了集市大门，恰好就碰上儿子唐山彩。唐山彩把他卖瓜的钱全捏过去了，还是觉得不多。他瞪了儿子一眼。唐山彩蚊子叫似的叫了一声爸，就很让唐朝瓜满意了。

唐朝瓜从集市回到家里，一眼发现那条狗倒立在瓜棚下，已经把他留好的一个最好的南瓜啃得豁豁牙牙的了。最可气的是，唐朝瓜费劲巴力弄上去的十个字，也已经面目全非了。见此，唐朝瓜气得头发都立起来了，火苗蹿过了脑门，他一怒之下，抄起铁锨，抡将起来，啪的一下，汪的一声——那狗便趴在地上，口吐鲜血，一命呜呼了。

当时唐朝瓜心疼地叫了一声我的狗啊，就瘫倒在地上了。他没想把狗打死，也没想到这狗死得这么脆生。宋黛花见狗死了，提着镐把出来了，似乎想和唐朝瓜拼个你死我活，可一看那情景，也就将那镐把丢到墙旮旯里，坐到地上哭了一阵我那狗啊。这打狗风波也就过去了。

家财万贯，四条腿的不算。一条狗死也死了。事后，唐朝瓜自然找出了一百条不养狗的好处，打死狗的理由。我给县长留的瓜，让它个破狗给啃了，反了天了，听说天狗吞月亮，也没听说柴狗啃南瓜呀。两口子在月光下剥狗的时候，唐朝瓜还说，你想想，一条狗值多少钱哪，一个瓜值多少钱哪？弄好了，那一个瓜就是三万八呀。为了让咱们的瓜长好，我不但灭了这条狗，那只大公鸡早晚我也要宰了它。这鸡飞狗跳、鸡刨狗咬的，哪利于瓜的生长啊？嘿，让这些鸡呀狗的给我的瓜捣乱，算我对不起我那些瓜了。我这院子就是南瓜的天下。鸡狗这么一闹腾，我的瓜都长不踏实；南瓜睡个觉，都睡不安稳。

宋黛花说，你那瓜还会睡觉，你在说梦话吧。

唐朝瓜说，不是我说梦话，是我的瓜还会做梦。我那瓜正在梦乡里，狗汪的一咬，给吓醒了；鸡喔的一叫，给吵醒了。那瓜的美梦就让这鸡狗给破了。

你那瓜做啥美梦啊？梦见自己卖了三万八？

对喽。唐朝瓜一拍沾满狗血的手，瓜和我是同一个梦想。

宋黛花说，都是大傻瓜。

那晚，两口子在院子里支上大锅，煮开了狗肉。就地取材，揪了几把苏子叶和大葱，丢进锅里，那香味就弥漫不散了。那才叫狗肉滚三滚，神仙也站不稳哪。但狗的两条后腿却没在锅里煎熬，而是跑到冰箱里冷冻去了。唐朝瓜说，他留着这狗腿有用。唐朝瓜要给儿子唐山彩打电话，让儿子回家吃狗肉来，宋黛花却拦挡住了，说是儿子回来，你可有法和他交代？他做梦都想那条狗。唐朝瓜把脑门子上的汗向地上一甩说，我还不是为了给他兔崽子上学挣钱？

煮了半锅、半宿的狗肉，可唐朝瓜夹起一块狗肉往嘴里送的时候，那手居然哆嗦了，到嘴的狗肉又啪嗒落进锅里。他让媳妇宋黛花尝一口，媳妇望着那喷香的狗肉，泪珠子先下来了。到了，两口子谁也没吃一口肉，那毕竟是自己养的狗，吃不下它的肉。后来唐朝瓜想起来，宋黛花说过，她爹那时候种瓜，浇了狗肉汤，瓜长得奇大。于是，唐朝瓜就准备用这狗肉汤浇那八棵准备"上贡"的瓜苗。

黎明时分，唐朝瓜用葫芦瓢舀着一瓢瓢狗肉汤，就浇到那瓜苗的根上去了，泪水也随之沥沥啦啦流了下去。但想起高县长来，想起那瓜的美好前景来，想起他的儿子唐山彩上学要用钱来，他就释然了，还嘟囔道，舍不得孩子套不着狼，我要用一条狗换回一个瓜王来——值得。他激动地一拍巴掌，就把山那边的红太阳拍出来了。

11

狗肉汤没有白浇，那些喝了狗肉汤的瓜们一日日饱满起来。唐朝瓜还坚信那吸了狗肉汤的瓜，已经浸染上了狗肉的香味。由此他联想到，这瓜喝什么汤，就会有什么味的。他听说过一句话："会吃的喝汤。"深入地一想，这瓜喝汤肯定有利于发育生长，有益于养生。瓜也和人一样，清汤寡水喝多了，膘油就匮乏了。于是他就琢磨着给瓜提供更营养的荤汤。在他来往赶集的路上，碰上不幸被车碾死的过路的草蛇、山蛙、刺猬什么的，他就捡回来，熬成汤，浇到瓜秧上。有人送给他一瓶荆花蜜，他就沏了半盆蜜水，给一棵瓜秧浇上去了。他和宋黛花说，这棵瓜长大了带着蜜香的味道，甜。宋黛花开玩笑说，你倒不怕这瓜得了糖尿病。

唐朝瓜骤然顿悟，是啊，这瓜的甜度加大了，吃了这瓜的人，血糖还真没准增高。可又听说南瓜是治糖尿病的。但他还是多了个心眼，另一棵瓜就不浇蜂蜜水了。有人送了他一包好茶叶，他先酽酽地泡了一壶，却没舍得品那袅袅香茶，而是待茶凉后，先给瓜浇上去了。人家送了他一个海南椰子，他也把椰子汁给一棵瓜苗浇上了。他说这瓜长出来，就是椰味瓜了。他那位远房小舅子宋黛树又来看了一回姐姐和姐夫，搬着一箱袋装的牛奶。这牛奶宋黛花舍不得喝。唐朝瓜说是从小吃过娘的奶，大了就什么奶也不喝了，也喝不起；想把那箱牛奶给儿子唐山彩喝，又觉得大小伙子喝不喝也两可。后来唐朝瓜一拍手，就给那牛奶派上了用场。他打开一袋牛奶，就将那雪白的乳汁，偷偷浇到一棵瓜秧上去了。宋黛花见了，直咧嘴说，那牛奶没处打发了，你逮着啥浇啥。唐朝瓜说，也没浇别的，不就是浇了瓜吗？这瓜喝了牛奶要变成瓜王，不就成金娃娃了吗？值得。我的宋黛花呀，你没奶水了，要有，我不喝，也浇了这瓜，让这瓜带着奶香味，吃着就不一样，身价也就不一样了。宋黛花说，哼，我看你种瓜也是种得五迷三道的了，不知道给瓜浇啥了。

唐朝瓜说，这瓜喝了我的血，要是能拍出三万八的高价来，我把我的血抽出来，给瓜喝了，也比直接卖血划算百倍。

宋黛花说，疯了你。但她不知道，唐朝瓜是几次咬破手指，用鲜血写了十个字的血书，然后贴到某几个瓜上去的。那血书的内容读者自然晓得：吃了隔年瓜，活到八十八。那血字，不是渐渐变红，乃是日渐发黑。

唐朝瓜浇瓜，还是不用自来水，而是提着水桶，端着一葫芦瓢水，将水倒进压水机机头里，然后才压着压水机的把儿就把水逗上来，水就一股一股地流进桶里了。压满了一桶水，唐朝瓜就拎着去浇瓜秧。宋黛花问他为啥非得这么较劲。他说院里没有辘轳，要有辘轳搅上来的水，浇瓜才好哪，深水。他说那自来水撒了漂白粉，人喝着都嫌有味，瓜喝了不嫌恶心？那就不是绿色食品，就跟化肥催的蔬菜快成同类了。所以他从不用自来水浇瓜，而用压水机压水。牵牛花把他家的水龙头都缠上了，那压水机却被他的手磨得锃亮。他唐朝瓜种瓜，雪花大的一粒化肥也不用，那样就对不起买瓜的人了。浇什么水，不但水质讲究，水量也很讲究，浇多少那是用葫芦瓢量了的，多一滴少一滴都不行，撑着渴着呛着淹着瓜，都对不起那些瓜们。瓜虽叫瓜，但不是傻瓜；瓜虽然不会说话，但糊弄瓜不行。把瓜浇涝了，瓜的水分就大，就缺乏了白薯和栗子的味道。

宋黛花就说，瞧你，对待瓜比对待孩子还精心哩。

唐朝瓜说，种好了瓜，还不是为了孩子上学吗？

那个周末儿子唐山彩回来，买了两瓶冰镇啤酒，孝敬老爹。晚上，三个人就喝上啤酒了。可刚喝了半杯，唐朝瓜就想起他的瓜来了，于是就斟了一杯啤酒，端着到门外去了。他回头看看没人，就将那杯啤酒浇到一棵瓜苗上了，感觉那瓜苗没喝足，又端出一杯啤酒，浇了上去。

12

夜半三更，宋黛花醒来一翻身，不但发现身上的红裤衩没了，身边的丈夫也没了。她以为唐朝瓜到院里撒尿去了，可等了半天也不见回来。于是她跑到院子里，犄角旮旯都探了一遍，月光下却不见人影。她生气地说，你个大傻瓜，钻到南瓜里去了？却不知，此刻唐朝瓜正撅着屁股，在月光下的小河沟里摸鱼哪。当他捏着一草帽壳豆角大的草籽鱼回来的时候，把媳妇急得尿都夹不住了，正在瓜棚底下急匆匆地解决哪。他见了，急也不是疼也不是，却将一只脚蹭到媳妇的臀部上，命令她，移到厕所里去撒尿吧，把我的瓜溅上尿点子，还咋送给县长啊。宋黛花却坦然地把体内的液体排放到月亮地里了。还没提上裤子，就骂唐朝瓜，你个大傻瓜，夜深人静的，找野老婆去了你？！唐朝瓜嘻嘻笑了，亮一下草帽壳里的鱼，说，别生气，给你熬鱼汤吃。又说，老伴，把你弄舒服了，我倒睡不着了，刚一打盹不是，梦见好几个南瓜对我说，说是馋鱼汤了，想喝鱼汤。这不，我就起来捞鱼去了，也好给南瓜喝鱼汤啊。宋黛花说，走火入魔，疯了你。

借着高高的月亮，唐朝瓜就用凉灶锅熬开了鱼汤。几只野猫闻见鱼腥味，分别占领了周围的墙头、房檐，甚至树杈，虎视眈眈，垂涎欲滴，喵喵叫着，肯定是想喝鲜美的鱼汤了。唐朝瓜却把猫吓唬跑了，说，别看馋，这鱼汤没你们喝的份儿。

待把鱼汤熬好，凉着，他在月亮地里指点着瓜说，狗瓜、蛇瓜、酒瓜、蜜瓜、奶瓜、茶瓜……再来个鱼瓜、鸡瓜……宋黛花拍了他一巴掌说，你就是个呆瓜、傻瓜。

霞光冒红的时候，唐朝瓜才把那锅鱼汤，一瓢瓢浇到瓜秧上了。

那天，唐朝瓜又去雁落滩赶集，又卖了几十个嫩南瓜，但稀巴烂贱，没弄几个钱。将那些小钱塞给儿子唐山彩的时候，老子还有点不好意思。回家的路上，唐朝瓜算是有点意外的收获，本来到了老鹰嘴里的野鸡，让他拍着大巴掌，给吓唬掉了。他将那野鸡捡回来，开了一个成不了大气号的南瓜，将野鸡收拾干净后塞进去，还往野鸡肚子里塞了几把黄豆，就用那瓜当锅，咕嘟嘟炖了起来。打电话把儿子唐山彩叫回来，让唐山彩吃到了这别具风味的南瓜焖野鸡——那可比汽锅鸡又香又嫩哪。唐朝瓜和唐山彩开玩笑说，他高县长也吃不上这么好的东西啊；小子，多会儿也别忘了高县长。唐山彩直点头，又喝了一口鲜美的鸡汤，还捞了几颗黄豆丢到嘴里。

剩了半壳瓜汤，唐朝瓜没舍得喝，端到院子里，分别给两棵瓜秧喝了。唐朝瓜还说，高县长啊，这就等于给你喝了这高汤啊。过年正月初一，我一定让你吃上带着野鸡味的隔年瓜。

唐朝瓜的瓜喝了很多的汤，长势愈发喜人。可在那之后瓜田却出现了不和谐的音符，都是那只大公鸡惹的祸。他家那只羽毛漂亮、嗓子洪亮的红冠子大公鸡，透着十足的霸道和霸气，成日趾高气扬的，似乎这院子里它就是主人。打鸣的嗓门太大，仿佛没有它这一嗓子，太阳就不会出来似的。叫早是公鸡的职责，倒也罢了。让唐朝瓜不能容忍的是，这公鸡似乎是存心和他的瓜过不去，甚至"欺瓜太甚"，哪个瓜好，它就蹲到哪个瓜上打鸣去；它还把一个写有吉祥话的瓜铸了一个大窟窿，将瓜子啄出来吃了，却把一摊鸡粪排了进去。唐朝瓜见此，那可就是怒火万丈了。他一扫帚拍下去，那鸡却没落得与他家的狗一样的命运，就地毙命，而是惨叫一声之后，居然又飞了起来，一下子落到了房上，在房上疯跑了几圈，把青石板上洒了一点点鲜红的血迹，才又飞下来，虽然没有扑到唐朝瓜的头上，却把梅花瓣般的鸡血滴到了他的和尚领背心上，然后一头死在他的双脚跟前了。他的头发都吓得立起来了，身子也软了，眼前这情景似乎让他感觉到了一缕不祥之兆。

宋黛花气得满院子里撒大泼，说，狗让你打死了，鸡你也不容，我你也别要了。宋黛花正要跟丈夫没完，却见唐朝瓜一屁股坐在地上，冲着那鸡说，我也是属鸡的，我咋就把你打死了。你再也不能打鸣了。宋黛花也就心软了，不好说啥了。

事后，唐朝瓜有几分理亏、却又摆出了他的大道理，宋黛花呀，是我的不对。可你也得理解我，别老娘们见识，一只小鸡子值多少钱哪？鸡要把我的瓜王破了相，三万八可就没了。

那鸡汤自然是又灌到瓜苗底下了。

13

说来说去，种瓜对于唐朝瓜来说，不是什么难事，就像是巧手的妇女蒸馒头蒸包子一样。但有难度的是，往那些瓜上鼓捣那十个字。尽管他当年曾经把"同一个世界，同一个梦想"印到了他的南瓜上，可把另外十个字落实到今年的瓜上，却费了不少心思。不过，不管用什么法，他总算把那十个字贴呀写呀烙啊烫啊刻啊，鼓捣到了选好的南瓜上。那是要功夫的。瓜长十八天，从某个瓜下来的那天起，他一天天算着，大约是到了十八天，他才精心地把那十个字与那一个瓜连在一起。那十个字可都是他的手迹呀，是他练了数千遍的亲笔字。每当那十个字成功落实到某个瓜上的时候，他就喜滋滋的，自然是免不了鼓掌欢迎的。

有一回，他往一个瓜上鼓捣字，差点钻到瓜里去。十个字鼓捣了俩钟头，期间有几十个花脚蚊子，在他的身上叮咬了几十个大包，他都没有觉察。事后宋黛花给他身上那些包上抹着芦荟汁，直说你这个大傻瓜呀！这时他才解气地用手呱呱地拍着蚊子给他留下的大大小小的红包。

过了立秋过了白露，他的院子才更像一个瓜的世界了。那瓜的丰收景象，就不是画家和诗人们能够画得出来写得出来的了，尽管那满院子的瓜透着清新的诗情画意。那些日子里，种瓜的人似乎不用再种瓜，留给他的时光就是赏瓜看瓜了。那情趣别人体会也体会不到。他看着那些瓜，像画家们看着自己画出的画，诗人们看着自己写出的诗，收藏家们欣赏着自己收藏的古董和宝贝。那瓜的颜色各异，形状各异，大小各异。看瓜的时间不同。瓜也就在各个时段里变幻着。晨曦里的瓜和夕照里的瓜，那就是不同的，虽然都镀着一层红晕，但早晨的瓜挂着露水，亮晶晶的。傍晚的瓜可能就罩上了一层淡淡的雾气，有一种朦胧感。微风里的瓜，瓜叶摇曳起舞，就显得活泛，颇有动感。被雨水浇打着的瓜，那就有点"大珠小珠落玉盘"的感觉了。阳光下的瓜是个什么样，月色里瓜是个什么样，那花花搭搭的景象就别有一番韵味了。上了架的瓜，悬空吊着，与可地滚的瓜、匍匐在地上的瓜，那就不一样了。唐朝瓜恐怕那些吊着的瓜掉下来，就用草绳编了网子，把悬着的瓜兜了起来。此时那些悠然在网兜里的瓜，像是在摇篮里、又像在秋千架上打秋千的娃娃。那些趴着的瓜，也不是纯粹趴在地上，唐朝瓜或许是怕那瓜着凉着潮，不透气，便用一些石板衬托在下面，于是那些钻在瓜叶里的瓜们，倒也像捉迷藏的娃娃，时隐时现的。瓜的大小可是不一，有爬上柿子树的小瓜，个头就像个磨盘柿大小，带着几分顽皮透亮，像小红灯笼。有的瓜绝对是超过了磨盘大，扁的；有的瓜又像倒立着的碌碡，长的；有的瓜类似于象鼻子；有的瓜还像高悬的蟒蛇；有的瓜像盘子、坛子、暖壶、奖杯；有一些个白颜色的圆瓜，像乳房、像臀部，就不便比喻了；有的瓜干脆就像人的脑瓜，透着聪明。瓜的颜色那又绝对是五颜六色的，红的黑的青的黄的白的；那黄色的瓜和黑色的瓜，又都挂着一层淡淡的白灰似的；带着花纹的瓜也不少，豹纹瓜、虎纹瓜、蛙纹瓜，红绿花纹交杂的，各种颜色混合的，绝对给人一种五彩斑斓的感觉。那两条河卵石甬道旁，也趴着大大小小的瓜；一个个懒洋洋的，又透着几分惬意和风光。

唐朝瓜看着这些瓜的时候，那张脸也就像一个绽放着花纹的好南瓜了。他在结满瓜的院子里，来来回回走个不停。自然是时不时地拍着手，有时也轻轻地拍某个瓜一下，就像拍着他儿子的脸蛋，那么亲热；或像拍着他老婆宋黛花的大腿，有点暧昧。他常常俯下身去，对一个写着字的磨盘瓜说，你小子，赶明我非得把你送到高县长手里；又对着一个圆柱体的巨型南瓜说，你就再当一回瓜王吧，我的天爷呀！说着，他又一拍手，似乎那南瓜已经当上瓜王了。

宋黛花走出门来说，看瓜就看饱了？你就不吃饭了？

唐朝瓜说，吃啊，揪把南瓜花，拌碗疙瘩汤，凑合吃碗得了。等我再得了瓜王，我请你吃褡裢火烧。

14

人生一世，瓜生一秋。八月十五的月亮挂在唐家院里的时候，唐朝瓜种的瓜也基本上就算到了最辉煌的时候。那满院子黄澄澄的瓜在昭示着一个沉甸甸的金色的秋天。瓜成熟了，也该收获了。都快拉秧的时候，却还有一些迟开的南瓜花，稀稀拉拉地钻了出来，但那花却很难再长成瓜了。秋凉了，节气不饶人，对于那一年的瓜来说，大地母亲已经老了，不能再哺育儿女生长了。唐朝瓜望着那迟到的花，却不像是望着瓜的丧钟，倒像是望着一只只金色的小喇叭，他还问那小喇叭，不指望你们结成个瓜蛋子了，你们谁能够告诉我，今年还开不开南瓜展销会？我也好参展去呀。南瓜花在秋风里摇曳着，此时有声又无声。

还是儿子唐山彩带回了好消息：今年的南瓜展销会，还在雁落滩大集举办。唐朝瓜听了这消息，刚激动地一拍手，却又觉得有所遗憾，叹息道，当初要让高县长吃了我的隔年瓜多好，兴许对这回评选瓜王还有好处哩。但唐朝瓜还是抱定了信心，要争取拿下今年的南瓜王。

唐朝瓜选来选去，选了八个最好的南瓜，打算去参加展销会。可一看，这八个瓜上都写着同样的十个字：吃了隔年瓜，活到八十八。不用说，这八个瓜都是打算给县长送礼的瓜呀。这一年，他等于是关起门来种瓜，谁也不知道他在瓜上到底做了什么文章；或者说，他坚信在这个世界上，所有的瓜上都没有那十个最最宝贵的字。瓜不值钱，可这十个字值钱哪。这十个字落到瓜上，瓜就不是一般的瓜了，倘或再当南瓜王，他估计这十个字的作用可能是最大的。但扒拉来扒拉去，最终他却舍不得用这八个瓜中的一个去参展了，因为这瓜他是给高县长种的，等于是有主了，男子汉说话算数，瓜是给谁预备的，就是给谁预备的。天机不可泄露，他若先把这瓜展出去、亮出去，弄到集市上去，那这瓜的韵味就没有了，意义就消散了。最好是将这瓜先送到高县长手里，让高县长先睹为快，先尝为鲜……先走了那一步，他唐朝瓜再当瓜王的可能性就大了。这是需要坚信的。如此想来，他就把这八个瓜留了下来，就等着给高县长送礼了。他只挑了另外两个瓜，也是顶呱呱的好瓜，准备去参展。他还双手击掌，说是好小子，就是你俩了；又双手合十，说了一声阿弥陀佛。

儿子唐山彩反问老子，为啥不带一个写字的瓜？

唐朝瓜说，那字是给县太爷写的，现在露早点。

唐山彩又说，爸，这俩瓜倒也不赖。

唐朝瓜说，看咋了。你爹唐朝瓜，就种不出赖瓜来；儿子，你可也别当那赖瓜蛋子，别因为差一分考不上大学，再让你老子拿三万。咱这瓜要不中状元，把我卖了可也不值三万八。

又一届南瓜展销会隆重举行。唐朝瓜是顶着星星、顶着露水、顶着霞光，骑着三轮车，蹬了二十里山路，才赶到雁落滩大集上。此时那彩虹门圈着的所谓南瓜的擂台、瓜台、展台、主席台上，已经是瓜山瓜海的了。那时候他似乎有几分尴尬，怪自己来晚了。可他毕竟是首届南瓜王的得主啊，有人认出他来了，就"老唐老唐"地把他招呼到指定的位置上去了。他交头接耳和人打听高县长来没来，人家可就不情愿告诉他了。他就独自守着两个大南瓜，等着开锤了。

最让唐朝瓜期待的时刻，就在漫长的等待中到来了。锤起锤落，最后一锤子下去，又一个瓜王诞生了，但不是唐朝瓜，是一个叫秦瓜黄的女人。当时唐朝瓜可就傻眼了，手举在空中，没有拍在一起，却失落地定格了，人也一阵头晕眼花，居然一屁股坐到了地上。大男子汉的，一时失态了。

那天很晚了，唐朝瓜才带着他的两个瓜从集市上往回赶。本打算把两个瓜处理掉，说到三十块钱一个，都未能成交。他一赌气，索性不卖了。在回家的山道上，他一路叫着南瓜王啊，高县长啊，我的儿子唐山彩呀，媳妇宋黛花呀……总觉得对不起这些人。后来也不知道是一失手一失足，还是他成心所为，居然把一个大南瓜弄得滚下山去。他呱呱地拍着巴掌，吁吁地叫着，想把飞滚的瓜拦挡住，又只好无奈地放弃了。

那个磨盘南瓜恰好落在唐家的坟地里，奇迹是并没被摔得劈脑开花，还是一个完整的瓜。唐朝瓜好生纳闷。他鸟瞰着那南瓜，恍惚觉得那南瓜变成了一个金光闪闪的微型的坟头。他似乎觉出了几分晦气和不吉利似的，但又没太在意，只叹气叫了一声，娘啊，那瓜就算儿子给您送的供品吧。

那一轮夕阳就钻到西山嘴里去了。

15

那些天，唐朝瓜像个蔫巴南瓜，连脑袋都有点耷拉，手也不愿拍了，话少，闷葫芦一样。他喝南瓜丝疙瘩汤，斯文得一点动静也没有。宋黛花想给他温一壶酒喝，他推到一边去了，说是挣不了仨瓜俩枣的钱，还有脸喝酒哩。宋黛花想劝他几句，也不知道该劝什么。他可是知道宋黛花想埋怨他什么，便自己说了，哎，我要搬上一个写着字的大南瓜，也许当上南瓜王了。

他还在月色里埋怨那些瓜们，白给你们喝了狗肉汤、鸡肉汤、牛奶、啤酒、

　　　　　　　　　　　　　　　　　　　　　　　　　谁解麦浪

茶水了，咋就没出一个瓜王啊？可回过头来一想，他的眼睛又亮了。心说，有羊赶上坡去喽，今年当不上瓜王，明年兴许就能当上瓜王。这就有个盼头了，有了盼头就有奔头，还是奔我的瓜王去吧。唐朝瓜鼓了一下掌，算是给自己鼓足了劲头。

但唐朝瓜看着那些瓜，还是像面对不争气的儿子，不太想看，有点失落。瓜是好瓜，看着花里胡哨、金光灿烂的，可那瓜皮上没有镀着金，不值钱，瓜皮就是一层似乎是多余的皮，吃都没人吃。可他只这么想了很短时间，就又觉得那些瓜是很可爱的了。无论瓜的身价贵贱，他身上的血肉却离不开南瓜的养育呀。对南瓜这点情感，这辈子不能断了。何况，那曾经的瓜王，让他风光了一时，也富贵了一时。再把目光投到瓜上，他就觉得那瓜还是很雍容的华贵的健壮的丰满的，是好看好吃的宝贝疙瘩。

秋风刮过，秋霜下过，那些瓜就该往下摘了。于是他就和媳妇宋黛花一连摘了几天的瓜。秋色正浓的时候，瓜还用不着往屋子里摆，摘下来就先码放到窗台上，甚至房顶上；又编制了两块荆笆，铺到瓜棚上，便将大多的瓜摆到上边去。那景象还是很壮观的。唐朝瓜还和往年一样，给村里的各家各户，一家送了两个南瓜，让人们尝尝。这些瓜都很好送，对方也很客气；不大好送的瓜，是那八个写了字的瓜——那是准备送给县长的礼物啊。给县长送礼不是那么容易，虽然说官不打送礼的，可真要给县长送礼，那还是一件很令人发怵的事情。唐朝瓜还是那么想，若是早给县长送了礼哪，今年这瓜王可能就当上了。没送也别后悔，再送也不迟，明年再当瓜王，比今年当了瓜王还好哪。琢磨到这个分儿上，唐朝瓜就什么也不想了，只想着早日、当然最好是在适当的时候，把那些瓜给高县长送了去。这就是他完秋以后最神圣的使命，最重要的任务了；也是他最大的愿望，最美好的心愿。他还是一拍巴掌：给县长送隔年瓜去。

然而，给县长送瓜却遇到了很大的难处。首先说，他根本就不知道县长住在哪里。他在集市上和人家打听，人家说知道中国最大的官在中南海住，美国最大的官在白宫住，可是不晓得咱们的县长在哪里住。他打听得多了，还差点让城管的把他给抓了。他拿出与高县长的合影照片来，城管知道他是首届南瓜王后，还对他客气了一把。但还是警告他，以后不许随便打听县长的住处，更不能公开打听。于是他又偷偷地、咬着人家的耳朵，打听了几回，但人家都摇头、摆手。后来还是他的儿子唐山彩从同学的嘴里得知了高县长的两个家庭住址。唐朝瓜望着儿子写在纸条上的两个地址，就像在茫茫江海里望见了两座桥，两条路，就像摸清了通往玉皇大帝的通天之路、天庭之门，兴奋得忘了拍巴掌，却不知道该把那个地址藏在何处。也算他有心眼，用苹果刀将一个南瓜开了一扇小门，将瓜瓤剜出来，就将那地址塞了进去，又把"门"堵上了。那一刻他很是得意。

16

山黄落叶的时节，阳光却不错。宋黛花坐在院子里，很麻利地切南瓜条，切完七八个南瓜后，两口子就登着桌子，一个递、一个挂，把那些南瓜条一串串地挂到房檐底下去了。南瓜条在房檐下形成了好大的气候、好美的景观，像彩色的瀑布彩色的雨帘，又像一匹匹光鲜无比的绸缎，透着鲜活的香气。秋天的草腊月的宝，这都是寒冬里的当家菜呀。挂那些南瓜条的时候，唐朝瓜盘算着，到底啥时候给高县长送瓜去哪？眼下这不年不节的，送隔年瓜早点。

唐朝瓜总算是把一根手指头落在一张挂历的阿拉伯数字上，就不动弹了，那就是他准备送礼的黄道吉日了。

那一天的山路上，落了不少的黄栌叶。午后，唐朝瓜和他的三轮车就在那条山路上移动着。如果从天上看去，唐朝瓜可能像个大蜗牛，说悠然吧又带着几分沉重感。车上放着一对大南瓜，用床单掩盖起来；这给县长送的瓜，哪能让别人看见哪。此时唐朝瓜也不知道他心里是个什么滋味，只顾了一步一步地蹬车。脸上不是很阳光，似乎凝聚着几团疑云，还是有点为难。想想，种这瓜的时候一点也不难，可要把这瓜送到县长家里去，憨厚的唐朝瓜还真心里没底。那天在天底下蹬着车赶路的人，就算是专门带着南瓜赶路的人吧，一定不在少数。可带着写有"吃了隔年瓜，活到八十八"这十个字的南瓜，给一个县长去送瓜的人，也许只有唐朝瓜了吧？当唐朝瓜坚信他带的南瓜世上只有他独有的时候，又觉得这沉重的事情变得轻松起来。想想自己是曾经和县长握过手的南瓜王，为难的情绪，一时间像是被山风刮走了。一阵透心的痛快，他想快蹬几步，忽然感觉想放屁，又忽然想起屁股后头带着给县长送的瓜，他哪能在这瓜前放肆啊？这可是入口的东西，是给县长送的瓜呀，污染了埋汰了亵渎了，都是对县太爷的不敬——于是他赶紧掉转屁股，把那股无奈的气排到相反的方向了。他还叫了一声，高县长啊。

今日的唐朝瓜，穿着也是不同以往的。要登县长的门，要见县长，要给县长送礼，穿戴就不能和种瓜时一样，那得穿得像回事。于是在媳妇和儿子的参谋下，他就穿了一身蓝西服，外加白衬衫、红领带。这身行头披挂上去，那可就不是一般的不习惯了；但为了尊重县长，唐朝瓜还是当了一回"西方人"。穿着西服蹬着三轮车的唐朝瓜，就那么缓缓地奔县城而去了。那可是三十里地的路程啊，说不远也不近。

县城里已是万家灯火初放的时候，唐朝瓜捏着他那张纸条，来到一个小区的一栋楼下了。他向楼上望了许久，才将那三轮车放到一个适当的位置，就鼓足勇气，奔一个单元门去了。可他连敲门带鼓捣，却怎么也开不开那扇铁门。总算是有人出来了，他却没借机会钻进去，而是多余地打听了一句，高县长在这楼上住吗？人家没言语，就咣当一下，又把门摔上了。他又被挡在了门外。他试着摁了几下对讲门铃，有的没反应，有的问他是谁呀？他说是我呀。人家就不给他开门。后来他学灵了，等再有人出来时，他什么也不问了，一拱身就钻进去了。他差点一拍手，有门儿。可楼道里是黑洞洞的。他不知道有什么触摸电灯，知道也不会摸；只能摸黑，扶着楼梯扶手，一步步就上去了。好在是三楼啊。到了三层，还是一团漆黑。防盗门森严得可以。他怎么拍那铁门，也没人搭理他。东西两个门，他轮流着敲打了半天，也不见有人出来。那一刻他还幽默地想，这地狱之门要这么难进就好了。好容易有人下楼了，是个女的。他赶紧问，县长是在这门住吗？人家说不清楚。人家说，就算住也还没回来哪。他就有点失望。

在门口等了一会儿，他觉得不是个法子，就又磕磕绊绊下楼去了。到了一层，他又不知道怎么出去了，还是借光钻出去的。

那天夜里，他就站在楼下，望着三单元三楼的窗户，巴望着那窗户灯一亮——灯一亮就说明是县长回来了，他就可以搬着南瓜，送上去了。可那灯光迟迟不亮，他只好等着。他把媳妇给他带的五个南瓜丝馅大饺子，一个个都吞了下去，那窗口却还是黑着。后来他一拍巴掌，才眼前一亮：这事闹的，儿子给了我县长家的俩地址，我到另一个家去看看哪。

唐朝瓜蹬着三轮车，转悠了得有五里地，才到了另一个小区另一栋楼下另一个单元门前——这回似乎比刚才更让他找不着北了，那是很高大的电梯楼，他怎么也不知道该怎么钻到电梯里去；也不敢钻到电梯里去，怕那电门一开，他就再也出不来了。

在楼道里，唐朝瓜转转悠悠不肯离去，就被人当成可疑分子了。问他找谁，他不该说找县长，但也只能说找县长，这回更惹麻烦了。保安把他带到一个地方，询问了他一顿。他说他别的啥动机也没有，只想给县长送俩老倭瓜。保安似乎也说了不该说的话，你也太不了解县长了，我还以为你带的是金瓜银瓜哪。这样吧，你马上离开，县长不接受礼物。我们也不知道县长是不是在这楼上住。唐朝瓜还泡蘑菇，说是你们要把我的这俩南瓜，转交给县长啊，小伙子，当年我可是南瓜王，和高县长一块照过相。

说什么也没用，最后唐朝瓜还是蹬着他的三轮车，带着俩倭瓜，离开了那个小区——那一刻，他的腿软塌塌的，眼前是一片茫然。望望不远处的远山，黑漆漆的山上有一条白素素的盘山路，他要沿着那条路，连夜赶回家去。此时他的心比车上那两个老倭瓜还沉重。他唉声叹气的，那一刻他才知道，他今生今世今天今夜的最大愿望，就是把那两个隔年瓜送给高县长。

<h2 style="text-align:center">17</h2>

唐朝瓜再次给高县长送瓜的时候，已经是腊月二十八了。此前他特意买了一件唐装式的棉袄，花了五十元钱，那得卖不少个南瓜才能换来哪。穿着唐装见县长，怎么说也体面些。这回他唐朝瓜不打算直接往县长家里送瓜了，干脆就送到县政府去。衙门口朝南开，有理无钱莫进来。他唐朝瓜没钱，可有礼呀，礼就是那隔年瓜；官不打送礼的，他带着瓜去送礼，总不能让人给打出来吧。他毕竟是南瓜王啊。

那天，下了一层小雪；雪花没停，还有加大的意思。但唐朝瓜是下定了决心，要去送瓜的。一大早起来，他和媳妇宋黛花说他做了一个梦，有点怪，说是他梦见一个大南瓜，忽然就开了一扇门，他就钻进去了，门就关上了，他就再也出不来了。可他却能看见瓜外边的情景，说是一河筒子的水，清亮亮的；水上漂着百八十个大小不一的各色南瓜，每一个南瓜上都点着一盏蜡烛，比山丹花还好看哪……儿子唐山彩捡起一个南瓜，啪地一摔，却原来是一个丧锅子，被摔碎了……

宋黛花也觉得这个梦挺让人纳闷，但又说梦是反梦，梦见丧事那就是喜事啊。唐朝瓜呱地一拍手，说是，老婆啊，你这个梦解得好，圆得妙。今儿这瓜我送定了，我打保票，这瓜能送到高县长手里。哎呀，高县长可是咱们的大恩人哪。不让他吃上这隔年瓜，我可太对不起他了。还又对儿子唐山彩说，山彩，你还要加紧学习，今年六月就该考大学了，给老子争口气，中他个状元。

　　唐朝瓜是带着五个大南瓜上路的。这样的南瓜本来是十个，但放到腊月二十八，已经有一半搁烂了，但也没舍得吃一个；就冲那十个字，才舍不得吃啊。其余五个，打算留一个当种，两个原装送给高县长，另外两个，可是经过他加工改造了的。他讲话，大过年的，得给县长送两道荤菜呀。

　　他这两道菜，可不是一般的菜，那绝对是他的拿手好菜。他在集市偷偷买来一对山鸡，一公一母，又"淘"来一对野兔，也是一公一母。他将这鸡和兔褪毛剥皮，净膛，收拾得干干净净。他把两棵人参插到山鸡的肛门里，膛里放满了蘑菇，各种调料。他把两枚灵芝放到山兔的嘴里，膛里放满了黄豆及各种作料。随后将两颗南瓜一开两半，把瓤和籽掏出来，就把山鸡和野兔分别塞了进去。摆放妥当后，把南瓜本身的另一半当盖儿，扣在一起，又用线绳十字八道，捆绑结实。这还不算，他提前比着南瓜的大小，编了两个柳条的花篮，再将南瓜放进花篮里，这回就上锅蒸了。文火蒸了个把小时，撤火后又等了个把小时，这两道菜就算正式出锅了。那技术就别提了，肉烂在瓜里，瓜却是整的一样。就连那黑瓜上的十个金字，都没有褪色，那字似乎更显得成熟老练了：吃了隔年瓜，活到八十八。但已经看不出笔画里有他的血迹了。

　　四个瓜都安排妥当了，却又觉得这数字不对，四六不成材，现在人们都讨厌这个四字，说是给人送长寿瓜去了，却又带个谐音的死字，大过年的怕是不吉利，再惹得县长怪罪下来。这么一想，他的两眼就盯上另一个有字的隔年瓜了。本打算留种子的那个，干脆都送了县长吧。那储藏在冰箱里的两条狗后腿，他可是没有遗忘。将狗日的搬腾出来，融化之后，又是一番改造，便将那个隔年瓜的膛打开，取出瓜瓤和瓜子，把两条狗腿移植进去，才将两扇瓜一合，又用榆树皮绑了，再捧到一个花篮里，又端到笼屉上，便上火蒸将起来。这狗肉瓜渐渐在柴火和热气中成熟的时候，唐朝瓜仿佛听到了他的狗在蒸锅里汪汪直吠。他抹了一把泪，说了一句半疯的话，高县长啊，把我的心给你蒸着吃了，我都不该心疼，何况是两条狗腿？

18

天上零零星星地飘着雪花，山和地都变得白花花的了。放眼望去，真有点"千山鸟飞绝，万径人踪灭"的境界。那天似乎只有唐朝瓜穿着唐装，蹬着三轮车，带着五个大南瓜，慢悠悠地行驶在山路上。那五个南瓜，分别用五床棉被包着，家里的棉被都用来包南瓜了，怕把南瓜冻了。被子包着的五个大南瓜，上面落满了雪花，活像五个移动的大白馒头，又像五个移动的坟头。唐朝瓜的唐装，是蓝底儿印着金福字的图案，雪花落上去，仿佛是暂时把幸福埋没了。过于勤奋的雪花，很快就把两道弯弯曲曲的车辙覆盖住了。唐朝瓜喷了一口唾沫，落到鹅卵石上，立刻就变成了一个冰疙瘩。天还真不暖和。但想到就要把这五个瓜送给高县长了，唐朝瓜的心里还是暖烘烘的。

当唐朝瓜终于下了山道，走上平道，又蹬着三轮车走上县城府前街的时候，心里踏实了很多，但雪花还落着，地上全是白的了。当他骑着三轮车，正要往县政府大门里拐弯的时候，却被保安拦住了——而这个时候，恰好一辆奥迪车从里边钻了出来，不知是车开得太快，还是路面太滑，似乎谁也想不到的事情，咔嚓一下就发生了——唐朝瓜连同他的三轮车，在刹那间被那奥迪车撞翻了。五个大南瓜分别从棉被里滚出来，当然，有三个是装在篮子里的。那一黑一黄两个裸露的磨扇南瓜，翻滚了好几圈，才落到雪地上，不动了。瓜依然显得完整。两个瓜身上分别印着十个还有几分龙飞凤舞的大字：吃了隔年瓜，活到八十八。宋黛花给丈夫唐朝瓜带的两个玉米面南瓜丝馅团子，也不知从哪里滚到了马路上。

唐朝瓜忽悠一下，倒在雪地上的血泊里了。那一刻他竟然还叫了一声，高县长，我给你送瓜来了。

县政府对面就是县医院。在县医院里，高县长对一时已经苏醒过来的唐朝瓜说，你呀，老唐，我当县长不是给你一个人当的，你种瓜也不是给我一个人种的。你当了南瓜王，那是你应该当的。你不应该老惦着给我送礼，我也没想着你给我送礼呀。

唐朝瓜的嘴唇蠕动着说，高县长，我……我还有啥呀，就有这几个隔年瓜——你一定把这隔年瓜吃了……我祝你……祝你活到八十八。

高县长不禁哽咽着说，老唐，我也祝你活到八十八。你吃了那么多隔年瓜，一定会活过八十八的。

我……我是不行了。唐朝瓜分明是忍受着剧痛说，高县长，我还有句话想说，我给你送隔年瓜，也不光是想让你活到八十八。我还想再当一次南瓜王，也好让我儿子上大学。还有，高县长，我死了，不怪你，也不要赔偿，只要能再当一回瓜王……

高县长含着泪说，老唐，我会满足你这个愿望的……

唐朝瓜听到这里，居然呱地一拍手，吃力地说，憋死我了，便吐了一口鲜血，闭上了眼睛……

高县长叫了一声老唐，就泣不成声了。

19

唐朝瓜死后，没有火葬，而是借深山的光，被埋到大山旮旯、唐家的坟地里去了。转年的阳春三月，唐朝瓜的坟头上，奇迹般长出了一棵南瓜秧，上面只结了一个大南瓜。到了那年的八月，这瓜才正式定型了、变成了一个金黄色的巨型南瓜。这瓜不是磨扇形、也不是碌碡状，而酷似一位笑口常开的大肚弥勒佛。宋黛花不但发现了这个掩映在山菊花丛中的南瓜，还在那瓜身上隐隐约约辨认出了三个大字：唐朝瓜。她扑到那南瓜身上，就抽泣个不住。

这个大南瓜，在半个月后，成了南瓜王，拍得人民币：三万八。

就在那一天，唐朝瓜的儿子唐山彩一遍又一遍地叫着，爸，您又当上南瓜王了。爸，您儿子考上大学了……

媳妇宋黛花含着泪说，唐朝瓜呀唐朝瓜，你个大傻瓜，哪怕再活十年再死哪？！

唐朝瓜的小舅子宋黛树说，姐夫啊，我要不说给你那十个字，你也不一定因为送瓜送了命啊。

其实生前的唐朝瓜却不是那么想的，他还觉得很对不起小舅子宋黛树哪。小舅子那十个字无偿地提供给了他，他若再活两年，这十个字就成了他的商标、他的专利、他的知识产权了。

世上的人也许不相信，九泉之下的唐朝瓜，得知他又当了南瓜王后，呱地拍了一下手说，嘿，我唐朝瓜又当上瓜王了。我不冤，值得了。他还给儿子唐山彩托梦说：山彩呀，你有钱上大学了，可别忘了高县长啊。还有，你上了大学啥也别研究，就研究种瓜，让每个穷人种的每个瓜，都能够值三万八……当夜他又给老婆宋黛花托梦：我死了，咱家的瓜秧可不能断，你还得好好种瓜；直到坐着南瓜船，到天堂来找我……

唐朝瓜生前死后都不会知道，他当了两次南瓜王，得了两回三万八，而麻县县政府却以瓜为媒，以拍卖瓜的擂台为平台，分别引进了六千万和八千万的资金；当然，上万亩的山地也归人家折腾去了。买地为开发，不是种南瓜……

诗人放羊

诗人放羊却是为了写诗。诗人满脑子的灵感就像草丛中的山鸡野兔，随时都有可能扑棱棱飞起来，噌一下窜出来，不写是不行了。四个姑娘一群羊，还有流动的生活，固定的青山，够他写一辈子诗了。

——题记

1

这个村子被抛在京西的大山旮旯里。村名叫东宫，却没有宫殿，更无娘娘、妃子什么的。莫说山高皇帝远，小村离乡政府也不近。乡干部的吉普车几个月才歪歪斜斜爬上一回来，乡邮递员的自行车一周来山里一回，还不到这半山腰上的东宫村。东宫村不大，几十户人家，山挺高，把小村遮挡得够严实，却没挡住不安分的村民外出打工或谋生。此地人说话爱押韵，比如"红金陀，桦木林，多见树木少见人"；比如"种地多种谷，养儿多供书"（谷念孤音）。这地方的梯田里多长金色的谷子，这地方的孩子们从小就到小镇念书去了，目的是考上大学；若考不上，也得想法奔到山外去，真正在山里待下去的没几个。高山出俊鸟，这老山背后出的小伙子、大姑娘，长得还都俊气，是样儿。这地方的人爱说一句话"有羊赶上坡去喽"，可见山里人爱放羊。但眼下那山上却少有羊倌了，高山吟得算一个，却又算不得纯粹的牧羊人，他还是个二把刀诗人。

高山吟上小学五年级的时候就开始写诗了，读中学还写诗，念高中时写的诗就不错了，好多同学戏称他诗人。有个大眼睛、细高挑的女同学也叫他诗人，他听了脸红，心却是热的。那同学是他的同乡，叫个南丝菊。他偷偷给南丝菊写过十几首诗：

你的目光是点燃我心头的黑色火焰
我的诗心在为你燃烧，烧成红炭……

但这诗没敢给南丝菊。高山吟想，有一天会给她的。

一转眼就高考了。结果是，南丝菊金榜题名，高山吟却名落孙山了。高山吟当时可蒙了。冲着蓝天白云就诗兴大发了：

啊，你是一只白天鹅
我是你遗落的一枚鹅卵
大山里，我也想拱出蛋壳……

他的感叹让母亲听见了。母亲含了泪说，儿子，你咋拱出蛋壳啊？

半天他才说，我写诗。他又补充到，我当诗人。

母亲似有埋怨之意，不写诗你也考上大学了。

他说，大学生遍地，诗人可少有。

母亲说，压根我也没见过个诗人。还是大学生实在……南丝菊考上哪儿的大学了？

他说，云南。

母亲问，云南在哪儿啊？

他说，云南在云彩的南边，西南边。

母亲笑了说，看你写诗写得，说话都变味了。以后你也别光写诗了。咱家有七亩山地，七十只山羊，七十棵山杏树……里里外外满世界活儿，我和你爸干不过来，你也干点吧。

他说，没说不干。

他还面对红金陀，用诗发表了宣言：

梯田是我的稿纸

　　　　　　　　　　　　　　　　　　谁解麦浪

树干是我的妙笔

我要五谷，我要花果

我还要收获一筐一篓的诗……

高山吟长得细高个，白脖子净脸，黑眉毛大眼睛高鼻梁，挺俊气的，乡亲们说他像个大学生。可他却笑吟吟地回乡务农了。回村后，他割谷子、掰棒子、打核桃、砍高粱，都行，都得干。但往往他是要触景生情，吟诗一首的，常常情不自禁"啊"一声，把人吓一跳。

山上的叶子红了，他说那红叶是他燃烧的诗篇；天上的大雁飞过，他说雁阵是他放飞的诗行。有时还冒出一句，啊，云彩南边的姑娘！

又一茬杏花开了，白的。

又一茬小苗露面了，绿的。

那天让他去锄地。到了地头，他却往大石头上一坐，耷拉着二郎腿儿，先说开了诗：

谷苗是黑土地上冒出的绿色诗行

我要抒写彩色的诗行啊！……

放羊的父亲从山那边走了过来，站在隐蔽处，久久地盯着他。他不知道有人在"监视"他，还是忘情地说诗。父亲气哼哼却又冷不丁地说，啥湿啊干的！又走到他面前，没好气地嘟囔道，你嚷嚷几句诗，那草就死了？苗就活了？土就暄了？快锄地吧！

于是他就蹲下身，锄地。小锄子耍得还很利索，唰唰的，他却半句话也没有。一气锄了两垄地，回头一望，杂草让他薅掉了，谷苗让他间稀了，土质自然是暄腾疏松了。只见两垄苗间，他的脚印密密匝匝却又是排列有序，弥漫着草香和土香。看看山上，父亲放羊走远了，他又说上诗了：

人家的脚印在大学堂

我的脚印在田间化成了诗两行……

他又望着云彩的西南边，想起了那个叫南丝菊的姑娘。

头遍地刚锄完，杏林里的杏又黄了，该打杏、拾杏了。

那天他举着一根长长的打杏杆子，枣木的，对着满树的山杏，手是颤颤的，眼睛瞪得好大，却迟迟不下杆子，又吟上诗了：

> 不忍枣木杆子与杏树碰撞
>
> 恐怕打落那亮晶晶的太阳
>
> 打伤那杏子红艳艳的脸庞……

一对美丽的松鼠不知从何而来，大胆而悠然地爬到树上，又大胆而悠然地摘下一颗颗杏子，却不吃那甜酸肥厚水灵的杏肉，只把杏肉咬碎，掏出里面的杏核来，再嗑破杏核皮，津津有味地吃那杏仁。他觉得挺好玩。又有几只松鼠紧锣密鼓、慌慌张张窜上杏树，麻利地叼了两腮杏核，正在忙活着储存冬天的储备粮。他还是愣愣地看着，又在酝酿什么诗吧？此时在山上放羊的父亲又盯上他了，没好气地叫道，你咋不打杏啊，没看见松鼠都在抢杏吃吗？那杏可是钱哪！

他似乎是说了一句，谁吃不是个吃啊，但还是冲着松鼠抛出了一块石头，哎了一声，把树上的松鼠吓跑了。

父亲呼呼啦啦风风火火跑下山来，夺过他手中的打杏杆子，说，你看羊去，我打！哗啦啦，几杆子下去，那杏就珍珠玛瑙冰雹一般落了一地，金灿灿的一层。

在他看来诗的果实落到地上了，可还没等他吟出诗来，父亲就冲他说，荒着小苗烂着杏，你倒不着急。眼里没活儿，手底下不出活儿……我看哪，你放羊吧，想写诗你到山上写去，地里这一摊子活儿我和你妈干。

2

高山吟还真放上羊了。头一天去放羊，他不先撒羊，先拿着个玩具望远镜，转着圈望了半天，像个司令员一般，在侦察和选择"行军"路线，察看地形。忽悠一下子，东梁头像一座绿塔，险些就倒在他怀里了，东梁头顶上的几棵白桦树他都看得一清二楚的；又忽悠一下子，北梁头像一匹大青马，又站在他眼前

—————————— 谁解麦浪

了。北梁头上那个被人称为"驴本儿本儿石"的石头橛子也在他面前突兀摇晃着（此地山里人称男性生殖器为本儿本儿）。此刻，他望着驴本儿本儿石，发现那石头尖上似乎还开着一簇红艳艳的山丹花哪。他诗的灵感又被那山花点燃了，他又啊了一声，笔呀！那石头似乎就成了他吐出的一个惊叹号了。他随口说出了八个字：放牧白羊，放歌青山。

好，就这么着。东梁头，北梁头，他锁定了两处最佳的放羊去处。

高山吟就算是个羊倌了，却又不像个羊倌似的。半自来卷的头发又厚实又浓密又蓬松，黑黝黝的，白云见了都想摸一把似的；草绿的军褂子，扣子一个也不系，露着红红的背心，脖子上还搭着一条白毛巾。他挎了一个帆布的军挎包，包里装着两根黄瓜、一张烙饼，这是干粮；还有一沓子稿纸，一支圆珠笔，这是写诗用的。高山吟的手里却没拿羊鞭子，他不打算用鞭子去放羊。在他看来，那山羊老实得棉花球似的，若是张牙舞爪挥动着鞭子，那就有点多此一举、欺羊太甚了，那样人和羊就不显得平等了，就有点奴隶主和奴隶的关系了。羊倌的职责就是让羊吃草，羊的任务就是吃草，目标似乎是一样的，区别是人吃肉，羊连肉都不吃，只知道傻吃草，吃草的目的是让人吃羊的肉。没有鞭子羊也会吃草。他不打算零距离放羊，不是说他不爱羊，但他又觉得犯不上与羊套近乎，羊毕竟是羊，骚呼呼的，膻腥味。他准备远距离放羊，他管那叫距离美。山那么高，草场那么宽，他给羊充分的自由，羊也给他点自由吧。羊得吃草，我得写诗。成天追在羊屁股后头，羊吓得发毛，不便吃草，我写诗的灵感也得跑没喽。

高山吟把放羊这差事看得很悠闲，很浪漫。放羊是不用起早的，羊吃了露水草，胀肚，对羊没好处；经阳光晒过，晨风吹过的草，才是羊的最好美食。按北京时间说，上午十点撒羊是最佳时间，这正好可以让常熬夜写稿的高山吟睡个红日照腚的懒觉。

顶着蓝天白云，在前往羊圈的山道上，高山吟显得很轻松，偶尔顺手采一枝野花，看看，闻闻，又扔了；再走，再采一枝，还哼哼了一句流行歌曲：

路边的野花你不要采……

高山吟家的羊圈在离村不远的山脚下，羊圈的围墙是用石头垒的，棚是用木头搭的，羊圈门是用牛杆胡（山里的一种灌木）编的栅栏门。每天他只须把那栅栏门一打开，羊就呼隆一下，咩咩叫着，潮水一般涌了出来，钻了出来。羊的第一个目标肯定是奔那不远处的山泉去，那山泉是专门饮山羊的山泉，人是不吃那泉水的。羊喝足了泉水，谁也不急于走开，都望着高山吟，在等待他发布命令。但他却要等羊歇上一刻钟，再让它们走，因为羊喝了一肚子水，立刻让羊上山，他怕羊负担太重，影响羊的健康。羊们借水照着镜子，他也借泉水照了照镜子，然后他才手一挥，指着北梁头，叫一声，走！于是那羊就乖乖地顺着他手指的方向，向一面千八百米高的山坡爬去了，走得不急不慢的，一边吃草，一边向上移动着。在这面山坡上，羊不用人管，会自动向上吃草的。羊这么听话，是他这些天来训练的结果，更是父亲以前潜移默化驯养的结果。

他望着一只只白羊融入在满山的青草绿树鲜花当中，就觉得这营生也是很有诗意的，他就想写诗。

山羊是吃百草的动物，那山上果然就有百样以上的草，一簇簇一层层一片片一棵棵一团团一株株一蓬蓬。草的颜色大多是绿的青的，但也有彩色的草，紫的、红的、黄的、蓝的都有。白色的草也有，有一种草就叫毛白草。一到秋天，毛白草就变白了。毛白草比较霸道，长它的地方，其他草就很难生存，见缝插针也插不进去，都让毛白草挤对走了。小梁头子上就基本都是毛白草的世界，那酷似马背的山梁，就像一匹大白马站在秋风中，鬃毛忽忽悠悠的。毛白草白白净净的，像洗过一样，干净爽利，人进去打俩滚儿，衣服都不用洗了。毛白草的茎秆纤细，绒却厚，人若在没膝深的草丛中睡觉，不用铺褥子盖被子，比蚕丝被褥还暖和。高山吟小的时候，常常和小伙伴在毛白草中捉迷藏、打仗。他们都脱光了衣服，赤条条出没在毛白草中，金色的童年就乐在其中了。

听说当年有两个下乡知识青年在热恋中，没处压马路去，就去毛白草里谈恋爱。可他们的衣服招眼，老被人发现，后来他们近乎到都想把衣服脱了的时候，就真把衣服脱了。赤裸裸的人与白花花的草浑然一体，就谁也分不清人与草在搞什么猫腻了。真是有点诗意和刺激。高山吟想到这个传说，就偷偷笑，脸红，不免想入非非，两人赤身躲于毛白草中，温存着，体贴着，到底是个什么滋味哪？他不想了。但他想给毛白草写一首诗。那么多白羊吃毛白草的情景，就是一首最好的诗。这一段似乎是写跑了，其实没有跑，题跑了，羊却没跑，羊还在草地上，羊离不开草。

写完了草，该写写花了。草都有彩色的，花可全是彩色的了。有个作家说

　　　　　　　　　　　　　　　　　　　　　　　谁解麦浪

羊不吃花，高山吟的羊却特别爱吃花。那羊什么花都吃，什么颜色什么品种的花都往嘴里收，白山桃花、粉山杏花、红山丹花、蓝桔梗花、紫丁香花、黄山菊花……那阴坡上的山玫瑰开了，有几只羊还叼着玫瑰花朵，吞吞吐吐，似乎是在享受着、品味着爱情的滋味哪。有花有草的生活，这人与羊都觉得知足了。羊吃草，那草似乎越吃越茂盛越葱茏；人写诗，那诗似乎越来越新鲜越感人。那天他又不禁感叹道：

> 把羊赶上山
> 我又打开了一本新的诗刊……

他是把放羊的生活当诗去读的。去北梁头放羊，去东梁头放羊，都是诗。两个梁头，是两座山，两座山遥遥相望，"相看两不厌"。他与那山，与那羊，同样是"相看两不厌"。

好高的两面时陡时缓的山坡，绿得让人看了就迷住了，羊自然也被那草迷住了。羊撒到山坡上，就很有节奏很有教养地吃着草，待吃到山顶上，时间已经过中午，羊正好在山顶上歇晌，歇上那么仨俩小时，太阳偏西了，高山吟只要投出一块石头，给个信号，嘿地叫一声，那羊就又被赶到坡下去了，羊又往回吃草，待吃到山下，红红的夕阳又落到西山嘴里去了，羊正好又集结到山泉边，排着队，闷着头喝水去了。吃饱喝足羊归栏。这放羊的一天活就完成了。这一天，好过。正像是儿时大人们给高山吟出的一个谜语，谜面是：上坡、下坡；或叫上去、下来；高山吟猜的谜底是：放羊。如今他真放上羊了，还真是这么回事，上坡下坡又一天，很轻易的事情。不怪父亲说"馋掌鞭的懒放羊的"，意思就是掌鞭的赶牲口给人驮脚，什么东西都驮，所以馋。放羊的却跟一个懒字联系得紧密，因为放羊不属于力气活，没人监管，自然自由散漫。对于高山吟来说，悠闲之余却隐藏着紧张，因为那诗行总像鞭子一样抽打着他。太阳出来落下的，哪一天他也不白过，他得写诗，他不写诗他心眼痒痒。照他说是，嘿，山上净是诗。

3

高山吟放羊却不随着羊群形影不离。羊在坡上吃草，是坡上。高山吟在路上写诗，是上山的路，也叫羊肠道。羊有吃不尽的草。人有写不尽的诗。羊的使命就是好好吃草，人的使命似乎就是好好写诗。

羊撒在山坡上，如一团云彩，或是几十团化整为零的小块云彩；如一群星星，不远不近摆了那么一片。很团结的样子。当然，也有爱逃跑、爱离群、爱耍鬼、爱搞分裂的羊，但那种羊一般是个别的、一个半拉的怪羊，那羊想另立中央，想拉帮结伙，很难，大多羊都是跟着头羊走的。

头羊又叫领头羊，或者说是牵头羊，也可以说是羊里的领导、将军、司令、统帅什么的。羊中的领导可不像人中的领导，对身材没有要求，高矮矬胖都可以当领导。羊的领导，还是说头羊吧，那首先要长得是样儿，按人说要仪表堂堂，一表人才。首先说头羊个头得大，四肢发达，走路快，眼睛自然要明亮，耳朵要灵透，没有眼观六路耳听八方的本事，哪能当头羊啊。头羊的犄角更是特别讲究，盘角不是不可以，直角的也行，但那犄角必须显得威武雄壮，真正是给人一种翻动扶摇羊角，顶天立地的感觉。没有标准的体型和外貌，是当不了羊中领导的。头羊靠多一半天才和天赋，当然也有后天训练的因素。高山吟那群羊里有两只头羊，一公一母。公羊还叫骚胡，那只骚胡的块头可是无与伦比的，毛驴驹子似的，若站在山头上，俩大犄角似乎能把白云和星星搅动下来。那母头羊长得也是小白马似的，却是个黑头，所以它下的羊羔也往往是花的，不是一水白的，按说花羊皮不值钱，应该淘汰这个母羊，可就因为它是出类拔萃的头领，所以就留着它，让它当女皇，还是说头羊吧。这黑头母羊与那个骚胡合作得非常默契，总是身先士卒地带领着一群羊爬山越岭的。需要解释一下，头羊可不是全在前头，有一只头羊是压阵的，也可以说是扫尾的，也就是前后呼应着，照应着，才能使一群羊有方向可去，不至于散伙。高山吟的两只头羊，应该是父亲训练出来的，那绝对是训练有素了。到底怎么训练的，高山吟就不知道了。现在需要他干的，就是管好这两只头羊，也可以说是一正一副，一对羊领导吧。这俩头羊都戴着铜铃铛，叮铃铃一摇，声音随风能够传出二里地去。且这俩羊格外听话，懂事，不能说看主人的脸色行事，却是听主人的声音行动的。有这么好的羊领导，羊倌放羊那就省大事，省大劲了。假如人的领导如此称职，给一份高薪都值得，可这羊领导还不领工资，有几把花花草草，混个肚圆，那就其乐融融了。高山吟还写了几句诗赞美那两只领头羊：

谁解麦浪

天上的头雁离我太遥远
古代的皇帝和我不沾边
只有那头羊在我眼前
带领着青山白羊
呼唤着春天秋天……

要当好头羊，首先得别犯错误。小错误是不能抢先抓草吃，有好草得先紧着后边的羊吃。大错误是不能犯路线错误，偏离了方向，不能胡跑乱颠，更不能把羊带到庄稼地里去，吃了百姓的庄稼，那样不但会招来山民"挨千刀"的唾骂，甚至会被撤职，真挨了刀也是有可能的。其次是快慢的节奏，也叫行军的速度吧，必须要适度，火候分寸，那是带兵的必须要掌握好的。

高山吟对这俩头羊还是比较满意的，好使唤。如果头羊走得快了慢了，跑远了跑偏了，纠正错误，调整方向，那也是不难的。他只需要大嗓门叫一声，回来！头羊就立马带头，掉头回来了；若声音一时不管用，他会弯腰捡起一块石头，不大，核桃大小的一块便可以了，只把石头高高地举起来，对准欲分散的或跑远的羊群，用他的细长胳膊，嗖地往出一抛，几百米就出去了，当然也要随之叫一声，回来！还要搭一声，嗨！随着石头落地，话音上扬，那远去的山羊就呼啦一下回头了，冲他咩咩叫几声，仿佛是告诉他，我们回来了。当然，带头回来的还是头羊。那个骚胡领头羊，集体主义观念是很强的，从不拉帮结派，那个黑头领头羊也是很阳光的。都是好领导啊。主人一嗓子上去，或是一石头迎头一拦，那羊就紧密地团结在人的周围了。

羊真是个好动物，明知道吃草的目的是为了长肉长膘长个，最终是为了杀它们吃肉，但它们吃草的时候却没想到自己的可悲下场，所以才很乐观地吃草。高山吟给羊写过几句诗，把羊赞美得想落泪：

把你们的肉包进水饺
在沸腾的开水里
你们还像欢乐的羊羔……

4

一晃荡，高山吟放羊快两年了。山上的花花草草都快让他的尿浇遍了，可他还不能算个成熟的羊倌。放羊不是什么手艺活儿，更非巧妙活儿，不存在师傅和徒弟的问题，也用不着学徒，没听说放羊有学徒的。上至伟人名人，下至一般山民，似乎都会放羊，都有可能放过羊。高山吟这个二把刀诗人，自然也会放羊。但放羊也不是没有行家和把式这一说。所谓"放羊不是艺，笨工子下不地"。放羊是绝对的阳光工程，瞒不了人。不管你上哪一面坡上放羊，山下都是会有人看见的。把羊放成一疙瘩，放成个大散花，人家看得见。高山吟的羊撒在坡上，如满天星；走在路上，像一条龙。羊的膘情、毛色，那也是明摆着的。也许因为他写分行的诗写惯了，放的羊也规矩，有一种外在的形式美。

不过，高山吟应该算不得纯粹和地道的羊倌，起码不是过于专职和专业。应名是他放羊，但他爸也常在关键时候出马。羊一年下两茬羔，春羔和秋羔。羊产羔期间，高山吟就靠边站了，他见不得母羊咩咩叫着、血糊糊下小羊的情景，那事就由他父母代劳了。春天里需要把有些小公羊骟了，变成肉羊，他也不忍心看这类绝活，没诗意。桃花红，招羊绒。每年清明前后，要把所有羊身上的羊绒都梳下来，这活他也不干；立夏前后，要把羊毛剪掉，这事儿他还不干。他就是放现成的羊，羊的生老病死，还是归父母管吧。他爸要宰一只羊，给下乡干部送礼，说是也好让他当个乡补干部啥的，他却拒绝了，说，羊头不值钱，我的脑袋还值钱哩！我在哪儿不是个写诗啊，犯得上巴巴结结往乡里钻。他偷偷笑着，又放羊去了。

羊们又在高山吟对面的山坡上，悠然地吃草，吃草的声音咯咯的，像是有无数把小镰刀在整齐地割草，但高山吟却听不见羊往肚子里收获草的声音。因为他只顾入神地写诗，顾不得欣赏羊吃草的声音。羊铃声叮叮咚咚的，回响在他耳畔，他却是听得到的。鸟鸣声也有，各种鸟啁啾个没完，还有蝈蝈等各种的昆虫，也在草间比着叫唤。

这都是诗啊。于是他便找块石头一坐，或坐在树底下，掏出纸笔，写上诗了：

我的青春在青山上流浪

每一行脚印都是诗行

　　哪里去了

　　那个喜欢我诗的姑娘？……

　　他肯定是又想起那个在云彩南边上大学的南丝菊来了。他啊了一声，扬着脖子，对着青山：

　　啊！……

对面的山上也啊了一声：

　　啊！……

回音。山的回音。

山听懂了他的话。山和他产生共鸣了。山是他的知音。他偷偷笑了。他说，大山，你是我的知音！

这句话大山又学舌了一遍：

　　我的知音……

他又说：

　　知音……

山说：

　　知音……

好有情趣。他又写了一首诗。诗的味道不错。他顺手采下一枝山丹花，把花瓣吞着吃了，味道也不错，甜丝丝的，算是犒劳了自己。山丹花花蕊蹭到他嘴角上，几缕胭脂红，他却看不见。那花留下的痕迹红艳艳的，衬着他毛茸茸的黑胡子，也挺美的。

正午时分，他到山顶了。羊也恰好到山顶了。羊与人在约会、会师似的。挺好。山顶也挺好。那么多的奇花异草，像一个大草甸，离蓝天白云那么近，仙境一般，像是七仙女、孙悟空刚刚来过的地方。一片突兀的大石头，石头的形状是千姿百态的，像山鹰的、像雄鸡的、像山羊的、像卧牛的、像美女的、像青蛙的……像什么的都好看，唯独那个不远处的、被称为驴本儿本儿石的石头，似乎有碍观瞻，倒谈不上有伤大雅，因为那毕竟是一块石头。但望着那块唯我独尊的独立于石头之上的圆柱体石头，确实会让人想到一个冲天的"且"字或"日"字——且慢？日天？高山吟看着那石头，偷偷地笑了，还有点害羞哪。所以他的目光就有意回避那块石头，人也躲着那块石头。可往往一回头，那石头就又出现在他眼前了。但那整体的石林，却是雅俗共赏的。造物主也或许是人类和鸟类什么的，还往那石林间种了一些花草树木，有橡树、桦树、青冈树、山杏树，还有各色的花草。这就是北梁头上，他的羊群歇晌的好去处了。吃了半天草的羊们，累了，挺着大肚子，或卧或站地倒嚼；也有的闲不住，淘气，顶顶角，砸砸头，蹭蹭痒痒，甚至发发情，这后一种动作，他就很讨厌和恶心了。但这羊不管干什么，都是离不开那一片山石的，似乎是孙悟空给它们画了一个神奇的圈，善于爬山的山羊是不会离开那个无形的圈的。

羊歇下来了，那叫卧晌；人也歇下来了，那叫午休。羊吃饱了，高山吟还没吃饭，可他还不想吃饭，想先逛逛山景。北梁头上可能是天底下看山景最好的地方了，看得高、远、宽。若选择写诗的地方，北梁头是最佳去处。站在北梁头上，不用绞尽脑汁，苦吟推敲，更不用捻断胡须，熬白青丝，到了那里，灵感就自然来了似的，随意说出来，随意写出来，就比无病呻吟的诗感人了。那里风水好，海拔高，四处的光都可以借。空气当然更好，不冷不热的，即便是盛夏，也得穿长袖衫，高山吟则爱穿球衣，蓝球衣、红球衣、斑马纹的球衣，都穿。不过，他还是爱穿那身绿军衣、红背心，随便，大自然的颜色。无论穿什么，在北梁头上都有一种潇洒的爽快感。那儿的视野宽，是哪儿也比不了的；那儿的蓝天白云，总像是被仙女洗涤过，过滤过，太蓝太白了。站在北梁头上，往东望，可以望见东梁头，桦木安，上达水。往南望，可以望见红金陀，大西茶，鸡冠子棱，再把目光放远点，便可望见百花山、黄草梁、灵山。往北望，

　　　　　　　　　　　　　　　　　　　　　———————————— 谁解麦浪

可以望见群山峻岭中丰沙线上的火车，还有永定河、桑干河、官厅水库，晴天可以望见涿鹿城、幽州、沿河城。往西望，可以望见口外，还可以望见……十里八村都是可以望得见的。每到北梁头上，他总是要极目远望，把四面八方都望个够，有一种大饱眼福的感觉。不过，再怎么望，云彩南边的云南也是望不见的。

那天他又望了一遭，然后才走到他几乎天天午餐午休的地方——那地方和羊卧晌的地方不远不近的，能够看见羊，但不至于近距离闻到不可回避的羊膻气。那地方有一棵好大的白桦树，如一把巨伞，投下斑斑驳驳的树影和清清爽爽的阴凉，树下还有一块平坦的大石头，能当桌子还能当床。就是在这石头上，高山吟用露水洗洗他的手，没露水就用树叶擦擦手，然后掏出母亲给他带的烙饼，衬着屉布啃了起来。吃得香，却不狼吞虎咽，一个人他也很讲究吃相。菜没有，水也没有，他掏出一根细溜长的黄瓜，脆生生咬一口，便一口饼一口黄瓜，吃了个口口香。吃罢饭，他随手拿出他在路上写的诗来，念了一气：

> 我追赶着遥远的太阳放羊
> 我的生命渐渐缩短了
> 我的诗行却在无限延长……

不远处的羊们，分明听到了他朗诵诗的声音，仿佛也听懂了，都歪着耳朵听着，连发情的都停止战斗了。戴铃铛的领头羊就摇晃着脑袋，叮铃铃，像是在给诗人鼓掌。

他笑了。他还说，羊听懂了我的诗。好啊，山羊！我就给你们念诗。

从此他天天给羊念诗。坐着念，也放松地躺着念。有时为了表示对羊的尊重，他还特意站起来，面对羊群，高声朗诵，抑扬顿挫，绘声绘色的。他的声音是那么浑厚，音域是那么宽广，那高亢激昂的诗句从他的嘴里冒出来，对青山白云都有着震撼力和感染力。他怀着对天地人虔诚的尊敬，用诗表达他的情感，哪怕他没有读者，没有听众，或者说听众不是人。但他即使面对山羊这样的听众，也是从不敷衍的。他说，我不能糊弄我的听众啊——我的听众是山羊。我的诗没有读者，可有听众啊。看那听众，眼睛都瞪得不小，耳朵也立得挺直，都表现出洗耳恭听的样子，很让他感激感动。高山流水有知音的感觉。那时他想偷偷笑。

听众里还有小鸟。确实是有小鸟的，小鸟也是听众。他在桦树下念诗的时候，不少小鸟就纷纷飞来了，先是叽叽喳喳叫着，像是在鼓励他欢迎他快朗诵吧；后来就不叫了，那才叫鸦雀无声吧，静静地栖息在树杈上，聆听着。那鸟中有松鸦、黄鹂、大山串儿、麻飞串儿、胡巴拉、喜鹊、野百灵、山画眉、戴胜……都小脑袋一歪，听得挺认真的；时而也鼓起花翅膀，是表示欢迎的意思吧。

他的听众还有这么多鸟。

他念得更来劲了更起劲了。但他的声音不敢太高，恐怕把鸟惊飞。

悠然的白云不动了，远处近处，那么美丽的一朵朵白云，都是他的听众吧；橡树上长出了一朵朵木耳，那木耳是为听他的诗朗诵而冒出来的吗？木耳真好。这木耳他舍不得采，也舍不得吃，留着木耳听他朗诵诗吧。花花草草都有灵性，都有耳朵，都有诗的细胞，都有天一般高的诗的鉴赏力和欣赏水平。他不写诗、他不念诗，他还等什么呀！山丹花摇着小红灯笼，不是在听诗在听啥？一只蝴蝶居然也飞了来，款款的、翩翩的，像个落落大方的姑娘，大胆地落到了他的诗稿上，扇动着翅膀，迷住了，不离不弃。他不再念诗了。他被感动了。他差点脱口而出，读者！那蝴蝶莫不是他的一个热心读者吗？他真想高呼，蝴蝶万岁，读者万岁！

他又偷偷笑了，还想哭，长长的睫毛，双双的眼皮，忽闪闪的大眼睛，湿润了。然而，待蝴蝶悠然飞去，他恋恋不舍望着远去的蝴蝶，追逐着那一朵彩色的花朵，那一个痴情读者的时候，却见花丛中一条花蛇伸着高高的脖子，吐着信子，舞动着……蛇也在听他念诗吗？他吓得激灵一下，随之想，不会，蛇是不会听他念诗的，蛇是冷血动物，应该不具备诗的激情，白娘子采灵芝草都是要到白雪皑皑的昆仑山上，不会到这北梁头上来吧？那蛇在干什么？后来他才发现，那长虫盘住了一只小野兔，灰突突的，不过拳头大小，正在草丛中发抖……听说蛇盘兔的地方是风水宝地。可此时身在此处，他却有点毛骨悚然。他巴不得一只鹰扑下来，把蛇抓走，将兔子留下。但现实是，那蛇生吞了那兔子，把肚子撑起一个鼓囊囊的大鼓包来。这个情节没有诗意。

此后他念诗的时候，总要胆战心惊地看看周围有没有蛇头在舞动。他还向蛇发出了警告和祈祷：

蛇啊，请不要钻进我的诗行
也不要用野兔充填你的肚囊

谁解麦浪

走开吧，老鼠的肉又鲜又香……

那一刻果然有一条曲曲连连的花纹蛇从他眼前游走了，擀面杖粗细，忽悠悠压倒了一溜花草。

5

那天没有碰见蛇，蛇似乎都跑到天上去了，钻到云层里，化作了一道道闪电，曲里拐弯抽打着乌云，刷刷地导演出一声声惊雷，一幕幕雷雨交加的激烈戏剧。咔嚓嚓，轰隆隆，一会儿就把雨柱赶下来了，哗哗的、呱呱地扑打着花草树木，也劈头盖脑扑打着高山吟。高山吟顿时就成了真正的湿人了，落汤鸡一般，雨水顺着他的脑袋、脖子、胸脯、脊梁骨、裤裆、腚沟子、大腿就流下去了，大雨浇得他东倒西歪的。此时的山羊比高山吟机灵得多，都冲不远处的一个山洞里跑去了。他把装着诗稿的书包掖到斑马纹的背心里，捡了一块石板顶在头上，以防暴雨和偶尔掉下来的冰雹的袭击……他也跌跌撞撞地随羊奔了山洞……

一个人和一群羊都扎在一个山洞里，避雨。山洞外雨幕白蒙蒙的，雨柱挤挤插插密密麻麻，形成了一道道子弹似乎都打不透的雨帘和屏障；雨水落地，把花草打歪了，把树叶打落了，雨水在山上化成了一道道大小不一的溪流，在坑坑洼洼中积成了一汪汪一湾湾的雨水。

闪电直往山洞里钻，雷也要钻进山洞似的。此刻，羊与人似乎都是妖怪，惊雷要击倒这洞里的妖怪吗？还是羊与高山吟都是天涯沦落人，上天不肯饶恕这避难者吗？羊咩咩叫着，是在求饶，是在抗议吗？高山吟那一刻确实有点害怕，但又觉得怕也没有用。于是他壮着胆，有意又诚意地冲着滂沱大雨说了几句诗：

惊雷呀闪电呀暴雨呀
你们都把我们逼到山洞里来了
该退就退一步吧
把彩虹亮出来！……

那天果然就出现了一道彩虹，那也许是世界上最大最亮丽的彩虹了，飞跨于青山之间，这个世界可能都在那彩虹覆盖之下了，包括北京城。那一刻，那壮观的彩虹景象居然让高山吟的大眼睛红润了。他又吟上诗了：

没有那风雨

哪有这彩虹

谁能浇灭我心中的诗情？……

那天，高山吟的父亲到山上找他来了，怕他有个闪失。母亲还给他捎来一身替换的干衣服。父亲见他正在雨后的大石头上，借着几缕遗落的阳光晾晒被雨水打湿的诗稿，心里不是太好受，背后还嘟囔了两句，老天爷要是有眼的话，就让我儿子早点发表几首诗吧；他写诗都写迷了、写傻了，睁眼吧，天爷呀！不睁眼，让驴本儿本儿石日了你的眼睛。

高山吟听了这句糙话，不由得扭过头去，噗嗤一声，偷着笑了。此时驴本儿本儿石正好屹立在他的对面，但那石头的顶峰让云雾笼罩住了。

父亲把两个西红柿塞给高山吟，说是让他吃了，然后，又叮嘱一句，刚下过雨，你可别往木头上坐，冬不着石，夏不着木，木头的潮气太大。说着，他扛起一根杏木桩子，就要往山下走。高山吟关切地说，这木头湿溜溜、沉甸甸的，路又滑，就别扛它了。

父亲说，不扛烧啥呀？于是就扛着那木头走了。高山吟一直目送着父亲的背影——父亲的身影在他的视线里渐渐小了，但父亲的形象在心中却渐渐高大了。在那一瞬间，诗句又从他嘴里冒出来了：

父亲肩上沉重的木头

化作母亲手下轻盈的火焰

小米饭和热炕头养育了我

儿子哪能不为父母写诗篇……

这诗说出口，高山吟的泪珠子不禁就滚了出来。那一刻他对自己说，采一把花容易，弄一捆柴难，你以后也多干点实际的事儿吧。

　　　　　　　　　　　　　　　　　　　　　　　谁解麦浪

扛着木头的父亲没影了，他又用俩大眼睛盯着石头上那两个圆溜溜红艳艳的西红柿，盯了半天，才拿起来，借着露水洗了洗，才吃了起来。此时他又想着父亲的话，又望着那个驴本儿本儿石，又不由得偷着笑了。可一看那些晾在石头上的诗稿，他的眉头又皱了起来，忽闪闪的睫毛都定格了。发，发……他一连说了几个发字，忽觉一阵困意，就不由得往石头上一躺，迷迷糊糊睡着了。

刚进入梦乡，他就神奇地梦见他的诗发表在了蓝天上；发表在了红霞中、白云里；发表在了青山上、山石上、草地上、树干上。

醒来，他的诗稿还晾晒在那块平坦的大石头上。他冲着天问道，我的诗多会儿能发表啊？

6

他放羊，他写诗，他看山。山上还是挺美的。眼宽，看得远。一切都很容易激发他的灵感。以前他似乎视而不见的那块名字不好听、形状也不好看的石头，也成了难得的一方美景了。那石头巍然屹立、耸入云天的样子，阳刚之气十足的神情，若将那石头移到如今的性商店或什么性的展览之地去，早有千万人瞻仰或抚摸过了，姑娘们骑上去照相也未可知。但这石头站在偏远的山上，是很孤立和孤独的，没几个人看它。高山吟可是天天看到它的，远远近近，从各个角度都可以看到它，但高山吟确实是很少正视它。人是可以爬到那石头上去的，可高山吟一回也没上去过。他以前是不是怪罪这块石头了？那样，这石头就该怪罪他了。石头和人一样，生什么样，长什么样，是不由人的，包括所处的环境也是不由选择的，这石头就长成这样了，能怎么样哪？如此想来，他倒觉得，这石头实在是一块美石、一块奇石、一块伟大的石头了。都怪他以前没有好好地看看那块石头，更没有捷足先登，领略石上的风光。他以前常常见到有老鹰降落到石头顶上，在上边吃刚刚捕捉到的食物，兔子、野鸡，吃完了，剩一团毛骨，排一团粪便，又飞走了。石鸡也常常蹲在上边，叫唤着。喜鹊老鸹也少不了把它作为落脚和栖息之地。有的时候，一些淘气的山羊也会攀爬到那高高的石头上，形成一道灵动的风景。

高山吟怎么就不上去一回哪？

那天他发现那石头也是很有诗意的。一枝山丹花开在石缝里，抬眼望去，红得太可爱了，像给石头戴了一个蝴蝶结；还有白花、蓝花、黄花都在那石头上见缝插针地开花了。他感叹了一句：

　　石头都开花了

　　我的诗花何时盛开？……

　　那天他第一次爬到了那块石头顶上。那石头的背面有一溜似乎是专供人攀登的台阶或叫脚窝，虽说那阴面长满苔藓，雨后有几分光滑，但他还是很快就爬上去了。他登上石顶的刹那，蓦然感到他成了天底下最高的巨人了；人们都说那石头正好五丈八尺高。上去他才知道，那上面实在是个"无限风光在险峰"的去处，是个"一览众山小"的高处。只是刚上去，还有点眼晕似的。

　　那天他想，这石头怎么也不该叫什么驴本儿本儿石，怎么看，这石头也不像驴本儿本儿。像啥哪？他在石头尖上蹲了良久，似乎有一种跃跃欲试、青云直上的感觉。他又从石头上下来，围着石头转，转了三圈，有了，他用山丹花花蕊涂红了手指，在褐色的石头上竖着写了四个大字：生花妙笔。

　　此后一连五天，他用一把砍柴的斧子，当凿子，当錾子，当刻刀，在他写的四个大字前当开了雕刻家。咔地剁一斧子，又咔地砍一斧子，溅出一缕缕白烟，一簇簇火星；一颗汗珠摔八瓣，他牺牲了得有一万颗汗珠，总算是把四个歪歪斜斜却是遒劲有力的大字，入石三分地刻在了石头上。那一刻他偷偷地笑了。这是他的杰作呀，似乎比发表了诗还让他高兴。他端详着那四个字，直到夕阳落到红金陀的山嘴里。

　　以后有人再提起那驴本儿本儿石，他就说，我给那石头改名了，叫——生花妙笔。

　　有人就笑了说，明明像个驴本儿本儿，你咋就看它像朵花哪？

　　又有人说，人家是诗人的眼睛，看牛粪也像一朵花。

　　他又眯眯地一笑。

　　那天他又望着那个被他命名为生花妙笔的石头，感叹道，我的笔何时能变成生花妙笔呀？

7

　　又是北梁头上那块白桦树下的大石头，高山吟又在那石头上午休，却睡不

　　　　　　　　　　　　　　　　　　　　　　谁解麦浪

着，于是他又在一块小木板上，用一把小刻刀刻着诗：

金菊银菊

不如丝菊……

一走神差点把刀子剜到手上，他干脆停住不刻了。他自语道，把诗刻在木板上，南丝菊也看不见，我的诗要发表了，得有多少人读啊！何况我又不是专门为南丝菊写诗的。他把木板和刀子都撂下了。

他又从石头旮旯儿里掏出几枚铜钱，捧在手心里，虔诚地摇个没完。这件事情他显然不是干了一回两回了，他是在用这个办法占卜和预测他的诗哪天能够发表。此时他又把摇热的铜钱抛在大石头上，铜钱蹦着滚着，骨碌碌在石头上转着，待落定之后，他瞪着眼看是字儿还是面儿。若是字儿朝上，就是今天要走运，晚上回去他的诗就发表；面儿朝上哪，就是相反的结果。他反复把铜钱抛在石头上，有好多次那铜钱都是字朝上，乾隆啊雍正啊康熙啊光绪啊，都是皇帝的名字呀，他们的名字朝着太阳，让太阳检阅着监督着，那时他就惊喜得可以，满以为晚上回去后，就会看到他的诗歌发表在哪家报刊或杂志上了。

可晚上回家一看，母亲递给他的却是几包子荆花捎回来的退稿。他望着一张张铅印退稿单，没有扫兴和沮丧，居然偷偷笑了。

母亲问，信上写得啥？

他说，欢迎继续来稿呗。

母亲说，老是这句话，多会儿给发稿啊？

他说，下周末看吧。

又一个周末到了。那天高山吟诗写得很少，却总是站在山顶上，呆雁一般向山下鸟瞰，他盼着小镇上的邮递员出现，那邮包里说不定有给他寄来的样报或样刊。但邮递员只把信搁在山下的小村，东宫的信只能由过路人捎带回来。那个给他捎信的就是荆花。荆花在小镇上读高中，每周回家一次，恰好从山下把邮件捎上来。那天，他总是眼巴巴望着山下，企盼着荆花从二十里以外的小镇回来，走在山下那条白蛇一般的山道上。

山下那个小红点又出现在他的视线里了。红点渐渐扩大，他的希望就寄托在那红点上了。荆花又回来了。荆花肯定会给他捎回信来的。为了表示对荆花给他捎信的谢意，他打算把在松树林里掏的一窝野鸡蛋，让母亲送给荆花，也好让荆花煮了吃，增加营养。

那天从早到晚，就听见喜鹊在各种的树上喳喳地叫个没完——早报喜，晚报财，那分明是吉兆啊，莫非他的诗发表了？

放一天羊回到家，饥渴交加，可洗过手脸，他却不吃不喝，先问母亲有无他的信。母亲迟疑着说没有。他却知道那就是有了。他要过两个大信封，打开一看，不由得笑了。母亲问他笑啥，他说编辑亲笔给他写信来了，说他的诗还有点味道。他不由得在退稿的信封上写了两句话：

> 留得青山在
> 何愁诗花不绽开？

总是胸有成竹的他，却见不到他的诗草吐翠冒绿。但他的两只大脚还是有力地在山里走着，似乎哪一天就一定会踏出诗行来。他有一支似乎永远也使不秃的诗笔，还有一张似乎随时都可以涌出诗来的诗嘴。

面对大雾。那大雾大得邪乎了，把一切都罩住了；世上除了他，就只有一团团一层层的雾了，连他的羊也不见了，他本人也被雾包裹住了，想钻都钻不出来。那时他就冲着大雾高声朗诵：

> 大雾锁不住
> 我诗终有发表处
> 待到青山露峥嵘
> 露珠是亮晶晶的眼睛
> 把我的诗篇捧读……

雾终于散去了，似乎和他告别了太久的山峰又在雾中时隐时现了，太阳也偶尔露出红红的笑脸来，花草树木摆脱了雾的缠绕，像脱去婚纱的新娘，更妖媚和漂亮了……然而他的诗发表在哪里了呀？望着远处的羊群，他又偷偷地笑了。

面对大雪。那雪把千山万岭都变白了，似乎仨月也难融化。他蹚着大雪，

　　　　　　　　　　　　　　　　谁解麦浪

嘴里冒着一股股热气；身为牧羊人，却没披羊皮袄，倒是穿着羊皮坎肩，脖子上耷拉着一条拉毛围脖，很绅士很文气的样子。他还提着一根六道木棍子，一边走，一边在雪地上写着诗：

> 谁说大雪封山岗
> 封不住我的诗行
> 脚印热心激荡处
> 笑看诗花绽放……

然而，羊倌写了树叶子一般多的诗，投出了雪片般的诗稿，但却像泥牛入海，杳无音信，更无变成一个铅字。他怅惘地望着山山岭岭，一片茫然。诗神在哪里呀？为什么不冲他微笑？但只怅然了一会儿，他就又念开了诗。风吹花乱心不乱。他既然有满肚子的诗，就不愁没有发表的一天。他总觉得，他的白羊、他的青山、他的蓝天、他的白云、他的小鸟、他的蝴蝶……是懂得他的诗的。他的诗把万物都感动了，也就快把编辑感动了，快把读者感动了。他写诗都快写得神神道道的了，入迷，上瘾，连他也控制不住自己。面对白桦树，他叫那树李白；面对一块大石头，他以为那大石头就是杜甫。他总以为写诗是这个世界上最快乐的事了，何乐而不为。

置身在那样的环境里，不写诗似乎是不行的，因为那放羊的生活本身就像诗像画一般，美。春日里杏花半开不开的，红艳艳粉嘟嘟白花花的，再配上一群白羊，能不想写诗？紫丁香开着，云彩都醉了，由不得就想起丁香一般的姑娘，诗能不发芽？山丹花星星点点红了山坡，把山羊点缀得更白了，这背景能不让人吟诗？山菊花金灿灿的，羊与金菊为伍，陶渊明似乎是没写过此类的诗，高山吟哪能不诗情洋溢？人的背景就是个人，可羊的背景却是花草树木，人不羡慕行吗？山杏树与黄栌的叶子都红了，白羊活跃在红叶中，红叶就把高山吟的灵感点燃了。那时高山吟就啊地一声，诗句就如山溪奔流了。站在山下望山上的羊，羊与白云为伴；站在山上鸟瞰山下的羊，羊像花地毯上的点点白色图案，蠕动着。不写诗还等啥？当然有时他也唱歌，唱"美丽的草原我的家，牛羊好像珍珠撒……"还免不了唱一句"在那遥远的地方，有位好姑娘……"于是那个上大学的女同学就出现在他眼前了。他望着，云彩的南边，是西南边。

他总以为云南就是云彩的西南边，那个南丝菊是到云彩的西南边上学去了。

那天他望见从西南边飞来了一架飞机，不大，似乎比一只苍鹰还小，鸽子似的。他就以为那上边可能就坐着那位南丝菊。

那晚他梦见了一只孔雀，也是从西南边飞来的，莫非南丝菊去云南上了几年大学，变成花孔雀了？听说西双版纳可是孔雀之乡。

望不尽的连绵起伏的远山近岭，像一幅色彩斑斓的油画。那天高山吟站在那个被他称为生花妙笔的石头上，眺望着满山秋色，恰好有一群大雁飞过，嘎哇嘎哇地叫着，悠然地向云彩的南边飞去了。望着大雁，他又想起了孔雀，不禁冲着红金陀的方向感叹道：

> 人说孔雀东南飞
> 我盼孔雀西南归……

8

又一个放羊归来的途中，高山吟采了不下三十种山花，五颜六色五彩缤纷的。他把山花打成一捆，就那么抱着，回村去了，笑盈盈的。也许他寻思着，若碰上远方回来的南丝菊，他就把这山花献给那南丝菊。可没碰上南丝菊，在村头遇上父亲了。父亲也是好意提醒他，又撅一抱子花干啥。你呀，也别光写诗，也别净往回弄这些连干柴都不能当的花。靠山吃山，捡那有用的弄回点来，啥不卖钱哪？攒俩钱，也好给你娶个媳妇啊。

娶啥媳妇啊？他说，没想过。

父亲说，哪有大小伙子不想媳妇的！

他哼哈了几声，就把话绕到别处去了，我以后捎带着弄点山货来，不就得了。

那之后他就很少空着手回来了。山玫瑰开了，他就自己瞎编了一个篮子，采回来一篮子山玫瑰，弄得到处都是香气，弥漫不散。他又刨回来两捆开着小蓝花的黄芩，其根可入药，也可卖钱，秧子可做茶，黄芩茶。剥回过几捆桦皮，苫房、点火用都行。借羊卧晌之际，他在南山采回了几篓子蘑菇，从此顿顿吃炒鲜蘑，挺香，晒了蘑菇干送人，回报的声音挺甜。捧回了几窝花鸟蛋。套回了几只野兔子。黑山葡萄挂着白灰儿，他摘回来一嘟噜一串的。山梨放着金光，

　　　　　　　　　　　　　　　　　谁解麦浪

他也要弄回几筐子来。榛子、橡子、黑枣、青枣、山核桃……他都往回鼓捣。这东西就比诗实在实惠了。爸妈看了没个不高兴。弄回山货来，总要给荆花家一份，为答谢荆花给他捎信的辛劳。干柴他也常常往回背一捆。诗人也不是不食人间烟火，山下小村里的炊烟靠啥冒出来呀？他知道。但他无论干什么，总还是要与诗联系在一起的。生活就是诗，没生活哪有诗？

他把他的所到之处都和诗挂上钩了。他给他放羊的山命名为诗山；给他常走的羊肠路冠名诗路；管他常乘凉的桦树叫诗树；称那石头诗石；把他的所到之处统称为诗境；就连他那个不起眼的小屋，他也把其叫作诗屋。似乎只要他走过的地方，都具备了诗的意境。

然而，生活里也不都是诗。高山吟写诗，碧血热血这类词是没少用过的，可在现实生活中，他却见不得鲜血。那天，他在平静地写诗，羊在平静地吃草。忽然，一块山石就不知怎么脱落了，一蹦一跳地向山下滚落而去，恰好就砸在了一只正闷头吃草的白骟羊的犄角上，咔地一股火星，羊似乎没有再咩地叫一声，也没有咽下口中的草，就倒在血泊里了。当时高山吟都被吓傻了。他除了憋得想偷着哭外，居然不敢到羊出事的地点看一眼，浑身发软。许久他才颤抖着声音，扯着大嗓门，冲山下呼喊着，一声声还真把他爸叫到山上来了。

父亲气喘吁吁赶到羊的遇难处，见那羊已经死停当了，很快就要招绿豆蝇了，便就地把羊剥了，把肉背了回去。那羊肉除了给各家送了一块，剩下的母亲炖了一小锅，还使大锅烙了几张葱花饼。可叫高山吟吃饭，他却说不吃，只在小屋里掉泪，把泪擦去了，眼前还是那只被砸死的骟羊。于是他准备给那羊写一首诗。

父亲又推门进来了，鼻子疙瘩气得有点歪，见他又伏在小桌上写诗，便说，你不吃饭，又写啥呀！

他似乎没听见，只顾念叨着给亡羊的悼词：

还没谈情说爱就被人阉割了

没等到被吃肉饮血者宰割

便在疯狂的石头下夭折

吃素的羊对吃荤的人可该谴责？……

这句子让人难受，父亲却没听大明白，只说，你写了半天诗，一首也发不了，这也怪不得你，哪有下种子不想收获庄稼的？抛石砸死了一只大骟羊，我也没怨你。可你不吃不喝的，这叫个啥事啊。羊死也死了，我和你妈忙活半天了，你还不吃肉？嘿，叫我说你也别老写诗了，不顶吃不当喝的。你当紧找个媳妇了。

他说，找媳妇着啥急呀。

爸说，咋不急呀。

他说，我才多大呀！

爸说，都二十好几了，还小？

他说，大也不急。

父亲就没好气地摔门走了，咣地一声，又甩下一句话，不急你就等着！

母亲随后就推门进来了，端着一盘子炖羊肉，还有一碟子烙饼，饼上横放着一双筷子。母亲把肉和饼放到他写诗的小炕桌上，说，山吟，你还是先吃点饭吧。他还是说不吃，但他分明又想吃，看一眼那炖肉，说不馋也是瞎话。那羊肉炖的，红嘟嘟、肥嘟嘟、油乎乎、烂乎乎的，麻将牌一般大的肉块，冒着热气，香味从肉丝里钻出来，弥漫着。红红的花椒粒，绿白相间的葱花，还有几片紫苏叶。那才叫色香味俱全哪。何况，这肉是真正的骟羊肉。山里人吃羊肉，那是讲究吃骟羊肉的，嫌母羊和公羊的肉有臊气味。骟羊是小公羊当羊羔的时候就被阉割了，就成了专门的肉羊。这种羊的肉才是最香的羊肉。可高山吟为什么不吃哪？就因为这羊死得太惨了——当时那情景，现在还让他的心颤栗着，那惨烈的一幕是他不吃这羊肉的直接原因。母亲虽然理解儿子的心情，可还是想动员儿子说，吃点吧，儿子。你放一年羊，也吃不上几顿羊肉。今儿这羊咋也是死了，你吃点肉吧。

高山吟还是难过地说，这羊白天还吃花吃草，活蹦乱跳的，现在让我吃它的肉，哪忍心……

羊就是让人吃肉的物。母亲说，再说，石头砸死了它，也不怪你。快，趁热吃了吧。

高山吟似乎再也没法推辞了，他忽然发现母亲的头发都白了一半了。他一阵愧疚之后，就卷着烙饼，把那一碗羊肉吃光了。真香。那羊肉似乎比诗还有味道，当然是别一种味道。

借着儿子吃饭的工夫，母亲有意无意地在小屋子里扫了一圈。母亲似乎才觉得，儿子这屋子里实在是太缺个媳妇了。宽敞的大炕，孤零零的一个铺盖卷；炕中间，孤零零的一张小炕桌；墙壁上，孤零零的挂着一株干枝梅的年画。唯独不孤独的，就是那堆成摞码成山的书稿和退稿了。还有那窗台上，瓶瓶罐罐里泡了太多的山花，大多是山菊花，也许因为那菊花花瓣不落，也许因为那花与某个姑娘有关吧？儿子摆这么多花，能不想媳妇吗？妈见儿子吃饭吃高兴了，就接着父亲刚才的话茬，说开了他的婚姻大事，山吟哪，也别怪你爸说，你当紧该找对象了。

高山吟说，你们总是这么着急，我现在一事无成的，找啥对象啊？等我成了诗人，啥都有了。

母亲说，傻儿子你可多会儿成了诗人哪？成了诗人又咋样？

他说，嘿，那个……南丝菊也快毕业了吧？

儿子，你还想着南丝菊哪？

她……高山吟脸一红，笑了。他又补充一句，南丝菊挺喜欢诗的，她在诗情画意的云南上学，会更爱诗的……当时她老叫我诗人……

你这话也是诗人的话，可现在人家是大学生了，你一个小羊倌……

小羊倌就不能当诗人了？高山吟天真地说，我要是个姑娘，就专门嫁个诗人。

母亲乐了说，傻小子。你可多会儿成了诗人哪？

9

那天他又给羊朗诵诗。羊们听得很过瘾似的，他朗诵得也挺来劲：

世上有耳千千万

何愁前边无知音？……

他忽然听到有人大声叫他，山吟，高山吟！

他吓了一跳，侧耳一听，是父亲的声音；又循声一看，父亲兴冲冲从树林中闪出身来。他抬头惊讶地问，爸，有啥事啊？

父亲说，啥事？你出了名儿了。今儿中午戏匣子里播了你的一首诗，是中央电台广播的……

高山吟望着他采来的一篮子木耳，却不相信自己的耳朵了，问一句，真的？

可不真的。村里人都听见了。

不会是听错了吧？

明明是你的名儿，连咱们县的名儿都挂上了。

写得啥诗啊？

又是大海又是情的，朗诵得不赖。

高山吟的大眼顿时亮了三倍，说，那就是我写的……激动得就不知道说什么好了，只遗憾地说，可我没听见。

听说晚上还得重播一回哩。

高山吟可真是偷着笑了说，那我早点关羊，晚上再听吧。

你这就回去吧，我把羊赶回去。嘿，总算没白写。父亲又说了一声，全中国的人都听见你的诗了。

这句话让高山吟自豪得想叫一声爸。

那天，夕照中高山吟的眸子里闪烁着晶莹的泪光。他望着红金陀那边的几朵火烧云，那变幻着的云彩时而像火凤凰，时而像金孔雀。他不禁冲着那云彩喃喃自语，远方的姑娘啊，你听到我的诗了吗？

当天晚上，高山吟通过那个小小的收音机，亲耳听到了著名播音员朗诵他诗的声音。他的心腾腾的，快要跳出来了。果然是父亲说的：全中国的人都听见你的诗了。

那密密麻麻的星星，仿佛给了他满意的回答。

还真是好事连着好事，第二天，似乎全中国的人又都看到他的诗了。他那首诗广播后，又发表了。当他终于从荆花手中接到报样后，偷偷躲在山上，捧着那张报纸，入神地看着，像捧着他刚刚出生的儿子，欣赏个没完，眼有点花，手似乎在发抖，心咚咚地跳个没完。这是真的吗？这就是他的处女作？此刻他恍惚觉得，还有一双姑娘的大眼睛也在和他看同一张报纸——那姑娘就是南丝菊。他过于沉醉和投入了，呜地一股大风吹来，哗啦一下，他哎呀一声，却见那报纸已经像一只大鸟，飞入空中，飘飘悠悠，随风远去了。他噌地站起来，欲追回那报纸……那一刻他似乎失去了最珍贵的东西，他手中最珍贵的东西被大风娘娘抢走了。那才叫失落吧？他像叫羊一样叫着，回来，回来！可那报纸没有回头的意思。于是他跌跌撞撞，就去追那报纸；可追了半天，也没追回来，那报纸越飘越远。此时他真有点"我欲乘风飞去"的架势了；可他在荆棘丛中寻找了半天那张报纸，但一直也不见那报纸的影子。他感叹道：

摘下千朵白云易

找回一张报纸难……

后来他干脆放弃找报的念头了，寻思，那报纸也许真是接受日月星辰的检阅去了吧？又寻思，那多情的报纸莫非是飞到云彩的南边，落到南丝菊的手里去了吧？浮想联翩到这一步，他又偷偷地笑了。笑了他又冲着西南边说，南丝菊，你看到我的诗了吗？

10

那天在北梁头上，高山吟贴着那棵白桦树，久久的，人与树还真有点难舍难分的黏糊劲。一群红眼蚂蚁忙忙碌碌，在树干上爬上爬下。他用一坨金黄的小米饭把蚂蚁引到树下来了。他入神地欣赏着白桦树的树干。又有蚂蚁上树了，他简直想用尿浇那蚂蚁，但他没有，那种恶作剧不是他这种年龄干的事儿了。他忽然眼前一亮，不知什么时候，那树干上居然开出了一束野菊花，花朵是黄色的，金灿灿的，一共三朵。定睛看去，才知那菊花是开在一个树疤瘌里。树疤瘌像什么呢？他从赤脚医生手册里看到过这种图案，女性的生殖器。啊，桦树干上居然活灵活现长出了一个女性的生殖器官，且又从里面冒出一枝野菊花来，摇曳着。这要是用照相机拍下来，得获国际摄影大奖。但他没有相机，他只用大眼望着那树上的山菊花。那山菊花就幻化成南丝菊的笑脸和身影了，还有什么呢？一时间他恨不得强奸了那白桦树吧？但没有，他把目光从山菊花上移开，又眺望了几眼西南方那朵白云。他不由得顺手掏出圆珠笔，就在那顺溜白净的树皮上写上诗了：

我把诗写在了你的大腿上

你感觉得到吗，姑娘？

诗句有点肉麻，露骨，不敢再深入地写了，却又解释道：

> 请原谅我的多情鲁莽
> 饶了我吧，别骂我流氓……

真是再也不敢写了。他只闭着眼，狠狠地搂住了白桦树，不想撒手，疑是抱着他心爱的人，青春的躯体在膨胀——直到一只蚂蚁钻进他的裤裆，直到肚子咕咕叫起来，他才把蚂蚁抖落掉，却没舍得用鞋底将蚂蚁碾死，还奖励了那蚂蚁几粒小米饭，他也吃起了金黄的小米干饭，还有喷香的腌香椿。

那天他在阴坡上拔了一捆山葱。那山葱的叶子硕大，碧绿的颜色是独有的，说像翡翠什么的都不恰当，似乎只有山葱才有那种晶莹透明的绿色。山葱的所谓葱白，又白得难以形容，起码不能用玉形容，葱梗葱茎直溜溜的，苗壮而修长。葱是长得太健康和有品位了，香味钻鼻子。他舍不得吃一棵山葱，想拿回村去，给各家分一把，吃个新鲜。可他还是抽出了一根亭亭玉立的大叶山葱，就着小米饭，吃了起来。那山葱辣乎乎又甜丝丝，脆生生又水嫩嫩还有一股持久的绵长味道，实在是像好诗一样，回味无穷。他还多情地想到了云南，云南是一定有山葱的吧，那个南丝菊可是好几年没吃到故乡的山葱了。想到远方的姑娘，他又偷偷地笑了。

那天他又披着夕阳，随着羊群下山了。他又采了一大束野花，抱着，很浪漫很潇洒地走着。忽然，他发现山坡下的山路上，有一个男人正跷着脚尖亲吻一个留着披肩发，穿着水红上衣、黑色牛仔裤的女子……

高山吟一眼就认出这个女子来了，这不是那个去云南上大学的同乡同学南丝菊吗？那一刻他的心都要跳出来了。不光是激动，不可思议、不可想象的是眼前这个镜头——黑夜里盼太阳一般把南丝菊盼回来了，她的身上怎么吊着一只"猴子"哪？他总以为他长着一个诗人的脑袋，大脑是很发达，想象力是蛮丰富的，可他做梦也没想到，他牵挂了几年的姑娘，就在他的眼皮子底下，躲到另一个男人的怀抱里去了，怎么说这也不是一个让他偷着笑的结果呀……

远远地，他想和南丝菊搭话，却又不好意思和南丝菊搭话。他的心凉了半截，舌头麻木了，说不出话来。更进一步的打击是，他发现南丝菊舞动着小手，说道，味儿味儿……真羊味儿……随即南丝菊就欲躲开那羊群，牵引着男友，

谁解麦浪

跌跌撞撞小跑着，还捂着鼻子，连连叫着，羊膻味真大呀！

此情此景，让羊倌呆了，傻了，脸都变色了，有一种受掠夺、受侮辱的感觉，手中的山花哗啦一下，散落了一地；他也一屁股坐到地上，躲了山石后边——他是怕南丝菊认出他来，他估计南丝菊还没认出他来。既然南丝菊像躲避瘟疫一样嫌弃他的羊，他肯定是不会上赶着和南丝菊搭讪的，只有躲避为上了。

星星都出来了，高山吟的羊都自动地回到羊圈里去了，那南丝菊与男友也回村去了，他才借着月光，来到山下的山泉旁。水很清亮，倒映在水中的影子却很朦胧。他看看周围没人，其实也不可能有人，然后他脱光了衣服，直接站在泉水里，弯着腰，撩着水，稀哩哗啦，彻头彻尾洗了一个凉水澡。洗罢，擦干身子，换上衣服，他才往村里走去。他一边走一边用五指当梳子，将头发拨拉了几下子，就那么几抓挠，一头秀发就成了漂亮的中分头了，透着帅气。可谁能看到他哪？山羊白天能看见他，可山羊都长着一把胡子，谁在乎一个男子的头发。以前他总以为，最喜欢他头发的人就是南丝菊了。他十岁的时候，南丝菊摸过一把他的头发，说是他的头发太好看了。后来就没有摸过。上高中的时候，他们几个同学走夜路，人们开玩笑，说路上有鬼。高山吟说，鬼怕火，我火力旺，我的头发一摸就冒火星子，鬼不敢来。说着他用手使劲挠了几把头发，还真啪刺啪刺冒出了小蓝火星儿。同学们也摸自己的头发，却没有冒出火花来。于是南丝菊就和他开玩笑，难怪你能写诗，你的头发里都藏着灵感的火花。他美滋滋地说，我的每一根青丝，都是飘飘欲飞的诗行。

如今在星空下走着，他还有那种感觉吗？头发还是那头黑发，刺激一下，也许还会冒出火花？但谁看哪？他几把上去，将中分头抓挠乱了。

他恨不得剃个光头，上山当和尚去得了。你个南丝菊呀！我想象着你的一切都是菊花的香味，可你却拧着鼻子说我羊味……他闻闻自己，身上有羊味吗？有没有又怎么样，他总觉得他的自尊心受到了莫大的伤害；他还嘟囔着两个字，丝菊……想到这个南丝菊，他简直不知道如何是好了，路边有一些开得很随意的野菊花，他随手拔了几棵，又丢到路旁了。他似乎还骂了一句，破花！

南丝菊几年不归，他偷偷给南丝菊写了多少诗啊？他想，有一天他把这诗让南丝菊看的时候，南丝菊一定会说，你的诗更有诗味了。然而，他听到的却是南丝菊说他的羊味，看到的是南丝菊被人亲吻……这不是雪上加霜的打击是什么？尽管南丝菊未必知道那羊是他的羊，那羊倌就是他高山吟，可……天虽然黑了，他却还是怕碰到南丝菊，还有那个矮男人。真有心钻进一个山洞过夜，不回村去了；可想到母亲在等他，就又往家里走去。

11

高山吟肯定是带着失落的心情回到家的。进屋后，他有所反常，站在水缸前，喝了半葫芦瓢凉水。

这时，母亲从门外进来了，说，哟，山吟，你咋才回来呀？把人急得。快换换衣服，南丝菊来家找你两回了，让你上她家吃饭去。

高山吟愣了，不是受宠若惊的样子，只问，为啥让我到她家吃饭？

因为你们是同学呗。好几年不见了，想一块儿坐会儿。南丝菊说请你吃啥过桥米线，她亲手做的。

哦……那是云彩南边的饭，高山吟似乎要偷着乐了，却没乐。心说，让我吃她的嘴我都不吃，她的嘴让别人啃过了……想到刚才山坡下那一幕，他没好气地说，我不去，我还怕她嫌弃我身上有羊味哪。

你见着她了？母亲说，你别说闲话，你一个放羊的，身上有羊味也不新鲜。人家要嫌弃你，还不请你哩。人家请你，是瞧得起你，是个情分。你要不识抬举可不合适。嘿，那姑娘可出息了，长得高了，白了，变洋气了。

高山吟却冒出一句，长啥样跟我有啥关系呀？

你不也没少惦记人家嘛？好容易回来了，还不赶紧去见个面，一起聊聊。

我……高山吟说，她……她都有男朋友了。

有了男朋友有啥稀奇的。人家是大学同学。母亲说，山吟哪，我早和你说过，别忒天真喽，你们不是一路人。说难听点，家雀子还高攀得上红凤凰？

这话让高山吟烦躁极了，恼火了，不知为什么说了两声，什么凤凰，野鸡！

母亲笑了，可别这么说人家，你天天见野鸡，你就说人家是野鸡呀！

高山吟也不由得笑了，说，说她啥？孔雀？

这还差不多。母亲说，南丝菊刚来又换了一身裙子，就是那孔雀毛的花纹和颜色，好看着哩。你就去她家吃饭吧，别让人家说你外道。听我的，怪不得她找对象……

她爱找不找！说着，高山吟就拉开门，回他的小屋去了，把门插得很紧。

　　　　　　　　　　　　　　　谁解麦浪

那天南丝菊又来叫高山吟吃饭，可他没有去，他钻在小屋里，连门也没开，还说是他已经躺下了，脱衣服睡觉了。

可他怎么能睡得着啊？衣服倒是脱了，脱了又穿上，寻思，要不就去看看南丝菊？但又觉得没法去。礼物，他是给南丝菊预备了一套礼物的。此刻，借着昏黄的灯光，他揭开一个上了锁的小木箱子，箱子里冒出一阵挥之不去的木香气和菊香气。他伸手拿出一块小木板，那木板上是他写的诗，诗行是他用刻刀刻在上面的，那诗是写给南丝菊的。这个小木箱中有五十多块小木板，大的不过一本书大，或只有巴掌大小。木材也各异，椴木、橡木、桦木、山柳、山杨都有。这些木板其实是姥爷给人做木匠活剩下的下脚料。高山吟见姥爷给人刻柜牙子什么的，他就顿生灵感，在小木板上刻开了诗。每给南丝菊写出一首他满意的诗，他就用小刀把诗刻在小木板上。兴致来了，把一首诗剜在木板上倒也快。他还给诗加了花边，山丹花、玫瑰花，多是菊花。他还要往木板的背面贴上一片红叶，或是系上一枝野菊花，干花。

这就是他给南丝菊的礼物。

可这礼物还能给南丝菊吗？

他望着一块块小木板上的诗行，闻着一缕缕菊香，心也像有人刻着一样。心凉了吗？心淌血了吗？

他把那木板诗全捣腾出来，想投入灶膛，一烧了之，可又没舍得；此刻他都有些眼泪汪汪的了。他把那木板诗又放回去，咔，把锁一锁，又将钥匙藏到了炕席底下。

他又脱衣服躺下了，但依旧在大炕上滚来滚去。以往他睡觉是无论如何也要裤衩背心穿戴齐全的，可那夜他燥热难耐，就像蛇该蜕皮的时候必须蜕掉，他也不由得把衣服脱光了。

他在炕上折腾着。

本来，本来想，他真正脱光衣服的时候，是在与南丝菊花好月圆的时刻。他看上了一片毛白草，平坦坦的，有好几个打谷场大，天鹅绒一般的毛白草在秋风中荡漾。他想象着，有一天他和南丝菊钻在毛白草里，身挨身，心贴心，把他给南丝菊写的诗都念一遍，让南丝菊陶醉其中，然后他再抱着南丝菊，在毛白草里打上一百八十八个滚儿。

然而，他仿佛又看到那个矮男人欲吻南丝菊的镜头了——不是偷偷笑的时候，但他也不想偷着哭。咔哒，他把灯关了。

眼前还是南丝菊的影子。

想恨南丝菊却又恨不起来了。

刚才一阵没好气，脱口把南丝菊说成了野鸡，此时却觉得这太对不起老同学了。人家哪是野鸡呀，野鸡就飞不到几千里之外的云南去了。一时又没新鲜的比喻，干脆又抬出了几个啊字：

啊，孔雀！

啊，凤凰！

啊，姑娘！

所有的感叹都带着真心的钦佩，但也带着扫兴。

诗还想写，却不想唱"我愿做一只小羊，跟在她身旁……"了——南丝菊身旁有人了，不是他。从前老唱"在那遥远的地方，有位好姑娘"，而今好姑娘回村来了，上大学后第一次回故乡，此时他和南丝菊的距离应该不超过八十米，可他却有了十万八千里的感觉。就当以前是自作多情吧，这事应该不难理解，也可以接受。人家一个大学生，怎么会和你一个小羊倌走在一起哪？他不怪那大学生，可他真恨那大学生嫌弃他的羊味，还用手扇风，还捂鼻子……这动作比羊交配都恶心。他气得骂了一句，忘本的臊丫头，下辈子让你也变个羊！

那一夜，谁也不知道高山吟的心里到底是个什么滋味。从没有感到有自卑感的他，却有点自卑了。睡不着觉，却又怕天亮，天亮了，他怕去放羊，怕南丝菊看见他放羊。他巴不得南丝菊赶紧回到云彩的南边去。

第二天天还黑沉沉的，他就偷偷地放羊去了，跑到很远的山上，他是为躲避那俩大学生。他在晨曦里朗诵着诗：

你出来吧，太阳

让我的影子陪陪我

成了诗人又如何

放眼不见白天鹅……

后来他又想开了，姑娘没了，有诗在，有诗在，就有一切，留得青山在，还怕花不开？有羊还愁赶不上坡去？但那云彩的南边，确实让他失望了，那块云彩里没孔雀了，有孔雀也不归他了。那块云彩让他很伤心，他不想再看那块云彩了。

12

南丝菊离开故乡那天，很想去和高山吟告个别，可高山吟已经放羊走了。她望着熟悉的故乡的山山岭岭，却没有寻觅到高山吟的影子。临行前，她把一份礼物和一封信给母亲留下。母亲拉着她的手，亲热得巴不得叫声闺女；随后把一塑料袋事先准备好的杏干、桃干、核桃、榛子什么的，送给了南丝菊。她接过那沉甸甸的山货，大概是想起高山吟来了，这东西肯定是高山吟在山上采的。她的眼圈红了。母亲的眼泪花转了。

高山吟回来后，母亲把礼物转给了他：两根绿莹莹的孔雀翎，一只蓝莹莹的大蝴蝶，是被塑料膜封起来的一只蝴蝶。

高山吟久久地看着那礼物，没有偷偷笑，却差点偷着哭了。

这是云彩南边的蝴蝶。

这是云彩南边的孔雀。

他把那封信打开了，上边写着：

高山吟：

那天我无意中对羊味的敏感，把你得罪了。也许伤了你的自尊心，但羊就是有羊味，这又没有错，就像人必须有人味一样。虽然你和我犯了点小心眼，但我还是感觉得出，你是有人味的，尤其是男人味，人情味，或者说是诗人味……几年不见，实际上你已经成了真正意义上的诗人了。我佩服你。可话说回来，我谈不上背叛你，自以为也没有什么对不住你的。以前咱们是同乡同学同志，以后还是——你说哪？至于你心里是否有我，我心里是否有你，这都是只能意会，不能言传的事，没必要互相告诉了。你有几首发表过的诗，是写给我的，我看得出来。我感谢你，作为一个姑娘，我会终生引以为骄傲和幸福。

谈到我男友,你一定小瞧他的小个子了——可我和你说,他人小心大,也是个优秀男子。他和我都是穷家出身,这几年我们是靠在云南采山花、卖山花挣钱,完成的学业。你不觉得你也该给我们写首诗吗?……

高山吟看了这封信,真的又想偷偷笑,又想偷偷哭了。他又一夜失眠了。那天他在山上写了一首诗,冲着云彩的西南边,深情地朗诵了三遍:

> 我用满山的山花为你们祝福
> 我用满腔的诗情向你们祝愿
> 我愿用最肥美的羔羊
> 为你们的婚礼做喜宴
> 诗人说:居高声自远
> 西南边的一对孔雀呀
> 我的诗你们可曾听见?……

那天高山吟显得很不安,他几乎是匍匐在山坡上,用嘴亲吻着一朵朵洁白的野菊花,发自内心地说,丝菊,我会一辈子给你写诗的……

13

南丝菊走了,这回可是真走了。走了不是不回来了,而是回来也与他关系不大了。也许永远都只能放羊的他,最大感觉就是空空荡荡,天空空荡荡,山空空荡荡,心也空空荡荡。哪一个地方都可以眺望,但南丝菊是不可能向他走来了。

云彩的西南边没雨了。

得不到忘不掉的南丝菊,让他有点失魂落魄的。后来他想,倒不如别折磨自己,把人家忘了算了。想想,心上的美丽姑娘给了他两根云南的孔雀翎,一只云南的大蝴蝶,多珍贵的礼物啊,他也该知足了,以后就有了偷着笑的资本了。

他梦见那只孔雀飞了起来。

他梦见那只蝴蝶飞了起来。

这就是他爱情的精彩一笔了，句号都画上了。

还有何求？

他的心真像那朵白云温柔宁静了吗？

站得高，看得远。但那些天他却很少远望了，只把眼睛向下，向下；向下是因为眼皮子底下也有不错的风景。

那天他站在山头上向下望的时候，就望见了一个颤悠悠挑着水筲，扭着水蛇腰的姑娘。

他又望见了一个在泉水边洗衣的姑娘，那姿势是很美，很有诗意的。

他似乎不该望见那个姑娘在荆篱笆那边……如此一番神秘的动作和情景。一团红，是红毛衣，一团白，是什么哪？是草绿军裤里包裹着的少女的一团隐私的白呀——这白就让他的脸比红毛衣还红了。他怎么可以偷看姑娘哪？

那其实是同一个姑娘。

姑娘就是荆花。

荆花刚考完大学，正在家焦急地等待着录取通知书哪。论年龄，荆花也二十岁了。

二十岁的荆花比高山吟小了整三岁。高山吟在小镇中学高中毕业那年，恰好是荆花到小镇上高中那年。可以说，这三年里荆花给高山吟当了三年义务邮递员，成了他离不开的鸿雁。高山吟往出投寄的稿子，是托荆花带出山的；山外有信来，又是荆花给他捎回来的。高山吟的最大盼头就是信了，因为这十里八村就数他的信多了。每当周末，高山吟总是拔着脖子瞪着眼歪着耳朵，望着山下，他张望的目标就是荆花；但他盼的只是邮件里藏着的喜讯，似乎不是荆花，连荆花穿什么衣服他都不在意。可是那天，或者说是荆花高中毕业后，他才不知不觉地注意起荆花来。而荆花毕业后，依旧每周末必到山下小村去取信。当然，荆花的目的可不是只给高山吟去取信，而是巴望着早一天会接到大学录取通知书。也正是在那些日子里，高山吟在关注信的同时，也更关注荆花的影子了，还有她考大学的消息。荆花常常穿一件红衬衫，于是那"万绿丛中一点红"，也就常常在高山吟的心中闪耀和燃烧着了。当他似乎正式发现了荆花后，他几乎把南丝菊忘了，也不想再望云彩的南边了，只想俯瞰山下，只想看着荆花在村里家里出出进进、晃晃悠悠的影子。那真就是一朵流动的花了。

> 高山就这么好
> 山下的风景就这么好
> 一切又变得迷人起来
> 一切又变得想让他偷偷笑
> 在山上还是想写诗
> 下山还是想采一束野花
> 诗与花给谁哪？

给荆花写的第一首诗似乎过于淋漓尽致和一针见血了，写完了还脸红哪，但他还是冲着山下念了一遍：

> 我愿是一只黄蜂
> 歌在舞在荆花丛中
> 采来一个蜜月
> 采出甜蜜的一生
> 与花共度百年光景……

一个月后，这诗居然发表了。高山吟看到报样后，脸红心跳，又惊又喜的。他在第一时间担心的是，荆花看没看到这首诗，看了会有什么反应？这首诗闹得他一夜没合眼。第二天，他又把报纸带到山上，看了不下百遍吧。有时不禁偷偷一笑，有时那浓重的眉毛又凝固在一起，不知道在想什么。

那天他又蹲在驴本儿本儿石上，远远地看见荆花穿着红衣服，在一个人推碾子。那时他的眼神太好了，他看见荆花是在推空碾子，青石碾盘和碾砣上什么也没有，荆花只是抱着碾棍，风风火火地推着。他觉得有点可笑，又纳闷，荆花为什么要推空碾子哪？他冲着那转动的一点红说，荆花，我在发行量几十万份的报纸上发表了一首专门写给你的诗，哪个姑娘有这等待遇呀？你看得出来吗？他心说，嘿，机会来了。他偷偷乐了。

那天晚上，他洗涮得干干净净，打扮得漂漂亮亮，脚底下踩着云彩似的，手里拿着一卷报纸，在村路上走着……他走得过于匆忙和飘然了，他的高鼻梁险些碰到一个姑娘的扁鼻子。这个姑娘分明也是风风火火的，一个人在村路上不知道跑了有多少个来回了，像是有一肚子气，发泄不出去似的。

当姑娘和高山吟撞在一起的时候，姑娘似乎才醒过味来，但她还是有点气呼呼的；高山吟哎呀一声，尴尬地笑了，她却没笑，只生硬地说了一声对不起，便悻悻地走了。高山吟感觉不对味，这姑娘是怎么了，既然都撞了个满怀，怎么不多说几句话哪？他分明就是碰姑娘来了，既然碰上了，怎么能放弃哪？他一时间拿出了几分勇气，又把姑娘叫住了。

这姑娘就是荆花。

他举着手里的报纸，显然是难为情地说，这张报纸给你看吧。上面有我一首诗。

荆花说，啊，我看过了。说着，就扭屁股走了。

她看了？高山吟吓了一跳，但又觉得荆花不像是看了那首诗，假如真看了，若是这份表情，那这首诗就白写了，就算是对牛弹琴了。如此的话，荆花肯定就是个傻丫头。

其实，高山吟有所不知，荆花之所以无名火起没好来气，是因为她落榜了，连个大专、中专什么的也与她无缘了。

那天晚上，高山吟浮想联翩又想入非非的，想到他给荆花写的诗发表了，刚才水灵灵的荆花姑娘又差点闯入他的怀里，这是巧合、天意，还是双喜临门的吉兆哪？想到此，他还有点脸红心跳，甚至还想偷偷笑，但他又感觉荆花的神情不对，不对是因为落榜了，那就怪不着她了。此刻，他又给荆花写上诗了：

啊，姑娘
既然在黑灯瞎火中碰了一下
就该碰出火花……

是理想的火花，是爱情的火花，他却没有写明，但那一夜他的眼前确实老闪烁着一朵火花，分明还浮现着一团白，那诱人的一团白呀；还有一团红，那在碾道里旋转着的一团红……想到这一切，他又彻底失眠了。他又想了好几首诗，是打算写给荆花的，想劝劝荆花，可别自暴自弃呀，我也没考上大学，可我觉得放羊和写诗，都挺好的；若把你也加进来，那就更好了。

他又偷偷地笑了。

14

那天他又登上了那块生花妙笔石，盘腿往石头上一坐，顶着一块悠然的白云，想着陶然的美事。他两眼朝下一望，又看见青山清水环抱着、青堂瓦舍被绿树掩映着的东宫村了。这一切都是他有意无意间天天能够看到的，而真正让他触目惊心的一幕，刷地一下，就展现在他眼前了，那真正是他从没看到过的一道风景啊：小河旁，有一位姑娘风风火火地跑着，真像是疯了一样，见了哪棵树不顺眼，就用手拍几下子，瞅哪块石头有毛病，就无端地踹两脚。后来姑娘又扑通一下，跳到水里，那水花仿佛都要溅到驴本儿本儿石上来了。姑娘在水里扑腾着，像一只热锅里的青蛙，不，还是像一只鸭子、天鹅什么的，扑棱个没完。那姑娘似乎还叫了两声，我落榜了！这一切似乎也没什么，而把高山吟吓了一跳的情景是，那姑娘上岸后，居然就旁若无人地脱下早已湿透了的粉红的褂子，草绿的裤子，脱得光溜溜一丝不挂，把衣服全抛到一块大石头上，人就那么直挺挺站着，没往水里钻，也没钻到什么隐蔽的地方去。这一道白色的影子，让高山吟的脸蓦然红了，心顿然要跳出来。心说，这姑娘是怎么了，怎么这么不顾体呀？他想看，又不敢看，不敢看，又不由得看。

那不正是几天前与他撞了个满怀的姑娘，荆花吗？荆花到底怎么了？此刻荆花还那么赤条条地站着，似乎真是呆若木鸡了。想飞吗？美呀，姑娘的躯体是太美了，真是太美了，不给她写诗就不行了。青春的激情就要在生花妙笔的石头上喷射出来了。从此天天让他看到荆花洗澡吧。

天天见。

不，怎么能够让他看到姑娘这个样子哪？这不是个疯丫头吗？这显然是不正常的呀，姑娘的心情他应该是可想而知的。但他有什么办法哪？他想只有给姑娘写诗，让姑娘通过他的诗看到希望了。

他选了一块上好的桦皮，写了一首不错的诗，反复看过，打定主意：把这诗送给荆花吧。

那天晚上，他把那块写着诗的桦皮偷偷丢到了荆花家的院子里。荆花的父

谁解麦浪

母都不识字，他知道，只有荆花认得那上面的诗。

他一连给荆花家丢了三块桦皮，却什么反应也没有。也兴许那桦皮被荆花的妈点火烧了吧？怎么就没点燃荆花心头的爱情，或者是什么理想火焰哪？其实，他丢的桦皮诗，荆花都看见了，看了几眼后，脸红那么一阵子，心跳那么一阵子，然后她就把那块桦皮收藏了起来。三张桦皮，三首诗，哪一张哪一首都让姑娘的脸红云滚滚，浮想联翩。后来，再也接不到桦皮了，她就偷偷地躲在她的小闺房里，把这三块桦皮反复端详过后，先是用笔划拉了一阵子，又用剪子咔嚓咔嚓裁剪了一阵子，然后又一针一线地缝了一阵子……很快，这桦皮就变成一个灯罩了，她把灯罩给台灯扣了上去，那台灯自然就锦上添花了，给人的感觉太柔和也太温馨了，那台灯的光线把她的心头都照亮了。她想笑，却又一阵子没好气，心想，大学没考上，还用台灯干啥，还学习个啥劲啊！她把灯罩摘下来，又滑稽地戴在头上，拿镜子一照，还挺好看的，可很快她又把这桦皮帽摘掉了，在手里转着圈。她忽然更来气了，心说，这又不是博士帽，这辈子我连个护士的帽子都戴不上了，戴这么一顶帽子干啥呀！真正是一阵子没好气，她居然把那写满诗行的桦皮帽，丢到灶膛里，点火烧了。火光映红了她的脸，她忽然觉得不应该烧那桦皮帽，于是她又伸手去抢那已经烧成火球的桦皮帽，可没有抢出来，桦皮帽已经化成灰烬了——她叹息了一声，叫了一声山吟哥，泪花就出来了。

想象力丰富的高山吟，没想到他的三张桦皮诗是这么一个结果，他的用心是这么一个下场，他还想用他的诗鼓励、激励荆花哪，哪想到荆花这么对待他的诗啊？在高山吟看来，最值钱的东西，就是发自他心头的诗了，他把诗给谁，那就是把心给谁了。写在桦皮上的诗，不就是写在他心头上的诗吗？这诗为什么就感动不了荆花，荆花就不能给他一点心灵的反馈吗？那天他似乎意识到，他这样做也许有些冒然和愚蠢，似乎也丢身份，也许不应该用这种方式给荆花传递什么关心她和爱她的信号吧？荆花都给他传递了好几年信了，他就不能直接把信寄给荆花吗？

那天高山吟和母亲提起了荆花。母亲看出了儿子的心思，干脆提醒他说，你就正儿八经给荆花写封信，求个婚吧。

他说，人家才多大呀，刚出校门。

可不小了。这时候她才需要有人关心她哩。

可我……一个羊倌……

羊倌咋了？再说，你也不纯粹是个羊倌了。母亲笑了说，俺儿子也快成半拉诗人了。

他真快偷偷笑了，却又谦虚地说，我发得太少了。

看咋说吧，母亲显然是自豪却不是浅薄地说，全中国的人都听过你的诗。

我……他偷偷笑了。

《北京晚报》又发表了你一首诗，全北京城的人都看见了……

那……他又笑了。

《北京日报》不也发表你的诗了吗？《北京文学》一回发了你三首诗，全北京市的人谁看不见哪？

嘿……他还是微微地笑了。

妈还是想让他继续笑下去。妈说，一个月里，你挣了一百八十元稿费，快顶俩山羊的钱了。话说回来，钱多少的，十里八村谁挣过稿费呀？她荆花俩大眼，铃铛似的，能看不出你的前途？我说你就和她套套近乎，那姑娘长得可不赖呀，就是鼻子扁点，看那两条腿，多直溜啊，可真顺眼。

我……高山吟的脸红了，肯定是想起了看见荆花洗澡那一出，又眯眯笑了，或许以为他这个诗人在荆花面前不差气吧？于是他还是有点吞吞吐吐地说，那要不，我再给荆花写首诗？

写信！写啥诗啊？母亲说，给她写的诗都发表在报纸上了，她都冰块子似的，傻丫头瞧不懂诗。

那天晚上，高山吟给荆花写了一封比诗还多情的信。

两天后，高山吟就接到了荆花的回信：

山吟哥：

感谢你在桦皮上对我表露的一片痴情。可我只能让你失望了。我明天就走了，到山外打工去了。我劝你也别总是固守青山。放羊、写诗，能放出什么名堂，写出什么出路来呀？想起你的勤奋和执著来，有时候我是很难过的。如果没记错，经过我的手，我给你发出去了六百多封稿子，可你发表的诗肯定还不到六十首，再说发了又如何，又能得几个稿费呀？你也往山外走走吧，大山里能有什么出路啊？既然社会不

　　　　　　　　　　　　———— 谁解麦浪

管咱们了，咱们只能到山外给人打工，寻找自己的出路去了。

高山吟看了这封信，当时似乎什么也不想看了，眼前是黑的，花草树木似乎也是黑的，印象里那荆花的光身子可还是白花花白晃晃的。真是的，他想笑都笑不出来了。

那天他站在生花妙笔的石头尖上，目送着荆花远去，进城去了。

又是一场梦。他刚刚恋上的姑娘又走了。那天他没有写诗，只是大嗓门叫着他的羊，回来，回来！

大山的回音同样是，回来，回来！……

荆花回了几回头，以为是呼唤她吗？

高山吟揪了一把蓝莹莹的荆花，闻了好久，顺嘴说了两句诗：

城里的柏油路太光太硬了

荆花呀，你扎得下根吗？……

高山吟的泪珠打到了荆花上，忽悠悠，亮晶晶的。

15

高山吟还是放羊，还免不了对羊吟诗。那天，乡团委书记找到了他，对他说，县里要开团代会，想让你朗诵一首诗。

高山吟真有点受宠若惊，问，朗诵啥诗啊？

团委书记说，有激情就可以，青年人嘛。

高山吟看看天，恰好有一只山鹰在盘旋。他忽然说一句：

把鹰挂在天上的不是人

是鹰自己的翅膀……

高山吟问一句，这样写行吗？

团委书记笑了说，有点朦胧。你就直说，飞翔吧，山鹰！……这样多好啊。

高山吟说，那就说——

　　　跃上蓝天八百旋
　　　山鹰啊，你看得见地上的蛇兔
　　　可能看见我的诗篇？……

　　高山吟还没问行不行。团委书记就说，有点故弄玄虚，太个人主义了。你先别说了，好好写一首，我先看看吧。

　　高山吟又写了一首诗，团委书记说还不理想，再让写一首。于是他又写了一首，又拿到乡里去了。

　　两天后，团委书记又来了，来了先没说诗，只说是，高山吟，卖给我一只羊吧，骟羊，便宜点，五十块钱一只，行吧？我想请请县团委那帮哥们儿姐们儿的，他们爱吃羊肉。吃了羊肉，他们会考虑你的诗的，给你个出头露面的机会。

　　高山吟许久没有说话，他倒不是小气，只是觉得把一只羊头搬下来，或者说拿一只羊头换他出头露面的机会，是不是太残忍了点？这念诗怎么和宰羊联系在一起了，这样做他觉得有点对不起他的羊，所以当时没有痛痛快快地答应给团委书记逮一只羊。团委书记也没勉强他，就开着吉普车走了。

　　十几天内，再没人找他朗诵诗。但他还是天天把他给团代会预备的诗，面对着青山白羊朗诵几遍。

　　母亲问他，你啥时候去县里朗诵诗啊？

　　他说，谁懂我的诗啊？我还是在山里放羊，给羊朗诵诗吧。

　　母亲叹了一口气。

16

　　又一天的下午，他在山上放羊的时候，忽然就发现了前面的草地上有一个亮闪闪的东西，他走近一看，是一个望远镜，拿起来一看，还真是一个望远镜。一个不错的望远镜啊——类似的望远镜他是见过的，是借电力局工程师的光，他还拿着试了试，望了望……听说那样的望远镜一万多块钱哪。眼下手里这个望远镜，好像是比那个望远镜还高级，那就得一万多还多，那可就比他的一群羊还值钱哪。捡到这么一个贵重的东西，沉甸甸的，他可就不知怎么好了。一时间他过于的紧张和不安起来。这是谁丢的哪？丢这个东西的人，此刻还不急死？他觉得应该赶紧把这个东西还给人家，还给谁哪？失主在哪儿啊？愣了半天，才知道应该发挥这望远镜的作用，于是他把望远镜对到眼上，就照了起来，望了起来，搜寻了起来。他简直被吓得一愣一愣的，一跳一跳的。望天，天就压到他头上了；望山，山就倒在他跟前了。一连哎呀了几声，连几里外树杈上配对的鸟都让他看见了，但却没有看见一个人。他想起来了，上午有勘探队的从这山上路过，这望远镜肯定是他们丢的了。可他们已经走了，连他们的影子也看不到了，脚印也搜寻不到了。但他还是用大嗓门叫着，嘿，嘿！勘探队的，勘探队的！你们的望远镜丢了，望远镜丢了，望远镜！……他把大山都叫醒了，却没人回应他。但他还是叫着，还是用望远镜望着。可直到太阳要落下山去，这望远镜也还在他手里。此刻他可就比丢望远镜的人急了。这要是不给人家，我往哪儿搁它呀？我这一宿连觉也睡不着。

他那一宿真是连觉也没睡着，因为身边搁着个望远镜。第二天，他又带着望远镜上山去了，还是在寻找丢望远镜的人。他终于发现从远处走来了几个人，借助望远镜一看，人就到他跟前了，那一刻他可是又惊又喜呀，那几个人不正是勘探队的吗，还有一个大姑娘，姑娘的脸比太阳月亮都好看。那姑娘自然也是个勘探队员。他们都穿着统一的蓝工作服，拿着标杆啊测旗呀，还有什么仪器之类。他像看到了大救星。他又挥舞着白毛巾叫着，嘿，嘿！勘探队的，望远镜……

那天他把望远镜物归原主的时候，女勘探队员简直要哭了。这架望远镜正是这女勘探队员在草地上小解时弄丢的。女勘探队员望着失而复得的望远镜，直说谢谢啊谢谢啊。女勘探队员伸出手来，要和高山吟握手，他却不敢和姑娘握手，害臊，不好意思。他没和姑娘握过手。姑娘也只好放弃握手了。为了对高山吟表示感谢，姑娘要把两个馒头和两个鸡蛋给他，他不要；要把身上的水壶给他，让他带水喝，他也没要；给他个遮阳帽，他还是不要。爱说诗的人只说了两句干巴巴的不用客气，应该的，就要走了。

勘探队员们可是觉得不应该就这么让他走了。有人说赠给他一面锦旗吧。他想把那锦旗挂到桦树上，倒也是一道不错的风景，但他还是说不用给他锦旗了，不值得，没必要。后来那姑娘简直急了，说让我给你什么呀？似乎他要什么，姑娘就会给他什么了。但他确实什么也没要。后来姑娘就说给他写一篇表扬稿吧，姑娘是队里的通讯员，还会写诗哪。当终于问出他名字的时候，姑娘简直惊呆了，说，啊，你就是高山吟，高山吟就是你？我读过你的不少诗啊。不怪你的境界这么高。来，怎么也得握握手。

那天诗人真的是跟姑娘握了手了。握手后，诗人简直不知道他的手往哪儿搁了。以后这手写诗是更灵了，还是不灵了哪？姑娘的手太柔软了。

那天，勘探队员们走了。他是一直目送着勘探队员们消失在万绿丛中的。如果有那个望远镜，会望得更远一点，但他把望远镜还给人家了；也正是还给了人家，才有了今天这个结果。想想，丢失望远镜的姑娘，说他的境界高；还要给他写表扬稿，还和他握了手……想起这一切，他偷偷地笑了。那一天他都在偷偷地笑。此后好多天他还在偷偷地笑。他还说了几句诗，冲着远山：

> 远方的姑娘啊
> 你会用丢失的望远镜望我吗？
> 我的眼睛比望远镜望得还远……

17

不出一个月，一家还不小的报纸上发表了一篇文章，题目就叫《固守着青山打造诗的境界》。文章的作者无疑就是那个丢失望远镜的女勘探队员了。内容却不仅仅是表扬高山吟拾金不昧了，而是过多地提到了他考大学落榜后，在青山上放羊，从而大有作为，放羊还写诗，一连发表了近百首诗……

这篇文章发表后，偷着乐的可就不光是高山吟了。好多读者看了这篇文章，都很受感动，就纷纷地给高山吟写信，那信就雪片一般，直接邮寄或通过报社转给他了。其中有一封信，就是发自京东平原的名叫郭大雁的姑娘写来的信。信中说：太爱你的诗了，也太想放羊了；我打算去山里和你放羊、写诗，行吗？

读了那信，高山吟愣了半天，不由偷偷笑了。笑过之后，他又随口说了两句诗：

> 青山张开宽阔的翅膀

欢迎你，平原的姑娘……

又过了七天，那平原姑娘郭大雁就直接找到高山吟放羊的山上去了。她可是没打听，也不是跟着感觉走，她是在山下就见到了那个在山上放羊的、穿红秋衣的青年人，她似乎隐隐约约听见那青年朗诵诗了，她也看到那白云一般的羊群。她站下身来，用手张成个喇叭，对着山头喊，哎，你是高山吟吗？山上的青年马上回答，是！……似乎就这么简单，郭大雁就找到那个放羊的小伙子了。

两人见了面，都不是太难为情，也许那就叫相识恨晚，一见钟情吧？事后，高山吟老想偷着乐。

那天郭大雁掏出一个大本子，那就是见面礼了，本子上面全是高山吟的诗歌剪报；高山吟发表的百十首诗，都在上边贴着，除了配着尾花，还在每首诗的下边写有一段诗评，或叫感言……高山吟翻看着一页页剪报，心一阵好跳，像有一股股涓涓细流淌进了他的心扉，那一刻他才知道什么叫感动、什么叫热心读者吧？望着眼前这位姑娘，他一句话也说不出来了，本该是偷着乐的事，他却扭过头去，要偷偷哭了，大眼睛确实是一片朦胧和模糊了。此时那本子里又滑出一封信来，他打开一看，只见写到：

高山吟：

有一种崇拜也许是无缘无故的，但我前去找你却不是没有原因的。知道吗？我是一位两年前就毕业的大学生，但碰头碰脑找了两年工作，也没有找到。我上大学时借的两万元钱，至今也没还上。靠我们家那五亩麦子地，可能一辈子也翻不了身了。绝望的时候，也可以说是我想寻死的时候，忽然看到了你的一首诗，是你的这首诗唤起了我生的希望，从此我就成了你的忠实读者和崇拜者。只要看到你的诗，我必读五遍以上，并要剪贴下来……但我一直苦于找不到你，不知道你到底在何处？今天我才在报上，正式了解了你的身世……基于此，我才决定和你去放羊的，我觉得，我这个找不上工作的大学生，和你走同样的路，是我深思熟虑后的选择，而不是无奈的逼上梁山——你能够理解和接受我吗？……

高山吟看到这里，觉得没必要再看下去了，于是他二话也没说，就把那个郭大雁，或者说是他的追星族、他的读者、他的粉丝，一把就揽到怀里了，怎么也舍不得撒手了，还说了一句，我可找到你了。

　　郭大雁可是没有单一的陶醉，两眼望着满山的山丹花，随口就说了两句诗：

　　　　满山的红灯笼照着
　　　　我也总算找到你了……

　　高山吟也接着说了两句：

　　　　青山白羊和我一同千呼万唤
　　　　知音终于来到了我身边……

　　高山吟还是有点不太相信他的眼睛，一切都像在梦幻之中，像是蒲松龄写的狐仙之类的姑娘，来到了他身旁。他似乎是想证实什么，不禁喃喃地问：

　　你是郭大雁吗？

　　我是郭大雁。

　　你在哪里？

　　我在你心里。

　　我也早就在你心里了。

　　两个此前素不相识的男女青年，此刻却沉醉在一起了。

　　许久，高山吟指着那个被称为驴本儿本儿石的高大的石头说，你看，那石头像什么？

　　郭大雁定睛一看，显然是被那石头震撼了一下，她几乎是脱口而出，像笔，像一支冲天的笔锋，像一座文昌塔……你看，上面还开着花哪，我知道那是山丹花，因为你的诗里老有山丹花……

　　高山吟听到这里，不是偷着笑，是大笑了，他说，你才是诗人，你的眼睛才是诗人的眼睛。今天晚上，咱们吃炖羊肉。

郭大雁说，明天我就和你来放羊，行吗？

高山吟真正是忘情地把郭大雁拥抱到怀里了。

山丹花像一支支红蜡烛，摇曳在显然比它们逊色的花草间；羊群咩咩地叫着，在不远的远处。

一团轻轻的云雾，神奇地将那高耸的石头笼罩住了，恰似一位披着婚纱的新娘。

一对山鹰悠闲地飞翔。

高山吟不由得啊了一声，那石头上的雾似乎就在他的命令声中散去了，那石头像他刚吐出的一个惊叹号，更像他竖立在那里的一支巨笔。他又偷偷地笑了。他以后不写诗是不行了，不放羊还不行；因为身边的郭大雁就是找他写诗、放羊来了。

远处传来一声火车的长鸣。

一年半以后，高山吟和那位郭大雁的儿子出生了，他们合作的诗集也出版了。他们的羊也越放越多了，不是一群，也不是两群，是三群羊了。他们又雇了两个羊倌，放羊。

据说，高山吟还在北京城的某个胡同里开了一家名叫"北梁头羊肉馆"的饭店。但他不是饭店的老板，他只是给那羊肉馆提供专门吃北梁头的花花草草长大的骟羊。他还是个在北梁头放羊的羊倌。

高山吟还成立了一个叫什么"远山诗社"，他肯定就是诗社的社长了。

高山吟还写了一本叫《羊杂杂谈》的随笔。羊杂可不是化整为零的、煮熟了的羊的五脏六腑和头蹄那个羊杂。借话说，有人杂这一说吧，羊杂就有人杂的意思。无论羊杂人杂，百十篇文章都是谈天说地，论人写物的话题。高山吟写了这么一本书，他的媳妇郭大雁正在给寻找出版社哪。

高山吟更爱偷着笑了。

高山吟的父母抱着孙子，翻着诗集，也爱笑了。

还得回到葫芦瓢

去北京背着个麻袋

一路惹了多少不快

想起来有数不清的委屈

与其在北京凑热闹

倒不如回到葫芦瓢

上山下岭放了十年羊

娶不来半个寡妇

买不了两平米楼房

嘿，相亲不成别难过

山花成了我老婆……

——石间流的顺口溜

种葫芦没种出爱情

石间流站在曙光初照的水缸前，用葫芦瓢舀了半瓢凉水，咕咚咕咚灌了下去，随手把瓢扑通扔到缸里——那一刻他往水缸里一探，照他说他八成是碰上鬼了，映在水缸里的不是他的影子，倒像是山花的影子。由此他联想到他做的一个梦，他和娘说他梦见水缸里长出了一棵翠绿的葫芦苗，开出了一朵雪白的葫芦花，结出了一个金黄的大葫芦。他去摘葫芦，那葫芦就一开两扇门，从里面钻出了一个小姑娘，小姑娘一落地，就变成了亭亭玉立的大姑娘。那姑娘长得还是挺像山花。娘说儿子的话和梦都忒玄乎。儿子说，嘿，我也觉得玄乎，可又像真的一样。

娘的眼前忽然一亮，说，儿子，你这梦是个好梦啊，你今天去北京相亲，还兴许就能把媳妇定下来哩。

定不定下来，我也不心红，一个寡妇家。

你都三十好几了，还想找个大姑娘？

嘿，山花山花，谁知道谁跟了她？

又提那个山花，早干啥了？娘说，饭都做好了，你吃饱饭，准备着赶路。

石间流到院子里拔了一把碧绿的小葱，洗涮了一下，便从厢房里的桌子上抄起两张土豆丝饼，又夹起两筷子香椿芽炒鸡蛋，连同小葱一同卷到饼里，就吃起来。吃着就往门外走，抬眼见他娘站在晨曦里的院子里，拿着一把铁锨。石间流问，娘你干啥呀？

种葫芦。今儿三月初三了。

嘿，今儿又三月三了？娘，我上回去北京，就是三月三，那是十五年前。

说你傻，你记性倒好。

傻瓜傻瓜，我种葫芦顶别人仨。娘，我和你种葫芦吧。三月三，种葫芦挂一千。今天可得把葫芦种上。石间流说着，嘴里还嚼着土豆丝饼，就拿起镐，在院子里刨开了坑。此时葫芦峰上的霞光已经光顾到他家的院里来了，刚出嘴儿的香椿芽红艳艳的，像小火苗。他刨开的坑里射进来一缕缕朝霞的光。娘把葫芦籽点进坑里。石间流还说，娘，你看，霞光都跑到地里边来了，咱俩像是种阳光；阳光洒进坑里，和葫芦籽一起，被土埋住了，可阳光又钻到地面上来了。今年准是个好年头。

娘说你说话又神神叨叨的了，娘听不懂你的话。

娘，听不懂我的话，我就给你说一段顺口溜：葫芦葫芦，揣着明白装糊涂；葫芦上不用刻章，谁的葫芦就是谁的葫芦。

你这嘴倒好使，兴许朝阳那个小寡妇就是你的葫芦？

对她可不感冒。娘，山花，我又想起那年和山花种葫芦的事儿来，倒挺有个意思。

你和山花种了半天葫芦，不也白种了吗？傻二百五，你就不知道姑娘的心思。

我……嘿，那一刻石间流真正是触景生情，就想到另一种种葫芦的情景中去了。

有些话笔者交待晚了，种了半天葫芦，还不知道在哪儿种葫芦哪。这娘俩应该是在葫芦瓢里种葫芦。

葫芦瓢就是他们的村名。这村酷似一个长把葫芦瓢，撇在太行山深处的山旮旯里。小村背靠一座高大秀丽的山，山名叫葫芦峰，活像一个挺立修长的葫芦。葫芦峰下有一道泉水，叫葫芦泉，如果鸟瞰，那泉水流经的形状，像一个仰面朝天的葫芦瓢，伴一条山涧路而去，可就流得远了。村中人家爱种葫芦。夏末初秋时节，那葫芦架上便开满了雪白的葫芦花，挂满了大大小小的青葫芦，从此人们的饭里和菜里就少不了葫芦丝葫芦片葫芦馅了。吃不了的葫芦，老的做成瓢或观赏物或灌水、盛油、装酒的容器，嫩的用特殊的刀子切成条，在六道木棍子上一挂挂晒干，再挽成一把一把的，就像粉条那般，成了冬天的美食。用猪肉或羊肉炖秋天里晒的葫芦条，吐噜吐噜吃得全村人身强力壮。不知是不是吃葫芦的缘故，村里的姑娘大多长得丰乳肥臀细腰，身形像一种亚腰葫芦。山外人尤其喜欢山里姑娘，而本地的小伙子却难免打光棍。当初一个小伙子，有点二百五，三十岁时还没娶上媳妇。有个嫂子和他开玩笑，说是他家的葫芦架上不是挂着十八个葫芦吗，那其中的一个葫芦里就藏着他的花媳妇。他信以为真，就把那十八个葫芦全打开了。结果除了葫芦瓢就是葫芦籽，没找到他的媳妇。傻子顿觉失望，哈哈一阵大笑之后，就跑到村外的葫芦泉跳河去了。结果他从水里拽上来一位几乎是赤条条的白条大姑娘，还活着。据说这救人的小伙儿和被救的姑娘后来就成了石间流的爹娘。

不能说葫芦瓢与世隔绝，但这里也可称世外桃源了。方圆几十里，几乎无人烟。有一条通往山外的山涧道，曲里拐弯不下五十里。靠山吃山，他们代代在这里住着，与山外似乎没多大关系。村中有一口老井，有挑不完的泉水。取火有火石火镰葛绒子（艾蒿），没有取灯（火柴）都行。山上有的是干柴，饭烧得香，炕烧得热。山地里能种出五谷杂粮和干鲜果品，吃是吃不尽的。吃菜有一缸咸菜和一缸酸菜，再加半地窖山药蛋和萝卜疙瘩，就够吃一冬半春的了。有石头碾子可以推面推米，有石磨可以磨豆腐。吃油是山杏油、山桃油。唯独吃盐山里没有，赶上骡驴去山外驮几口袋来，几年也吃不完。他们不吃酱油，吃自己用豆腐渣晒的招了蝴蝶和蜜蜂的黄酱。吃醋有杏醋，吃糖有蜂蜜代替。

———————— 谁解麦浪

平时很少吃肉，到了寒冬腊月，家家杀猪宰羊，肉就吃不完了。葫芦瓢村家家户户都有葫芦架，他们哄孩子总爱说，哪个葫芦里藏着谁的媳妇或女婿。有一回石间流问，哪个葫芦里藏着我的媳妇呀？

山花和他开玩笑，藏着你媳妇的葫芦还没结出来哩。

石间流就说了一句顺口溜，葫芦葫芦，谁的葫芦就是谁的葫芦。

说来，石间流上小学的时候就爱说顺口溜，可上到初中却不上了。他十五岁就辍学了。那年他家分得了十八只羊。他就放开了羊。一群羊拴着他，他顾不得出山。但顺口溜他还是爱挂在嘴上的。那个叫山花的、比他小两岁的同村姑娘最爱听他说顺口溜。常常成心逗他说顺口溜。有一回他说，山花山花，坐着花轿上我家……山花听了这顺口溜脸就红了，以后就有些疏远他了，背地里还说他山呆子，说他说话没深没浅的。可那一回山花分明有意和他套近乎，那是山花的处境发生了很大的改变之后。

那一年的深秋，石间流在色彩斑斓的葫芦峰上放羊。从山外来了一个开着拖拉机的人，那车像个大蛤蟆，蹦蹦跳跳，在葫芦泉边走着，就一直沿着山涧路来到了葫芦泉村。那人叫着收葫芦，收亚腰葫芦。那时节大多葫芦还在架上挂着，秋后的葫芦架很有诗意，叶子干了，藤还连着藤，葫芦一串一串的，有的还碧绿着，大多已变得金黄了。人们把秋天的葫芦纷纷卖给了那个收葫芦的人。谁也不讨价还价，给钱就卖。那人收了满满一拖拉机葫芦，就找了山花家的房子，在里面加工打磨葫芦。那买葫芦的人看似几天没出门，就在屋里鼓捣葫芦。饭是山花的娘给送。葫芦干炖猪肉，烙饼小米粥，吃得挺香。后来呈现在山花娘面前的那一屋子葫芦就让她惊呆了——这个种了几十年葫芦的、风韵犹存的妇女，眼前出现的是一幅幅画。屋中挂满了葫芦，所有的葫芦都变成了一幅画，人物、山水、花鸟虫鱼等，葫芦上全是画。说是那叫火绘葫芦画。山花娘吐着舌头啧啧赞叹这些葫芦，赞叹那个往葫芦上画画的手艺人。后来山花娘就被这个会画葫芦画的山外男子拐走了——是坐着他的拖拉机甘愿与他走的。山花的爹一路追去，却没追上，没脸再回来，就到山外找了个看大门的差事，把山花一个人撂在家里了。

闭塞的葫芦瓢出了女人跟人家男人私奔的事情，让善良的村人们感到脸上无光，简直是一种耻辱。他们骂那个收葫芦的人，以后有葫芦吃不了、用不了，烧了火也不卖给那个山外人。那人不是个好葫芦，谁知道他葫芦里装着拐骗妇女的药啊！

眼瞧着一个好好的家是散了，就像一个大葫芦被砸得四分五裂了。山花成了一只孤雁。山花先是难过得直哭，想起她的爹娘。后来又觉得他爹娘太丢人现眼了，她都不敢出门去了，恨不得钻到一个葫芦里去。待到开春的时候，山花的心情就好转了过来。她打开窗户望着葫芦瓢的山山水水，望见石间流在山上放羊，大嗓门呼唤着羊群，抽着响鞭，有时还说着顺口溜，就感觉生活还是挺有意思的，就想和石间流说说话什么的。那天她在自家的梯田地里转悠着，眼前就全是一架一架的葫芦了。恰好石间流放羊走过来，她就说，石间流，我想把我家的二亩山地全种上葫芦，就靠种葫芦挣钱哪。你就帮帮忙，明天一早帮我种葫芦来吧。

那大早上，石间流就找到山花家的地里，与山花一起种葫芦。他猫着腰，抢着镐，吭吭哧哧地刨坑。山花点籽。葫芦籽像牙齿。山花讲了一个关于葫芦的故事，讲得津津有味的：很久以前，山外来了个白胡子老头，找到一户人家，说是他太饿了，能不能给碗饭吃。那家人刚好捞了一盆小米饭，还炒了半锅土豆丝，就说让那老人先吃吧。他一气儿把小米饭和土豆丝都吃光了。临走他拔下一颗牙齿，说，你们把它种上，以后就有菜吃了。于是主人还真把那牙齿种到了院子里，很快就长出了一棵葫芦苗，很快就爬出了长长的藤，开出了白白的花，后来就结了一架好大的葫芦……从此咱们村就叫葫芦瓢了……

山花说着，她发现石间流并没有听着，只顾了干活儿。山花便生气了说，你听没听我讲的故事啊？要不我再给你讲一个笑话？石间流说，神聊吧！牙齿要成了葫芦籽，长出葫芦来，那我的头发里还不长出森林来？可别瞎说了，快种葫芦吧，种完我还放羊去呢。山花就红了脸说，我和你去放羊，以后咱俩一块放羊吧。石间流说，可不用，还用你？我一个人放羊多自在、自由啊，撒尿都不用背人。山花又说，我要和你放羊，我就不是外人了。他说，你不是外人也是女人，没听说过姑娘和小伙子一起放羊的，拉倒吧。这葫芦明儿个再种，我得放羊去了。那一刻山花的脸更红了，她显然很失望。她说，那就拉倒吧。葫芦你也不用给我种了，你就放羊去吧。却没想到石间流说，不种葫芦也好。想想那个山外收葫芦的人，把你娘都拐走了，这葫芦种着也没劲了。那一刻山花吸了一口凉气，心说，看来你还真是个二百五，还想找个知音和靠山哩，看来你也不是我能够依靠的人哪？那天山花含着泪，把种下的葫芦籽又弯腰扒拉

———————————————— 谁解麦浪

了出来。她不种葫芦了。

石间流没有想到的就是那个结果。后来他后悔了，他知道那一天他和山花种的葫芦没有结果，失败了。即便是被称为山呆子的他也醒悟过来了，山花让他种的是爱情不是葫芦。在那么多年过去之后，在他要去北京相亲之前，他又想到了那次种葫芦的情景。他又津津乐道地和娘说，娘，那天我和山花种葫芦，山花留在地上的脚印，真好看；那天她脱去了花褂子，露出一件粉红色的内衣来，俩妈妈（乳房）鼓鼓的，像一对葫芦；屁股也是鼓鼓的，像个大葫芦；山花的身形好像也有点儿像葫芦……娘说，你就是马后客，当时咋不说山花像个葫芦啊？咋不敢当葫芦摘了她呀？傻瓜。你当初要把山花弄到手，今天怕是你儿子都上学了，还用去北京相亲？

娘，还说这干啥呀，世上哪有卖后悔药的。再说了，我说啥也没想到山花那天就一赌气走了，再也不回来了呀！

姑娘走出葫芦瓢，光棍山外相寡妇

那是在十年前的三天之后，山花把家门一锁，出山去了。山花再也不愿在葫芦瓢待下去了，娘跟人家私奔了，爹也走了，她也打算到山外找事干去了。走到葫芦泉那边，山花不知道怎么就停了下来，就向四周望望，然后就顺手脱下衣裳，跳到泉水里洗澡去了。那一幕让在山上放羊的石间流看见了。占了居高临下的地势优势，尽管角度和距离很不理想，但山花那白花花的身子还是跑到他视野里去了。那一刻他的脸骤然红了，心不是好跳，眼都直了，身子却在打颤……那么白的一个身子，又像一只大白鸟，又像一棵小白桦。他哪见过这种情景啊，当时他就受不住了似的，似乎要崩溃。可他又不忍心把目光收回，还是那么眼巴巴地看着。不看白不看，总也看不够。那一刻他才迷迷糊糊知道什么叫神往了。他管不住自己的青春之泉了，他真想跑到葫芦泉里去，把那个山花扑倒在水里。

可他没敢，他是站在葫芦峰上，眼看着山花穿着花褂子走的呀。那一刻，他还说了两句顺口溜：山花山花，我的媳妇就是她……山花的身影消失了。此后他时时刻刻都巴望着再在葫芦峰上看一回山花在葫芦泉里洗澡的身影，可没想到，他再也没看到过一回。后来他听说山花在城里给人打工哪。后来山花就在山外嫁人了。他石间流失望啊，他算是尝到了特别的失恋的滋味了。失望时他用鞭子抽碎了九个大葫芦，失恋后他到葫芦泉里洗过几回澡。他的爱情春天没来就走了。就那么一晃悠，似乎只是在山头上抽一个响鞭，投一块石头的工夫，他都三十开外的人了，但他一直也没忘记那个叫山花的姑娘。他还梦想看到山花在葫芦泉里洗澡的样子哪。知道看不到了，他就抽着鞭子，感叹，嘿，走了。那以后也有人给他说过媳妇，可不是他不愿随人家到山外去，就是人家不愿随他进山里来。

从此他一直在山里放羊。一群羊拴着他，他顾不得出山。而今天他却是要进城，到山外相亲去呀。种着葫芦，眼前还是山花的影子。他不禁又老调重弹：葫芦葫芦，谁的葫芦就是谁的葫芦。

又瞎说。到了北京，可别随口胡沁。

娘，今儿去北京，我兴许还能见到山花呢。

你又做梦。娘说，快准备走吧，别种葫芦了。

石间流把种葫芦的家伙放到墙旮旯里，脱掉了外衣，甩了两下，顺手挂在一棵刚开花的丁香树上，他又舀了半瓢凉水喝了，说是怕路上渴，说是在北京买根冰棍吃还五分钱哩。娘说你去北京总不能带一葫芦水吧。他说我上北京想把咱们葫芦瓢也带上，然后就奔到一盆洗脸水前，把个脸洗得哗哗不是好响，把平时不刷的两排牙直刷得冒血汤。娘让他把两只大脚巴丫子也搋在脸盆子里洗涮了一番。娘问，我给你找出了三身衣服，你看穿哪身啊？石间流说，迷彩服。

相亲去穿个迷彩服，你又不是个当兵的。

不当兵才穿迷彩服哩。他又说了两句顺口溜，迷彩服迷彩服，可别迷住那个小寡妇。

石间流换上了那一身他当兵的弟弟给他倒腾回来的迷彩服，穿上去倒是挺精神，还像个当兵的人哪。他对着立柜镜子照了照，那椭圆的脸还有几分英俊，那细高的个儿还有几分潇洒。一笑，露出俩虎牙；再一笑，那鱼尾纹就明显地在眼角乱爬。他不禁一惊一乍，嘿，老了！娘，你看我像不像个当兵的呀？我就是要穿上当兵的衣服，让他们以为我是个当兵的，不敢欺负我。娘，当年我去北京，损失惨重，现在想起来还脸红。娘，今天去北京，我还是发怵得慌，因为那回去北京……石间流说着，眼泪花居然就转了。

娘说，儿子我知道你要说啥了，过去的事情就不要提了。

　　　　　　　　　　　　　　　　　　　　　　　谁解麦浪

忘了啥也忘不了过去的事情啊。那久远的事情又浮现在石间流眼前了。

那回他进京，背着大麻袋去卖羊绒，卖了好大的一笔钱，装在屁股兜里，鼓蓬蓬的。赶车的路上，在路边发现了一个卖菠菜的姑娘。他问那菠菜多钱一斤，人家说一毛一堆。于是他就买了一块钱的，十堆，装了一麻袋。那卖菜的姑娘悄悄自语道，这个山呆子。隐约听到有人叫他山呆子，他脸儿一红，头也没敢回。他背着麻袋走着，沉甸甸的，有点满载而归的感觉，这麻袋菠菜比那羊绒可是沉多了。他喜滋滋往家赶，把屁股兜里的钱都忘到九霄云外去了。回到家，还有人说他是山呆子，那人就是山花。山花说哪有成麻袋买菠菜的。他说，山里还没青菜，他想给家家送一捆，尝个鲜。再者，他买这些菠菜，也为了给小羊羔增加点营养。结果打开那麻袋一看，那菠菜都让他的脊梁骨揉熟了，还沾了一丝丝羊绒。

那天光顾了给村人分发菠菜，却忘了那笔卖羊绒的钱还装在衣袋里。他一掏屁股兜，屁股兜却空了。他叫了一声，娘呦天呦，钱哪！？娘凑上前来一看，石间流的屁股兜早被人拉了一个大口子，里面连一个钱毛也没了。他吓傻了。娘还骂了一顿难听的，败家子，败兴鬼，呆子，傻子。他先是不言语，后来就哈哈大笑，就说着一句顺口溜，羊绒一大麻袋，换来一包菠菜。

他醒过味儿来后，说我找去，找我丢的钱去，找那个小偷去！娘拉住了他，说你上哪找去呀？认倒霉吧！那事儿让他受了刺激，缺心眼儿的人更傻了。但他说顺口溜可更地道了，再也不去山外，丢了一千多块！他的心里像装着一团掺了羊绒的菠菜，滋味别提多难受了。

此后他还真再不出门，只在山里放羊。此后他还一分钱也不摸了，一摸钱他就手一激灵，浑身一哆嗦，就惊惊乍乍的，常常叫一声羊绒，又叫一声小偷，总以为钱又丢了。他还习惯性地老爱摸兜，摸遍身上所有的衣袋，恐怕钱又丢了。其实兜儿里再不装钱了。打击有点儿大。在放羊的山上，他冲着北京的方向撒尿、啐唾沫、骂娘，小偷！孬种！

石间流怪自己不该买那一麻袋菠菜，是不是撅着屁股装菠菜时，有人顺手牵羊把他的钱掏走了？他还怪那些公交车，忒挤，是不是在他挤车的时候，小偷悄悄一刀子下去，拉开了他的屁股兜，把他的钱抻走了？后来石间流又怪那个太阳帽。对了，他那天还买了一顶太阳帽。在百货大楼买帽子的时候，那里面也是人挤人人挨人人碰人人蹭人，那可能就叫摩肩接踵熙熙攘攘。是不是在他试帽子的时候，让人家抄了他的屁股兜？此时他站在山上，拿出那个太阳帽，雪白的太阳帽，几次抛到空中，还说是，嘿，就怪你个太阳帽，就不该买你这个太阳帽！

说来他是太喜欢那个太阳帽了。照他说是不喜欢我还不买哩。可回来发现钱丢了，他也就没心思戴那个太阳帽了，扫兴。那天他一个人偷偷把太阳帽戴在头上，顶着一顶大白蘑菇似的。借着泉水他照了一下镜子，感觉挺洋气挺帅气挺俊气的。那一刻他把丢钱的事忘了，陶醉在戴太阳帽的幸福之中。可看看周围，无边的青山，人是一个也不见。这么一来，能看到他戴太阳帽的只有青山白羊了，那一群白花花的羊似乎对他的顶上风光很有几分好奇。那时他也就满足了。那时他真想对他的羊群说，我还去过北京哩。

要说他戴太阳帽的时候，最想遇到的人还是山花。他想让山花看看他戴着太阳帽有多俊。可山花很少看见他，他也很少看见山花。他所到之处，都在寻找山花的影子。坡上山花烂漫，可葫芦瓢叫山花的姑娘只有一个。

石间流想起十五年前的往事，心还有点像掺了羊绒的烂菠菜。但毕竟是过去的事了，还是说眼前的事儿吧。

眼前的好事就像香椿树上那只冲着房门叫的花喜鹊，真的是有点喜临门的兆头了。石间流的姐姐来了信，让弟弟去相亲。这事儿娘比儿子还激动。娘打点了大半夜，鼓捣了一大早，总算把一个大麻袋装得满满当当了。小米、棒子渣、核桃、酸枣、南瓜干、葫芦干、山药干、蘑菇、黄花、木耳、蜂蜜、绿小豆、花大豆、黑豆、苤蓝疙瘩、鬼子姜、腌鸡蛋、煮鹅蛋……还有一包狍子肉干和一包野猪肉干。娘对儿子说，把这点山货给你姐背上。

儿子提了那麻袋一把，说是不轻啊，够我一背的。为啥说娘疼闺女呀！

我还疼儿媳妇哩。娘说着，把一只绿莹莹的翡翠镯子递给他，说，拿好。今儿这媳妇要说个八成的话，就把这镯子给她。这可是传了好几辈的宝贝，这镯子都一百多年了。

他嘿嘿一笑，露出俩虎牙，说，我可不拿它。你打我拿手铐子，铐媳妇去了？

傻话，拿着。没个见面礼，白相人家媳妇！

他把镯子接过来，问，娘，把这镯子缝上点儿不？娘说缝就缝上点儿，别丢了、摔了。穿着缝，没人疼，脱下来我给你缝上。娘就拿过石间流的迷彩服上衣，一针一线地把那翡翠镯子缝在了衣袋里。还又叮嘱，这镯子可不能轻易掏出来送给人家，没个小九九，这东西不能拿出来。他说知道了。

娘又拿出了五张百元大票，揣入他的迷彩服口袋，又拿出针线，缝了一遭针脚，说，可小心丢了，又拿出一沓零钱，说，这个，留着零花。

他说，拿这么多钱干啥？

穷家富路，拿着吧。眼下，咱手里的钱也厚了。你自个儿挑着，买身衣裳，这旧不叽叽的迷彩服，穿着也不时兴了。别老是一副山呆子样儿。

我明明是山呆子，还有假。嘿，谁不得叫山顶洞人祖宗啊。我×。

你呀，往后说话少带这口带语儿——难听的。

嘿，带个嘿字也不行？

说话带个嘿字，不知道的人还以为你是招呼羊哩。

嘿，不由得。老用这个嘿字赶羊、拦羊，成了口头禅了。石间流说，娘，我去北京两天，这羊可就交给我爹放了。你可叮嘱他几句，别把羊放瘦喽；我那羊鞭子好使着哩，可别让他给我弄丢喽。嘿，我那放羊的鞭子，啪啪一响，那羊咩咩，就得听我的。

羊你就放心吧。要紧的是，出门多长心眼。你十几年没出过门了，要多留神；在家连个针头线脑都不用你买，出门花钱也掂量着点。

我不会白给人家一分哪。他嘿嘿笑着说。

娘说，那就走吧，赶早不赶晚，别误了火车。

公鸡和喜鹊叫得更欢了，朝霞也更红了。山呆子用牛皮绳将那麻袋一套，就背在了肩上，这种简易的背法叫套背狼。他背了那鼓囊囊、沉甸甸的麻袋，走出家门，走在群山环抱的葫芦瓢的村路上。

葫芦瓢也算个秀丽的山村。但村中并不见几个人影。百十所青瓦房，错落有致不小的一片，但大多的门上着锁，烟筒并不冒烟。这葫芦瓢原来有百十户人家，后来大多跑到山外打工去了。石间流却是花岗岩脑袋榆木头，顽固到底，不出山。照他看来，天底下哪也不如葫芦瓢好，到山外干啥去呀，喝西北风都找不着方向，都嫌汽油味，吃草根都不知上哪疙瘩挖去。所以他死守着青山不走，死攥着牧羊鞭不撒手。听说他放羊是挣了不少钱的，但他不知到底有多少。他只知道年年桃花红后，梳一茬羊绒，剪一茬羊毛，那羊绒羊毛都是他爹亲自过手卖；年年杏叶红后，卖三二十只肉羊。卖的所有钱，都由他娘清点后，放在一个大肚小口的坛子里，用一块石板一压，放在一个谁也发现不了的旮旯里。那就是他们的家底了。很早以前，他们家就被评了个万元户。后来就不知道他们家到底是几万元户了。但在他的眼里，他的一群羊就是一群银疙瘩，一片雪花银。他啪啪一抽鞭子，钱就来了。但有时他也想，挣钱干什么去呀。那时娘就告诉他，攒钱为给他娶媳妇。没有钱谁给媳妇啊。于是娘就四处托人，八方求亲，做梦也想给石间流娶上一房媳妇。

石间流路过葫芦泉的泉眼时，那从山石里汩汩流淌出来的水花撞击着他的心头——他们的老祖宗怎么发的家呀？就是在二百年前，一位姓石的光棍，在葫芦瓢放羊，有一位过路的姑娘从此路过，那羊倌就扑了上去，就强行那姑娘当了他媳妇，就在葫芦瓢生儿育女了。就有了一个一度再度很红火和富有的葫芦瓢村。而今这葫芦瓢村风水没变，人却是变了，大部分都到山外给人打工，漂泊他乡混饭吃去了。撂下的葫芦瓢村眼瞧着是荒凉了，可石间流却住下的坡不嫌陡，还要在葫芦瓢村生活下去。他曾经想，要有老祖宗那样的本事，抢她个姑娘到山里来，再振兴葫芦瓢村。可如今抢亲是怎么也行不通了，但他的确没少琢磨，娶个媳妇在山里繁衍后代。最初的梦中情人是山花，可山花屁股一扭跑到山外去了，他也就不再做山花的梦了。

如今姐姐来信让他去相亲。他忸怩了半天，推辞了半宿，还是决定去相亲了。

车轮滚滚哪里去，傻子弄了一肚子气

山呆子平时爱背篓子、背干柴，很少套背狼背麻袋。今日背这麻袋似乎也不新鲜，稍有新鲜感的是，那麻袋上面用野鸡翎当毛笔写了三个大字：石间流。这字写得很有力度，立体感很强。这字是他爹写的。那天娘发现了儿子背的麻袋上有几个过于显眼的大字，便说是不是不大合适，怕招眼的话就换个麻袋。石间流却幽默地说，不碍事啊娘，我背着自己的名字上北京，全北京的人都知道我叫啥了，我要是丢了，还好找我哩。

山呆子走在一条弯弯曲曲的山涧路上。这山涧路算不得什么公路，但由于有山外人盯上了山里的山货，免不了有一些善于爬山的吉普车从山外开来，鼓捣点能赚钱的东西再到山外去卖。不过，平时这路上很少有车来往，所以出山的人们都习惯了"11路"——步行。那山呆子腿长、脚大，走点路也不算啥。

谁解麦浪

他磕磕绊绊走着。一只手却总捂着那迷彩服的衣袋，似乎怕那钱和镯子丢了似的。他还一劲嘟哝，拿这些钱，干啥花呀？不如少带点，省心。正往前走时，忽听后面一阵呜呜的车响。他一阵惊喜，心说，来车了，搭个车出山多美！转眼间，一辆大屁股吉普车就开到他跟前了。那司机探出头来，热心地说，搭车走吧。他心说，这回可碰上好心人了。司机把车停下了，问他去哪儿，他说去火车站。那司机就说，上来吧。他高兴得直说谢谢啊，便撂下麻袋，拉开车门，往车上塞；麻袋上了车，他也钻进了车。车开动了。他美不滋儿的，有几分悠然，心里还嘀咕，这个司机可不赖，今儿这运气可不赖。

这么想着，他又想到了十多年前出门，恰好赶上了一辆拖拉机。那拖拉机司机也够热心肠，让他搭了车，还和他搭了不少话。他下车的时候，从书包中捧出几大捧核桃，哗啦哗啦，往拖拉机的车厢中一放，算是对那司机的答谢。

而今又碰上这么个好司机，回头怎么报答呢？他眼珠一转，有了，还是老办法。他悄悄解开麻袋的口绳，一样样捣腾出几样山货，装了大半塑料袋，又将口捆了，然后有几分不好意思地说，师傅，我搭你的车，也没啥好报答你的，这点山货，你就收下吧。

那司机并没有回望他一眼，有几分自然却又不大自然地说，山货你留着吧，我不需要。不过，坐我这车你总不该白坐吧？我们开车的也不容易，你就掏八十块钱吧。

一听这，那山呆子激灵一下，并不由自主地自语了一句，还要钱？到车站八十块？

司机说，你以为我白拉你，我凭什么白拉你呀？这年头哪有免费的午餐哪？咋着你也得给点儿油钱哪。

那……山呆子的脸都吓白了，我不坐了。让我下去吧。山呆子拉开车门，就要下车。

那司机一听这话，大为恼火，但又强求不得，只好停下车，从车上跳了下来。他窜到那山呆子面前，说，你以为这车就白搭了。甭费话，掏五十完事。

山呆子忽然发现，那司机的手中晃动着一把雪亮的匕首，他立刻吓出一身冷汗，脸也黄了，见这阵势，又见四处无一人影，自知不是对手，也自知有所理亏，谁让你图便宜，上人家车了哪！干脆认倒霉，给他俩钱吧。心疼是真心疼点，可也只好出了血，才把那司机打发走。

他一阵无名火起，拣了块鸡蛋大的石头，冲着远去的吉普车就抛了过去，并骂道，我×！财迷！憋了一肚子气，又背起那鼓鼓的麻袋，气鼓鼓走着。望着那从葫芦泉里流出来的泉水，还有满山的山桃花，他的眼前就又多情地浮现出山花的影子。心说，山外的人这么爱财，你山花不会因为钱犯难吧？

他出了一身臭汗，气喘吁吁总算到了沿河城火车站。刚要喘口气，传来一声汽笛响，他一回头，发现从山洞那边钻出来一辆墨绿色的火车，摇摇晃晃地就停在了他的眼前。妈呀，火车来了。差一点没赶上车。车门打开了，他似乎才发现那打开的所有车门前，都有一群拎着大包小包的民工模样的打工族，蜂拥而上，把那车门都包围了。他就背着大麻袋，颠儿颠儿地向火车跟前跑去。但跑到车门跟前后，前边的人分明是挤挤插插的，他想上却挤不上去，于是又换了一个车门，可还是没挤上去，挤出了一头汗，还嘟囔了两句，嘿嘿。他似乎要用那嘿字把前边的人驱赶到旁边去，也好让他上去，可他眼巴巴望着那车门，仍旧是想上可又难以挤上去。列车员还一再说，真的挤不上去了，实在是挤不上去了。哎呀，要不大伙儿就再挤挤，挤不上去就走不了，就再挤挤吧。但那天的石间流终归是没挤上去。那火车叫了一声，就摇头摆尾地开走了。石间流背着个大麻袋，像个大蜗牛一般愣在那里，后来又连连说着嘿，觉得就没路可走了。这可咋办哪？还真是车到山前必有路，这时就有一辆破旧的面包车从后面开过来。有个大白妞直在车内冲着他叫，去河滩去河滩，没上去火车的坐我们的汽车。

有救了。坐啥车不是个去北京啊，到河滩就快到北京了，河滩是门头沟最繁华的城区地带。于是石间流就摆着手问，坐你的车多钱哪？

大白妞说，十五块钱一位。这包也拿十五块钱块。一共三十块钱。

三十块？我×！他吓了一跳。

干嘛骂人你？嘴干净点好不好！大白妞说。

我……他又差点说声，但马上改了口，只说，嘿，票价这么贵？

贵？嫌贵？这年头啥不贵呀！大白妞说，三十块钱拉你一百多里地，还贵？快上车吧，不然，你就得明天再进城了。

想想也是，那山呆子只好上了车，却嘟囔道，十五年前，我坐过这辆车，才三块钱的车票，包儿还没要钱。

大白妞售票员笑了，那是老皇历了。当时一斤羊肉几毛钱，现在一斤羊肉

谁解麦浪

可好几十啦。啥都贵。

石间流听着，忽然嘻嘻笑了，还说了两句顺口溜：这贵那贵，还不是让我多消费……掏钱呗。逗得一车人哈哈直乐。

哼，这小公共的票价，且算便宜哪！想坐便宜车，当官儿啊，那官儿坐再高级的车，也不用自己花一分车费。

我就是个官，羊倌。石间流笑嘻嘻说，闹了半天，我以为三十块不少，连一斤羊肉也买不了。赶明开车去葫芦瓢，炒羊肉，管饱。话说到这了，麻袋还要票？

一码说一码。售票员冷淡地说，三十。

石间流就不言声了。给那麻袋打票，他真是舍不得，实在太心疼那十五块钱。早知道这样，倒不如别带这袋子山货。可是，无论说出什么话来，那售票员也没开恩，还是用红红的长指甲，收了他三十元钱。他掏了钱，感觉有点晕乎乎，心空落落的。只怪今儿运气不顺，坐个车遇上这多麻烦，真是没想到。早知道这样，倒不如别出门的好。坐这车那车，哪敌甩着鞭子，甩开大脚丫子，满山乱抽一气，乱跑一气，抽得羊儿咩咩叫，抽得白云满天飘……那才痛快哩！可是，今儿这事又哪能不去？为找媳妇，还怕花俩车费钱？他的脸灰秃秃的，却又自语一声，嘿，这事闹的。坐了火车多好。

他气得直颠了几下屁股。心说，掏了三十块钱呢，坐塌一个座位也不值！这时车上就有几个人前后脚打开了报话机（他以为手机就是报话机），那报话机一劲儿报告，我上车了啊。他却没有报话机，他若有报话机，也给他娘报报这半路上的所见所闻。也不知那报话机得多少钱一个，卖一斤羊绒够不够买一个报话机。想着，他便猛然打了个喷嚏。

羊羔挨宰多忍耐，梦中情人冒出来

总算晃晃悠悠到了河滩，天气不知道什么时候已大变。眼前雾气沉沉的，灰突突的，蓝天早不知道哪里去了，空气里弥漫着一股子烧胶皮的味道、燃汽油的味道，还不知道有什么味道，似乎连大便的味道都有。这空气呛人哪，一时间他连嘴都张不开了，啥味儿啊？

闻着这空气，就喘不过气来，想咳嗽，心里像堵上了一团团烂棉花。有行人说这叫霾，雾霾。石间流也就知道这是雾霾了。他在山里是很少见过这种所谓雾霾的东西的，但他在大山里可是没少见雾，那些雾是白的，干干净净的，像仙女穿的纱，飘来荡去，云雾缭绕的，很有诗意。而眼前这霾可就不然了，就像小鬼一样包围着天底下的人群。于是有人就拿出了口罩，就捂住了鼻子。石间流不是活得在意的人，但那一刻他在这雾霾面前却有点儿招架不住了，刚才就有点儿感冒的征兆，这会一下车，已是头晕脑胀，鼻涕横流，站立不稳了。他背起那麻袋行走的时候，身上如压了块巨石一般。他叹息了一声，嘿，今儿是感冒了！

铁打一样的羊倌咋就感冒了呢？他可不是那爱感冒的人哟！大雪的天，他时常把棉袄或皮袄脱了，给羊羔披上，也没感冒过。大雨的天，不知多少回把他淋成落汤鸡，也没感冒过。长这么大，他几乎不知吃药是个啥滋味。可今天，不吃药，怕是顶不住了。涕泗横流，喷嚏震天，浑身发热。不弄片药吃，哪好见对象去呀！初次相对象，就给人个病秧子看，岂不晦气！倒不如吞几粒药片，把这病顶回去。可这药又去哪儿买呢？于是，他就抻了抻脖儿，清了清嗓子，尽量学着北京口音，问一个路人，这感冒上哪儿去治？那路人便说，跟我走吧。坐车一站地，下车不远就有医院。

好容易来了一辆公共汽车，可车上的人满满当当的，似乎连个针都插不进去。石间流望着那车，想拼命挤上去，可看来是挤不上去了。他慌慌张张地奔到了车门前，但车门打开后，人家都跑到了他前面，他只能望着人家的屁股，又无力闯过人家的屁股，可又想这样不行，得挤，就得挤上去。他几次试图要挤上车去，但居然被人挤下来了。那个售票员说，你背着这么大的麻袋，你挤不上来的，你就等下一辆吧。

他又等了两个下一辆，每辆车都是那么拥挤，想松松快快上去，似乎是不可能了。他叹息着，这城里咋这么多人呢？咋哪里也是这么多人呢？咋就没有一个人少的地方呢？那会儿他还想到了他在葫芦泉放羊的情景，那是个什么情景啊？百八十里地的山场一望无边，全是我石间流一个人的——这倒好，城里人多得像一锅粥，像插牙子放的老玉米，一个挨一个，挤得慌、憋得慌、堵得慌，心都窄得慌。他又想到了他那群羊，这城里人就像夏天的山羊或绵羊，都扎成一个疙瘩了，这个挤呀！他在山里哪挨过这份挤呀？他还心说，城里挤成这样我还来凑啥热闹，还来挤个啥劲儿呀！可那天那辆车他又必须挤上去。他不挤上去他今天就相不上对象了。

谁解麦浪

这车真是不好往上挤呀，你推我搡的，后边的人不顶前边的屁股，就挤不上去。他背着个大麻袋，上那挤挤插插的公交车就更费劲。多亏他有把子劲，他还真挤上去了，挤上去他就举了一枚亮晶晶硬币，直说是，买票买票！售票员扫他一眼，又扫了他手中的硬币一眼，说道，坐没坐过车呀？

他说坐过呀。他还心说，哼，你以为我没坐过车？十五年前我就坐过车。

售票员说两块一张。再给那包买一张，总共四块。

这么贵？我上回坐才一毛钱。

这时就有人笑话他山呆子样儿。他也意识到自己又犯傻了，赶忙掏钱买票。却又埋怨自己，一站地四块钱，还不如走着合算哩。他是分明听见有人说他是傻子了。他想骂人家傻子可是他没有。他嘟囔了几句顺口溜：北京人都爱叫人家傻子，其实自己才是傻子；傻子人才骂人家傻子。

总算出了乱哄哄的汽车，进了乱哄哄的医院，总算到了挂号处。他说是要挂号，那白脸白身的姑娘便说，挂个专家号吧，十块。

十块？这么贵！但他还是鼓足了勇气，递进十元钱，却又心疼万分。

那专家大夫给他看了一下嗓子，又量了一下体温，还问了他几句什么话，然后就划划拉拉给他开了一纸药方。他去划价的时候，可傻眼了！药费总计四百八十八元！他几乎被吓瘫了，说，妈哟，我的天爷，这不是要我的命吗！他说不买了不买了。这药我可吃不起！说着，逃难一般，跑出了医院。好在，他的麻袋没撂下，怕丢了，一直背在身上。

那划价员直叫他，却也没叫住他。

他一气跑出了二里之远，还一劲儿地回头望，生怕有人追上来，向他要那四百八十八元！而这时，他的病情似乎有几分好转。多亏了那一身汗哪，要早背着口袋跑二里地出一身汗，不比上医院吓出一身汗好。他心总算平静了一些，那肚子却空了。到姐家还远，不如先吃些东西。忽然就想到了他十多年前吃过的一种饭，叫牛肉面，那面不贵，却辣乎乎、香喷喷，吃了痛快。于是，他就想吃那么一碗面。吃了面，不但管饱，还发汗；再出一身汗，那感冒说不定就全好了。

进了一家饭店，山呆子依旧背着他的麻袋。他向那大厅里扫了一眼，只见那厅内有十几张大桌子，大多数桌子前都围满了红光满面的食客。那桌子上大多堆满了山珍海味，美味佳肴，人们不像是在吃饭喝酒，而像是在吆五喝六地打架，明明是在吃喝，却还嚷嚷着吃呀喝呀，乱哄哄的让人看了心烦。他知道那些个人恐怕是当官的多。他自然不敢往那人群里走。他只悄悄地，似乎有点见不起人的畏缩之感。他走到柜台前，冲一位红旗袍白围裙的姑娘说，师傅，来碗牛肉面。

二十块钱一碗。

二十块？他不禁吃了一惊，我当时吃是两块一碗哪。现在这么贵！

贵？再还有这么便宜的饭吗？要不，来半斤肉饼，才十五块钱。

哟，我……可吃不起！他直抓挠着头发，有几分尴尬。他又问摊鸡蛋多钱一盘？

香椿摊鸡蛋，二十五一盘。

他说你打我吃金蛋哩。他又问刷（涮）羊肉多钱一盘啊？

小姐笑了说那不叫刷羊肉，那叫涮羊肉，涮羊肉不论盘，论锅，论盘，锅底费是二十，一盘羊肉三十，你一人吃不大上算。要不你吃一盘炒面吧，大盘是二十五，小盘是二十。

哟，一盘炒面要二十？这是啥价呀！我……我 ×！

干吗你？怎么骂人呢？那小姐红了脸，也翻了脸，直冲柜台内的一位胖子说，老板，这顾客骂人。

眨眼之间，胖老板便窜了出来，直说是，穷光蛋！吃不起饭你滚蛋！还敢骂人？哪来这么块料啊！人大代表都说物价大大回落了，你还跑这儿嫌开东西贵了！这他妈年头多贵的东西都有人买，拍卖天安门城楼子都有人要！你他妈吃不起一碗面，算你没能耐！你他妈背个大麻袋进来捣什么乱哪？

山呆子听了这话，气得脸都黄了。想和那老板干一架，却又没敢。想和那老板说，你以为我穷，我家里有几万块钱，一大群羊哩。你不就是个开饭店的吗！但他觉得那老板不是个东西，他也就不想和那不是东西的人理论什么了，就那么很扫兴、很狼狈地跑了，一路叫着嘿，还又说着我 ×。

正是饭点的时候，尽管闹了一肚子气，他还是觉得想吃东西，想吃牛肉拉面，于是凡见着路边有拉面的招牌，他都要打听一下，可打听来打听去，那条街上下了二十块钱一碗的拉面没有，他索性一下狠心，一赌气，在一个拉面馆里充了一回大方，说，来一碗牛肉拉面，一盘小葱拌豆腐。

他眼瞧着有一位男人从冰箱里拿出了一块半冻不冻的豆腐，放入盘中，抓入几个葱花，就用油乎乎黑乎乎的大手抓那块豆腐去了，抓得还挺来劲儿。石间流看着，一下子站了起来，说，哎呀，可别用手抓呀，那还咋吃啊。人家说这就叫手抓豆腐。他说恶心，你别抓了，这大脏手抓豆腐我可吃不了，退了吧。

你他妈事还挺多。这句话是那个穿白大褂的胖子嘟囔着说的，但他还是听见了。胖子本来是求了他，我给你换一块，你自己拌。

石间流说不用了，还是退了吧。这回那胖子可是恼火了，但没说什么，就到后厨去了。他隐隐约约听到，里边的另一个男士说那胖子，你他妈撒尿也当着客人的面，不会在后厨拌好了再端出去？

此后石间流可就不知道后厨发生了什么。笔者是真知道发生了什么。那个胖子居然把三半碗刚收回去的剩牛肉拉面，归在了一起，兑在了一起，搅拌了几下，又兑了一勺子开水，加了几片香菜，还真正地把一口唾沫喷了进去，就大摇大摆地端出来了。

石间流望着桌上的牛肉拉面，那是一个好大的黑色大海碗，汤汤水水的，不见多少面，也不见多少什么牛肉，香菜也是那么可怜巴巴的几片叶子，还一点儿也不绿，但香味儿分明是有的。他端过那一碗面，就呼噜呼噜吃了起来。头几口倒是挺香，再吃就觉得不对味儿了，剩面味儿，且一点儿也不热，冷不叽的，面条还短，半截子，长短不一，七长八短的，糟不叽叽的。他感觉到这分明是人家吃过的剩面，又当新面给他端上来了。他意识到不对味儿后，冲着店里的人说，你们这面，是不是剩面哪？

那胖子说了一句，什么剩面哪？

兰州拉面我也不是没吃过，当时才三块钱一碗，可那一看就是刚出锅的面，你们这面叫我说就是人家吃剩下的。

胖子说，你也甭这么事多了，这面就白送给你吃了。

你……你是不是以为我是叫花子呀？我也没说不给钱哪？我再傻，也知道这是剩面哪。你以为我没吃过牛肉面？那一刻石间流望着那个盛面的大黑碗，感觉眼前的一切比那碗还黑。他想把那大黑碗摔碎，可他没敢，没好意思。他的眼泪可是啪啦啪啦掉到了那半碗汤汤水水的所谓牛肉拉面里了。他不由骂了一声，起身走了。他把二十块钱扔到柜台里，含着泪走了。

山呆子闹了一肚子气，跑到马路边的一棵槐树下，躲着去了。委屈！气愤！

他想骂人！那满街的人满街的车，他看了什么都没好气。他恨不得立刻挥动他的牧羊鞭，逮着什么就狠狠地抽什么一顿，也解解恨，解解气！呕哇呕哇……他恶心，想吐。刚才吃的那半碗牛肉拉面，像是吃进去了半碗蛔虫，比那还恶心，他想把它吐出来，把那坑人的牛肉拉面吐出来！于是他一阵没好气，他就狠狠地向地上啐了一口——呸！刚要走去，却有人拦住了他——把痰擦净，再交五元罚款！

山呆子又呆住了。无可奈何。他只好背着个麻袋，蹲在地上，乖乖地把痰擦了。他不想交罚款，无奈还是把五块钱给了人家。可是他……这个放羊的山呆子，此刻却觉得城里就像一碗糟糕的面条。嘿，如果不是为相亲，八抬大轿抬他，也不到这地方来。

放羊多好！羊铃叮当羊鞭啪啪羊群咩咩。

我是山呆子命！这城里不是我待的地方。

一阵子难过，他就哭了。我×，一碗面，一口痰，二十五元！叫什么牛肉面，比蛔虫还讨厌……想到此，泪是一个劲地往下流，好在泪珠子掉了半地，没人与他要钱。

没好来气的时候，尿却又来了。憋得直难受，膀胱都要崩裂似的。活人总不能让尿憋死吧，可这泡尿往哪儿撒呀！他夹着一泡尿四处找厕所，找了八圈却没找到尿的归宿。总算在一个铁路道口发现了一个简易茅房，他急急忙忙钻了进去，却被一个比他还爱财的铁路警察拦住了，说是让他交一块钱。

我×！撒泡尿还要一块钱？穷疯了！他不想交那一块钱，可不交，那尿又没地方发泄。他只好在掏家伙前，先掏出了一张钞票。往红砖上滋着黄尿的时候，他就又想到了放羊的高山。那多自由啊，往那高高的山顶儿上一站，痛痛快快尿吧，任凭溅湿了蓝天白云，打湿了红花绿草，也没人要一分钱。这倒好，撂下一泡尿，先得掏钞票。

他从厕所出来，兴致更加索然。不怪自己山呆子，却怪这地方不顺眼。什么都贵，干什么都要钱；可见这地方不是穷人待的地方。从前，他没发现自己穷，也没嫌过东西贵，而今却不然了，只这半天时间，他就怵了，怕了。他简直不知道下一步该干什么。他活了三十多岁，也没受过这么大委屈呀！闹了半天，在这城里遛马路，比在山里放羊还不好受。城里人过日子，八成比乡下人还不容易。看着东西不少，可买哪个，哪个也不贱。到处都有无形的刀子，随

　　　　　　　　　　　　　　　　谁解麦浪

时都有可能"宰"人。羊被宰的时候，叫个惊天动地；人挨"宰"的时候，却只能默默无语。嘿！

也就在那一刻，他被一双目光盯上了，说盯上了他，倒不如说盯上了他身上的麻袋，或曰那麻袋上的一行字：石间流。那目光发现石间流的刹那，谁也读不懂那两方窗口里的内容。说老乡见老乡，两眼泪汪汪吧，那泪又没有出来。那目光也许想躲开石间流，但犹豫了片刻，还是追着石间流不放。那目光就是山花的目光啊，就是那个在葫芦泉里洗澡被石间流看见的姑娘，就是那个到山外打工又嫁到山外的姑娘。此时那姑娘其实早不是姑娘了，但她的手里却领着一个小姑娘。那小姑娘也许是她到山外去的最大收获了。她领着那小姑娘就奔石间流去了。她肯定有几分不好意思。有几分憔悴的脸那一刻却红了。石间流只顾背着麻袋走着，根本没有发现她。是她主动走上前去，和石间流打开了招呼。她没叫山呆子，也没叫石间流，只嘿了一声，又嘿了一声，嘿，你干吗去呀？石间流不知道是在嘿他，当他认出对面的人是山花后，他的脸也红了。但他毕竟是石间流啊，他人呆嘴不笨。当时他真有点喜出望外呀，真没想到会碰上他总想见到的山花。山花还是问他，干吗去呀？他说不赶马去，驴也不赶，他在赶路。闹了半天，山花还是不知道他干吗去。后来山花就知道他干吗去了。山花红着脸说你还没结婚哪？他说谁跟我个羊倌啊。他指着那小姑娘问，你的闺女都这么大了。山花就点头。那小姑娘却比她的妈话多。石间流很快就从小姑娘嘴里得到了山花目前的处境。

小姑娘说她妈妈被她爸爸给抛弃了，就是离婚了。她爸爸其实早就不喜欢她妈妈了，说她妈妈说话侉，山丫头，嫌她妈妈不爱洗脚，挣钱又少，又不会能说会道，说他爸爸还经常和她妈妈打架哪，还骂架。说她爸爸还有个比她妈妈年轻漂亮的女人哪。后来就和她妈妈打离婚了。房子也不让她妈妈住了，她妈妈的临时工作也没了，租房子都租不起。后来妈妈就给人当保姆去了，吃住在人家。可人家后来嫌弃妈妈，妈妈也就不给人当保姆了。

石间流听了娘俩的一番话，心里头还真不是个滋味。他说我就知道城里的好事该不着山里人干。他问那山花，不当保姆以后你干啥去呀？山花反常地哈哈大笑了，我回葫芦瓢放羊去呀。石间流还真没把她的话当真，只说，瞎说呢吧？山花的脸上似乎有几分无奈。山花想和石间流说，回家去吧，可山花哪还有家呀。当时她一阵难过，眼泪花转了。石间流望着山花，说，老乡见老乡，两眼泪汪汪。你这是哭个啥劲啊。

没事，我走了。山花起身要走，却被石间流拦住了说，你这是着啥急呀，哪就在城里和你碰到一块儿了，做梦都碰不上你呀，嘿。石间流把麻袋放到一个地方，说，山花，你要不嫌弃，就拿点山货吧。

山花问，什么山货呀？

石间流说，杂七杂八的，葫芦瓢还有个啥山货呀。你就各样抓点儿呗，给你闺女吃。

小女孩就说，谢谢大爷。大爷，我听我妈说过您，说您爱说顺口溜，是吗？大爷，您就给我说一个顺口溜，行吗？

石间流笑了说，顺口溜顺口溜，都是瞎胡诌。

小女孩可是笑得春花一般灿烂了，说，大爷，您真会说，再说两句。

石间流也笑了说，那我就再给你说两句现成的，葫芦瓢葫芦瓢，舀上小鱼三五条……问问你妈，她在葫芦瓢里舀没舀过鱼呀？他想说一句，你妈还在葫芦瓢里洗过澡哩，却没有说，赶紧咽了回去。

山花听到刚才的顺口溜，脸顿时就红红的，像含苞欲放的山杏花，挂着露珠还带着风，颤悠悠的。那一刻山花想哭，又想笑。那一刻山花肯定想到了家乡的葫芦泉、葫芦峰、葫芦瓢。她冲着石间流说，间流，当时都说你是个山呆子，可你放羊放得，嘴皮子倒更利索了。这顺口溜把我的心都说得发痒痒似的。

石间流说，那你就是想老家了呗，我会说个啥呀？我就会说几句顺口溜。我也不会学你们城里说话，赶马呀赶驴呀的，我只会说干啥。石间流说着，便从麻袋里倒腾出一堆山货来，那也真是慷慨解囊了。山花连连说，可要不了这么多，真的，石间流，你给你姐带去吧。我真的特别想吃老家的晒葫芦条，我就拿两把葫芦条就行了。

各样拿点儿，啥好东西呀。说着，石间流把三把成捆的葫芦条都递给了山花。他的手碰了一下山花的手，还有点儿不好意思呢。不好意思之后，他却又随口说了两句顺口溜，山花忘了葫芦瓢，倒没忘记葫芦条。

山花依旧红着脸蛋说，谁说我忘记葫芦瓢了？我还说什么时候回去看看呢。

小女孩说，妈，我也去。

你得上学，放了暑假再带你去葫芦瓢。

谢谢妈，小女孩说，妈，我还不知道老家的葫芦瓢长得什么样呢？

山花说，石间流，你多会回葫芦瓢啊？

明天，赶早火车。石间流说，嘿，这城里到处都是雾霾，我还真受不了，早点儿回去比啥都强。得了，我还得赶路，你娘俩也回家吧。

山花草草和石间流说了几句话，就领着小闺女走了。再不走她就哭了。石间流见她走了，就想去追她，就怕十年八载又见不到她。但他没去追她。盯着她的背影，石间流发现她比以前还丰满了哪。后来石间流反复自语，碰上她了，她离婚了……石间流的心似乎再也平静不下去了。但他还有两件事要办哪：一是推头刮脸；二是买一身衣裳。他忽然想要是让山花带着他去买衣服，多好啊。想到那一刻，那背上的麻袋就轻松了许多。可一想到山花，他的心情又沉重了许多。他叹息了一声，山花离婚了。

差点上了小姐姑娘的当，山花要回翡翠镯

石间流意外地碰上了山花，心头的波澜就像葫芦泉一样哗啦啦流淌着。此时山花走了，他有一种失落感。他一时间不知道该干什么去了。抓挠着头发，他很后悔不如先去理发了，刚才蓬头垢面的碰上了山花，山花非得笑话他，这会儿什么也别干了，先去理发吧，于是就奔了一家发廊。那理发员很性感。他平日里少见女性，而今见了这女人，脸红脖子粗，浑身不得劲，出气都是粗的。

大尖指甲肥皂沫，搬过他的头，搓了一个够。然后又问他，要什么发型？他说随便；又说，头发发柴、不黑，染染吧。他还说随便吧。于是，那女人可就随便地操练了起来。头发像打了一层沥青，一条一缕，看着怪恶心。刷完了，说让他等半个小时。这回，他似乎明白过味来了。他有几分后悔，说是这么长时间，不如别染了。

那小姐说染染漂亮，大哥。他终于笑了一回，说，那就漂亮一回吧。那头发经吹风机一吹还真比老鸹毛都美丽黝黑了。照镜子的时候，他又打了一个喷嚏。那小姐说大哥你感冒了吧？我给你做个保健吧。他说做啥保健哪？小姐说干脆你就做个大保健吧。这会儿正好没人，走，进去做吧。他说我这身体棒棒的，做啥保健哪。那小姐说身体棒才做保健哪，走吧大哥，我陪陪你。到里边

解个闷，开开心。我把门插上，你放心。他就如陷在云雾之中了。那一刻他就不知道东南西北了。似乎这保健不做是不行了。于是他就鬼使神差跟那小姐钻到里屋去了。小姐说让他脱了吧。他不知道脱啥。小姐刚一拿避孕套，他没被吓一跳，因为他没用过那玩意；小姐一扒拉乳罩，露出隐隐约约的乳房；又一扒拉裤子，暴露出半拉屁股，可就吓了他一跳，脸早臊红了。他知道那不是他看的地方，他知道他进这个地方是进坏了。这到底是啥地方啊？他咋进了这么个地方啊？他要往出跑，可小姐说是让他别怕，干完了再走，说是他咋像个没沾过女人的童男子啊。可说什么他也是吓得浑身打颤，声音也打颤，什么也不敢看、不敢干，还是要走。于是那小姐也就不能勉为其难了，说是让他拿一百块钱走人吧。他想说凭啥拿一百块钱哪？可一看那隐隐约约的白色乳房和时隐时现的半拉白花花屁股，也就知道凭什么拿一百块钱了。上当就上当了，拿就拿了吧。反正是第一回见这东西。说不值也值。但还是不够，那染发弄头的事还要三十哪。他简直被吓傻了。可一想还是早点离开为好。他不禁说了一声我×。那小姐却乐了，心说，哼，上上下下都让你看了，便宜你了。

山呆子背着麻袋走出发廊的时候，心里头很不是个滋味，有点人不人鬼不鬼的感觉，臊眉耷眼的，不敢看天不敢看地，还不敢看周围的人，似乎是做了见不得人的事。说来也怪不着人家啊，是你鬼迷心窍上了人家的圈套啊。可你……唉，真是没法说，这家伙，弄了一回头发花了一百三，回去可怎么跟娘说呀！不值得，不光彩，不好说呀。

山呆子走出发廊时，狠狠说了一声我×的！想甩一顿牧羊鞭，啪啪地抽他几个人，他身上又没带牧羊鞭。他只背着一个大麻袋，麻袋上写着他的大名：石间流。

本没了买衣服的兴致，却又转了俩商店。一打听那衣服的价格，又吓了他好几跳。一身不起眼的破皮，要价好几百，他哪买得起呀。再说，穿身西服，背个麻袋，也不协调。干脆，不买了。并暗自想着：也许他姐夫有那半旧的衣裳，倘赏给他一件，再体体面面地穿吧。哪儿也不去了，啥也别买了。赶紧奔他姐家去吧。

石间流想着，就往前走着。这马路上走着的人不少，但背麻袋的独他一个。还有一个不同一般的赶路人，那个人在他的前边走着。那个人是个姑娘，是个挑着茶叶的姑娘啊。那个挑着一担茶叶的姑娘，不知是从杭州西湖来，还是从什么名贵茶叶产地来。那姑娘就那么走着，似乎永远就那么挑着一担茶叶，走着。姑娘的茶担好像是不太沉，姑娘挑着茶担像跳舞一样，好看。姑娘的脸什么样，他看不见，但姑娘的背影挺好看的呀。姑娘来回把茶担在肩上轮换着挑。姑娘的走姿很顺眼哪。姑娘的两条辫子悠然地扭着，两个肩膀悠然地扭着，姑娘的腰肢还是悠然地扭着，姑娘的两条长腿和两只小脚就那么悠然地丈量着北京的土地呀。背麻袋的石间流对这个挑茶担的姑娘很感兴趣，想上前和姑娘搭讪几句，但又没敢。但他总觉得他们是一路人，可又觉得他们肯定不是一路人。人家挑的茶叶，像是卖的，他背的麻袋，可不是卖的呀。那茶叶的香气似乎弥漫在他面前了。他真想喝一杯茶，想买二两茶叶喝，马上又觉得不是时候。他就跟那挑茶担的姑娘走着。

后来那姑娘就在马路边的一棵槐树下，把茶担撂下了。没听见姑娘叫卖茶叶的声音，但却招徕了一些买茶叶的路人。这其中也有石间流。石间流从别人的问价声中，知道这茶叶他买不起。后来那卖茶叶的姑娘却又卖开了并非茶叶的东西。那姑娘把一个大茶叶盒打开了，那里面居然是一只亮晃晃的手表啊。那姑娘就叫着卖手表，劳力士手表，出厂价，八十块钱一块。于是人们就凑上前去看手表。石间流也凑上前去看手表。那姑娘说买一块吧，太便宜了，找个小姐还一百哪。石间流听了这话，还是觉得他刚才上当了，不如买一块手表，把刚才的损失补回来。可他的确舍不得掏八十元钱哪。后来他就摸着兜里的翡翠镯子，就打开了镯子的主意。他掏出了翡翠镯子，递到那姑娘面前，问用镯子换一块手表，姑娘干不干。姑娘先说是不干，后来眼睛一亮说，换。后来有围观的人眼就更亮了，那是一些有眼识得金镶玉的人哪，是一些懂古董的人。他们说小伙子，我拿二百五十块钱买了你这镯子吧。他一想上算哪，一个"手铐子"卖二百五，值啊。这时那卖茶叶的姑娘眼更亮了，她说大哥呀，咱俩有缘，咱俩说好了，我就用一块表换你的镯子，再搭一两茶叶也行。

后来这买卖就成交了。镯子到了姑娘手里，手表到了石间流的腕子上。这时棒打鸳鸯的人就来了。有一个少妇叫着，不换不换，石间流，咱们不换！说着，那少妇就跑上前来，抢过那姑娘手里的镯子，又把石间流腕子上的手表撸了下去，还给了姑娘，还说是我们不换，不换！那姑娘可急了，那姑娘问，你是他什么人哪？那少妇说，我是他爱人你也管不着！我们就是不换！

这个时候石间流才醒过味来。他才看清那少妇是山花，山花又神奇地出现在了他面前。一场虚惊，把他闹了个大红脸。他感叹一声我×。他又问那山花，真不值？那山花嗔怪说，你个山呆子，败家子啊！这镯子是咱们老祖奶奶留下的传家宝啊，差点让你五马换了六羊。

我……石间流嘿嘿直笑，脸上充满了尴尬和感激。他还说，咱俩有缘分哪，山花，这一会儿我碰上你两回了。山花说，可该有个人管着你了。他说，那你不管着我。山花的脸就红了，什么也没说。不知为什么，他要把那镯子送给山花的小闺女玩，山花坚决拒决了，说是让他拿好镯子，赶紧赶路吧，别乱串了。山花还说，这么一会儿，你把头发染了，头发黑黝黝的，染它干吗？你又上当了。这时石间流就不敢看山花了。一转眼，又不见山花了。却见一辆写着"城管"的车开到那茶叶摊前，车上下来几个大檐帽，三两下就把那茶叶和手表抄起来，扔到车上去了。那挑茶担的姑娘连急带吓，赶忙跪下去，一劲儿求饶，青天大老爷，可别没收我的东西呀！我千里挑担来北京，就指望这挑子吃饭哪。

石间流也被吓了一跳。他想给那姑娘说上几句好话，可一看气势汹汹的大盖帽，二话也没敢说，背着大麻袋就离开了，嘴里却嘟囔着，这事闹的……

地铁里的世界很精彩，也很无奈

山呆子背着他的大麻袋，出现在苹果园地铁车站的售票窗口前。他哈着腰，从裤兜里掏出了五毛钱，说，买一张票。

两块！那女人没好气地说。

两块？我咋记得上回是五毛一张啊？

售票员笑了说，我咋记得当初还是一毛钱一张哩？现在不是当初了。一听你这口音，侉不拉几的，就是斋堂川的口音。两块，这可没商量。买不买？

买，买。买可是买，不会轻易买。嘿，跟我这态度？以为我没钱？我是斋堂人，斋堂人咋了？给你张大票，让你找不开！山呆子把一张百元大票递了进去，还有几分财大气粗地说，找钱！

没零的？

没价。

那售票员哧儿地一笑，还学了一声"没价"，才说，那就找吧。再给你的麻袋打一张票。售票员把那张钞票照了又照，然后顺手就推出了一沓两元钞，一沓一元钞；再有十四个一元的白硬币，十个五角的黄硬币。售票员说，数数，九十六块！

这下，山呆子可愣住了，他没说这么贵，却道，这么多！我……差点又说声我×！数这一堆钱，他可发了怵了。比数他那群羊还难。数他那一群羊，多有意思，像数星星，数云朵，数雪花……一只、两只、三只……十只、十一只……三十只、三十一只……六十只……七十只……九十六只。对，他那一群羊是九十六只。想起那数羊的情景，他再不愿数这一堆破破烂烂的脏钱。索性，把钱往口袋里一揣，不数了，多两张少两张，都是它。嘿，想拿大票刁难别人，倒让别人拿小票刁难了自个儿。他却一时文明，没说我×，顺口溜又顺口来了：数羊数羊瞎白忙，大羊又下了一群小羊……

山呆子钻地铁费了股子好劲，那地铁门窄了点，他的大麻袋实在是肥了点，斜楞着身子，半天才蹭进去。那周围的乘客对他很是不满哪，又想躲着他，又怕挤不上车去，都在嘟嘟囔囔嫌弃他的大麻袋。尤其是过早穿上裙子的女性们，恐怕他那大麻袋蹭了碰了她们，都"哇噻哇噻"地感叹这位山外来客。他也觉得那麻袋是有几分累赘，是碍别人的事，可他总不能不背这个麻袋，或者说扔了这个麻袋吧。不，这个麻袋他得背着。在地铁里他背着那麻袋站着，晃晃悠悠的，还是碍别人的事，他一个人占了俩人的地方；可一想他本来就应该占俩人的地方，因为他的大麻袋也是打了票的，也没白占地方。别人嫌弃你也是白嫌弃。初次坐地铁的感觉没有了。这次坐地铁的感觉就是个窝囊和茫然。他早找不着北了。不知那车要把他带到哪里去。他就那么昏昏沉沉地随车走着。背着麻袋实在是站不稳哪，几个趔趄几个跟跄几个侧歪几次都差点把他晃倒，几次那身子都险些扑到人家女人的屁股上去。人家说干吗呀干吗呀，他说他不是故意的呀，人家一看他也不像是故意的人哪，但人家还是怕碰了人家，就想法把臀部收敛一点，别无缘无故让他给冲撞了，让他占了便宜。后来好心人就提醒说让他坐下吧。他就一屁股坐下了。可他坐下占的位置更大了。他用葫芦瓢的口音，多余地跟人解释了几句，说是这麻袋我买票了。于是他坐着似乎就坦然了。车厢内的人不知何时少了几个。不知何时又多了几个。有一个人是跪着进来的呀，跪着进来的人原来只有两半截腿，是个乞丐，是个两条胳膊伸得很长，又很会作揖的乞丐呀。他在山里没见过乞丐，那乞丐让他觉得挺新鲜，也很让他同情啊。那乞丐还没跪到他跟前去，他就把一元钱预备好了。待那乞丐过来时，他就慷慨解囊了。而那车厢里的其他乘客，却都不屑一顾地冷冷地把乞丐打发走了，一毛不拔。

再下一站的时候，进来一位卖报人。卖报人晃着一张报说，哪个明星坠楼身亡了，跳楼自杀了，完蛋了，让买他的报纸瞧吧，两块钱一张啊，不买就瞧不上了。他想买一张，可又觉得那报价太贵了。后来他就买了一张晚报。好厚的一大摞呀，七天也看不完。

他看了许久之后，就不再看了，而是低头思索个没完。回想这一天的经历，他不禁垂头丧气，唉声叹气，满腹冤气，满肚火气。真是的，这趟门出的，嘿，山外变化这样儿，我竟啥也不知道！在山里待傻了，放羊放傻了。十几年没出葫芦瓢，而今走出葫芦瓢的他，就产生了许多感慨。愤怒出诗人，却也不假。山呆子喜欢打油诗，好编顺口溜。他上初一时，就曾得过一个诗人的美称。只因后来家里缺人手，只好辍学回家放羊。不过，他那颗写诗的心并没彻底凉透。而今，他又突发灵感，不禁想起几句诗来，并与人借了一支笔，将那诗写在了报纸的空白处：

    山外的世界精彩
    山外的世界无奈
    山里不知山外事
    只因葫芦瓢太闭塞
    别怪我山呆子呆
    呆子心里也明白
    为了出门不挨宰
    下回进城——
    带它一杆皮鞭来
    啪啪
    抽打坑人的无赖！

山呆子一时得意忘形。写诗真乃一件不吐不快的快事。写完这首诗，山呆子把许多的不快都忘到了九霄云外。那一刻他想把这首诗寄出去，发表一下。发表这首诗时，就干脆署上他的外号：山呆子。他估计，世界上还没有一个叫

谁解麦浪

山呆子的诗人。

进入了诗的佳境，他早忘了下车了。本来应该到复兴门下车，他却已坐过了三站地。他着了一股子急，却又不再着急。急个啥，多坐一圈儿，还过过瘾哪；平常，上哪儿坐地铁去。反正，花了四块钱哪，不坐也是白不坐，多坐十圈也不多花一分钱！反正，今儿也赶不回葫芦瓢了；反正，让他相的亲，也不是个大姑娘……他何必急着去见那个他并不心动的小娘们儿哪！

想到这里，那山呆子的脸又泛开了红潮；还透过地铁的玻璃，照了照他的尊容。还别说，那小头发是弄得够帅，只是理这么一回发要了一百三，忒贵了点。想起他的老祖宗来，敢劫人家过路的姑娘当他祖奶奶，他还真是自愧不如，真是一代不如一代了。他又从心里说了一声我 × ！

下车的时候，他又产生了一个念头：这回来北京，即使什么也不买，也要买个收音机，带回葫芦瓢，也好听听山外的新闻。在放羊的山上，听听收音机，美差。

负担远超背麻袋，多余的人一路走来

山呆子从地下走出来的时候，肩上还背着他的大麻袋。出地铁站口的那一刻，他才知道他又下错了车，提前下了一站，坐过了站的他在地下绕了一圈，却又提前下来了。站在地铁出口，他却怎么也找不着东南西北了。地铁站口堵了不少人。有瞎子拉二胡的，有断臂人卖唱的，有下跪作揖乞讨的，有卖发货票的，有私刻公章的，有卖小猫小狗白耗子的，有跃跃欲试卖毛片的，还有卖地图、小工艺品和煮棒子的。他什么也没心买。他只盼着赶快出地铁。

当他的俩大脚丫子真正升到地面上的时候，确有一种换了人间的感觉呀。虽然雾霾依旧笼罩着京城，但沉浸在云山雾罩里的楼房还是隐隐约约可见，似乎有一种海市蜃楼的感觉。照他说是楼房都高到半天云里去了，一幢挨一幢，一座座山似的，他看了都眼晕哪，那楼房似乎要向他倒下来。马路也更加的宽了，路上的小车都排满了，刷刷的，锃光瓦亮，五光十色的。照他说给他一万块钱，他也数不过来那一会儿过了多少辆小轿车呀，那轿车的屁股上全顶着猴屁股红灯，那轿车让他眼花缭乱的。再就是那立交桥，那立交桥更让他不知道路在何方。这家伙，咋修了这么多桥啊，桥多了他可不知道往哪儿走了。背着麻袋就那么愣着。愣着的时候就有不知多少人与他擦肩而过，或是多看了他一眼。那一刻他肯定是出名了，石间流三个大黑字在麻袋上写着，在他身上背着，谁不知他叫个石间流啊。那一刻他没有自豪感，却似乎有一种负罪感，人们看他麻袋上的名字，是不是像看着一个被发配的犯人哪。有点那个意思。但他顾不得管人们异样的目光。他还得赶路哪。一共打听了九个人，去他姐姐家的路怎么走。人家就觉得这人有点怪，谁认得你姐呀，我又不是你姐夫。有好心人想告诉他路，可自己也是外地人，北京地面上的人一半多都是外地人，外地人还不知向谁去打听路哪，就更告诉不了他的去处了。

在大山里从来没迷过路的他，连在大雾天都迷不了路的他，而今在大城市里却迷路了。那时他在大山里抽上一鞭子，似乎就能把云雾驱散，把太阳赶出来；可今日雾霾弥漫，他在北京找不着北了，他不知道先往哪边儿迈腿了。有人建议他坐车，又自语说他那个麻袋恐怕是不受欢迎；有人说让他打个车吧，估摸着有五十块钱就能把他送到家了。他不但心里说，嘴上也说，那可坐不起呀，五十块钱坐个出租车，你打我的钱没处打发了。于是他就在一位热心的白胡子老头指引下，独自背着麻袋赶路了。在山里他从没坐过车，走点路也不算啥，就走吧。于是他就背着大麻袋，撅达撅达走着，俩大白网鞋拍打着并没有马的马路牙子。他走到一排红绿灯前，又不知道往哪里走了，就那么站着，背着麻袋。在他眼里，那雾霾里的红灯，就像母羊难产时血糊糊的臀部，有点恐惧感。打听打听吧，于是他就不好意思地打听路人，恐怕走错了。谁知有的路人也不长眼，瞎指挥了他好几回，不是让他再往回走，就是让他往左拐，要不就是让他往右去。实际上他只要往前走就行了。却不料就在那平坦的马路边的人行道上，他脚就那么一侧歪，就崴脚了，腿肚子就那么一哆嗦，就一个跟头倒下了，差点闹个嘴啃泥，差点把门牙磕掉啊。喀吧一声，哗啦一下，那麻袋的口绳就断了，那袋中的物品就撒了，照他说是放了羊了。那核桃、杏核、榛子、栗子、鸡蛋、桃干、杏干、葫芦瓢、葫芦条儿、红小豆、绿小豆、黄豆、黑豆、花大豆……就都不老实地撒了一地呀。他骂了一声我 × 的。他懊恼得可以呀。他在大山里都没跌过这么重的跤，怎么就在马路上失足了哪，真是现了眼了。一时间他爬了起来，爬了起来却顾不得抓挠和收拾地上的山货，却急得抓耳挠腮，不知道干啥好了。爱看热闹的北京人就凑了上去。凑了上去就说他背的是绿色食品哪。问他这绿色食品怎么卖呀。他说不卖。他从来就没卖过东西。他说卖东西寒碜，这东西可不是卖的。有个人就说这年头什么都能买，还有啥不敢卖的。他说卖杏可不是时候，他说我们葫芦瓢的红杏白杏七月份才熟哩。那人就觉得他这个人也挺可爱的。那人就说，把这土产卖给我一些个吧，我给你五十块钱，你就各样给我抓挠点吧，我吃个新鲜。那一刻他似乎也动了心，卖五十块钱，走路还轻省了，应该是何乐而不为的事情。但他最终还是没卖。看在好心路人帮他收拾的分上，他说让人家抓点，回去吃吧。他说最好是给他指一条路。一条通往他姐姐家的不绕远的路。于是就有人给他指了路，但他走路的劲头却不大了。他有点败兴的感觉。他甚至连找他姐姐家的信心都不足了。可他又不能住在马路上，他还得背着大麻袋走人。

于是他就又穿行在京城的人流与车流之中了。但此刻走在闹市之中的他，却有一种从未有过的落寞与孤独之感。他感叹这城市真是大啊，无边无岸的，可哪里是他的立锥之地呀。他是一个行者，一个过客，一个背着大麻袋的、被人耻笑的山呆子和山民哪。走在城市的路上，他就想到了他们的葫芦瓢——那个半天多不见就让他留恋的葫芦瓢啊。

在葫芦瓢放羊时，那天下似乎就是他石间流的了。他一鞭子可以抽响三山，一脚似乎可以把白云踢翻；他赶得动日月，赶得动山水，更赶得动白羊。那一群羊都听他指挥呀，他让羊上西边，羊绝对不敢上东边；他是羊司令，他是羊统帅呀，他可以任意骂那羊挨刀的，该死的。他是山大王啊。可如今到了北京，他却啥也不是了。

看看头上的天，依旧是灰蒙蒙的雾霾天，哪有葫芦瓢的天蓝；葫芦瓢的天蓝汪汪的，飞着银鸽一般的小飞机，翱翔着花翅膀鸟的影子，那才叫蓝天哪。他骑上一只山鹰在天上飞一阵子，都没人管他。而城里属于他的天，大不过一只碗！再说那脚下的土地，人们都挤挤插插，相互间屁股都快挨着别人的裤裆了，哪一寸土地归他所有啊，哪是他待的地方啊！那葫芦瓢就不然了。那葫芦瓢天高山高，天高山高都在他的脚下啊。在那里出气都是匀的。在那里他一泡尿可以浇出三里地去。那里的花也好草也好，红啊绿啊，满目都是风光啊。这城里也有花草，可细一看，那草坪间和花枝间，却是一堆堆的狗粪哪，狗粪到处都有，让他一阵阵恶心。他心说这车水马龙的大马路，哪有那花草挤窄的山间路好啊。他口渴得厉害，却找不到一口水喝。若是在他放羊的山上，哪一个泉眼不是他的天然茶馆啊。树上有什么果子，他都可以随意摘着吃，甚至可以直接用嘴叼下来，而这城里的一片树叶他也不敢动啊。在那山里他从没发过钱的愁，在这城里却处处有人伸手要钱，没钱就寸步难行了。那个在山里喝喝咧咧放羊的人，在城里却成了个窝囊废。找不着路还不敢问。口音不对，怕人说他老侉，也怕人骗了他。他就背着那麻袋走着，麻袋上写着他的大名石间流。这麻袋不轻，可他的实际负担却远远超过了麻袋。他感觉着，他所到之处都不缺他这么一个背麻袋的人。他来城里似乎有点多余。他给城里添乱了吗？他也许不该给城里添乱。就那么在山里待着，多好——比城里清静潇洒得多。

　　这么想着，石间流就觉得不如别在这城里现眼较劲了，还是回葫芦瓢的好。在城里这么走下去，累呀，险哪，提心哪，吊胆呀。不过马路还好，不过天桥也好，就那么一直走下去，肯定顺当得多，可让他苦恼的是还得横穿马路，还得上天桥啊，那时他真有点上刀山的感觉呀，就比过家乡的山洪暴发的河筒子还为难，就比上葫芦峰还难。几次站在马路中间，他是走不得停不得呀，车就那么刷刷地开着，没完没了地走个没完，哪有他走的缝隙呀，两次想穿过去，都被人家给推到一边去了，还骂了他一句什么丫挺的找死呀，傻逼，会不会走他妈路啊！他都三十多岁了，他还不会走路哪？他还到这马路上干什么来呀？那一刻他觉得他简直就是这马路上的一个什么障碍物啊！可细一想来，人家也是好意呀，人家要不推他一把，说不定他还真就在千钧一发之际被卷入轮下了哪！于是走在马路牙子上的他更加小心翼翼了，恐怕人家撞了他，更怕他撞了别人。加份小心吧。走这城里的路可没走山里的路容易。想想他上一回进京，是背着麻袋来往的。而这回进京，还是背着个麻袋。沉哪，累呀。远不如在山里抢着鞭子放羊轻省。于是这个放了二十年羊、这个半天没放羊的山呆子，总觉得还不如在葫芦瓢放羊哩。此刻他又想起山花的一句话，山花说回葫芦瓢放羊去呀。山花的话肯定是玩笑话。可山花的日子也肯定不好过呀。山花都出来十几年了，日子能好过吗？他进城还不到一天，就觉得挺不是滋味啊。这回门他可是出够了。而让他发愁的是，离他姐姐家还不知有多远的路哪。此刻他还想碰到山花的影子。

　　走着，他忽然发现了一个盖楼的工地，工地上有不少在脚手架上或在脚手架下干活的人们，那些人们都戴着安全帽在雾霾底下、在嘟嘟的口哨声中和挥舞的小旗子下干活哪。他望了几眼这个场面，还是晕。这家伙，干这种活肯定不如他在山上放羊悠闲又安全哪。跟钢筋水泥打交道，瞅着就累呀。可他却不知，这个时候就有十几个人向他围了上来，都背着大包小包，都像是几天没吃饭、几年没活干的样子，都问他是不是也在找活干，是不是认得包工头，说是他们都在城里转了好几天了，也没找上活，问他是不是有路子找个给饭碗的地方。他说没路子。他说他的路子就是先找到他姐姐家。于是那群想当民工的人就失望了，失望后似乎也说了一声我×。那一路上他碰上了不下十拨儿找活干的外地人哪。男人多，女人也有，还有不少穿着牛仔裤的姑娘。那时他似乎有所醒悟，人家都奔城里来了，他咋就恨不得今晚上就回到葫芦瓢哪！

　　按照他姐来信的地址，石间流总算找到了他姐家。找到了他姐家，又不是他姐家。他的眼前一连出现了三个大字：拆！拆！！拆！！！一时间吓得他头歪了几歪，嘴歪了几歪。我×没说出来，直唉唉，这可咋弄啊？愣怔怔在那拆字面前站了半天，背着个大麻袋。没错，这是他姐住过的房。当年他来过这小平房一次，这家小房矮得狗窝似的，猛一抬头，便可碰着天花板；屋中那双人床，就占去了空间的一大半。可是，他姐正是在这么个丁点儿大的地方，生活了十几年。上次他来姐姐家是在地上睡的觉。而他却不知，这么一间陋室，一月的房租竟九百元！他姐在一家半死不活的企业上班，月工资是一千元！好在，他姐夫一月挣个千八百。当初他还编了几句顺口溜：进门一张大床，床下藏着衣裳和口粮；晚上睡觉贴着墙，墙那边两口子挤得在骂娘……

　　而今姐姐家从这里搬家了，这房要拆迁了。谢天谢地，有一位姐姐的邻居递给他一张姐姐留给他的便条，上面有姐姐家的新家住址。这么大的北京，让他找一家人那实在是难为他了。他的心里简直有点恐慌，看看难以消失的雾霾，还真怕天黑前找不到他姐家去呀。攥着那一张纸条，他像望着一道难上加难的考题。他姐姐到底又找了个什么归宿哪？说是住了楼房，可他又不相信他那个姐夫会搞到一套楼房。在他心里姐夫是个窝囊人。姐夫哥仁，结婚时却连一间小平房也没分到。他姐姐一结婚就跟着姐夫串房檐住。这除了姐夫的不拿事，也许还因为姐夫找了个山里的媳妇。大山里的姑娘嫁个所谓城乡接合部的男人，日子一般都太好过不了。姐姐也免不了受气。姐姐都结婚十几年了，他只到过姐姐家一回。姐姐也是三年五载回一次娘家。而今要不是姐姐给他提对象，他还不一定登姐姐家门口哪。可是到姐姐家门口了，姐姐却又换了门口，找到姐姐家的另一家门口，得有多难，他简直想都不敢想。可他也只能去找了，于是他就背着那个大麻袋，像个蜗牛一般，离开了那个写满了拆字的乱糟糟的什么城乡接合部，就攥着那张纸条，一路打听着，就找姐姐的新家去了。

而在即将到姐姐家门口时，他的心里却有几分烦乱，忽然又想到了山花。那山花的日子似乎比他姐姐的日子还难。难得都离婚了。想起山花的女儿说的话来，他挺不好受。他恨那个山花的男人，那男人找了山花那么个好姑娘还不知足，还要虐待山花，还要再找女人……他真想拿鞭子抽打一顿山花的男人，那个没良心的东西！他更加可怜山花母女俩。想想那母女俩，他巴不得再见到她们；再见到她们，他就撂下大麻袋，背起小女孩，领上山花，走人，回他们葫芦瓢去。他有能耐让那娘俩过好日子。可这可能吗？他的脸红了，红了就不敢再想了，就又背着麻袋赶路。此时他的脚步无论如何也是离姐姐家近了。

鞋底没少费、唾沫没少费、钞票没少费、心计也没少费，于路灯初放时，他总算走进了一个小区。那蓝制服的保安员不想让这个背麻袋的人进小区，可看他老实巴交的，还是把他放了进去。一进楼区那楼底下没别的，全是一辆辆的车呀，挡得他连路都走不开。他绕来绕去，终于钻进了一栋楼房。楼道是又黑又窄又高，他摸摸索索，直往楼上爬去。他姐住六层，也够他爬一气的。都怪那身上的麻袋，太沉了点。

摸黑爬着楼，他直发怵。他这个天天爬山越岭放羊的人，却怵了这爬楼了。在他看来，爬百丈悬崖，也比爬这楼梯痛快。

一身汗一肚子喘。门总算是敲开了。那只人眼却通过猫眼扫了他半天，才把那扇连老虎也进不去的大铁门欠开了一条缝，门里的人却不是他姐或他姐夫。那人见是个背大麻袋的，立刻要把他拒之门外，立刻要关门。他却带了哭音，说，师傅，我姐是在这住吗？我是找我姐的。

那人说谁是你姐姐呀？

他说我姐叫个石间溪呀。

那人说我可不认识什么石间溪。

他说人家告诉我就在这个楼上啊。

人家说你找错门了，就要把门关上。

他说求求你了，给我看看这个纸条吧！

好心的男人看了一眼纸条，惊叹道，哎哟，你找错单元了。这是六单元，不是五单元。下楼，再去从找吧，五单元。

他说找错了？嘿！大哥，谢谢了！

山呆子又摸了黑，下楼。楼道里实在是太黑了，他简直不敢再迈步往下走

　　　　　　　　　　　　　　　　谁解麦浪

了。而这个时候他的大嗓门可是派上用场了，他又不由地叫了一声，嘿，嘿！他这两声嘿没有白叫，那声控灯听见了，就唰地一下亮了，虽说不是太亮，只是一缕微弱的灯光，但毕竟把楼梯照亮了。这等于深山的夜里冒出了一轮太阳。他太谢谢他的嘿了，太谢谢这声控灯在他的声音的呼唤下就放出了光明，那一刻他觉得他很伟大。他太谢谢这灯光了，没这灯光他还怎么下楼啊！于是他就往楼下走着，走几步，到那灯又要灭了的时候，他就又叫一声嘿，那灯就又亮了。那一刻他还真是感叹了一句，城里还真是好啊，我这一声嘿，那黑暗的楼道就变亮了，山里头可没这好事儿。但他下楼的时候，还是觉得比上楼还不好受。脚底没跟儿似的，似乎总有一脚踩空，跌入万丈深渊的可能。那楼梯太窄了，上楼的人又太多了。他背着个大麻袋，把楼梯都占满了，别人还怎么上楼啊。于是他就很客气地给人让道，还得给狗让道，给猫让道。闹了半天，这楼上不但住着人，还住着不少猫狗啊。于是他就等着那些人和猫狗先上来，他再下去；他要堵着楼梯往下走，小狗可以钻上来，大狗都不一定过得来了。此时也许正是下班买菜做饭的时间。他看见有人捏着几棵葱；有人攥着两根黄瓜；有人拿着几根水萝卜；有人拿着俩西红柿；有人捏着一嘟噜几两肉馅，有人捏着长虫大的一块猪肉；有人则拎着一篮子各类熟食和蔬菜；有人搬着大小不一的箱子，像是送礼的；有人没好气地提着一个液化气罐；有人提着一袋大米或是白面，不是扛着，这楼道里又窄又矮的，似乎不适合挺胸抬头地扛东西。悠然闲在的人也是有的，那人抱着的和搂着的就是各色各样的猫狗了。人和猫狗还亲嘴哪。他山呆子虽说给人让道，却也不免感叹一声我×！小娘们儿的大长指甲直摸狗屁股，回家做饭可怎么吃呀。他操这个心似乎就多余了。

下得楼来。此时那楼下停的车更多了，他简直无法找到那个所谓五单元了。急中生智，叫吧！把他姐喊下来，让他姐把他领上楼去。于是他就站在车的缝隙中，把手张成个喇叭，抻着脖子，扬了头，直冲着一方方灯火，呼叫开来，姐！姐！姐夫！姐夫！

叫了有上百声之多，也没人应他。再想叫，嗓了哑得劈了岔儿似的，叫不出来了。要知道，他那感冒还没好哪；他的身上又驮着个七八十斤的麻袋！这时就有人在阳台上说话了，叫什么呀，叫什么劲呀，谁是你姐姐呀！

他也觉得他这一顿叫喊有点过分了。这哪是他叫的地方啊，以为这是在葫芦瓢葫芦峰哪，再这么叫就有人要告他噪音扰民了。他把几个单元门都探了一遍，总算是认准了五单元，就钻进去，又开始爬楼。说来也怪了，下楼的时候碰上了那么多上楼的人，等他再上楼的时候，又碰上了那么多下楼的人。自然还少不了狗，狗还免不了冲他叫几嗓子，或是闻闻他的脚，蹭蹭他的腿。这下楼的人似乎都有几分多余，总是用异样的眼光看他。他还是那么有眼力见儿，还是友好地给人让道。也有人看他背着个大麻袋怪费劲的，直说让他先走吧。他一般还是不先走，如果先走一步，就学着城里人说谢谢啊。那些个下楼的人大多都是一家子，一般都是父母带着一个孩子，那父母的岁数大多也就是他这么个岁数吧。看看人家，孩子都上小学了。那些孩子们都在嘟囔着他不大懂的话，说是吃烤羊去呀、吃羊蝎子去呀、吃涮羊肉去呀、吃麦当劳去呀、吃肯德基去呀、吃海鲜去呀、吃爆肚去呀、吃西餐去呀、吃烤肉去呀、吃水煮鱼去呀……山呆子听到这些，口水是没上来，气头子似乎是要上来了。他心说，你们吃这吃那的，你们一月挣多少钱哪！这么想着，他的肚子就咕咕闹腾开了，他是饿得够呛了。

无奈老婆无奈房，有情人还乡去放羊

总算把姐姐家的门敲开了。姐姐一看是弟弟来了，望着他身上那个大麻袋，就心疼地说，傻兄弟哟，你咋才来呀！看这大麻袋沉的。

他背着大麻袋，侧着身进了屋，却在地上站着，不知把那大麻袋卸到何处。总算把大麻袋卸下了，总算出了一口长气。他先说是渴死我了，又说尿憋死我了。姐姐把他指引到厕所里去，他却傻站着，半天撒不出尿来，发现镜子里的家伙蔫萝卜似的，就更加撒不出尿来了。也不知是不忍心还是不好意思把那黄尿倒进雪白的便池里，他愣了半天，尿还是没出来。他感叹说上火了吧，干脆先别尿了，可憋不行，还是想尿。他又出来说，姐，让我下楼去撒尿吧。我在这地方尿不出来呀。姐说楼下哪有厕所呀，你就使劲尿吧，到了你姐姐家你还怕个啥呀，我的傻兄弟呀。于是他就又钻进去了，总算是完成了任务。但半池子黄汤子却怎么也不知道怎么处理了，找不到把尿冲下去的机关。后来还是求姐姐让那水箱哗啦了一下子。

姐姐给他沏了一杯水，他嫌烫，不喝，却把嘴对到水龙头上，就咕咕地喝了个没完，喝完又说那水漂白粉味。姐姐一见弟弟那个可怜、劳累、狼狈样，不禁叫了一声间流，然后眼泪花就转了。就说傻兄弟呀，爬这六层楼累得够呛吧。

他说姐我爬了两回六层楼哩。这家伙，爬六层楼比爬咱们老家的葫芦峰还难，太憋得慌、太窄巴；下楼更难，比下十八层地狱还难受。姐你天天爬楼，可不容易。

要是自个儿的楼，你姐爬十二层也不怕。可你姐爬的是人家的楼啊。

姐姐说坐吧。弟弟问坐哪儿啊。上大屋里去坐吧。所谓大屋就是卧室。卧室其实一点也不大，搁一张双人床就快满了。阳台上放着一张小单人床。弟弟到那屋转了一圈儿，一看不适合搁他的屁股，就又出来了，就坐到姐姐指引的所谓厅里了。这厅窄憋得可以呀，厅不大却有四个门，一进屋的门对着厕所门，卧室的门对着厨房门。厕所门斜对面放着一个折叠桌，摆着几把折叠椅。石间流坐到一把椅子上，觉得挺别扭。他不想看那个厕所门，可他不但要对着厕所门喝水，待会儿还要对着厕所门吃饭哪。城里就是这个样子。他上厨房里转了一圈儿，直叹那厨房小，大屁股人还转不开身哪。后来就老老实实地和姐姐坐到桌前，说上话了。他眼看着姐姐是瘦了老了，都有白头发了，他心里似乎不大好受。

姐姐先打听了几句家里的情况，然后就直埋怨他，怎么今天才来？

姐，你也别怪。你的信才收到两天。你又不是不知道，现在没人给咱们葫芦瓢送信；这信还是好心人给捎上去的哩。

姐姐哼了一声。弟弟问，姐你咋搬家了？

姐姐的眼圈儿就红了。说，那片房要拆迁了，人家弄了几百万拆迁款，我们只好走了。这房也是租的，是一个啥处长的房，一居室，一月房租两千三，也不太贵。

嘿，还不贵？！一月挣多钱哪！也真是，咱们葫芦瓢，那一片大瓦房，空着，白住都没人住，倒都上北京挤着来了。

北京也有不少闲房。姐和你说这话，你也别害怕。这屋的隔壁，放了那处长娘的骨灰盒。你姐没了法子，给人看灵堂来了。

我 × 的！活人没房住，死人倒有房住！那处长是个啥搂性，等他犯到我手下那天，我拿鞭子抽烂他！

别说二百五话了，傻兄弟！

姐，你们啥时候能分房啊？

哪有那一天哪！我是个农民，没有分房的份儿；你姐夫那企业也不景气，三天两头放假。单位穷得尿不出尿来，还有分房那一说！再说，现在也取消福利分房了。好多人都分了几套福利房了，卖的卖租的租，上边也把福利分房的政策取消了。现在要想住楼房，就得花钱买，一套房百八十万、几百万，谁买得起呀。也有不少买的，左不过是贷款，背一辈子饥荒呗。这年头你别看有的人也坐着轿车，住着高楼，屁股上的债也不少。城里有的人就是爱攀比要面子，吃碗炸酱面连根顺溜黄瓜都舍不得买，烧壶开水都犯算计，可还比着买车，比着买房。这话你可别说给咱爸咱妈，你姐这辈子，没轻松那一天。你外甥去年考高中，就少考了一分啊，人家学校就要了三万元的赞助费。不交这三万元，你外甥这高中就上不成。你姐姐为这三万块，急得三天里头发白了少一半啊。

一分要三万块！姐姐你咋不回咱们家拿钱去呀？

姐姐听了这话眼圈又红了。姐姐说有你这句话，你姐姐这心里也得热乎半辈子。可你都三十好几了，还光棍一人哩，我还好意思要咱家的钱。你外甥上一年高中，除了那三万，一年还得个小一万。明说吧，你外甥还算有出息，舍不得吃好的也舍不得穿好的，从来不乱花钱。有那手大的高中生，一年花几万也不新鲜。这要是考上大学哪，四年下来，就得个七八万。这哪儿是穷人的天下呀。盘算起来，心都窄得慌。你打你姐姐好活着哩。你姐姐不是那大瘿袋脖儿，可比顶个大瘿袋脖也不轻省啊。这话姐不该和兄弟你说，还不如让你姐是个大瘿袋脖，当时就死在葫芦瓢哩。

弟弟的眼圈也红了。弟弟说，姐，你咋这么说话呀。照这么说，在城里过日子，还没咱们葫芦瓢过日子松快哩！姐，我今儿碰上咱们村山花了，她离婚了，她的日子好像也不大好过。

石间流本来想和姐姐好好说说山花，但姐姐却没提山花的话茬，也不知还是没听清他的话，只说是，在哪儿活着也不容易。

哎。姐，你说，我这婚事有谱儿吗？

谱儿是有。可就是得应人家两个条件。他姐皱了眉头，发了一会儿愁，便把那条件说了。那小娘们儿长得是没挑儿，也能干。可就是命不济，汉子得了好几年病，怎么治也没治好，倒花了十几万药钱。如今，还有几万块饥荒没还哪。这第一个条件就是，帮她还了饥荒。另外呢，她有一个孩子，这孩子倒可以给他婆婆，可得一次性给五万块的抚养费。这样做有啥好处呢，就是省得拖

　　　　　　　　　　　　　　　　　　———— 谁解麦浪

累个孩子。再一点是，她还可以再生一个孩子。所以说，这事要成了呢，得拿出十万块钱来。

嘿，一个小寡妇娘们儿，十万？太贵了！

听你说的，这年头啥不贵呀！

可买不起！我上哪儿找十万块钱去！那山呆子从椅子上站了起来，直走柳儿；走柳儿屋内又小，走不开。他干脆又坐下了。

他姐倒是耐心地说，花点钱娶个媳妇，也比打光棍强。钱是人挣人花。再说了，咱们家的家底儿，咱妈也说过，你放了这些年羊，挣下了五万块钱，一个不少，全存着，就等着给你娶媳妇哩；再有，你现在手里这群羊，也能卖五万块。五万加五万，不是正好十万吗？

十万、十万、十万……山呆子自言自语地说，我拿十万换个媳妇？照这么一说，我风风雨雨辛辛苦苦放了这么多年羊，就挣了个媳妇？再说，我那一群羊，也不能卖呀！宁可不娶媳妇，我也不能卖了羊娶媳妇呀！

你呀，别犯傻二百五了。三十好几的人了，你最当紧的事，就是找媳妇了。没个媳妇没个孩子，老了病了的，谁管你呀？

他姐好说歹说死说活说正说反说，总算把个山呆子说动了心。但是，他也提出了一个条件，他说，这婚事要成了，那娘们儿得跟我走，跟我到葫芦瓢放羊去。我可不跟她上朝阳来，这城不城乡不乡的地方，我待不惯。东西太贵。干啥也得花钱。城里人还失业、没事干哩，我干啥挣钱去，拿啥养家糊口啊？姐，你说我说的对不？就让她跟我放羊去，多美的事啊！

你愿意，还怕人家不愿意哩！

不愿意拉倒，还没准有别人想和我上葫芦瓢放羊去哩。

傻兄弟，你别说梦话了。待会儿我找她去，让她来一趟。

姐姐说着，说是我得做饭去了，你都跑了一天了，可也饿得够呛了吧。间流你想吃啥呀，包饺子吃？

他说吃啥都行，拣省事的吃吧。他忽然发现桌上有一粒雪白的药片，一看，是一粒去痛片。于是，他把那药捏起来，投进嘴里，喝了一口水，咽了。

姐姐做饭的工夫，弟弟还是嫌憋得慌，这楼里他真是待不习惯啊。跟进了笼子似的。后来他就跑到阳台上放风去了。往阳台上一站，眼界倒是开阔多了。但眼前没有别的，就是个楼房。那么多的楼房，那么多的窗口，真是万家灯火呀，那灯光有各种的颜色，看着是挺美。他在葫芦瓢哪看到过这么多灯光啊。可也有不少楼房的窗口，没有灯光，黑着。那没有灯光的窗口就像是美女戴着大黑墨镜，黑洞洞的不那么顺眼。再看那没有灯光的窗口，似乎比葫芦瓢山崖上的山洞还阴森可怕。听姐姐说，这楼房连一半也没卖出去，有的卖了也没人住。知此情后，他就直站在阳台上说，这叫啥事啊！

他又遛到他姐面前，说，姐，要不，别找那娘们儿去了，我今儿一出家门，就处处不顺。我估摸着，见了她的面儿，事也成不了。

别说丧气的话。

他嘿嘿地，傻乎乎地一笑。一会儿，他的眉毛又拧紧了。他似乎第一次这么皱眉头，这么发愁。他又自言自语道，嘿，这一天；嘿，十万块；嘿，山花。

当当当，有人敲门。进来的却不是他姐夫，而是一位搬了鲜花的穿大西服的男人。那男人给他的老娘送鲜花来了。他看着那男人打开了一扇门，将那花盆放到一个高级的骨灰匣子面前，那匣子周围有不少的盆花，还有一张巨大的彩色遗像……望了许久，忽然有一股无名火涌上他的心头，他还是想抡圆了那放羊鞭，狠狠地抽一顿！

又有人敲门。他想，可能是他那个无能的姐夫回来了。

吃饭的时候，本来是饿得够呛，桌子上的饭菜也并不少，还有一瓶酒。可他吃得不是很香甜和尽情，似乎还没有他一个人在葫芦峰的大石头上或大树下吃饭香哪。他有几分拘束。对着那个厕所门吃饭，他还有几分别扭。在家时他高兴了能喝八两二锅头，今天喝了二两也不到，就坚决不喝了。对他的姐夫也是不冷不热的。姐姐看出了他有心事，但却没看出他有什么心事。

吃完了饭，姐姐给他找出一身他姐夫的西服来，让他穿上，还非要给他打一条领带。他说他可不打领带，往脖子上吊一条大花长虫，他怕咬了他。姐姐就笑了说，多大的官儿不也得往脖子里挂一条大花长虫吗，咬过谁呀。你去相亲，不打领带还行。

他还是说不习惯打领带。

姐夫和他开玩笑说，不习惯也把领带扎上，等着见那女人吧。你可别见了人家小寡妇，先说我 ×。

他说，嘿，我 ×，我根本就不想见她。

姐姐可就急了，不见她你干啥来了，你说啥也得和她见一面呀。

他说，没见我就够了。姐你说出大天来，我也不可能花十万块钱娶个小寡妇。

姐姐说，你还想娶个大姑娘不成，都多大岁数了。你以为十万块钱叫钱？在北京城里，连两平米楼房都不一定买得下来。

他说，照这么说，我放一年羊，也买不起一平米楼房，那我就不买。那个小寡妇我更娶不起。

姐姐说，间流，你就别让我着急了，不管咋着，你也得先和那女人见个面呀。

后来他就勉强答应，说见个面就见个面。

面是见了，但还真是白见了。女人说他二百五，不成；他说女人和他要十万人民币，等于四百个二百五，不行。不成就不成吧，姐姐和姐夫也奈何不得。就像他不戴领带，强迫他戴他也还是不戴。他怕勒死他，又怕憋死他。他还说要让他在城里待下去，非憋死他不可。要让他跟了那个女人，还得憋死他。

姐夫生气了说，葫芦瓢里都憋不死你，大城市里就把你憋死了。

他说，姐夫你不知道，憋得我难受着哪。

那一夜他还真憋得没睡着觉。

迟到的爱情之花盛开在葫芦泉

似乎连神仙都无可奈何的雾霾，被一阵风就吹得烟消云散了。第二天是个大晴天。他就要赶火车走了，姐姐用他来时背的麻袋，又给他装了一麻袋东西，大多是旧衣服之类的，让他背着。却没想到他没听姐姐的话，他说，姐，还让我背，还让我背个大麻袋走？我可不背着个大麻袋了。这些东西，也没大用。我来时背着麻袋，回去还让我背麻袋？嘿，拉倒吧。我还是轻装上阵吧。除非让我背媳妇，我啥也不背了。

姐姐说，哼，就你这样儿，挑三拣四的，还想背媳妇？

石间流笑了说，猪八戒都能背媳妇，我就没背媳妇的一天？还兴许我今天回去，就能背上媳妇呢。

姐姐望着这个固执的傻弟弟，心里挺难受，感叹道，我这傻兄弟可多会儿娶上个媳妇啊？

也就在那一天，石间流坐着火车，咣当咣当返乡的时候，脸望着窗外，还有点喜滋滋的表情哪。相亲没有任何结果，他倒没有一点失落。列车过了三家店，进入山区的时候，那山上的山杏花正在开放着，开得白花花的，那些花骨朵红艳艳的。他总感觉那些白色的杏花像是白色的羊群，从他眼前匆匆掠过。他不禁嘿嘿地叫了几声，似乎要叫住那山花那山羊那春色。

在沿河城火车站下车的时候，眼前出现的不仅仅是一条让他惊叹的大河，永定河。还有一个姑娘，不，是一个穿着红上衣的少妇，那不是山花吗？他在火车站碰到了他做梦都想碰到的山花。俩人一见面眼都直了。石间流睡不着觉想了一宿山花，也没想到会在火车站与山花邂逅相遇啊。后来他俩就一路往葫芦瓢走。石间流盯着山花的背影，不由得感叹说，碰上她了。后来他俩一路上的话就像葫芦泉的泉水哗哗啦啦流个没完了。那天他们似乎才发现，去往葫芦瓢两边的路风景有多么优美，有多么美好。满山都是在春风里盛开的或含苞欲放的山桃花、山杏花、山樱花。淙淙流淌的泉水就像蹦蹦跳跳的似乎是刚从什么地方汇集而来的小天使，一路欢叫着欢迎他们。那水的源头就是葫芦泉，泉水在葫芦峰下冒出来就这么潺潺流向远方，就流到了他们面前，他们所到之处都是葫芦泉的身影和声音。而那边就是他们的家乡——葫芦瓢。那个太行山深处的葫芦瓢啊。

两个人走到葫芦泉的时候，石间流也不知从哪儿来的一股勇气，他居然把山花给抱起来，摁倒在泉边的一簇山杏花丛中了。又像是水到渠成地、又像是顺理成章地、还有点风风火火地就把山花的衣服给扒了。山花像一只小鸟，就躲进他的怀抱里去了。事后他还说，十五年前我在葫芦峰上放羊，你在葫芦泉里洗澡的时候，我就想着了你呀。

山花的脸红了，红得比山丹花还红啊。她似乎在埋怨说，那会儿你要跟我表白，我也不至于去城里受十几年罪。咱们的孩子也快该上初中了吧。

石间流说，我还不敢我上八辈子的老太爷哩。我打了十几年冤枉光棍呀。

山花清醒过来的时候，发现她白色的腕子上多了一只满绿的翡翠手镯。那翡翠手镯在她黑沉沉的眼睛里像一泓碧水一片蓝天一脉青山，她的眼眶湿润了，泪光闪闪。但她却风趣地说，你不用这镯子铐我，我也不走了，我在葫芦瓢跟你放羊、种葫芦啊。

石间流一阵冲动，又把山花抱了起来，碰得树上的杏花忽悠悠直摇晃。他说，我才舍不得让你放羊哩，你早点给我生个大儿子吧。嘿。

他这一声嘿，像一声号令，把一片白云似的羊群从葫芦峰那边唤了回来，冲着山下咩咩直叫。那放羊的人，石间流的父母分明看到了山下葫芦泉边傻儿子和山花干的好事，赶忙躲避到葫芦峰那边去了……

笑迎山丹花开（代后记）

> 山丹花和小说本没有关系，这里扯上了关系。十几岁我就胡乱写小说，到了这岁数，正经在纯文学杂志发表的小说，居然才几十篇。这些发表在《中国作家》《北京文学》《四川文学》《天津文学》《山花》《飞天》等刊物上的小说，默默无闻地发表也就发表了。现在其中的十几篇，有幸汇集出版。我把这一篇篇小说，都看成一朵朵山丹花。愿它们照亮读者的心头，给亲爱的读者带来缕缕馨香、心香。
>
> ——题记

三十年前那个金秋十月的一天，刚过六十花甲的著名作家浩然，走进了北京市顺义县党校那栋小白楼，那里也是县委史志办的办公楼，我是那楼里被借调的"编外人员"。那天的爬山虎红了，攀附在白楼的外立面，红白相映，煞是不错的风景。我的心情也是少有的晴朗，因为浩然老师是来为我的一本书写序而落脚在那阳光洒满的南窗下的。

转眼之间，爬山虎的叶子又绿葱葱的，变成了夏天的景象。在那个不错的天气里，《北京晚报》五色土副刊发表了一篇题目叫《高国镜的小说》的头题文章——这就是浩然给我的中短篇小说集《山情野恋》撰写的序言。浩然称我的作品"诗情画意，传奇色彩"。那之后不久，这小说集就出版发行了。拿到样书后，我几乎是在第一时间乘长途汽车、倒地铁、坐火车，前往京西我的老家去给父母送书。下火车后，走了大半夜山路，才落脚到老家的炕头上。母亲望着那书上儿子的照片，几乎彻夜未眠，喃喃自语着，写了半天，儿子总算出书了。

我拿着一本油墨芳香的书，到我曾经放过羊的山坡上"孤芳自赏"。陶醉在红红火火、星星点点的山丹花间，仰望着蓝天白云。闭目想到，这大多的小说都是在这山坡上写的。而今，我把这小说"还"回到山坡上，那山丹花可认识这把它们写在书里的文字吗？

说来，这本小说集里的作品几乎都没有发表过。但，这书出版后，前景还算乐观。首印万余册，很快就销往了四面八方，我也接到了从四面八方寄来的读后感，居然有几百封信。回报也还不错，所得稿酬，差点让我成了万元户。我第一次吃烤鸭，就是用这稿费支付的。望着从老家带回来的、栽植在农家院里的山丹花，感觉：写小说真不赖。

山丹花年年开着，且每一株山丹花，每一年都多开一朵花。山丹花不虚度光阴，年年都多"一枚"收获。我也多多少少，在文学上有星星点点的收获。惭愧的是，那像星星之火的山丹花，没有形成燎原之势。一晃荡，三十年过去了，山丹花开了三十茬，我所发表的小说，相当一部分却没有集结在一起，也就是没能结集出版。不是没有出版的机会，是我犹豫过几次：不想轻易出版。我天真地以为，怎么也得有三篇小说被《小说选刊》选上，再结集出版也不迟。退一步说，头一本书发行了过万册，第二部小说集还不应该卖到两万册吗？可结果并非如此，出一本书真的很难。

面对那些红红火火的山丹花，我该有什么感想？抓挠着几乎满头白发，你敢称自己是个作家吗？当然，在这三十年里，我又出版了近二十本各类的图书，但除了一本半本的，哪一本印数也难以过万册。印数最多的一本是一部小册子，印了二十五万册，还是彩印。那是我奉命给区文明办写的奔小康读本。家喻户晓，每家发一本。这书给了我五百元的稿费，还被请了一顿好饭。我连连说：谢谢！真的没有"仰天大笑出门去，我辈岂是蓬蒿人"——所谓作家，谁敢跟李白比豪横与狂气呀？

文学边缘化，也不可否认处于低谷。但，想到山丹花，不管是在低谷，还是在高冈，都不影响其绽放。浩然给我题写的座右铭是："胸怀浩然正气，笔抒苍生真情。"——被我做成铜牌的牌匾，挂在我家高芳园的二门楼上，与那山丹花近在咫尺。我默默地、继续写着，就像山丹花，默默地开着。

山丹花的花蕾，像一把合上的小伞；山丹花的花朵，像一把撑开的小伞，因而山里人也有把山丹花叫成伞丹花的。八百里太行山，是不是随处都有山丹花的影子？山有山脉，我的故乡在京西太行山余脉的大山深处。余脉是什么意思？有人把同桌人喝的同一瓶酒的酒底，称为福根。这里就把太行山余脉那一带山旮旯，称为我的福地吧。我出生在那里，且落地生根，那里就该是我的福地。那福地里的山丹花，我以为就是给我、也是给所有人祝福的花，所以我就偏爱山丹花。至于把山丹花和这部小说集联系起来，又是我爱山丹花的佐证了。

山有余脉，日有余晖；火有余热，人有余生。在渐渐奔向"古来稀"之年，我又一次萌发了出一本小说集的梦想。想想，这个梦想居然延宕了一年又一年。原来总以为，反正也发表不了多少小说，不好发，就慢慢攒着，早晚出一本"打响"的小说集。攒来攒去，就攒了几十篇、几十万字，也就是这一部书稿。这其中的所有篇章，与我的第一部小说集相反：那一本小说集是几乎都没发表过，出版了销路还不错；这一本是都发表过，担心的是出版了没有销路。无可奈何。是花，总是开出来为好；是子，生出来才是目的。于是，便巴望着得到贵人，也好成为这小说的催生婆。去年开春，得到了一条好消息：我的小说集《山丹丹花开》被列入"当代作家精品·小说卷"。那主编坚持说，这本集子就叫《山丹丹花开》吧。

"名不正则言不顺"。首先说《山丹丹花开》这个书名，它不独属于一篇作品的名称，而是这本集子里所有作品的名称。《山丹丹花开》这篇小说原发《天津文学》，是一部中篇小说。而情况是不断变化的，那本被列入出版计划的《山丹丹花开》，迟迟没能"开花"。而这一次，这小说是不是会成为迟开的花哪？

虽然我爱山丹花，却又不想用《山丹丹花开》那个书名了，毕竟我出版过一本书叫《烽火山丹》。这本书叫什么名字哪？叫《白雪地，红芍药》吧？又怕不叫座。但，我特意把《白雪地，红芍药》这篇小说放在头条，这是有原因的。这篇小说是三十年前《北京文学》的退稿，编辑还称之为不错；时过近三十年，我把它投给《天津文学》，编辑看了，连连称好，且很快发表了出来。"白雪地"上的"红芍药"开花了，但我还是觉得它像一朵山丹花，这是因为我太爱山丹花了吧？且我以为，这收入书里的每一篇小说，都是一朵带着泥土气息和露珠的山丹花。

山丹花和小说本来没有关系，但也能扯上关系。

如果评选国花，我也可以投一票的话，我肯定投山丹花。如果用不着我投票，我还是把山丹花作为国花。我的小名叫国，那山丹花可不就是我的国花吗？

1956年五月端午，我出生在太行山余脉那个小山村里，那正是山丹花开季节——是山丹花打着小灯笼，把我迎接到这个世界上来的。我和山丹花有缘分。我最爱的花就是山丹花。

儿时我采的第一朵花，就是山丹花。山丹花可以吃，花瓣甜丝丝的，香；其花疙瘩烧着吃，也挺香。山丹花又叫野百合。儿时我炒的第一道菜，就是山丹花。

山丹花是为我开的。

山丹花和小说联系起来，说牵强，也不牵强。山丹花是让人看的，小说也是让人看的。当然，山丹花也好，小说也好，你不看它，它也还是山丹花，还开放着，散发着花香；你不看小说，它也还是小说，散发着墨香。

美是需要发现的。山丹花的美也是需要发现的。开放在荒山野岭间的山丹花，与那些所谓雍容华贵的富贵牡丹相比，它就是一种穷花了。它开放在贫瘠的土地上，甚至开放在山崖缝里和石头缝里。"万绿丛中一点红"。它显得不怎么起眼，显得瘦弱，枝干瘦弱，叶子也瘦弱纤细；它的花朵说丰满也丰满，却是"镂空"的，它的花瓣也显得单薄。但，山丹花却是抱团开放的。六角花瓣，张开来像一个小灯笼，也像一把微缩的小雨伞，说遮阳伞也行，因为它的花朵不光能经受雨露的洗礼，也能经受阳光的暴晒。

随着年龄的增长，我愈发感到山丹花的可爱、可贵。山丹花是给人带来美的花。它的花蕊，是最好的胭脂，它曾经给少年的我们，涂脂抹粉。它的花蕊能把白蝴蝶染成红蝴蝶。山丹花就像山坡上的灯火，是能给人照亮的。它给人一种"星星之火，可以燎原"的感觉。它能让人看到希望。

我十几岁的时候，常常去山坡上采药。在我饥饿的时候，摘几片山丹花花瓣吃，就不感到饥饿了。当我感到就要把那种叫柴胡的草药采绝了，感到绝望的时候，我看到了那树棵子里的山丹花，那红艳艳的山丹花，还是让我留恋的。

一直以为山丹花的花骨朵很好看。后来才发现那山丹花的蓓蕾，多么像一支毛笔的笔头。

就是这山丹花的花蕾吗？让当年那个少年揣上了作家梦，居然就一直没有熄灭写诗作文的愿望。

山丹花就是山丹花，不让它开放是不行的；不让它开放，它也要开放；别人不看它开放，它也如期开放。小说也如是。想写小说的人，一般都是心眼痒痒，你不让他写，他也还是想写。虽然称小说为小说，但小说却是一个大世界，一个好大的世界，一个能够包容古今中外的世界。在小说里能够找到自己丢失的记忆，能找到好多从别处找不到的东西。正如母亲生前所言：千年的白纸会说话。

当时我作为一个懵懂少年，也就有了借助小说说话的心。有人说我因为写小说改变了命运，那是另一码事。即便写小说改变不了命运，我也还会写小说。虽然不能和曹雪芹比，但曹雪芹写《红楼梦》，应该不是为了改变命运。那就是他所说的："满纸荒唐言，一把辛酸泪。都云作者痴，谁解其中味？"

我异想天开地胡乱写小说，那滋味也不是别人能尝、能解的。

我上小学、上中学，就偷偷地写小说；上了高中，还是偷偷地写小说；高中毕业后，依旧是偷偷地写小说。我在放羊的山上，也可以说是在山丹花的照耀下，写着一篇篇自以为是小说的小说。

写小说是一件美妙的事情。

山丹花一年多长一个花朵。我也要像山丹花学习，争取每年都有新的收获。

一路写来，就那么一路写来。即便是深陷荆棘，也还是觉得脚下就是鲜花，是一朵朵山丹花。

后来，我把太行山里的山丹花，带到了京东大平原。在平原上的农家院里，妻子就成了我的得力助手和"秘书"，我们等于是一起鼓捣诗文。

1991年我在《北京日报》广场副刊发表了一篇题目为《山丹》的散文。后被一位不相识的讲师余光锦，在他的教学论文《怎样确立文章色彩的基调》一文中"取其精华"，文章列举了日本作家井上靖，苏联作家高尔基，中国作家鲁迅、刘白羽、郁达夫的范文片段。而我也有幸与中外大名家"同框"，那散文《山丹》，得到了专家的点评。其中，文章中写道："高国镜的《山丹》写道：'山丹花是红火而又热烈的。山村的夏天是山丹给染红了的。没有她们，山野似乎只有茫茫的绿色；而她们的绽开，则给万绿丛中添了点点青春的火花。一入六月，山丹便星星点点地开放了。远看，像跳跃在绿草地上闪闪烁烁的火苗；近看，则像一只活泼精巧的小红灯笼。六角花瓣，自然地卷曲着，茎杆是碧绿的，细叶也是碧绿的，花蕊可是极鲜红的。大蝴蝶在花间飞舞，花蕊蹭到蝴蝶的雪白翅膀上，染得绯红。淘气的孩子们也时常用花蕊染红自己的脸蛋儿。'这段文字是热烈色调的。在描写山丹花时，选用暖色调的词语。像'红火''闪闪烁烁的火苗'，还有'极鲜红的''绯红'等。文章通过赞美山丹花火红热烈、生命力顽强，来赞美山民们乐观、向上的一片丹心。"

我在诗文里，不厌其烦地写山丹花。我写不够山丹花，也写不够小说。即便是养小狗的人太多了，看小说的人极少了，我也还是想写小说。就这么写下来，虽然难以发表，虽然发表了也未必有多少人看，更谈不上反响，但写小说的热情还是没有减退。回眸那太行山里的山丹花，我的根就在太行山里，我写小说的根也在太行山里，就像那山丹花。太行山里，冬天地冻三尺，可休想冻死山丹花的花疙瘩；到了开春，它还会发芽长叶开花，乃至会结果。这就是山丹花。

权且把小说当成山丹花，把山丹花也可以当成小说。我坚信，只要有山丹花的存在，就会有小说的存在。只要山丹花开放，小说的花朵也会随时代开放着。小说是不会凋谢的艺术。小说也会像山丹花一样，越开越多。即便小说的光比山丹花还微弱，它却能够照亮读者的心头。

山丹花开得容易吗？也许容易，也许不容易。写小说容易吗？这么多年来，写了这么多小说，到底得到了什么？到底想得到什么？有友人在给我的一篇序言中写道："他失去了什么，得到了什么，或者——究竟梦到了什么？能够看到的，也是大家正在看到的，只是这些纸和纸上这些静悄悄的文字。它们是人生得失的证明，也是一个人梦境的遗迹……"

原来如此。梦？其实，谁的人生不是如老话所言：人生如梦啊！

文学也是梦。写小说也是梦。就连那太行山里的山丹花，是不是也在做着梦啊？花的梦是绽放，然后凋谢，凋谢后再绽放；而人的梦哪？人的梦一旦破灭了，也就等于花凋谢了。年年岁岁花相似，岁岁年年人不同。人不同于花——谢了还会开；人来到这个世界上，只有一次，没有再生的可能。但是，人来到这个世界上，如果能读一些小说，甚至写一些小说，那我们就能通过小说，看到前人的脚印、前人的影子。后人也能通过我们的小说，看到我们这一代人的脚印和影子。

我把这部小说集呈现给读者，不要过多地计较其得失。文字的价值就是没有价值，但又有不可估量的价值。文学是火炬吗？灯塔吗？即便小说不是什么火炬和灯塔，小说只是一朵朵山丹花，只要能够照亮跋涉者的路，让人们看到哪怕是一点点希望，得到一点点滋养，闻到一缕缕芳香，那写小说、看小说，就是乐在其中的美差了。

打开这部书，字里行间也许会跳跃着山丹花的影子，弥漫着山丹花的清香。你还需要什么？我愿送你半坡山丹花，让你走向更远的远方。

2023 年 10 月 17 日